mtb

SAMANTHA
YOUNG

WITH
ALL
my
Heart

Roman

Aus dem Englischen von
Nicole Hölsken

Die Originalausgabe erschien 2020 unter dem Titel
Here with me.

1. Auflage 2023
© 2020 by Samantha Young
Deutsche Erstausgabe
© 2023 für die deutschsprachige Ausgabe
by MIRA Taschenbuch in der
Verlagsgruppe HarperCollins Deutschland GmbH, Hamburg
Gesetzt aus der Stempel Garamond
von GGP Media GmbH, Pößneck
Druck und Bindung von GGP Media GmbH, Pößneck
Printed in Germany
ISBN 978-3-7457-0332-0
www.harpercollins.de

Wer auf Rache aus ist, der grabe zwei Gräber.

— KONFUZIUS —

Teil Eins

DIE VERGANGENHEIT

Eins

JANE

Dreizehn Jahre alt

Dieser Smog war ätzend. Manchmal durfte ich Willa begleiten, wenn sie in die Stadt fuhr, aber heute war die Luft besonders schlecht, weshalb wir in unserer Wohnung in der hübschen Wohnanlage in Glendale bleiben mussten. Mir war langweilig. Aber Willa hatte zu viel mit meinen Pflegegeschwistern am Hals, um sich dafür zu interessieren. Flo war achtzehn Monate alt und fasziniert von Steckdosen und Lichtschaltern. Die Hauptbeschäftigung des dreijährigen Tarin bestand darin, alles kaputt zu machen, was er in die Finger bekam.

Sein Geschrei und Flos Gebrüll waren meganervig.

»Kann ich dir helfen?«, fragte ich vom Flur aus.

Willa scheuchte mich mit einer Handbewegung fort und hob Flo in ihren Hochstuhl. »Es ist Sommer, Kleine. Lauf und spiel mit deinen Freundinnen.«

Willa und Nick Green waren die nettesten Pflegeeltern, die ich je gehabt hatte. Ich war jetzt seit über zwei Jahren bei ihnen und hoffte, bis zu meinem achtzehnten Lebensjahr bleiben zu können. Bis dahin waren es noch fünf Jahre. Ich wusste also, dass ich mich an das nervöse Ziehen in meinem Magen gewöhnen musste, denn ich rechnete jeden Moment damit, dass meine Sozialarbeiterin auftauchte, um mir mitzuteilen, dass es mal wieder Zeit wurde umzuziehen.

Damit Willa und Nick mich behielten, versuchte ich, ihnen so gut es ging zu helfen.

Die jüngeren Kinder beanspruchten all ihre Aufmerksamkeit, weshalb Willa immer noch nicht aufgefallen war, dass ich gar keine Freundinnen hatte. Aber die beiden Erwachsenen tranken nicht, fluchten nicht über meine Anwesenheit und schlugen mich nie.

»Bist du sicher?«

Meine Pflegemom schenkte mir ein verlegenes Lächeln. »Du bist doch keine bezahlte Hilfskraft, Jane. Es sind Sommerferien. Lauf und genieß deine Kindheit!«

Ich nickte und wandte mich dem kleinen Schlafzimmer zu, das mir gehörte. Nick arbeitete als Produktionsleiter für eines der großen Filmstudios, weshalb wir in einer hübschen größeren Wohnung mit drei Schlafzimmern wohnten. Die kleineren Kinder teilten sich ein Zimmer, und das kleinste bewohnte ich für mich allein.

Willa und Nick mochten mir vielleicht nicht allzu viel Zeit widmen, aber sie kauften mir Bücher und Malzeug. Ich schnappte mir mein Skizzenbuch und eine Büchse mit Kohlestiften, holte eine Flasche Wasser aus dem Kühlschrank und verließ die Wohnung. Sogleich hatte ich das Gefühl, von einer Hitzeblase eingehüllt zu werden. Die Luft klebte an meiner Haut, als ich über den Laubengang lief. Von hier aus hatte man Ausblick auf den Pool. Auf den Liegestühlen am Rand entdeckte ich ein paar Nachbarn, während einige Kinder, die ich aus der Schule kannte, im Wasser herumplanschten.

Auch mit ihnen war ich nicht befreundet. Ich war nie besonders gut darin gewesen, Freundschaften zu schließen.

Als ich die benachbarten Wohnungen passierte, hörte ich Stimmen aus der letzten in der Nähe des Treppenhauses. Sie hatten einen interessanten Akzent – Boston vielleicht? – und waren so laut, dass sie die Musik übertönten, die aus den Zimmern drang.

Ich bemerkte, dass ihre Tür weit offen stand.

»Lorna, wir haben noch nicht alles ausgepackt. Steh auf, Lor! Ich will noch vor dem Abendessen fertig sein. Wenn alles erledigt ist, kannst du deinen Hintern den ganzen restlichen Abend auf der Couch parken.«

Ich verlangsamte meine Schritte. Sie sagte »parken« wie »pahken«, was definitiv nach Boston klang, oder?

»Auspacken ist langweilig«, antwortete ein Mädchen mit dem gleichen Akzent. »Können wir nicht mal eine Pause machen?«

»Bringen wir es lieber hinter uns. Dein Bruder ist mit Auspacken schon fertig.«

Sie stritten weiter, während ich mich auf die oberste Treppenstufe setzte und meinen Skizzenblock aufschlug. Ich nahm ihre Unterhaltung kaum noch wahr, weil ich mich nun darauf konzentrierte, meine Nachbarn am Pool zu zeichnen.

Wie immer vergaß ich dabei alles um mich herum. Beim Zeichnen rückte alles andere in den Hintergrund. Die Einsamkeit. Meine Ängste. Die Tatsache, dass ich mich total isoliert fühlte. Zeichnen war meine Art, eine Verbindung zur Welt herzustellen, aber aus sicherer Entfernung. Ich liebte das Kratzen der Kohle auf dem Papier und die Flecken, die sie auf meinen Händen hinterließ. Die Freiheit, diese Schmierflecken nutzen zu können, um interessante Schattierungen und Linien zu erschaffen. Mit meinen Strichen erweckte ich die planschenden Kids auf dem Papier zum Leben. Bewegung. Energie. Das gab mir das Gefühl dazuzugehören.

Ich war so in meine Arbeit vertieft, dass ich ihre Schritte nicht hörte, sondern sie erst bemerkte, als sie sich neben mir auf der Treppe niederließ.

»Du bist krass talentiert.«

Erschrocken fuhr ich zusammen, sodass ein Kohlestrich quer über meine Zeichnung zuckte.

»Oh, tut mir leid.«

Ich sah das Mädchen an, das bedauernd die Schultern hob. Ihre Augen waren blau wie das Meer und ihr kurz geschnittenes Haar hellbraun.

»Deine Zeichnung.« Sie deutete darauf. »Krass gut.«

»Sie war okay«, murmelte ich, während ich erfolglos versuchte, den Kohlestrich wegzureiben.

»Wo hast du gelernt, so toll zu zeichnen?«

Ich zuckte mit den Schultern, denn ehrlich gesagt hatte ich es nie gelernt. Ich … zeichnete eben.

»Wie heißt du?«

»Jane.«

»Jane. Ich bin Lorna McKenna.« Über meiner Zeichnung tauchte eine Hand auf.

Stummelige Fingernägel, die mit leuchtend pinkfarbenem Glitzerlack bemalt waren. Ich lächelte und sah zu Lorna auf. Sie schien wild entschlossen zu sein, mich kennenzulernen. Normalerweise fühlten sich andere Kinder durch meine Schüchternheit immer abgeschreckt.

Ich zeigte ihr meine kohleverschmierte Hand und Finger.

Sie zuckte mit den Schultern und reckte entschlossen das Kinn nach vorn. »Dann gibst du mir eben die andere Hand.«

Ich gehorchte. Die ihre war kühl, als hätte sie in ihrer Wohnung unter der Klimaanlage gesessen.

Sie grinste breit, als ich einschlug, und unwillkürlich erwiderte ich ihr Lächeln. Ihr Blick fiel auf meine linke Wange. »Du hast ein Grübchen!«, rief Lorna aus, als hätte sie noch nie etwas Schöneres gesehen.

Automatisch berührte ich das Grübchen mit meinen kohlebeschmierten Fingerspitzen.

»Das ist süß! Ich wünschte, ich hätte auch ein Grübchen. Wie alt bist du?«

»Dreizehn.«

Sie nickte, als habe sie das erwartet. »Ich werde in drei Wochen ebenfalls dreizehn.«

»Wo kommst du her?« Meine Neugier siegte über meine Schüchternheit. Ich musste einfach wissen, ob ich mit meiner Boston-Vermutung recht gehabt hatte.

»Aus dem Dot.«

Ich runzelte verwirrt die Stirn.

Lorna grinste. »Dorchester. Das ist in Boston.«

Ah. Ich hatte also wirklich recht gehabt. Jetzt machte es sich bezahlt, dass ich den Film *Good Will Hunting* so oft gesehen hatte, weil Willa für Matt Damon schwärmte.

»Ist es da schön?«, fragte ich.

Lorna zog die Nase kraus. »In Boston schon. Aber im Stadtteil Dorchester eher nicht. War eine beschissene Gegend. Vor ein paar Monaten wurde sogar vor unserer Wohnung einer erschossen.« Wieder zuckte sie gleichgültig mit den Schultern.

Mit offenem Mund starrte ich sie an.

»Also, wie kommt's, dass du nicht mit den anderen Kids im Pool bist?«, fragte sie.

Ich folgte ihrem neugierigen Blick zu den zwei Mädchen und zwei Jungs, die kreischend im Wasser herumtobten. Die Mädchen stammten aus dem gleichen Haus wie wir, die Jungs wohnten um die Ecke. Das wiederum wusste ich, weil wir in die gleiche Klasse gingen. »Das sind Summer und Greta. Sie sind die beliebtesten Mädchen in meiner Klasse.«

»Ja, und?«

Ich errötete, da ich wusste, dass meine nächsten Worte Lorna womöglich vergraulen würden. »Ich bin nicht besonders beliebt.«

Lorna stieß mich mit der Schulter an und nickte mir verschwörerisch zu. Die Geste war so vertraulich, als seien wir seit Ewigkeiten Freundinnen. Das gefiel mir. »Beliebte und weniger beliebte Kids? Wie im Fernsehen, was? In meiner früheren Schule gab keine Cliquenwirtschaft dieser Art. Man versuchte nur, möglichst unauffällig zu bleiben und auf jeden Fall die fiesen Typen zu meiden, die schon jede Menge Dreck am Stecken hatten.«

»Kommst du aus dem Ghetto?«

Sie lachte. »Dem Ghetto? Echt jetzt? Neeeein.« Sie versetzte mir einen weiteren Schubs, wie um mir zu zeigen, wie süß sie mich fand. »Aber wir sind ziemlich arm. In Boston waren das all unsere Bekannten. Mom sagte immer, dass die Leute dumme

Sachen machen, um zu vergessen, wie beschissen ihr Leben ist. Oder sogar noch dümmere Sachen, um sich mit krummen Dingern aus der Armut zu mogeln.«

Ich hatte nicht allzu viel Ahnung von Geld, wusste aber, dass die Mieten in unserer Wohnanlage nicht besonders günstig waren, weil Willa sich immer wieder darüber beklagte.

Lorna schien meine Gedanken erraten zu haben, denn sie fuhr fort: »Wir sind zu unserer großen Schwester Skye gezogen.«

Wie aufs Stichwort erscholl die Stimme einer Frau aus der Wohnung. »Lorna! The Waterboys!«

Ihre Miene hellte sich auf. »Komm mit.« Lorna nahm meine Hand und zog mich auf die Füße, sodass mir keine andere Wahl blieb, als ihr zu folgen. Ich ließ meinen Skizzenblock auf der obersten Stufe liegen und mich von ihr in die Wohnung ziehen. Wie lange mochte es wohl her sein, dass jemand meine Hand gehalten hatte?

Vor Aufregung war ich wie elektrisiert.

Die Wohnung war genauso groß wie die von Willa und Nick, und überall standen Umzugskisten herum.

Eine hochgewachsene, umwerfend aussehende junge Frau schwenkte zu einem mir unbekannten Song aus dem Fernsehen die Hände in der Luft hin und her. Bei unserem Anblick erhellte ein hinreißendes Lächeln ihr Gesicht. »Wer ist das?«

»Das ist Jane!«, rief ihr Lorna über die Musik hinweg zu. »Jane, das ist meine große Schwester Skye.«

»Nett, dich kennenzulernen«, sagte Skye offenbar aufrichtig erfreut. Ich winkte ihr scheu zu. Dann beugte sie sich vor, nahm eine Fernbedienung zur Hand und richtete sie auf den Fernseher, um lauter zu stellen.

Ich sah, wie Lorna meine Hand losließ und sich zu ihrer Schwester inmitten des Zimmers gesellte. Mir schoss durch den Kopf, dass auch Lorna ziemlich groß für ihr Alter war. Gekonnt wirbelte sie ihre große Schwester durch die Gegend, und beide sangen aus vollem Hals mit: *I saw the crescent, you saw the whole of the moon* … Ich sah nur die Halbmondsichel, du aber den Vollmond – so etwa lauteten die Lyrics. Ich kannte den Song nicht, aber er gefiel mir auf Anhieb.

Als sie merkte, dass ich nur unbeteiligt dastand und zusah, winkte Lorna mich zu sich.

Aber ich war zu schüchtern und blieb, wo ich war.

Und so war es Skye, die sich von ihrer kleinen Schwester löste und mich zu ihnen in die Mitte des Raumes zog. »Entspann dich!«, schrie sie. »Das macht Spaß!«

Und zu meiner eigenen Überraschung begannen meine Füße, sich ebenso zu bewegen wie meine Hüften. Lorna nahm eine meiner Hände, Skye ergriff die andere, und wir bildeten einen Kreis und schwangen unsere ineinander verschränkten Hände hoch in die Luft. Ich lachte, als die Schwestern weiter in voller Lautstärke mitsangen. Dieser Augenblick war deshalb so absolut bizarr und wunderbar, weil ich das Gefühl hatte, etwas mit den Mädchen zu teilen.

Als der Song vorbei war, stimmte ich in ihr Kichern mit ein, war ganz high vom Gefühl der Verbundenheit – und dem Gefühl, *gesehen* zu werden.

»Das Lied kenne ich gar nicht«, gestand ich, als Skye wieder leiser schaltete.

»Es heißt *The Whole of the Moon* von der Band The Waterboys«, stellte Lorna klar. »Eine Formation aus den Achtzigern, und das hier war der Lieblingssong unserer Mom.«

»Und jetzt ist es unser Song.« Skye legte ihrer Schwester den Arm um die Schultern und zog sie an sich. Lorna kicherte und tat, als wolle sie sie wegstoßen.

Dann sah Skye mich an. »Limonade?«

Ich nickte, denn die Tanzerei hatte mich durstig gemacht.

Sie machte sich auf den Weg in die offene Küche, während Lorna mir bedeutete, mich aufs Sofa zu setzen, dem einzigen Möbelstück, auf dem nicht jede Menge Krempel herumlag.

Ich entspannte mich, überrascht, wie schnell ich mich an die Gesellschaft der Schwestern gewöhnt hatte. Schwungvoll ließ sich Lorna neben mir auf die Couch plumpsen. Beide trugen wir

Shorts und T-Shirts, aber während meine Beine kaum den Boden berührten, konnte sie die ihren richtiggehend ausstrecken. Lorna war blasser als ich und Skye, aber das würde sich schnell geben, da sie die Winter ab sofort nicht mehr in Massachusetts, sondern in Kalifornien verbringen würde.

»Wann seid ihr eingezogen?«

»Gestern Abend. Du bist der erste Mensch, den wir hier kennenlernen.«

Skye kehrte mit der Limonade zurück und reichte jeder von uns ein Glas. Sie schob ein paar Sachen auf dem Beistelltisch beiseite und setzte sich uns gegenüber darauf, während wir an dem kühlen Getränk nippten.

»Wohnst du hier, Jane?«, fragte sie.

Nun, da sie ruhig vor mir saß, wurde mir einmal mehr bewusst, was für eine schöne Frau sie war. Liebend gern hätte ich sie gemalt. Sie und Lorna hatten beide meerblaue Augen und hellbraunes Haar. Nur dass Skyes Haar ihr in weichen Wellen bis zur Mitte des Rückens hinabfiel und von goldenen Strähnchen durchzogen war. Lornas Nase war kräftig, Skyes zierlich. Wie ein kleiner Knopf. Die Ähnlichkeit zwischen den beiden war unverkennbar, aber es schien, als seien Skyes Züge perfektioniert worden, während Lornas mangelnde Vollkommenheit sie umso interessanter machte. Ich fand beide Gesichter wunderschön – toll zum Malen.

»Stimmt«, beantwortete ich Skyes Frage. »Ich wohne ein paar Türen weiter.«

»Mit deinen Eltern?«

»Pflegeeltern.«

Beide sahen mich mitfühlend an.

»Mittlerweile sind nur noch wir drei übrig: Jamie, ich und Skye«, bemerkte Lorna.

Ich sah sie an und runzelte ganz verwirrt die Stirn. »Wer ist Jamie?«

»Mein großer Bruder. Er wird im September fünfzehn. Unsere Mom ist vor drei Monaten gestorben. Und unser Dad ist abgehauen, als ich noch klein war.« Lorna verzog die Lippen zu einem bitterbösen Grinsen. »Er hatte nie viel für mich übrig.«

Ich schwieg unbehaglich.

Skye spürte das anscheinend und tätschelte Lornas Knie. »Süße, du weißt doch, dass das nicht stimmt.« Sie warf mir einen kurzen Blick zu. »Sorry, Jane. Im Moment ist alles ein bisschen schwierig.«

»Ist es nicht.« Lorna schob die Hand ihrer Schwester fort. »Es ist besser denn je.«

Erstaunt riss ich die Augen auf. Ihre Mutter war gerade gestorben, und trotzdem verlebte sie gerade die beste Zeit ihres Lebens?

»Was soll Jane denn von uns denken?« Skye schnaubte verärgert.

»Die Wahrheit.« Lorna warf mir diesen eigensinnigen, entschlossenen Blick zu, der typisch für sie zu sein schien. »Jane wird meine neue beste Freundin werden, und beste Freundinnen erzählen einander alles.«

Skye lache leise darüber, aber trotzdem machte mein Herz bei diesen Worten einen Satz.

Ich hatte schon seit der zweiten Klasse keine beste Freundin mehr gehabt.

»Skye ist schon vor ein paar Jahren nach L. A. gezogen, um Schauspielerin zu werden, und gerade hat sie diese tolle Rolle in *The Sorcerer*.«

Ich riss die Augen auf. In L. A. gab es jede Menge Möchtegern-Schauspieler, aber noch nie hatte ich jemanden getroffen, der in so einer bekannten Produktion mitspielte. »Ich liebe diese Serie!«

Skye strahlte. Ihr Lächeln war genauso ansteckend wie Lornas. Während Lornas Meeraugen kieselhart und ein wenig zu abgebrüht für eine Dreizehnjährige dreinblickten, waren Skyes warm und funkelten wie Wellen unter der Sonne. »Toll! Ein Fan! Ich bin eine der neuen Hauptfiguren.«

Mir fiel auf, dass Skyes Akzent nicht ganz so ausgeprägt war wie der ihrer Schwester.

»Das ist ja der Hammer!« Ich war mega beeindruckt.

»Willst du etwa Schauspielerin werden?« Lorna missverstand mein ehrfürchtiges Staunen.

Ich schüttelte entschieden den Kopf. Keinesfalls. *Auf mein Gesicht gerichtete Kameras, während ich vorgab, jemand anderes zu sein. Andere Leute, die jede einzelne meiner Bewegungen verfolgten. Fotos von mir in den Boulevardzeitungen. Igitt, eher würde ich Nacktschnecken essen.*

»Lass mich raten … lieber Malerin?«

Ich wurde rot und zuckte mit den Schultern. Was so viel wie Ja heißen sollte.

»Willst *du* denn schauspielern?«, fragte ich Lorna.

»Nope. Zu unsicheres Einkommen.« Lorna straffte den Rücken. »Ich gehe aufs College und werde eine schicke Prozessanwältin. Also Juristin. Die machen haufenweise Kohle.«

»Und das wird sie auch schaffen.« Skye grinste liebevoll und wandte sich dann wieder mir zu. »Deine neue beste Freundin ist die ehrgeizigste Person, die du jemals treffen wirst.«

»Na ja, irgendwie muss ich die Schauspielerin und den mürrischen Schriftsteller in der Familie ja ausgleichen.«

Skye runzelte die Stirn. »Hör auf, Jamie wegen seiner Schreiberei aufzuziehen. Du weißt doch, wie sehr ihn das auf die Palme bringt.«

Ihr Bruder war Schriftsteller? Wie cool! »Ich liebe Bücher.«

»Ja, siehst du?« Skye deutete auf mich und stand auf. »Wenn Jamie mitkriegt, wie du jedem auf die Nase bindest, dass er schreibt, dann gibt's hier eine Schlägerei. Und dafür hab ich nun wirklich keine Zeit.«

»Jane kann ein Geheimnis für sich behalten. Stimmt's, Jane?«

Ich nickte heftig.

»Sag ich doch.«

Skye schenkte mir ihr freundliches Lächeln. »Jane, ich liebe meine Schwester, aber pass bloß auf, dass sie dich nicht dauernd überfährt und dazu bringt, zu allem, was sie von sich gibt, Ja und Amen zu sagen. Und lass dich in eurer frischgebackenen Freundschaft auch zu nichts verleiten, was du nicht tun willst.«

Lorna schnaubte. »So was würde ich nie tun.«

Ihre Schwester verdrehte die Augen. »Ich muss jetzt arbeiten. Auf der Theke liegt Geld für Pizza, und Jane ist herzlich eingeladen. Ich sage Jamie, dass er mehr als eine einzige Pizza bestellen soll, damit genug für alle da ist. Dieser Junge frisst einem die Haare vom Kopf.«

Skye lief den Flur hinab, wo ich sie mit jemandem reden hörte. Offensichtlich mit Jamie. Trotz meiner Schüchternheit war ich neugierig auf ihn. Wenn er auch nur im Entferntesten wie seine Schwestern war, würde ich mich wahrscheinlich auf der Stelle in ihn verlieben.

Nachdem Skye aufgebrochen war, wandte Lorna sich auf dem Sofa mir zu und zog die Knie an die Brust. »Skye lebt jetzt schon seit ein paar Jahren in L. A., und durch ihren neuen Job können wir uns diese Wohnung leisten und müssen nicht in dieser Absteige wohnen, die sie sich früher mit ihrer Mitbewohnerin geteilt hat. Sie hat gesagt, dass man hier toll shoppen kann. Stimmt das?«

Ich nickte und berichtete Lorna vom Brand Boulevard – einer Straße mit Geschäften, Restaurants und sogar einem Kino – und davon, dass demnächst sogar eine Outdoor-Shoppingmall geplant war. Ich schwärmte davon, dass Glendale die einzige Stadt war, in der man echtes, armenisches Essen bekam. Wir gingen nicht oft aus, ließen aber immerhin häufiger etwas kommen, sodass ich ihr noch ein paar weitere Restaurants empfehlen konnte. Außerdem bot ich Lorna an, sie in meine Lieblingskonditorei mitzunehmen.

Nachdem sie mir aufmerksam zugehört hatte, legte Lorna den Kopf schief und musterte mich. »Du kommst mir viel älter vor als dreizehn. Ich weiß ja, warum *ich* so krass erwachsen rüberkomme.« Mit dramatischer Geste deutete sie auf ihre Brust. »Aber warum ist das bei *dir* so?«

Der plötzliche Themenwechsel brachte mich ein wenig aus dem Tritt. Trotzdem dachte ich darüber nach und erinnerte mich daran, wie ich kurz nach meinem Einzug mal eine Unterhaltung zwischen Willa und Nick belauscht hatte.

»Sie ist eine kleine Erwachsene«, hatte Willa Nick zugeflüstert. Sie standen in der Küche, ich befand mich im Flur. Eigentlich hatte ich mir gerade ein Glas Wasser holen wollen.

»Ich weiß. Das liegt daran, dass sie immer ein Pflegekind war.«

»Ja, dieses System prügelt einem auch noch den letzten Rest von Kindheit aus dem Leib. Deshalb betreue ich auch lieber kleinere Kinder. Mit ein bisschen Glück bleiben sie lange genug bei uns, dass wir ihnen eine vernünftige Kindheit ermöglichen können.«

»Bereust du es, Jane aufgenommen zu haben?«

»Nein, ich bin froh darüber! Sie hat viel durchgemacht. Hier ist sie zumindest in Sicherheit.«

Nach diesen Worten machte ich mir nur noch mehr Sorgen als vorher. Was, wenn Willa eines Tages doch zu dem Schluss kam, dass sie sich neben der Betreuung zweier jüngerer Kinder nicht auch noch einen Teenager aufhalsen wollte?

Vermutlich lag es unter anderem an derlei Befürchtungen, dass ich nach außen zwanzig Jahre älter wirkte, als ich tatsächlich war.

»Bin Pflegekind«, antwortete ich Lorna jetzt. »Hab schon viel gesehen, schätze ich.«

Lorna dachte darüber nach und nickte. »Ich wusste gleich vom ersten Augenblick an, dass wir verwandte Seelen sind. Weißt du, was das heißt?«

Ich nickte. Immerhin las ich viel.

»Und? Findest du das auch?«

Ich nickte noch einmal.

Sie lächelte. »Willst du mal mein Zimmer sehen?«

Ich folgte ihr über den Flur, verlangsamte mein Tempo aber, als ich an einer offenen Tür vorbeikam. Dahinter lag der kleinste Raum der Wohnung. Ein langbeiniger Junge saß auf einem Einzelbett, das an die Wand unter dem Fenster gerückt war. Für einen Teenager hatte er sein Zimmer recht ordentlich aufgeräumt. An einer Wand hing ein Poster des Albumcovers von Eminems *The Marshall Mathers LP*. Auf der gegenüberliegenden Seite entdeckte ich ein gruselig aussehendes Poster mit verschwommenen Gesichtern und einem Totenschädel mit Reißzähnen, über denen die Worte *Ich bin Legende* prangten.

War das ein Buch?

Mein Blick huschte wieder zu dem Jungen zurück, und plötzlich bekam ich am ganzen Körper eine Gänsehaut.

Das hellbraune Haar hing ihm zerzaust in die Stirn, in den Ohren steckten Kopfhörer. Die Musik war so laut, dass ich sie bis hierher hören konnte. Sein Profil war markant, und er besaß hohe Wangenknochen und ein kantiges Kinn. Er hatte den Arm auf das angewinkelte Knie gelegt und hielt ein abgegriffenes Taschenbuch in der Hand. Konzentriert knabberte er an seiner Unterlippe.

Plötzlich hatte ich Schmetterlinge im Bauch.

Ihr Flattern wurde stärker, als ich sah, wie er mir langsam den Kopf zuwandte.

Unter der mürrisch gerunzelten Stirn funkelten mich stürmische Meeraugen unwillig an.

Einen Augenblick lang sahen wir einander an. Eine Sekunde, die sich anfühlte wie die Ewigkeit. Mir wurde ganz heiß.

Plötzlich warf er das Buch auf die Decke und schwang die Beine aus dem Bett.

Auf seinem schwarzen T-Shirt waren die Worte »The Black Keys« aufgedruckt. Mein Herz machte einen kleinen Satz. Wir mochten die gleiche Band. Zu dem T-Shirt trug er eine Jeans, die früher sicher mal dark denim gewesen war, aber so oft gewaschen worden war, dass sie beinahe auseinanderfiel. Er zog die Kopfhörer raus.

»Wer bist du?«, stieß er hervor. Dann huschte sein Blick nach links.

Lorna war wieder zu mir zurückgekehrt.

»Was machst du?«

Sie zuckte mit den Schultern. »Ich zeige Jane unsere Wohnung. Sie ist meine neue beste Freundin. Jane, das ist mein großer Bruder Jamie.«

Jamie McKenna bedachte mich mit dem gleichen wütenden Blick wie zuvor noch seine Schwester. »Gott steh dir bei.«

»Hey!«, schrie Lorna entrüstet.

»Ich will nicht, dass deine Freundinnen in meinem Zimmer herumschnüffeln.«

Ich wurde rot. Knallrot. Zutiefst beschämt.

»Mann, Jamie, mit deiner schlechten Laune bringst du Jane nur in Verlegenheit«, schnaubte Lorna. »Ein mies gelaunter Blödmann ist alles andere als cool, egal, was die ganzen Bücher, die du liest, dir weismachen wollen. Das ist total Neunziger, und falls du es noch nicht bemerkt hast, dieses Jahrzehnt ist lange vorbei.«

»Oh, tut mir ja so leid, dass ich deine neugierige kleine Freundin in Verlegenheit gebracht hatte«, höhnte er, durchquerte das Zimmer und kam zur Tür. »Und lass die Beschimpfungen. Du versuchst mit allen Mitteln, cool zu sein, bist aber nichts weiter als eine dumme kleine Gans.« Und mit diesen Worten schlug er uns die Tür vor der Nase zu.

Oh, tut mir ja so leid, dass ich deine neugierige kleine Freundin in Verlegenheit gebracht hatte.

Meine Wangen brannten noch heißer.

»Achte gar nicht auf ihn.« Lorna packte mich am Arm und zog mich über den Flur zu ihrem Zimmer. »In Wirklichkeit liebt er mich.«

Lornas Zimmer hatte etwa die gleiche Größe wie das, das sich Tarin und Flo in Willas und Nicks Wohnung teilten. Ich versuchte, mir Jamie aus dem Kopf zu schlagen und mich auf meine Umgebung zu konzentrieren. Lornas Zimmer war größer als Jamies, was ich seltsam fand, denn schließlich war er älter als sie.

In dem Raum stapelten sich ein paar Umzugskisten, aber viel schien sie insgesamt nicht zu besitzen. Als hätte sie meine Gedanken gelesen, stemmte sie die Hände in die Hüften und verkündete: »Skye hat versprochen, mit mir vor Schulbeginn shoppen zu gehen. Ich brauche neue Sachen. Viele neue Sachen. Und jetzt kann sie es sich leisten.« Ihre Augen funkelten mutwillig. »Ich kaufe mir auch hübsche Poster für mein Zimmer. Nicht so wie die von Jamie. Hast du das mit den Totenköpfen gesehen?«

Ich nickte.

»Ganz schön creepy, was? Das ist übrigens sein Lieblingsbuch.«

Im Geiste fügte ich *Ich bin Legende* meiner zukünftigen Leseliste hinzu.

Mir war aufgefallen, dass er jede Menge Bücher an der Wand aufgestapelt hatte, für die er noch ein Regal brauchte. Er war also genau so ein Bücherwurm wie ich. Das Flattern in meinem Bauch wollte einfach nicht nachlassen. Wie seltsam!

»Ich wette, er hat das, was er geschrieben hat, irgendwo in seinem Zimmer versteckt.« Sie grinste, als hätte sie es am liebsten heimlich durchsucht. »Er schreibt von Hand, weil wir uns keinen Laptop leisten können. Oder besser gesagt, wir *konnten* uns keinen leisten. Ich wette, Skye kauft ihm jetzt einen. Hast du die vielen Bücher gesehen? Zu Hause hätte er die nie so offen herumliegen lassen.«

»Warum nicht?«

Sie zuckte mit den Schultern und wandte sich zu mir um. »Wenn seine Freunde mitbekommen hätten, dass er gern liest und sogar Geschichten schreibt, hätten sie ihn sicher windelweich geprügelt.«

»Scheinen keine besonders netten Freunde gewesen zu sein.«

Lorna schnaubte. »Allerdings nicht. Keine Ahnung, warum er wegen unseres Umzugs so angepisst ist, wo er doch hier, na ja, so was wie er selbst sein kann. Also, das hier ist mein Zimmer. Nichts Besonderes. Aber meins.« Sie griff wieder nach meiner Hand und zog mich zurück ins Wohnzimmer, wo sie mir bedeutete, mich aufs Sofa zu setzen. Dann ließ sie sich neben mir daraufplumpsen und drehte die Knie in meine Richtung.

»Okay, wir sind ab sofort beste Freundinnen, einverstanden?«

Ich nickte, wobei ich das Gefühl hatte, ohnehin kein Mitspracherecht zu besitzen.

»In jeder Freundschaft gibt es Regeln. Regel Nummer eins. Wir unterstützen einander.«

Das kriegte ich hin.

»Regel Nummer zwei: Wir machen uns nicht die Hölle heiß wegen der Dinge, die wir mögen oder nicht mögen. Du zum Beispiel zeichnest gern und hast was für Kunst und so übrig, und ich shoppe gern. Zumindest vermute ich das.«

Ich grinste.

»Regel Nummer drei: Wir vergucken uns nicht in die gleichen Jungs. Freundschaft ist wichtiger als Jungs. Das heißt, wenn du überhaupt auf Jungs stehst?«

In der sechsten Klasse war ich in Zion Reynolds verknallt gewesen, und nach meinem Zusammentreffen vorhin mit Jamie raste mein Herz auch jetzt immer noch. Also ja, ich stand auf Jungs. Und nickte.

»Cool. Obwohl ich auch kein Problem damit gehabt hätte, wenn du nicht drauf stehen würdest.«

Ich mochte die dritte Regel. Loyalität war mir wichtig. Ich hatte nicht allzu viel Erfahrung damit, aber ich freute mich über eine Gelegenheit, meine Treue unter Beweis zu stellen.

»Regel Nummer vier.« Mit verengten Augen musterte sie mich, als könne sie mir bis auf den Grund meiner Seele blicken. »Und die ist besonders wichtig, denn durch diesen Mist habe ich schon einmal Freundinnen verloren.«

»Okay?«

»Du darfst dich nicht wie jede einzelne meiner anderen Freundinnen in Jamie verknallen, und du darfst auch nicht die beste Freundin von Skye werden. Du bist *meine* Freundin.«

Ich wurde rot. Hatte sie mitbekommen, wie süß ich Jamie fand? Nicht dass ihr fünfzehnjähriger Bruder mich je beachtet hätte. Und was Skye anging … ich mochte sie zwar, aber sie war älter als wir. Ich bezweifelte, dass sie sich mit der besten Freundin ihrer kleinen Schwester abgeben wollte.

»Okay.«

Lorna grinste und klatschte in die Hände. »Mega!«

Ich lächelte, und wieder spürte ich dieses Flattern im Magen. Aber diesmal waren es Schmetterlinge nervöser Vorfreude. Mit einer besten Freundin an meiner Seite würde mein letztes Jahr in der Unterstufe vielleicht doch nicht ganz so schlimm werden. Und Lorna war nicht nur irgendeine beste Freundin – sie kam aus Boston, trug das Herz auf der Zunge und wusste, was sie wollte. Und sie wusste, wie sie es bekam.

Zwei

JAMIE

Achtzehn Monate später
Sechzehn Jahre alt

Mein Handy brummte und unterbrach den Song von Silverchair, den ich gerade hörte. Wahrscheinlich einer von den Jungs. Doch ein Blick aufs Display verriet mir, dass ich mich geirrt hatte.

Es war ein Mädchen.

Hey, Jamie, Julie hier. Trewitt. Wyd heutN8? xx

Ich hatte sowieso vorgehabt, heute Abend jemanden aufzureißen, da kam mir diese Nachricht gerade recht. Julie war in der Oberstufe und hatte neuerdings ein Auge auf mich geworfen. Keine Ahnung, woher sie meine Nummer hatte. Aber egal. Jeder wusste, dass Julie eine sichere Bank war und kein Interesse an einer Beziehung hatte. Die Kleine wollte einfach nur ihren Spaß haben – also warum hätte ausgerechnet ich ihr den vermasseln sollen?

Meine Finger schwebten über der Tastatur, um ihr zu schreiben, wo wir uns treffen konnten, als mich etwas Weiches am Hinterkopf traf. Ein Kissen.

Ich wirbelte herum und wollte Lorna gerade den Kopf abreißen, als ich Skye in meiner Tür stehen sah.

Sie bedeutete mir, die Kopfhörer aus den Ohren zu ziehen, und ich gehorchte, sodass *Ana's Song* von Silverchair zu einem leisen Murmeln verblasste.

»Was ist?« Meine nervige, kleine Schwester konnte ich nicht allzu lang ertragen, aber für meine große nahm ich mir immer Zeit.

Am Anfang war ich stocksauer darüber gewesen, dass wir aus Boston weggegangen waren. Eigentlich war ich sauer auf alles. Dass meine Mom ihr Leben lang so egoistisch und verbittert gewesen war, dass mein Dad abgehauen war, weil er ihre Nähe nicht mehr ertragen hatte, dass meine Mom gestorben war, ohne mir die Gelegenheit zu geben, die Wut auf sie zu überwinden, und schließlich, dass ich alles, was ich kannte, hatte zurücklassen müssen, um ausgerechnet nach Kalifornien zu ziehen. L. A. war so vollkommen anders als Boston.

Trotzdem waren die letzten anderthalb Jahre hier so schlimm nun auch wieder nicht gewesen. Ich hatte mich der Leichtathletik-Mannschaft angeschlossen, wofür die Jungs in Boston mich sicher grün und blau geprügelt hätten. Aber meine neuen Kumpels im Team waren cool. Nicht cool genug, um ihnen zu erzählen, dass ich Schriftsteller war, aber trotzdem fühlte ich mich bei ihnen deutlich sicherer als bei den Typen, mit denen ich aufgewachsen war und die schon damals in Dorchester in ziemlich brutalen Aggro-Scheiß verwickelt waren. Ein paar Jungs von zu Hause waren gute Freunde gewesen; den Rest konnte man vergessen. Doch eigentlich waren alle auf dem absteigenden Ast und damit auf dem besten Weg in den Knast.

Ich war froh, all das hinter mir gelassen zu haben.

Das war Skye zu verdanken. Sie sorgte dafür, dass Lorna und ich an einem sicheren Ort aufwuchsen. Vor ein paar Jahren war ich auch auf sie megasauer gewesen, weil sie uns zurückgelassen hatte, aber nach Moms Tod war Skye sofort eingesprungen.

Und jetzt hatte sie als Schauspielerin so viel Erfolg, dass wir aus der Wohnung in ein Haus mit drei Schlafzimmern in Glendale hatten ziehen können, ganz in der Nähe unserer ersten Wohnung.

Ein Haus.

Keiner von uns hatte jemals in einem Haus gewohnt.

Dieses hier hatte sogar einen Pool, und von der hinteren Terrasse konnte man die Verdugo Mountains sehen.

»Hoffentlich hast du heute Abend noch nichts vor.« Skyes Miene wirkte bedauernd.

Jegliche Hoffnung, Befriedigung zwischen Julie Trewitts fantastischen Schenkeln zu finden, löste sich allmählich in Luft auf – war schon jetzt nur noch ein Schemen. »Warum?«

»Ich habe ein Meeting.«

Ich runzelte die Stirn. »Es ist Samstagabend.«

»Ich weiß, aber ich darf trotzdem nicht fehlen. Ich treffe mich mit einem echt wichtigen Typen, der Wunder für meine Karriere wirken könnte. *Große* Wunder.« Sie machte einen weiteren Schritt in mein Zimmer hinein. »Wodurch ich die finanziellen Mittel hätte, dir und Lorna jegliche Zukunft zu ermöglichen, von der ihr träumt.«

Mist.

Warum konnte Skye nicht wenigstens ein bisschen so sein wie meine Mom und Lorna? Egoistisch bis ins Mark. Aber stattdessen war es ihr ein Herzensanliegen, unser Leben besser zu machen.

Ich versuchte trotzdem zu widersprechen. »Sie ist vierzehn.«

Skye warf mir einen Blick zu, bei dem ich sofort ein schlechtes Gewissen bekam. »Wenn wir Lorna hier allein lassen und ihr etwas zustößt, würden wir beide unseres Lebens nicht mehr froh.«

»Fuck.« Ich ließ mich wieder aufs Bett zurückplumpsen. »Ich hatte heute Abend was vor.«

»Tut mir leid. Ich weiß, dass du eigentlich keine Lust hast, auf deine kleine Schwester und ihre beste Freundin aufzupassen, aber es ist ja nur für diesen einen Abend.«

Also musste ich auch noch für Jane den Babysitter spielen.

Shit, mit Jane kam ich klar – mit Lorna weniger. »Wenn du nicht da bist, ist sie ein richtiges Miststück, Skye.«

»Ähm, eigentlich ist sie auch ein Miststück, wenn ich *da* bin. Aber sie ist unsere Schwester, und wir lieben sie.«

»Sie ist wie Mom.« Ich warf Skye einen besorgten Blick zu. »Durch und durch.«

Skye seufzte tief. Sie wusste, dass ich recht hatte. Meine kleine Schwester war egoistisch und selbstbezogen und hatte nichts als Geld im Kopf, weil sie bis vor einem Jahr keines gehabt hatte. Außerdem war sie megaanstrengend. Niemand liebte sie genug. Sorgte genug für sie. Schenkte ihr genug Aufmerksamkeit.

Durch und durch wie Mom.

»Ach, ich weiß nicht so recht. Immerhin ist sie erst vierzehn, und vierzehnjährige Mädchen sind schon mal schwierig.« Sie zuckte mit den Schultern. »Bis vor einem Jahr war das Zusammensein mit dir auch nicht gerade ein Picknick.«

Ich grunzte.

»Und Mom war auch nicht mit einer Jane Doe verheiratet. Jane hat einen guten Einfluss auf Lorna.«

Ich grunzte noch einmal. Jane war ein Weichei. Diese Kleine sehnte sich so verzweifelt nach Liebe, dass sie sich von Lorna ganz und gar unterbuttern ließ. Mein schlechtes Gewissen versetzte mir einen leisen Stich, denn Jane hatte es nun wirklich mies getroffen. Auch unser Elternhaus hatte nicht gerade vor Geborgenheit gestrotzt, aber immerhin hatte man uns nicht als Baby vor einem Polizeirevier ausgesetzt.

Noch nie hatte ich jemanden kennengelernt, der tatsächlich den Namen trug, der in den USA für fiktive oder nicht identifizierte Personen benutzt wurde.

Skye lächelte und sah sich kurz in Richtung Flur um. »Ich liebe das Mädchen«, bekannte sie. »Und ich liebe es, dass ausgerechnet *unsere* Jüngste mit einem tollen Kind wie Jane abhängt.«

Das war nichts Neues. Mit ihrer Zuneigung für die kleine Waise hielt Skye nie hinterm Berg. Ich seufzte. Wenn jemand Lorna mäßigen konnte, dann wahrscheinlich Jane.

Trotzdem hatten sich meine Pläne für den Abend nun vollends zerschlagen.

»Muss ich mich im gleichen Raum wie sie aufhalten?«

Meine große Schwester lachte leise. »Nein, Drama-King. Aber ich will, dass du dich ins Wohnzimmer setzt, statt dich hier drin zu verkriechen. Wenn du in deinem Zimmer bleibst, könnten sich die beiden unbemerkt aus dem Haus schleichen.«

»Wohin sollten sie sich schleichen?«

»Du kennst doch Lorna. Sie ist unberechenbar.«

Das stimmte. »Na gut.« Ich stieß mich vom Bett ab und schleuderte meine Schuhe von mir. Dann schnappte ich mir meine Ausgabe von Stephen Kings *The Stand – Das letzte Gefecht* vom Nachttisch und folgte Skye nach draußen. Kichern und die Klänge von *On Call* der Kings of Leon drangen den Flur entlang. Ich grinste. Ein weiterer Pluspunkt, den Jane für sich verbuchen konnte, war die Tatsache, dass sich in ihrer Anwesenheit der Musikgeschmack meiner kleinen Schwester deutlich verbessert hatte.

Während wir die Treppe hinabstiegen, schrieb ich Julie, dass ich babysitten musste, wir uns aber morgen Abend treffen konnten. Auf dem Couchtisch entdeckte ich einen offenen Skizzenblock und blieb stehen, um einen Blick darauf zu werfen. Vorsichtig drehte ich den Block an der Ecke um, um das Bild nicht zu verschmieren. Es war eine Zeichnung von Skye. Auf dem Bild zwirbelte sie an einer Haarsträhne herum und blickte nachdenklich in die Ferne.

Das hatte Jane gezeichnet.

Ich spürte Skyes Kinn auf meiner Schulter. »Gefällt mir, wie die Kleine mich sieht.«

Ich lächelte.

»Schon der Hammer, wie talentiert sie ist.« Skye entfernte sich. »Diese Zeichnung ist nur die Spitze des Eisbergs.« Sie kehrte zu mir zurück und hielt mir ihr Handy ins Gesicht. »Ihr Kunstprojekt für die neunte Klasse.«

Überrascht blinzelte ich auf die Anordnung dreidimensionaler Holzkisten unterschiedlicher Größe. Die Installation erinnerte an die Skyline einer großen Stadt. Auf jeder einzelnen Kiste befand sich die Skizze eines anderen Gesichts. Bekannte Gesichter mit unterschiedlichen Gesichtsausdrücken, die zusammen eine Fülle von Emotionen preisgaben.

»Ein Stadtbild aus Comedians und Komikern einerseits und aus ernsthaften Schauspielern und Schriftstellern andererseits. Ihr Gesichtsausdruck ist genau das Gegenteil von dem, was die Öffentlichkeit von ihnen kennt. Die Comedians sind traurig und nachdenklich. Die Schriftsteller lachen oder schauen verliebt drein. Damit greift Jane auf künstlerischer Ebene die Anonymität der Stadt auf, in der einzelne Gesichter verschwimmen. Wenn wir nicht genau *hinsehen*, kennen wir Menschen nicht wirklich.«

Meine Augenbrauen schossen bis zum Haaransatz hinauf, und Skye grinste. »Sie ist vierzehn«, rief sie mir ins Gedächtnis.

Manchmal war mir die Freundschaft zwischen Lorna und Jane ein Rätsel. Für ihr Alter war Jane schon ziemlich reif und verfügte über kein geringes Maß an Selbsterkenntnis. Lorna war ehrgeizig und klug, das schon, aber überdies auch mehr als nur ein wenig oberflächlich.

Mein Handy brummte und lenkte mich von Janes Kunstwerk ab. Ich ließ mich auf das riesige Ecksofa in dem offenen Wohn- und Küchenbereich plumpsen und öffnete die Textnachricht.

Wie süß ist das denn xx

Ich seufzte. War das eine Absage an morgen?

Wieder vibrierte mein Telefon.

Sry, morgen kann ich nicht. Dinner mit Freunden meiner Eltern – kotz. CU Montag 1 Stunde vor der Schule? Wird sich für dich lohnen ;)xx

Ihre vielversprechenden Worte sandten Lava in meine Lenden.

Alles klar.

Ich warf mein Handy auf die Couch und war angesichts von Julies Ankündigung nicht mehr ganz so frustriert, weil der Sex heute Abend ausfiel. Dem Vernehmen nach war Julie das Warten durchaus wert.

Dennoch fragte ich mich, ob Bethany morgen Abend Zeit hatte? Ich griff wieder nach meinem Mobiltelefon, um ihr zu schreiben.

»Schreibst du deinem Harem?«, neckte mich Skye, die sich gerade einen leichten Pullover überzog.

Ich zuckte mit den Schultern.

Sie seufzte. »Brich nur keine Herzen, Jamie! Glaub mir, zu dieser Art von Jungs willst du nicht gehören.«

Ihre Unterstellung ärgerte mich. »Ich bin immer offen zu ihnen und mache nie Versprechungen«, erklärte ich stirnrunzelnd.

Sie schnappte sich ihre Tasche und die Schlüssel vom Beistelltisch und musterte mich mit ihrem typischen Große-Schwester-Blick. »Ich weiß, dass du erst sechzehn bist, und fände es auch nicht gut, wenn du dich in so jungen Jahren schon auf etwas allzu Ernstes einlassen würdest ... Aber darf ich fragen, ob es einen Grund hat, warum du dauernd eine andere hast und dich nicht nur auf eine beschränkst?«

Ich hatte keine Lust, weiter darüber zu reden.

Schwestern waren Nervensägen.

»Skye«, stöhnte ich.

»War nur eine Frage.«

»Ja, die Art von Frage, die *Schwestern* einander stellen ... nicht ... Jungs. Wir reden nicht so.«

Genervt deutete ich zwischen uns beiden hin und her.

Sie lachte. »Manche schon. Gefühle machen einen schließlich nicht zu einem schlechteren Mann. Oder tippst du abends einfach nur unzusammenhängendes Zeug in deinen Laptop?«

Ihre Stichelei war mir peinlich.

Na gut, okay, ich hatte viele beschissene Gefühle, die ich in meine Geschichten einfließen ließ. Das war etwas anderes. Aber ich wollte, dass sie mich endlich in Ruhe ließ, also stieß ich hervor: »Ich könnte mir durchaus vorstellen, nur mit einem einzigen Mädchen zu gehen.«

»Wirklich?«

»Herrgott noch mal!«, schnaubte ich. »Das reicht doch wohl, oder?«

»Nope.«

»Ich bin erst sechzehn!« Ich wedelte mit der Hand, sodass das Paperback darin umklappte und ich die Stelle verlor, an der ich gerade gewesen war. »Ich hab sie halt einfach noch nicht kennengelernt. Mehr steckt nicht dahinter.«

»Wen hast du nicht kennengelernt?«

Schwesternmord war ein Verbrechen, oder?

»Diejenige, durch die mir die Lust auf andere Mädchen vergeht. Können wir das Thema jetzt endlich fallen lassen?«

Sie wirkte selbstzufrieden. »Ich wusste es ja: Schriftsteller sind insgeheim Romantiker. Aber denk dran: Du musst dich noch nicht so bald festlegen. Tummele dich also nur weiter auf dem Jahrmarkt der Erotik, aber achte auf deine *Sicherheit*. Schütze dich und andere und verhalte dich nicht wie ein Arschloch.« Mit dieser nervigen Ermahnung schlenderte sie zur Tür. »Bestell euch was zu essen. Aber denk dran, die Mädels vorher zu fragen, was sie wollen.«

»Ja, egal.«

»Und danke.«

»Du bist mir was schuldig.«

»Ich weiß.«

Ich hob den Kopf. »Und viel Glück bei deinem Meeting heute Abend.«

Meine große Schwester grinste, winkte mir noch einmal kurz zu und schwebte zur Tür hinaus.

Manchmal war es nicht so einfach, eine große Schwester zu haben, die so attraktiv war, dass all meine Freunde gern Sex mit ihr gehabt hätten, die ihre Nase ständig in meine Angelegenheiten steckte und die nicht wusste, wann man besser die Klappe hielt.

Aber trotzdem wollte ich Skye gegen keine andere Schwester der Welt eintauschen.

Schnaubend schüttelte ich den Kopf über sie, öffnete mein Buch und versuchte zu vergessen, dass sie mir heute Abend die Tour vermasselt hatte.

Nach einer Weile knurrte mir der Magen. Ich war versucht, einfach eine Pizza zu bestellen, ohne Lorna und Jane zu fragen, was sie wollten, aber dann würde Lorna wieder den ganzen Abend herumzetern. Wenn ich das Gequengel umgehen wollte, musste ich wohl oder übel hoch zu ihr.

Erst vor Lornas Tür konnte ich die Musik wieder hören. Sie hatten sie leiser gedreht, um sich besser unterhalten zu können. Lorna und Jane schienen pausenlos miteinander zu quasseln, was einer der Gründe dafür war, dass ich keine Freundin wollte. Ich bezweifelte, dass ich zu den Typen gehörte, die damit leben konnten, wenn sie jemand pausenlos zulaberte.

»Das ist Regel Nummer zwei«, hörte ich Lorna in so scharfem Ton fauchen, dass ich unwillkürlich stehen blieb. Wenn sie so drauf war, hatte ich keine Lust, mit ihr zu reden. Ich liebte meine kleine Schwester, mochte sie aber meist nicht. War mir egal, wenn mich das zum Arschloch machte. Skye versicherte mir immer wieder, dass Lornas Herumgezicke sich irgendwann auswachsen würde und sie sich in einen coolen Menschen verwandeln würde, mit dem ich eines Tages vielleicht sogar befreundet sein konnte. *Na klar! Wer's glaubt, wird selig.*

»Es ist *nicht* Regel Nummer zwei«, antwortete Jane ebenso ruhig wie entschieden. Ihr Ton überraschte mich.

»Ist es *doch*«, widersprach Lorna. »Wir sollen das, was der andere mag, respektieren und einander unterstützen.«

»Wir sollen auch respektieren, was der andere *nicht* mag. Und ich mag Greta nicht. Sie schikaniert andere Leute. Mit so jemandem will ich nichts zu tun haben.« Jane wurde nicht laut, klang aber immer noch entschlossen und hart.

Ich wollte gerade klopfen und die beiden unterbrechen, hielt aber inne, als Lorna schnauzte: »Ist doch nur eine Party. Und ich bin es leid, immer ausgeschlossen zu werden, weil du dich wie ein Baby benimmst!«

Ich runzelte die Stirn. Großer Gott, meine kleine Schwester konnte ganz schön herumkeifen.

»Ich bin kein Baby.« Jetzt zitterte Janes Stimme. »Ich habe nur keine Lust, mich mit Leuten anzufreunden, die hinter dem Rücken anderer über sie lästern und das Wort Loyalität nicht mal dann kennen würden, wenn Gucci eine Tasche herausbrächte, auf der es aufgedruckt wäre. Ich muss nicht beliebt sein, um glücklich zu sein. Ich bin schließlich kein hirnloses Schaf.«

Ich zog die Augenbrauen hoch. So eine Antwort hätte ich der Kleinen gar nicht zugetraut.

»Willst du damit sagen, dass *ich* ein hirnloses Schaf bin?«

»Wenn du dir den Schuh anziehen willst.«

In diesem Augenblick hätte ich Jane Doe am liebsten abgeklatscht.

»Zumindest bin ich keine Loser-Waise! Außer mir will dich keiner haben, Jane. Denk mal drüber nach, bevor du irgendwas sagst, was du vielleicht bereuen könntest.«

Plötzlich hatte ich die dicke Wut im Bauch. Schon jetzt, mit ihren gerade mal vierzehn Jahren, war Lorna McKenna eine Meisterin der Manipulation.

Zu spät vernahm ich das verräterische Quietschen der Bodendielen, denn schon flog die Tür auf. Jane stürmte hinaus und wäre beinahe mit mir zusammengeprallt. Ich packte sie am Arm, damit sie nicht hinfiel, und spürte, wie die Wut auf meine Schwester sich verzehnfachte. Janes Wangen waren gerötet und tränenüberströmt.

Na toll.

Ein heulender Teenager. Wie verhasst mir so was war!

Jane wischte sich die Tränen ab, riss sich los und rannte an mir vorbei und den Flur entlang.

Mir fiel ein, dass sie zu Fuß eine halbe Stunde bis zu ihrer Wohnung brauchen würde. Skye würde mich umbringen, wenn ich die Kleine allein nach Hause gehen ließ.

Und *ich* wiederum hätte Lorna umbringen können.

Mit einem genervten Seufzen steckte ich den Kopf in Lornas Zimmer und sah sie auf dem Bett sitzen. Wütend funkelte sie die Wand an, zwei leuchtend rote Flecken des Zorns auf den Wangen.

Nachdem Skye ihr nicht das Elternschlafzimmer hatte geben wollen, hatte Lorna einen Wutanfall bekommen, weshalb sie nun zumindest das größere der beiden restlichen Schlafzimmer bewohnte. Skye bezahlte immerhin die Miete. Das Elternschlafzimmer stand ihr zu. Ich fand das absolut folgerichtig. Hatte versucht, es Lorna zu erklären. Wie ein Kind mit ihrer Vorgeschichte dermaßen verwöhnt sein konnte, wollte mir nicht in den Kopf. Irgendwann hatte ich nachgegeben und war ins kleinste Zimmer im Haus gezogen. Obwohl Skye immer wieder betonte, dass mir als älterem Bruder doch eigentlich das größere zugestanden hätte.

»Ich sorge dafür, dass Jane sicher nach Hause kommt.«

Ihr Blick flog zu mir herüber. »Was?«

Ich kochte vor Wut. »Ich begleite Jane nach Hause. Wenn du es wagst, in meiner Abwesenheit das Haus zu verlassen, mache ich dir das Leben zur Hölle, bis ich aufs College gehe.« Ich griff nach der Klinke und knallte die Tür zu.

Während ich Jane eilig über die Treppe nach unten folgte, überlegte ich, ob ich mir die Autoschlüssel schnappen und das Mädchen nach Hause fahren sollte, aber bevor ich später zu meiner kleinen Schwester zurückkehrte, brauchte ich einen klaren Kopf. Die frische Luft würde mir guttun.

Draußen entdeckte ich Jane, die den Bürgersteig entlangrannte. »Warte, Jane!«, rief ich ihr hinterher.

Überrascht wirbelte sie so schnell herum, dass ihr langes, dunkles Haar wie ein Schleier um ihre Schultern flog. Und sie wartete tatsächlich auf mich.

Im Näherkommen sah ich, wie die letzten Sonnenstrahlen sich in ihren braungrünen Augen widerspiegelten, und wie aus heiterem Himmel – wie ein Blitz oder ein Güterzug oder sonst ein Klischee – traf mich die Erkenntnis, dass Lornas beste Freundin schön war.

Verblüfft blieb ich vor ihr stehen.

Vor einem Jahr war Jane Doe noch ein linkisches, kleines Mädchen gewesen. Große Augen, große Ohren, großer Mund. Sie hatte ausgesehen wie eine Comicfigur.

Aber mittlerweile war der Babyspeck verschwunden, sodass sie mit ihren hohen Wangenknochen und den zarten Gesichtszügen beinahe erwachsen wirkte.

Aus der Raupe war tatsächlich ein Schmetterling geworden.

Jane Doe war auf dem besten Wege zur Schönheit.

Hmm.

Ich schüttelte die Benommenheit ab, die sich bei dieser Erkenntnis über mich gelegt hatte.

»Ich begleite dich nach Hause.« Ich berührte Jane am Ellbogen und setzte mich in Bewegung.

Glücklicherweise widersprach sie nicht. Wenigstens musste ich jetzt nicht stundenlang auf sie einreden, nur um sie davon zu überzeugen, wie gefährlich es war, den Weg allein zurückzulegen. Wortlos lief sie neben mir her.

Als ich merkte, dass sie kaum mitkam, verlangsamte ich mein Tempo.

Eine kühle Brise bescherte mir eine Gänsehaut auf den Armen. Ich hätte ein Hoodie mitnehmen sollen. Mitte Oktober war es in L. A. normalerweise immer noch warm, nur abends wurde es schon mal empfindlich kühl. Gerade genug, dass Jeans besser als Shorts und Hoodies besser als T-Shirts waren. Doch Jane trug nur ein dünnes Sommerkleid und zitterte nicht einmal. Wenn also eine vierzehnjährige Kalifornierin die Brise meisterte, dann konnte ein Typ von der Ostküste das allemal.

Ich sah auf ihren dunklen Schopf hinab, merkte, wie sie unverwandt zu Boden blickte, und verfluchte meine kleine Schwester einmal mehr. Ich seufzte. »Ignorier Lorna, okay? Sie geht doch immer hoch, wenn man nicht nach ihrer Pfeife tanzt.«

Offen gesagt hatte ich es Jane bis jetzt nicht zugetraut, Lorna die Stirn zu bieten.

»Ich weiß.« Jane blickte mit diesen hübschen Augen zu mir empor. »Aber in letzter Zeit ist sie häufig gemein zu mir, und irgendwann ist das Maß halt voll.«

Na ja, ich war ein Mann, und Männer hielten sich gern für erhaben über kleinlichen Scheiß wie diesen. Andererseits hatte ich genug Eifersüchteleien zwischen meinen Freunden erlebt – sogar zwischen den Jungs in Boston –, um zu wissen, was eine Freundschaft kaputtmachen konnte. Vielleicht war Lorna nicht glücklich darüber, dass ihre schüchterne, linkische, kleine Freundin zu einer hübschen, talentierten Künstlerin heranwuchs, auf die so manch einer ein Auge werfen würde. Wenn das nicht manche sogar jetzt schon taten.

»Gut für dich. Dass du für dich selbst einstehst.« Was für eine blöde Bemerkung. Aber etwas anderes fiel mir nicht ein. Bisher hatten Jane und ich höchstens zwanzig Worte miteinander gewechselt.

»Alle halten mich für ein Weichei. Sogar Lorna.« Sie schaute zu mir auf und wandte den Blick sofort wieder ab. »Aber das bin ich nicht.«

Ich hatte schon vor einer ganzen Weile bemerkt, dass ich die Kleine nervös machte. Wenn wir im gleichen Zimmer waren, konnte sie mir kaum in die Augen sehen.

Na ja, war nicht zu ändern.

Auf sauberen Gehsteigen wanderten wir den sanften Abhang der menschenleeren Straße hinab, vorbei an Häusern, deren Architektur dem spanischen Kolonialstil nachempfunden war und in deren Vorgärten beinahe ausnahmslos Palmen standen. Zwischen hier und Dorchester lagen Welten.

»Schreibst du gerade irgendwas Neues?«, platzte Jane plötzlich heraus.

Ich wäre beinahe gestolpert.

Verengte die Augen.

Ich bring dich um, Lorna!

»Ähm … nicht … Ich meine, ich wusste nicht …« Jane schloss die Augen ganz fest, und ihr süßes Gestammel ließ meinen Zorn verrauchen.

Nur noch ein ganz klein wenig verärgert – wenn auch nicht auf sie – winkte ich ab. »Schon gut.«

»Ich erzähle es keinem.«

Ich zuckte mit den Schultern, als sei mir das egal, obwohl es das verdammt noch mal absolut nicht war.

Schweigend setzten wir unseren Weg fort.

Bis …

»Ich habe dieses Buch gelesen. Das von Richard Matheson. *Ich bin Legende*.«

Ich sah sie an, und diesmal hielt sie meinem Blick stand. Als mir klar wurde, dass sie das Buch von dem Poster in meinem Zimmer kannte, musste ich grinsen. Hatte die kleine Jane Doe etwa eine Schwäche für mich? »Ja? Und wie hat es dir gefallen?«

»Super. Aufregend. Aber auch traurig.« Sie seufzte, und das Zittern ihrer Stimme verriet, wie nervös sie war. Einerseits tat sie mir leid, aber andererseits freute ich mich darüber, dass meine Gegenwart sie so aus der Fassung brachte. »Danach habe ich *Echoes: Stimmen aus der Zwischenwelt* gelesen. Das fand ich auch toll.«

»Ich hätte nicht gedacht, dass du solche Bücher liest.«

»Ich würde alles lesen, wenn es gut ist.«

Ich musste lächeln. »Ja«, pflichtete ich ihr bei.

Wieder verfielen wir in längeres Schweigen. Ich überlegte, ob Jane vielleicht ihren ganzen Mut für einen Abend aufgebraucht hatte. Normalerweise hätte auch ich nichts mehr gesagt. Aber irgendetwas an ihr gefiel mir. Womöglich war es diese ruhige Stille. Sie machte mich neugierig.

»Warum hast du deine Pflegeeltern nicht angerufen, damit sie dich abholen? Du weißt doch, dass du einen so weiten Weg nicht im Dunkeln allein zurücklegen solltest.«

Jane biss sich auf die Unterlippe. »Tut mir leid, dass ich dir Umstände mache.«

»Das hab ich nicht gesagt. Und ist auch keine Antwort auf meine Frage.«

»Ich will sie nicht behelligen.«

Behelligen? Sie war ihr Pflegekind. Es war ihr *Job*, sie zu behelligen. »Sie werden dafür bezahlt, für dich zu sorgen, oder?« Kaum war es mir über die Lippen gekommen, wusste ich auch schon, dass es die falsche Antwort gewesen war. Ich spürte einen schuldbewussten Stich, als ich ihr trauriges Gesicht sah. »Das wollte ich nicht …«

»Schon gut. Ich … ich will nur einfach keinen Staub aufwirbeln. Bis zu meinem achtzehnten Geburtstag dauert es nur noch vier Jahre, und bis dahin will ich bei ihnen bleiben. Ich will nicht noch einmal umziehen.«

»Wie lange wohnst du schon bei ihnen?«

»Dreieinhalb, fast vier Jahre.«

Ich runzelte die Stirn. »Und davor?«

Sie zuckte mit den Schultern. »Bei ein paar anderen Familien.«

»Und die Greens sind die nettesten?« Mein Freund Lip aus Dorchester war ebenfalls ein Pflegekind gewesen. Den Großteil seines Lebens hatte er bei einer netten Frau namens Maggie verbracht. Ihr beschissener Mann war ein Faulpelz, und Maggie war mit den fünf Pflegekindern ständig überfordert gewesen, weshalb Lip jede Menge Scheiße gebaut hatte.

Jane zögerte, und ich spürte einen seltsamen Stich in der Brust. »Ja.«

»Und weshalb das Zögern?«

»Sie sind nur … Sie sind in Ordnung. Sie sind nicht allzu häufig da, aber sie sorgen dafür, dass ich alles habe, was ich brauche, und sie schreien mich nicht an oder … sonst etwas.«

»Sonst etwas? Hat jemand dir ›sonst etwas‹ angetan?« Warum war ich plötzlich so sauer?

Jane blickte zu mir auf. Angesichts ihres winzigen Lächelns und des wissenden Ausdrucks in ihren Augen kam ich mir wie ein naiver, kleiner Junge vor. »Jamie, das Pflegesystem hat jede Menge Schwachstellen. Zu viele Kids, die betreut werden müssen, nicht genügend Sozialarbeiter und definitiv nicht genug Pflegefamilien. Ich hatte beides. Gutes und Schlechtes.«

Einen Augenblick lang vergaß ich, dass ich mit einer Vierzehnjährigen und nicht mit einer Erwachsenen sprach. Ich fühlte mich beschissen, als ich den Kummer und Schmerz in ihren Augen sah. Wer so aufwuchs wie ich, musste schnell erwachsen werden. Aber nun erkannte ich, dass auch jemand, der allein aufwuchs wie Jane, schnell erwachsen wurde. Das kam mir total unfair vor. »Das tut mir leid.«

Sie schwieg eine Weile, dann holte sie tief Luft, als bereite sie sich auf irgendetwas vor. Und schließlich platzte sie heraus. »Du kommst mir verändert vor. Weniger wütend.«

Offenbar hatte Jane Doe *tatsächlich* eine Schwäche für mich und mich im Auge behalten. Ich runzelte die Stirn. »Was willst du damit sagen?«

»Früher warst du irgendwie …«

»Irgendwie was?«

Janes Lippen zuckten, und sie warf mir einen amüsierten Blick zu, bevor sie wieder nach vorn sah. »Mürrisch.«

Mich beschlich der Verdacht, dass das nicht das Wort war, nach dem sie gesucht hatte. Außerdem war ich *immer noch* ein mürrischer Mistkerl.

»Ja, na ja, das wärst du wohl auch, wenn dein Dad sich verpisst hätte und dich bei einer Mom wie meiner zurückgelassen hat. Und schlechte Mom oder nicht – schließlich ist sie sowieso gestorben.« Verwundert über mich selbst runzelte ich die Stirn. Warum erzählte ich ihr das?

Als sie mich diesmal ansah, hielt sie meinen Blick auf eine Weise fest, die mich verunsicherte. In ihren Augen stand eine Weisheit, die mir das seltsame Gefühl gab, sogar jünger als sie zu sein. »Darf ich dir was erzählen? Etwas, das ich nicht mal Lorna verraten habe.«

Ich nickte, denn was immer es war, ich wusste, dass es wichtig war. Keine Ahnung, warum sie es mir erzählen wollte, und auch nicht, warum ich unbedingt wissen wollte, was es war, aber es interessierte mich nun mal.

»Ich wurde als Baby adoptiert.«

Was?

Sie sah, wie verwirrt ich war, und nickte mit so einem traurigen Gesicht, dass mein Herz plötzlich schneller schlug.

»Marissa und Calvin Higgins adoptierten mich im Alter von neun Monaten. Damals hieß ich Margot Higgins.«

»Das kapier ich nicht.«

»Sie konnten keine Kinder bekommen. Die einzige Familie, die sie hatten, war Calvins Mom. Sie mochte Marissa nicht. Und mich ebenso wenig. Sie mochte niemanden, den Calvin mehr liebte als sie. Aber damals war mir das natürlich nicht klar.« Sie grinste betrübt. »Das reimt man sich erst später zusammen, wenn man älter ist, weißt du. All die Erinnerungen, die plötzlich einen Sinn ergeben, wenn man kein kleines Kind mehr ist.«

»Jane … Ich verstehe nicht …« Wie konnte sie adoptiert worden sein, nur um dann doch wieder bei einer Pflegefamilie zu landen?

»Sie liebten mich«, flüsterte sie bedrückt. »Sie waren Mom und Dad. Als es passierte, war ich sieben. Autounfall. Ich war zu dem Zeitpunkt gerade in der Schule. Sie fuhren zusammen zur Arbeit. Ich habe nach ihrem Tod erst erfahren, dass ich adoptiert war. Dass sie gar nicht meine richtigen Eltern waren.«

Mir sank ihretwegen das Herz.

»Früher habe ich getanzt.« Sie verlor sich in Erinnerungen. »Ballett. Aber das ist teuer. Außerdem wurde ich von einer Pflegefamilie zur nächsten weitergereicht. Ballettstunden rückten in weite Ferne. Eine Weile konnte ich nur malen. Ballerinen. Manchmal male ich die noch heute. Der Anblick einer Tänzerin erinnert mich jedes Mal daran, dass mein Leben anders hätte verlaufen können.« Sie stieß ein kleines, niedergeschlagenes Lachen aus. »Aber es ist nicht anders verlaufen. Es ist, was es ist, und wir machen das Beste aus dem, was wir haben. Trotzdem träume ich auch heute noch gern von diesem Leben. Marissa, meine Mom, versprach mir damals, mich, wenn ich älter wäre, mal mit in eine richtige Aufführung zu nehmen. Aber bis heute war ich noch nie im Ballett.«

»Eines Tages wirst du das.« Ehe ich michs versah, waren die Worte raus. Ein Versprechen. Eine Überzeugung. »Warum heißt du heute Jane Doe?«

»Dads Mom wollte mich nicht haben, obwohl sie meine nächste Verwandte war. Willa glaubt, dass meine Eltern alles, auch mich selbst, meiner Adoptiv-Großmutter hinterlassen haben. Dass sie sich nur nicht an ihre Wünsche gehalten hat. Von der Adoption habe ich erst nach dem Tod meiner Eltern erfahren. Die Mom meines Dads wollte nicht mal, dass ich den Namen meines Vaters behielt. Die Fürsorgebehörde wollte deshalb keinen Streit anzetteln, und ich selbst war erst sieben. Also nahm ich von Rechts wegen wieder den Namen Jane Doe an und kehrte ins Fürsorgesystem zurück.«

Großer Gott! »Das tut mir leid.«

Sie nickte, und eine feine Röte überzog ihre Wangen. »Das hab ich dir nur erzählt, damit du weißt, dass du nicht allein bist, Jamie. Wahrscheinlich durchwandern wir die Flure der Highschool in der festen Überzeugung, dass keiner den Mist versteht, den wir durchgemacht haben, aber beinahe jeder hat ein Geheimnis. Einen Schmerz, über den man nicht redet.«

Meine Kehle schnürte sich zu, und ich fühlte mich, als sei ich gerade von einer Dampfwalze überfahren worden. Mein Herz hämmerte zu heftig, und ich schämte mich. Ein ganzes Jahr lang hatte ich mich Skye gegenüber wie ein Arschloch verhalten. Und manchmal flippte ich vor lauter Wut und Groll immer noch aus. Und die Mädels servierte ich gleich reihenweise ab. Wurde unleidlich, sobald sich eine Hoffnungen machte – als hätte ich ihnen nicht von Anfang an klargemacht, dass ich nichts Festes wollte. Ich hatte zwar gute Noten, aber bei den Lehrern eine große Klappe. Und manchmal sehnte ich mich so sehr nach einer Prügelei, dass es mir in den Fingern juckte.

Das alles hatte die gleiche Ursache.

Und hier stand die junge Jane Doe vor mir, trauerte um ein Leben, das sie hätte gehabt haben sollen, behandelte aber jedermann geduldig, freundlich und respektvoll.

So hatte mir diese Neuntklässlerin gerade etwas Wichtiges beigebracht.

Jane bemerkte, wie sehr mir das alles zu schaffen machte, und schenkte mir ein liebenswürdiges Lächeln. Ein Grübchen, das ich bis dahin nicht bemerkt hatte, erschien in ihrer linken Wange. *Wie süß.* Es fühlte sich an wie ein unerwarteter Schlag in die Magengrube.

Fuck.

Ich wandte den Blick ab und rief mir ins Gedächtnis, dass sie nicht nur in der neunten Klasse, sondern auch die beste Freundin meiner Schwester war.

»Lass uns ein bisschen schneller gehen«, sagte ich also mit ausdrucksloser Stimme. Ich hatte keine Ahnung, was ich ihr sagen sollte. »Ich hab noch was zu tun.«

Bei diesen Worten errötete sie, und ich verfluchte mich selbst, weil ich mich ihr gegenüber so mies verhielt.

Während des restlichen Weges zu ihrem Wohnblock sagte sie kein Wort mehr.

Mehr als nur einmal musste ich mir auf die Zunge beißen, um ihr nicht noch mehr Fragen zu stellen. Ich interessierte mich für das, was Jane zu sagen hatte. Ich wollte ihre Meinung zu Büchern und Musik hören ... und vieles mehr.

Ohne sich zu verabschieden, eilte sie die Treppe zur Wohnung der Greens hinauf, was mich ärgerte. Hatte ich etwa ihre Gefühle verletzt, nachdem sie mir ihr Geheimnis anvertraut hatte? Während des gesamten Rückwegs zu unserem Haus verfluchte ich mich selbst und wünschte, ich hätte etwas anderes gesagt.

Sie vielleicht sogar in den Arm genommen.

Shit. Das ging nicht. Das ging überhaupt nicht. Jane war tabu. Sie war noch ein Kind. Ich durfte mich weder von ihren großen, seelenvollen Augen noch von ihrer erwachsenen Art einwickeln lassen – genauso wenig wie von dem Eindruck, den sie mit ihrer traurigen Geschichte bei mir hinterlassen hatte.

Vielleicht war es mit Lornas Freundschaft zu Jane ja jetzt vorbei, dann musste ich sie ohnehin nicht mehr sehen.

Doch diese Hoffnung löste sich in Wohlgefallen auf, als ich das Haus betrat und Lorna auf der Couch sitzen sah, das Handy ans Ohr gepresst. »Nein, es war meine Schuld. Es tut mir so leid, Jane. Ich war eine totale Bitch. Natürlich musst du nicht mit auf diese Party gehen. Ich will nur nicht, dass du wütend auf mich bist, wenn ich es tue.«

So leid ich ihr kleines Drama des heutigen Abends war, so wurde mein Blick doch weich, als ich hörte, wie meine Schwester sich entschuldigte. Vielleicht hatte Skye ja recht, und Jane hatte einen guten Einfluss auf Lorna. Im Vorbeigehen zerzauste ich ihr das Haar und wandte mich zur Küche, um mir etwas zu trinken zu holen. Sie sah mit einer solchen Heldenverehrung zu mir auf, dass mein schlechtes Gewissen mir einen schmerzhaften Stich versetzte.

Vielleicht sollte ich versuchen, ein besserer großer Bruder zu sein.

In diesem Moment vibrierte mein Handy in der Hosentasche. Es war Bethany.

Ja. Hab morgen Zeit. Meine Eltern sind weg, und das Poolhouse steht leer. xxxx

Schon besser. Sonntag und Montag waren geritzt. Auch wenn mir meine Verpflichtungen als Babysitter für heute die Tour vermasselt hatten, hatte sich das Blatt gewendet, was mich mit meinem Schicksal versöhnte.

»Was willst du zu essen bestellen?«, fragte ich meine kleine Schwester, nachdem sie aufgelegt hatte.

Ihre Augen leuchteten auf. »Ich darf mir was aussuchen?«

»Ja.«

Sie schnellte vom Sofa empor. »Willst du damit wiedergutmachen, dass du Jane heute Abend mir vorgezogen hast?«

Sämtliche positiven Gefühle verflogen im Nu.

Genau das war nämlich die Scheiße, die mich an ihr immer so sauer machte. »Ich habe Jane nicht vorgezogen. Aus eurem kleinkarierten, unwichtigen Freundinnendrama hab ich mich rausgehalten. Sie ist vierzehn, und ich hab sie nicht allein nach Hause gehen lassen. Punkt, aus, Ende.«

»Aber *mich* hast du im Haus allein gelassen.« Lorna verschränkte die Arme vor der Brust und funkelte mich an.

Ich sah sie an und erkannte meine Mutter in ihr wieder. Als ich noch klein war, pflegte Mom mich mit diesem Mist völlig durcheinanderzubringen und mir das Gefühl zu geben, sie einfach nicht genug zu lieben, egal, was ich für sie tat. Erst im Laufe der Jahre war mir ein Licht aufgegangen. Es war zermürbend. »Na gut«, blaffte ich und drückte die Kurzwahltaste auf meinem Handy. »Wir bestellen Pizza.«

»Jamie!«

Ich ignorierte ihr Gezeter und bestellte, was ich verdammt noch mal bestellen wollte. Meine Stimmung war nun offiziell auf dem Nullpunkt angelangt.

Aber als ich an diesem Abend im Bett lag, hörte ich im Geiste Janes Stimme.

Wahrscheinlich durchwandern wir die Flure der Highschool in der festen Überzeugung, dass keiner den Mist versteht, den wir durchgemacht haben, aber beinahe jeder hat ein Geheimnis. Einen Schmerz, über man nicht redet.

Es war ein ebenso schlichter wie bedeutsamer Moment gewesen. Weise Worte, die mir im Gedächtnis bleiben würden. Sie ermöglichten es mir, über meinen eigenen Horizont hinauszublicken. Diese Worte würden mich zu einem besseren Schriftsteller machen … aber was noch wichtiger war: auch zu einem besseren Menschen.

In der Stille lag ich da und ließ ihre Worte auf mich wirken. In dieser Nacht hörte ich auf, so verdammt wütend auf die Welt zu sein, denn mir wurde klar, dass da draußen ein paar Leute herumliefen, die erheblich Schlimmeres durchgemacht hatten als ich.

Ich hörte auf, mich so verdammt allein zu fühlen.

Ihretwegen.

Drei

JANE

Heiß loderte der Schmerz in meiner Brust. Ich war keineswegs wütend, weil Christopher Cruz mit Lorna statt mit mir herumgeknutscht hatte.

Ich war verletzt, weil Lorna sich bewusst an Chris herangemacht hatte, und zwar, weil sie genau wusste, dass ich in ihn verknallt war.

Die Regeln, die sie mit dreizehn aufgestellt hatte, hatte sie selbst schon so oft gebrochen, dass ich den Überblick verloren hatte.

Ich war nicht dumm. Mir war klar, dass unsere Freundschaft teilweise schön und innig, aber teilweise auch toxisch war. Eine fünfzigprozentige Toxisch-Quote hätte eigentlich ausreichen müssen, um ihr den Laufpass zu geben. Aber ehrlich gesagt wollte ich unsere Freundschaft nicht beenden, weil es immer wieder Momente gab, in denen Lorna total lieb zu mir war, mich unterstützte und mit aller Macht beschützte. Außerdem blieb ich, weil ich Skye wie eine große Schwester liebte und meine Gefühle für ihren Bruder Jamie ein episches Ausmaß angenommen hatten. Ihr Haus mit den drei Schlafzimmern in Glendale war mittlerweile wie ein zweites Zuhause für mich. Wenn ich meine Freundschaft mit Lorna kappte, würde ich auch ihren Bruder und ihre Schwester verlieren.

Obwohl es zwischen Jamie und mir gar nicht so viele Berührungspunkte gab.

Ich liebte ihn aus der Ferne.

Aber Skye ... sie liebte ich einfach.

Vor neun Monaten war ich diejenige gewesen, die Jamie gezwungen hatte, Skye zur Rede zu stellen, als ich mitbekommen hatte, dass sie zu viel trank. Sie kam mir so tieftraurig vor. Jamie redete mit ihr, und sie gab zu, dass sie es übertrieb. Die ständigen Partys gehörten nun mal zu ihrem Leben als Schauspielerin dazu. Doch nach ihrem Gespräch mied sie Partys und hörte auf zu trinken. Stattdessen arbeitete sie pausenlos.

Trotzdem war ein kleiner Skye-Sonnenstrahl in meinem Leben immer noch besser als gar nichts.

Und für die kurzen, allwöchentlichen Unterhaltungen mit Jamie lebte ich förmlich.

Er war jetzt achtzehn, gut aussehender denn je, und mir war ein Stein vom Herzen gefallen, als er sich für ein College in der Nähe entschieden hatte. Jamie hatte ein Leichtathletik-Stipendium an der University of Southern California gewonnen und war dort im ersten Semester. Zu Lornas Bestürzung hatte er im Hauptfach Englisch gewählt, was sie für blanken Hohn hielt, denn: »Er wird den Rest seines Lebens als armer Künstler fristen.«

Sehr zu meiner Freude blieb Jamie zu Hause wohnen, um Geld zu sparen, was bedeutete, dass ich ihn auch weiterhin regelmäßig sah.

Nur fürchtete ich mich vor dem Tag, an dem er eine smarte, sexy Studentin kennenlernte und sich in sie verliebte.

Jamie würde in mir nie etwas anderes als die nervige, schüchterne, beste Freundin seiner kleinen Schwester sehen. Manchmal überwältigte mich immer noch die Scham, wenn ich daran dachte, wie ich ihm von meiner Adoption erzählt hatte. Nicht einmal Lorna wusste das. Und nachdem ich ihm mein Geheimnis anvertraut hatte, hatte Jamie geradezu ungeduldig reagiert. Dieser peinliche Augenblick war einer der Gründe, warum ich meine Gefühle für ihn immer noch infrage stellte. Ein zweiter Grund waren seine Launen. Manchmal war er witzig und zugänglich, dann wieder konnte er ein richtiger Mistkerl sein.

Erst vor einem Monat hatte mich Lorna an ihrem Pool allein gelassen, um mit einem Collegestudenten zu telefonieren, den sie in der Shoppingmall kennengelernt hatte. Ich trocknete in der Sonne auf der Liege und genoss meine freie Zeit, als plötzlich ein Schatten über mich fiel.

Als ich die Augen öffnete, stand Jamie vor mir und funkelte mich wütend an.

»Was hast du denn da an?«

Verwirrt warf ich einen Blick hinab auf meinen Bikini. »Äh …«

»Nichts! Die Antwort lautet nichts. Los, zurück ins Haus. Zieh dir sofort was an.«

Seine selbstherrliche Art machte mich fuchsteufelswild. Stirnrunzelnd erhob ich mich, und er wich so hastig zurück, als befürchtete er, ich könne ihn beißen. »Ich trage einen Bikini«, antwortete ich. Egal, wie wütend ich wurde, ich wurde nur selten laut. Es brachte schließlich nichts, einander anzuschreien. Außerdem schrie Lorna schon genug für uns beide. »Den hab ich mir von deiner Schwester geborgt.«

Sein Blick flackerte nach unten auf meine Brüste, bevor er ihn hastig wieder abwandte. An seinem Kiefer zuckte ein Muskel, als wolle er mich unter keinen Umständen weiter ansehen. »Ja, na ja, sie ist schmaler. Dieser Bikini passt dir nicht und sieht obszön aus. Lauf und zieh dich um.«

Wollte er damit etwa sagen, dass ich dick war?

Meine Wangen brannten, aber ich ließ mich nicht unterkriegen. »Du machst dich lächerlich.«

Jamies Kopf wirbelte herum. Doch ich reckte nur das Kinn und ließ mich durch seinen brütenden Blick nicht einschüchtern. »Ich mache *was*?« Er klang gereizt. Ich kannte diesen Ton. Leise und gefährlich. Dann stand er kurz vor der Explosion.

Ich erbebte leicht. »Du machst dich lächerlich«, wiederholte ich geduldig. »Jamie, du bist nicht mein Bruder. Du kannst mir nicht vorschreiben, was ich wo zu tragen habe. Und um ehrlich zu sein, solltest du gar keiner Frau – ob Schwester oder nicht – Vorschriften in puncto Kleidung zu machen versuchen. Nie hätte ich dich für einen dieser Ewiggestrigen gehalten, die Jahrzehnte der weiblichen Emanzipation so einfach vom Tisch zu wischen versuchen.«

Mit einem enttäuschten Schulterzucken rauschte ich an ihm vorbei und machte mich auf den Weg ins Haus. Ich war ziemlich stolz auf mich. Normalerweise machte mich Jamie unfassbar nervös. Anscheinend musste er mich nur genug auf die Palme bringen, damit ich wieder so normal und redegewandt wie immer wurde.

Beim Abendessen hatte er mich mit Schweigen gestraft, weshalb ich meine Gefühle für ihn infrage stellte. Sollte ich nicht lieber jemanden anschmachten, der meine Zuneigung erwiderte? Von dem ich kein emotionales Schleudertrauma verpasst bekam?

So begann ich, mich nach Jungs umzusehen.

Und meine Wahl war auf Christopher Cruz gefallen. Er war in sämtlichen Cliquen beliebt. Er war Surfer. Gechillt, nett zu jedermann und mit seinem von der Sonne gebleichten Haar und dem schiefen, sexy Lächeln der Inbegriff des kalifornischen Sonnyboys.

Nachdem ich meine Wahl getroffen hatte, tat ich, was beste Freundinnen immer tun – ich erzählte es Lorna. Während der darauffolgenden vier Wochen hatte sie jede Menge ausgeheckt, um Chris' Aufmerksamkeit auf mich zu lenken. Die Party im Strandhaus seiner Eltern in Malibu sollte die Krönung der vielen Stunden darstellen, die ich in der Schule mit dem Versuch zugebracht hatte, ihn besser kennenzulernen.

Doch dann musste ich erleben, wie meine angeblich beste Freundin mit meinem mutmaßlichen Schwarm am Pool seiner Eltern herumknutschte.

Das Kranke daran war, dass Lorna diese Show wahrscheinlich nicht abzog, weil sie mir einen süßen Freund missgönnte, sondern vielmehr, weil sie mich mit niemandem teilen wollte.

Meine beste Freundin beschwerte sich ständig darüber, dass Jamie Skye mehr liebte als sie. Dass ihre Mom Jamie und Skye mehr als Lorna geliebt hatte. Dass ihr Dad sie gehasst, Jamie aber angebetet und sich mit Skye zumindest arrangiert hatte. Dass ich selbst Skye mehr liebte als meine beste Freundin.

Aus Lornas verkorkster Sicht liebte niemand sie am allermeisten.

Ich gehörte ihr.

Niemandem sonst.

Darauf lief es hinaus.

Aber so langsam hatte ich die Nase voll. Ich war ihr böse und verübelte ihr ihre besitzergreifende Eifersucht.

Also wandte ich mich von dem Pool ab, wo sie gerade ihre Zunge in Chris' Mund stieß, drängte mich durch die Menge meiner Mitschüler und rannte zur Haustür.

Malibu war über eine Stunde von Glendale entfernt, und Lorna hatte mich hergefahren. Sie hatte vor sechs Wochen ihren Führerschein gemacht, ebenso wie ich. Nur dass ich mir kein Auto leisten konnte.

Mit einem leisen Fluch trat ich nach draußen, zog mein Handy aus der Tasche und starrte wütend auf das Display. Wenn ich Willa bat, mich abzuholen, bekam die sicher einen halben Herzinfarkt. Auf keinen Fall durfte ich auf einer Party in Malibu sein, auf der Minderjährige Alkohol tranken.

Es gab nur einen Menschen, den ich anrufen konnte, und wenn ich das tat, würde Lorna stinksauer auf mich sein.

Aber letztlich war mir das egal.

Skye hob nach dem fünften Klingeln ab. »Hey, Süße, kann ich dich zurückru…« Sie fing an zu lachen und scheuchte irgendjemanden weg. »Sorry, Jane, ich bin ein wenig beschäftigt. Darf ich dich zurückrufen?«

»Skye, ich hänge in Malibu fest. Lorna ist gefahren, aber ich will nach Hause und sie … nicht.«

»Eine Sekunde.« Sie schwieg einen Augenblick, und ich hörte wummernde Musik im Hintergrund. Wenig später wurde die Musik leiser. »Okay«, sagte sie. »Da bin ich wieder. Was zum Teufel hast du auf einer Party in Malibu zu suchen?«

»Die schmeißt ein Mitschüler. Seine Eltern besitzen ein Haus am Strand. Jedenfalls will ich nach Hause, aber Lorna ist die Fahrerin und …«

»Ich bringe sie um!«, schnaubte Skye. »Okay, schreib mir die Adresse. Ich bin so schnell wie möglich da.« Ohne eine Antwort abzuwarten, legte sie auf.

Mit zitternden Fingern – denn Skye wütend zu machen war mir verhasst – schickte ich ihr eine Nachricht mit der Adresse. Fünf Minuten später kam ihre Antwort, und mir sank das Herz.

Ich kann nicht fahren. Habe Alkohol getrunken. Jamie ist bei einem Freund in Reseda, also näher. Er ist auf dem Weg. Richte Lorna aus, sie soll ihren Arsch nach Hause schaffen. SOFORT. xx

Es war Lorna, die nach mir suchte. Sie fand mich am Ende der Auffahrt, wo ich auf Jamie wartete. Ich warf ihr einen vernichtenden Blick zu, weigerte mich aber, mit ihr über das, was sie getan hatte, zu streiten.

Sie seufzte über meine Miene und streckte die Hüfte raus. »Was kann ich dafür, wenn er mich lieber mag?«

»Interessiert mich nicht die Bohne.«

Lorna zuckte zusammen und wandte den Blick ab. Eine Sekunde lang knabberte sie auf ihrer Unterlippe herum, bis sie mich wieder ansah. »Tut mir leid, okay? Ich hätte dir sagen müssen, dass ich ihn auch mag.«

»Ja, hättest du. Denn du weißt genau, dass ich dir dann den Vortritt gelassen hätte.«

»Ja, du bist ja immer so viel besser als ich. Wissen wir schließlich alle.« Sie schüttelte den Kopf und stieß einen dramatischen Seufzer aus. »Willst du jetzt den ganzen Abend hier draußen rumstehen?«

Aus Scheu vor ihrer Reaktion hätte ich die Antwort gern hinausgezögert, aber das war unmöglich. »Ich habe Skye gebeten, mich abzuholen. Sie hat Jamie hergeschickt. Er muss jeden Augenblick da sein.«

Wie erwartet ging Lorna in die Luft und beschimpfte mich als Spaßbremse. Dass ich ihre Familie nicht bitten dürfe, mich abzuholen. Schließlich hätte ich Pflegeeltern. Dass ich egoistisch und manipulativ sei. Ich sah stoisch geradeaus und versuchte, ihre Worte an mir abperlen zu lassen.

Die Vorstellung, über eine Stunde mit Jamie in einem Auto festzusitzen, verursachte mir leichte Übelkeit, trotzdem war ich erleichtert, als er in seinem schwarzen Ford Mustang vorm Haus vorfuhr.

Er stieg aus dem Wagen, stürmte auf uns zu, ein brodelnder, eins siebenundachtzig großer Vulkan. »Wollt ihr mich verscheißern?« Er deutete auf das Strandhaus. »Malibu, Lorna? Echt jetzt?«

Sie verdrehte die Augen. »War doch nur 'ne Party.«

»In fucking Malibu! Du bist sechzehn! Los, rein ins Auto.« Wütend sah er nun mich an. »Ihr beide!«

»Ich hab mein Auto hier und keinen Tropfen Alkohol getrunken. Ich fahre uns nach Hause. Du kannst dich wieder verdünnisieren.« Lorna scheuchte ihn davon.

In einem Auto mit Lorna gefangen zu sein, während sie mir die Hölle heißmachte, weil ich Skye angerufen hatte, oder eine Stunde lang mit einem still vor sich hin schäumenden Jamie zu sitzen?

Ohne ein weiteres Wort ging ich an den beiden vorbei und umrundete die Motorhaube von Jamies Mustang. Ich öffnete die Beifahrertür und stieg ein.

Jamies Stimme drang über die Einfahrt zu mir hinüber. »Steig in deinen Wagen – und sorg ja dafür, dass ich dich auf dem ganzen Heimweg im Rückspiegel sehen kann!«

»Würde dich die ganze Situation auch so aufregen, wenn die kostbare Jane nicht dabei wäre?«

Ich erstarrte. Warum musste sie das immer wieder tun?

»Lorna« – seine Stimme klang nun unerbittlich – »du solltest mit dieser Scheiße aufhören, wenn du nicht jeden vergraulen willst, so wie Mom es getan hat. Und jetzt steig in dein Auto und fahr hinter uns her.«

Ich spannte mich noch mehr an, als Jamie zum Mustang zurückmarschierte. Als er einstieg, senkte sich das Auto um ein paar Zentimeter. Dann schlug er die Tür zu. Er knirschte mit den Zähnen, während er beobachtete, wie Lorna ähnlich einer Fünfjährigen die Straße hinab zu ihrem Mini Cooper stapfte. Kaum saß sie drin, machte er einen U-Turn und sauste los.

Angesichts der Aggression, die von ihm ausging, war ich angespannt wie ein Waschbrett. Umso überraschter war ich, als er sich erkundigte, ob es mir gut ging. Hin und wieder wandte er kurz die Augen von der Straße ab und warf mir einen schnellen, besorgten Blick zu.

»Alles in Ordnung.«

»Warum hast du Skye angerufen? Warum wolltest du die Party verlassen?«

Brr. Mittlerweile kam mir der Grund armselig und kindisch vor. »Darum.«

Jamie seufzte. »Jane, was ist passiert?«

Ich zuckte mit den Schultern. »Zickenkrieg, okay? Alles in Ordnung. Tut mir nur leid, dass ich dir den Abend versaut habe.«

»Wir haben uns im Haus des Onkels von einem der Jungs in Reseda getroffen. War nicht besonders spannend.«

Ich nickte und ließ zu, dass sich das Schweigen zwischen uns ausdehnte. Er hatte die Rockmusik im Radio leise gedreht, also sah ich nur zum Fenster hinaus auf die vorbeiziehende Landschaft und versuchte zu vergessen, mit wem ich unterwegs war und wie sehr ich mir wünschte, intensiver von ihm wahrgenommen zu werden.

In meiner Tasche vibrierte mein Handy. Verwundert zog ich es heraus und entdeckte eine Textnachricht von Chris. Wir hatten vor einer Woche Nummern ausgetauscht.

Hey, U schon weg? Sry wg Lorna. Keine Ahnung Y. 2much Bier.

Für diese Entschuldigung hatte ich nur ein Stirnrunzeln übrig, aber da brummte mein Handy schon wieder.

TBH U bist toll. Find ich schon lang. Not in2 Lorna. Want U. Okay?

Nein, nicht okay. Anscheinend stieß ich ein lautes Schnauben aus.

»Was ist los? Wer hat dir da geschrieben?«, fragte Jamie.

»Nur irgend so ein Blödmann.« Ich drehte das Handy auf meinem Schoß um.

Jamie antwortete nicht sofort, weshalb ich vermutete, dass er kein Interesse an meiner Blödmann-Story hatte. Ich war erleichtert, denn ich hatte absolut keine Lust, sie ihm zu erzählen.

»Wieso Blödmann?«

Meine Augenbrauen schossen nach oben wie zwei Raketen. Ich sah ihn an. Er erwiderte den Blick, sah meinen Gesichtsausdruck und runzelte die Stirn.

»Was?«

»Du willst meine Blödmann-Story hören?«

»Angesichts deiner Art und deines Aussehens und der Tatsache, dass ich dich noch nie mit einem Jungen gesehen habe ... ja, ich will sie hören.«

Meine Art? Mein Aussehen? Was meinte er damit? »Oh ... ich habe mir eingebildet, einen bestimmten Typen zu mögen. Und hab es Lorna erzählt. Wir haben einen Plan ausgeheckt, damit er auf mich aufmerksam wird ...«

»Als hättest du das nötig«, murmelte er.

Wie bitte? Meinte er damit das, was ich dachte? Mein Herz legte an Tempo zu. »Jedenfalls war das eben das Strandhaus seiner Eltern, und die heutige Nacht sollte die Nacht sein ...«

Jamies Kopf wirbelte so schnell zu mir herum, dass ich beinahe ein Schleudertrauma befürchtete. »Die Nacht, in der du *was*?«

Als mir klar wurde, welche Richtung seine Gedanken genommen hatten, versetzte ich ihm einen Schlag auf den Arm. »Nicht das.«

Seine Hände umklammerten das Lenkrad fester. »Gut«, stieß er hervor.

»Heute sollte *der* Abend sein, an dem wir uns vielleicht sogar zu einem Date verabreden. Doch stattdessen ... stürzte deine Schwester sich als Erste auf ihn. Und jetzt schreibt er mir, dass er gar nicht die Absicht hatte, Lorna eine geschlagene Viertelstunde lang die Zunge in den Hals zu stecken, und dass doch eigentlich ich es bin, die er will.«

Als Jamie schwieg, kam ich mir vor wie eine Idiotin, weil ich es ihm erzählt hatte. »Ach, egal.«

»Nicht egal.« Er schüttelte den Kopf. »Du bist ihre beste Freundin. Warum tut sie dir so was an?«

»Eigentlich mag ich ihn gar nicht sonderlich«, bekannte ich, weil ich nicht wollte, dass Jamie Lorna wegen etwas den Kopf abriss, das gar nicht der Fall war. Auch wenn sie sich mir gegenüber mies verhalten hatte, hatte ich immer noch instinktiv das Gefühl, sie beschützen zu müssen. »Ich *wollte* ihn mögen. Verstehst du das?«

Jamie runzelte schon wieder die Stirn. »Stehst du … stehst du nicht auf Jungs?«

Ich musste lachen. »Doch, auf jeden Fall. Nur nicht auf irgendwen aus meiner Klasse.«

Er schien sich wieder ein bisschen zu entspannen. »Na ja, dagegen ist nichts einzuwenden. Trotzdem dachte Lorna, dass du was für ihn übrig hast. Deshalb hätte sie sich nicht so verhalten dürfen.«

»Sie vereinnahmt mich mit Haut und Haar«, versuchte ich, ihre Motive zu erklären. »Sie will verhindern, dass ich irgendjemandem außer ihr meine Aufmerksamkeit schenke.«

»Und das findest du in Ordnung? Denn das ist es ganz und gar nicht, Jane.«

Das war mir natürlich klar. Ich seufzte. Tief. Dann versuchte ich es mit einem Themenwechsel. »Gehst du gern aufs College?«

Er grinste und warf mir einen vielsagenden Blick zu. Sein Grinsen ließ einen ganzen Schwarm Schmetterlinge in meinem Bauch aufflattern. »Noch mal vier Jahre Schule. Sollte ich denn gern hingehen?«

»Ja!«, rief ich nachdrücklich. »Jamie, du bist von anderen Studenten umgeben, die sich genauso leidenschaftlich für Literatur und das Schreiben begeistern wie du. Du bist jetzt unter deinesgleichen.«

Seine Lippen zuckten. »Unter meinesgleichen?«

»Unter deinesgleichen.«

Er dachte darüber nach, nickte und erkundigte sich dann: »Hast du in letzter Zeit irgendwas Gutes gelesen?«

Wer diese Frage einem Bücherwurm stellt, muss sich auf eine längere Antwort gefasst machen. »Ich hab einen neuen Lieblingsautor gefunden. Haruki Murakami. Zuerst habe ich *Wilde Schafsjagd* gelesen und bin gerade mit *Naokos Lächeln* fertig geworden. Als Nächstes lese ich *Kafka am Strand*.« Danach schwärmte ich in den höchsten Tönen von der Prosa des japanischen Autors und betonte, wie sehr ich die von ihm erschaffenen surrealistischen Welten und die fatalistische Einsamkeit seiner Figuren liebte.

Als mir plötzlich auffiel, dass ich ohne Punkt und Komma vor mich hin quasselte, schloss ich abrupt den Mund.

»Was ist?«, fragte Jamie verwirrt.

»Ich rede zu viel.«

»Gar nicht.« Er lächelte mich an. Schon wieder. »Die Bücher muss ich mir unbedingt ansehen. Was würdest zu zuerst lesen?«

»*Naokos Lächeln.*«

»Gut, dann fange ich damit an.«

Dieser besondere Klang seiner tiefen Stimme, dieser beinahe zärtliche Gesichtsausdruck … Mir wurde so heiß, dass ich unruhig auf dem Sitz hin und her rutschte.

Jamie richtete die Aufmerksamkeit wieder auf die Straße. Kurz huschte sein Blick in den Rückspiegel. »Sie ist noch hinter uns. Gut.«

Plötzlich fiel mir auf, dass ich gar nicht mehr an Lorna gedacht hatte.

»Hey?« Seine Stimme klang fragend.

»Ja?«

»Ich weiß, dass ich damit zwei Jahre zu spät dran bin, aber es tut mir leid, dass ich dich so beschissen behandelt habe, als du mir damals von deiner Adoption erzählt hast.«

Mir stockte der Atem, und meine Wangen wurden heiß. Warum kam er ausgerechnet jetzt darauf zu sprechen?

»Ich …« Er lachte kurz auf. »Was du damals gesagt hast, hat mich echt berührt. Ich wusste nicht, wie ich reagieren sollte, deshalb war ich so ein Arschloch. Tut mir leid, wenn dich das verletzt hat.«

»Stimmt, das hat es.« Keine Ahnung, wen meine aufrichtige Antwort mehr überraschte – ihn oder mich selbst.

Er machte ein zerknirschtes Gesicht. »Shit, Jane. Tut mir wirklich total leid.«

Der dumpfe Schmerz in meinem Innern, der mich die ganze Zeit über begleitet hatte, ließ endlich nach. »Ist schon gut.«

Wieder herrschte einen Moment lang Schweigen zwischen uns, doch dann sagte er: »Du hast mir an diesem Abend eine wichtige Lektion erteilt. Weißt du das?«

Ungläubig schüttelte ich den Kopf. »Inwiefern?«

»Du hast mich daran erinnert, dass ich nicht der Einzige bin, der einiges durchgemacht hat. Und dass ich selbst einen beschissenen Dad hatte oder wütend auf meine Mom bin, weil sie starb, bevor ich aufhören konnte, wütend auf sie zu sein, weil sie ebenfalls beschissen war, ist keine Entschuldigung dafür, sich wie ein Arschloch zu verhalten.«

Wow.

»Keine Ahnung, was ich dazu sagen soll.«

»Du hast es schon gesagt. Und ich habe es nie vergessen.«

Jamie wirkte nervös. So hatte ich ihn noch nie erlebt. Er schluckte trocken und sah zwischen der Straße und mir hin und her. Dabei umklammerte er das Lenkrad so fest, dass seine Knöchel weiß hervortraten. »Ich … äh … außer meinen Lehrern habe ich noch nie jemanden gebeten, etwas von dem zu lesen, was ich geschrieben habe, aber … würdest du das tun? Ich meine, hättest du …« Entnervt über sich selbst verdrehte er die Augen. »Hättest du Lust, etwas von mir zu lesen?«

Ich musste ganz schön an mich halten, um ihm nicht aus vollem Halse ein JA entgegenzuschmettern. Mein pochendes Herz hatte jetzt die Hundert-Stundenkilometer-Marke erreicht, meine Handflächen waren feucht. *Bleib cool, Jane. Bleib cool.* »Klar.«

Stolz registrierte ich, wie normal meine Stimme klang. Und als er mich wieder ansah, lächelte ich. »Gern.«

Jamie stieß den Atem aus. Als sei ihm meine Meinung wichtig oder so. »Okay. Toll.«

Ich versuchte, mir das Lächeln zu verkneifen, scheiterte aber auf ganzer Linie. Er erwischte mich dabei und grinste. Ein ausgewachsenes, breites, atemberaubendes Grinsen. Das mir galt.

Irgendetwas geschah zwischen uns.

Etwas Neues.

Aufregendes.

Oh ihr wunderbaren Schmetterlinge!

Ich hatte Jamie McKenna immer schon mit allen Sinnen wahrgenommen, aber in diesem Augenblick hatte ich das Gefühl, dass er sich meiner genauso bewusst war.

»Und was ist mit dir?«, fragte er.

»Was soll mit mir sein?«

»College. Nach dem Sommer bist du in der letzten Klasse, danach geht es aufs College. Was hast du für Pläne?«

Ich hatte Angst vor dem College. Tief im Herzen wusste ich durchaus, was ich wollte, aber mein Kopf, mit anderen Worten Lorna, riet mir etwas anderes.

»Na ja, Lorna findet, ich sollte mit ihr Vorbereitungskurse fürs Jurastudium belegen.«

Jamie schnaubte. Laut.

Ich runzelte die Stirn. »Was?«

Ungläubig sah er mich an. »Du eine Anwältin? Nein. *Nein.* Ich habe dich gefragt, was *du* machen willst. Nicht, wozu Lorna dich drängt.«

Offensichtlich, ja. »Am liebsten würde ich Kunst studieren, Jamie. Aber was zur Hölle soll ich hinterher mit einem Abschluss in Kunst anfangen?«

»Etwas, das dich glücklich macht.« Er hätte dem genauso gut noch ein »Ist doch logisch!« hinzufügen können. »Jane, du besitzt Talent. Und du bist viel zu kreativ, um später in einem Job festzusitzen, bei dem du diese Seite von dir nicht ausleben kannst.

Außerdem geht es auf dem College ja auch darum, ein paar beschissene Dinge über sich selbst herauszufinden. Studiere Kunst. Probiere von mir aus verschiedene Sachen aus. Mach Sachen, von denen du nie geglaubt hättest, sie zu mögen oder gut darin zu sein – und warte ab, wohin es dich führt.«

Wieder waren meine Handflächen feucht, wenn auch jetzt aus einem anderen Grund. »Und was ist mit Geld und Sicherheit?«

»Alles eigentlich durchaus erstrebenswert. Habe nie das Gegenteil behauptet. Aber die Redensart ›Geld allein macht nicht glücklich‹ gibt es trotzdem nicht umsonst.« Er warf mir einen neugierigen Blick zu. »Damals in Dorchester hatten wir einen Nachbarn. Alejandro Elba. Er war Jazzmusiker. Hatte nicht viel Geld, aber Unmengen von Platten, hatte mit Miles Davis, Charles Mingus und Herbie Hancock gespielt. Im Gegensatz zu diesen drei wurde Alejandro aber nie berühmt. Aber das schien ihn gar nicht zu kümmern. Er ging hinaus auf die Straßen Bostons und spielte Saxofon wie eine verdammte Legende. Dann raffte er seine Tageseinnahmen zusammen, kaufte sich einen Kaffee und saß in der Gegend herum, plauderte mit Freunden und mit jedem anderen, der etwas von ihm wollte.

Er war der glücklichste Typ, den ich je kennengelernt habe. Verdammt viel glücklicher als Skyes reiche, berühmte Freunde zusammen. Nie werde ich irgendetwas nur deshalb tun, weil es mir Unmengen an Geld einbringt. Ich will im Leben nur das machen, was sich richtig *anfühlt*.«

Meine Lippen umspielte ein Lächeln, während ich Jamie McKennas gut aussehendes Profil musterte. Diese Schmetterlinge, die er in meinem Bauch, dieser süße Schmerz, den er in meiner Brust zum Leben erweckte – seine Worte verstärkten beides noch um ein Vielfaches.

Er spürte meinen Blick auf sich. »Was?«, fragte er.

»Ich frage mich nur gerade, was dich so weise gemacht hat?«

»Keine Ahnung.« Er zuckte mit den Schultern. »Wahrscheinlich hat eine süße Neuntklässlerin maßgeblich dazu beigetragen, als sie mich dazu aufgefordert hat, über meinen Tellerrand hinauszublicken.«

Meine Wangen wurden flammend heiß. Ich konnte kaum glauben, dass der damalige Moment Jamie die ganze Zeit über nicht losgelassen hatte, denn mir war es hinterher unangenehm gewesen, dass ich ihm meine Geschichte erzählt hatte.

Und hatte er mich gerade *süß* genannt?

War zwar nicht das Gleiche wie »sexy«, aber ich gab mich damit zufrieden.

»Jane.«

»Ja?«

»Ich muss mich für noch etwas entschuldigen. Ich habe mich geirrt. Vor ein paar Wochen. Am Pool.«

Ich erinnerte mich an seinen Ausbruch wegen des Bikinis und rutschte unbehaglich auf meinem Sitz hin und her. »Okay.«

»Ich meine es ernst. Du hattest recht. Ich sollte dir nicht vorzuschreiben versuchen, was du tragen kannst und was nicht. Das war selbstherrlich und arschlochig.«

Ein Lachen sprudelte aus meiner Kehle hervor. »Arschlochig?«

Jamie grinste. »Ja, sogar extrem arschlochig.«

»Du erfindest jetzt also auch noch neue Wörter?«

»Wenn es grad passt, schon.«

Ich lachte, und er warf mir einen liebevollen Blick zu. Seine Augen leuchteten vor Zuneigung. »Gefällt mir. Ist ein gutes Wort.«

»Danke.« Sein Lächeln verblasste ein wenig. »Aber ich meine es ernst. Ich wollte dich nicht verunsichern. Mein Problem mit dem Bikini ist ausschließlich genau das: *mein* Problem. Ich hätte es nicht auch zu deinem machen dürfen.«

Verwirrt runzelte ich die Stirn. »Was für ein Problem ist das genau?«

Er richtete den Blick auf mich und ließ ihn an meinem Körper hinabgleiten, verharrte auf meinen nackten Beinen und wandte sich dann wieder der Straße zu.

Nach ein paar Sekunden wurde mir klar, dass er nicht die Absicht hatte, mir eine Antwort zu geben. Musste er auch gar nicht.

Die Luft um uns herum war stickig und heiß von einer Spannung, die ich noch nie so empfunden hatte. Sie drückte mir die Luft ab, meine Haut fühlte sich bis zum Zerreißen gespannt an und glühte.

Lorna, die ihre Jungfräulichkeit letztes Jahr an Xavier Highland verloren hatte, hatte mir berichtet, dass sie manchmal ein Wahnsinnsverlangen nach Berührung überkam. Ich hatte damals nicht verstanden, was sie meinte – bis heute. Ich wünschte mir sehnlichst, dass Jamie mich berührte. Dass er mein Verlangen linderte. Irgendwie wusste ich, dass dies nur seine Berührung zu tun vermochte.

Danach kam mir die Autofahrt unendlich lang vor, und als wir schließlich vor meiner Wohnanlage vorfuhren, fiel mir keine Äußerung ein, mit der ich diesen elektrisch aufgeladenen Augenblick zwischen uns hätte entschärfen können.

Als ich merkte, dass auch Jamie keinen Ton sagen würde, stieß ich die Tür auf.

»Ich … äh …«

Beim Klang seiner Stimme sah ich mich über die Schulter hinweg nach ihm um.

»Warum kommst du am Montag nach der Schule nicht einfach mal zu uns? Lorna hat dann Leichtathletik-Training, oder?«

»Stimmt.« Ich bekam das Wort kaum heraus. Lorna hatte sich dem Leichtathletik-Team der Abschlussklasse angeschlossen. Keine Ahnung, ob sie das getan hatte, weil ihr der Sport gefiel oder weil sie irgendwas mit Jamie gemeinsam haben wollte. Ich tippte auf Letzteres.

»Bis dann also?« Er sah mich mit einer Intensität an, die ich bis zu diesem Zeitpunkt noch nie in seinen Augen gesehen hatte. Sie passte zu der knisternden Spannung zwischen uns, die die gesamte Autofahrt geprägt hatte. Mit schnellen kleinen Flügeln umkreiste die Erregung mein Herz.

»Bis dann also. Und danke fürs Abholen. Weiß ich wirklich zu schätzen.«

»Ich weiß.«

Ich wollte jetzt endgültig aussteigen, aber er hielt mich mit einem weiteren »Hey« auf.

Ich lachte leise und wandte mich erneut um. »Ja?«

Aber er lachte nicht. »Hast du meine Nummer?«

Ich schüttelte den Kopf.

»Gib mir dein Handy. Wenn du wieder mal einen Fahrer brauchst, ruf mich an.«

»Jamie …«

»Keine Widerrede. Nicht, dass du irgendwann mal irgendwo strandest und nicht weißt, wie du nach Hause kommen sollst.«

Mit ungeschickten Fingern zog ich mein Handy hervor und reichte es ihm hastig. Er gab seine Nummer ein und rief sich selbst an. Dann hob er das Gesäß etwas an, um sein eigenes Telefon aus der Tasche zu ziehen. Nachdem er sich ein paar Sekunden daran zu schaffen gemacht hatte, gab er mir meines zurück. Dabei streiften sich unsere Finger, und ein wahrer Stromstoß zuckte an meiner Hand entlang.

Ruckartig hob ich die Lider und stellte fest, dass er mich mit großen Augen ansah.

Als habe auch er es gespürt.

»Ich … äh …« Er senkte den Blick. »Bis Montag also.«

Bebend vor Erregung nickte ich nur und sprang aus dem Auto. Er wartete, bis ich im Gebäude verschwunden war. Als ich mich von drinnen kurz umsah, wartete er immer noch.

Erst als ich an meiner Wohnungstür angelangt war, hörte ich das Brummen seines Motors.

In jener Nacht machte ich kein Auge zu.

Vier

JAMIE

Achtzehn Jahre alt (fast neunzehn)

Ich hatte es eilig, nach Hause zu kommen. Es war der einzige Tag in der Woche, an dem wir nicht trainierten, doch während die Jungs sich alle für irgendeine Party im Studentenwohnheim fertig machten, kehrte ich nach Glendale zurück.

Sie zogen mich damit auf, aber das war mir egal.

Zu Hause wartete jemand auf mich. Jemand, den ich aufregend fand. Jemand, an den ich unaufhörlich denken musste. Während der vergangenen paar Monate hatte ich mich dieser Person stärker angenähert, als ich es jemals für möglich gehalten hätte.

Jane.

Sie hatte mich um die neuesten Kapitel des Romans gebeten, an dem ich gerade schrieb, unter anderem, um sich von den Ereignissen abzulenken, die die ersten Wochen ihres Abschlussjahrgangs auf der Highschool geprägt hatten. Eine Freundin von Lorna hatte in betrunkenem Zustand einen tödlichen Autounfall gehabt. Greta. Mit diesem Mädchen war Jane praktisch aufgewachsen. Sie waren keine Freundinnen gewesen. Eigentlich sogar im Gegenteil, aber Lorna und Greta hatten sich häufig gesehen. Ich wusste, dass die letzten paar Wochen aus unterschiedlichen Gründen für beide ziemlich hart gewesen waren und dass ihr Verhältnis angespannt war. Lorna hatte jede Menge Freunde, bei denen sie sich aussprechen konnte, ganz im Gegensatz zu Jane. Und ich wollte nicht, dass sie allein war.

Mir gefielen unsere geheimen Treffen, weil ich gern mit Jane zusammen war und immer genau wissen wollte, was bei ihr so los war.

Wann immer wir konnten, stahlen wir uns heimlich ein paar Stunden, um zusammen zu sein. An diesem Nachmittag wollte sie mir mitteilen, was sie von meinen Kapiteln hielt. Die Aussicht machte mich immer ein bisschen nervös, denn ich hatte feststellen müssen, dass die verhuschte, kleine Jane nie ein Blatt vor den Mund nahm. Allerdings war ihre Kritik immer einfühlsam und fair, weshalb ich umso glücklicher war, wenn sie mich lobte. Ich glühte meist vor verdammtem Stolz, wenn sie von den Teilen schwärmte, die ihr gefielen.

Es überraschte mich nicht, Jane mit geöffnetem Laptop auf dem Schoß auf der Couch sitzen zu sehen. Skye hatte ihr schon kurz nach unserem Umzug hierher einen Hausschlüssel überlassen.

Die Anspannung, die mich während des gesamten Heimwegs nicht losgelassen hatte, ließ sofort nach.

»Hey«, sagte ich und ließ meinen Rucksack neben dem Couchtisch fallen.

Jane blickte mit diesen wunderschönen Augen zu mir auf.

»Hey.«

»Lorna beim Training?«

Sie nickte.

»Was zu trinken?«

»Gern.«

Ich runzelte die Stirn über ihre mehr als einsilbigen Antworten, holte aber eine Flasche Wasser aus dem Kühlschrank, ohne Fragen zu stellen. Dann setzte ich mich dicht neben sie aufs Sofa, allerdings ohne allzu offensichtlich zu zeigen, wie nah ich ihr tatsächlich sein wollte.

Der Duft nach Wassermelone und irgendeinem anderen fruchtigen, undefinierbaren Geruch kitzelte mich in der Nase. Jane roch immer fantastisch.

»Was ist los?«

Sie seufzte tief und drehte sich zu mir um, sodass der Laptop herunterrutschte. Sie fing ihn auf, dann sah sie unter ihren Wimpern zu mir auf. Ein schüchterner, unsicherer Blick. Dabei hatte ich geglaubt, dass wir dieses Stadium hinter uns gelassen hatten.

»Was ist los?« Meine Stimme klang ungeduldiger als gedacht.

Sie runzelte die Stirn. »Nichts.« Sie wischte mit dem Finger über das Mouse-Pad. »Reden wir lieber über dein Buch.«

Mir wurde klar, dass ich es von vornherein vermasselt hatte, weshalb ich meine Hand auf ihre legte. »Hey, du kannst es mir erzählen.«

Eine feine Röte überzog ihre Wangen und brachte ihren samtigen, olivfarbenen Teint zum Strahlen. Ich bemühte mich, mir nicht zu viel darauf einzubilden. Trotzdem liebte ich es, wie heftig Jane immer auf mich reagierte. Das war ein kleiner Ausgleich dafür, dass ich seit der Nacht, da ich sie aus Malibu abgeholt und nach Hause gefahren hatte, nicht mehr aufhören konnte, an sie zu denken.

Schon vor diesem Abend hatte ich bemerkt, dass ich sie anziehend fand. Aber ich wehrte mich dagegen – immerhin war sie die beste Freundin meiner kleinen Schwester, und ich war ganze achtzehn Monate älter. Zugegeben, so viel war das gar nicht. Trotzdem brachte eine solche Konstellation in unserem Alter Probleme mit sich, denn im Gegensatz zu ihr war ich volljährig.

Ich hatte versucht, meine Gefühle für sie zu ignorieren, doch sie gingen weit über das rein Körperliche hinaus. Und genau darin lag das Problem. Ich begehrte sie, und zwar nicht nur, weil sie schön war, sondern weil ich nicht immer schlau aus ihr wurde. Das gefiel mir. Sie war still und nachdenklich, und sie besaß die Fähigkeit, mich mit ihren intelligenten Bemerkungen zum Schweigen zu bringen, ohne überhaupt die Stimme zu erheben. Vor allem aber fand ich sie smart, süß, authentisch und so verdammt liebenswert, dass es geradezu unwirklich war.

»Jane?« Ich zog meine Hand zurück, denn anscheinend war sie nach der Berührung verstummt.

Schließlich sah sie mir in die Augen. Zu meinem Entsetzen entdeckte ich so etwas wie ein schlechtes Gewissen darin. »Im

Moment hasse ich die Schule. Alle sind … Die Leute rotten sich immer noch heulend zusammen und können über nichts anderes reden als über Greta. Lorna und ihre Freundinnen organisieren eine Gedenkfeier für das Schuljahresende und eine Kampagne gegen Alkohol am Steuer. Außerdem versuchen sie, jeden dazu zu bewegen, über seine Gefühle zu reden … wegen Gretas Tod.«

Langsam wurde mir klar, was sie meinte, und ich erkannte, wie ähnlich sie mir war. »Du willst diesen Mist nicht Menschen anvertrauen, mit denen du nicht befreundet bist.«

»Ja.« Sie schien erleichtert zu sein, dass ich sie verstand, und ich musste an mich halten, um sie nicht zu küssen. »Was Greta zugestoßen ist, ist furchtbar. Aber zu mir war sie nie besonders nett. Außerdem hat sie sich alkoholisiert ans Steuer gesetzt – wir können von Glück sagen, dass sie nicht noch jemand anderen mit in den Tod gerissen hat. Ich stehe der ganzen Sache mit gemischten Gefühlen gegenüber, und ich will definitiv nicht darüber reden. Manchmal kommt mir das, was die anderen tun, nicht echt vor. Als ob es ihnen nicht um ihre Trauer, sondern nur um Aufmerksamkeit ginge … Bin ich dadurch ein schlechter Mensch?«

»Nein.« Ich runzelte die Stirn. »Du und Lorna, ihr beiden seid halt total unterschiedlich. Soll sie ihre Trauer doch mit ihren Freundinnen ausleben, wie sie will.« Ich seufzte. »Du machst es eben auf deine Weise. Ich selbst würde den Teufel tun, statt mit anderen, die nicht meine Freunde sind, über etwas Derartiges zu reden … Wenn du unbedingt reden willst, kannst du es ja mit mir tun.«

Jane schenkte mir ein dankbares Lächeln, und der Kummer in ihren Augen verblasste ein wenig, ohne jedoch komplett zu verschwinden. Als hätte sie meine Gedanken gelesen, flüsterte sie: »Hab ich ja gerade getan. Und ich komme mir total beschissen vor, weil ich nur traurig, aber nicht am Boden zerstört bin. Und weil ich wirklich überzeugt davon bin, dass Gretas Freundinnen ihren Tod nur instrumentalisieren, um mehr Aufmerksamkeit zu bekommen. Da. Jetzt habe ich es ausgesprochen. Ich bin doch ein schlechter Mensch.«

Ich konnte nicht anders. Ich musste sie einfach berühren. Sie trösten. Also streckte ich den Arm aus, berührte ihr Kinn mit meiner Hand, spürte ihre samtweiche Haut unter meinen Fingerspitzen und vergrub meine Finger in ihrem Haar. Ich umfing ihren Nacken und legte meine Stirn an ihre. Dann schloss ich die Augen und sog ihren Duft ein. In diesem Moment war sie meine Luft zum Atmen.

»Du bist kein schlechter Mensch. Das wärst du nicht mal, wenn du es versuchen würdest. Genau genommen bist du der beste Mensch, den ich kenne.«

Ich spürte, wie sie die Hand um meinen Ellbogen legte und sich an mir festhielt. Sogleich umfing ich ihren Nacken fester, fühlte, wie die seidigen Strähnen ihres Haars meine Haut kitzelten. Was hätte ich nicht drum gegeben, ganz und gar in ihr zu versinken. Sex war bislang nichts weiter als eine Erleichterung für mich gewesen, eine Befriedigung meiner körperlichen Bedürfnisse. Aber Jane … Ich war überzeugt, sie von ihren Sorgen und ihrer Trauer erlösen zu können. Ich würde all diese Gefühle in mich aufnehmen, damit sie nie wieder so niedergeschlagen sein müsste. Würde ihr in diesem Moment, da sie es am meisten brauchte, zeigen, wie viel Glück und Euphorie es auf der Welt noch gab.

Fuck, wenn ich gekonnt hätte, hätte ich mir all ihre Trauer und Frustration auf die eigenen Schultern geladen.

Mir wurde klar, dass ich sie loslassen musste, sonst würde ich es wohl nie mehr schaffen. Also löste ich mich von ihr und gab ihr einen Kuss auf die Stirn. Sie sah mich so bewundernd und dankbar an, dass ich mir plötzlich wie der Größte vorkam.

»Möchtest du jetzt über diese Kapitel reden?« Ihre Stimme klang nun leiser und ein wenig belegt. Ihr sinnliches Timbre sandte erneut einen Hitzeschwall aus meinem Innersten geradewegs in meine Lenden.

Fuck.

Siebzehn, rief ich mir in Erinnerung. *Sie ist siebzehn, während ich morgen schon neunzehn werde.*

Neun Monate. Ich musste noch neun Monate warten, bis auch sie volljährig war. Aber dann würde es für uns kein Halten mehr geben. Denn dass auch sie mich anziehend fand, bildete ich mir doch nicht ein, oder?

»Okay.« Ich schenkte ihr ein schiefes Lächeln. »Dann leg mal los.«

Sie erwiderte mein Grinsen und sah dann auf den Bildschirm des Laptops hinab. »Tempo und Plot sind hervorragend.«

War es lächerlich, wie heiß ich es fand, wenn sie sich ganz ernsthaft meinen schriftstellerischen Ergüssen widmete? »Gut zu wissen.« Ich sah, wie sie an ihrer Unterlippe herumknabberte, und wusste kurz gar nicht mehr, worüber genau wir sprachen. Jane besaß den schönsten Mund, den ich je gesehen hatte. Ihre Lippen waren einfach perfekt: voll, verdammt üppig, einladend. Mein Blick wanderte an ihrer Kehle hinab, über die zarte, olivfarbene Haut am tiefen Ausschnitt ihres T-Shirts. Ihre vollen Brüste würden meine Hände perfekt ausfüllen. Sie war viel zu sexy, als gut für mich war.

»Deine Hauptperson ist toll gezeichnet. Sie hat ein paar Fehler, ist aber faszinierend. Sie *kann* ein Mistkerl sein, zeigt aber auch eine warmherzige Seite. Zusammengenommen mit ihrer Klugheit hast du die Balance genau gefunden.«

Mit Mühe löste ich meinen begierigen Blick von ihrem Körper und richtete ihn wieder auf ihr hübsches Gesicht. Wenn ich in meinen Büchern Frauen beschrieb, besaßen sie mittlerweile immer ein paar Eigenschaften von Jane. Was auch der Grund dafür war, warum ihre nächste Bemerkung mich ziemlich betroffen machte. »Sie ist ein wenig schwach, Jamie.«

Ich runzelte die Stirn. »Schwach? Inwiefern?«

»Du beschreibst ihr Aussehen viel detaillierter als das der Männer. Damit erweckst du von vornherein den Eindruck, dass es wichtig ist.«

Ja, aber war ihr denn die Ähnlichkeit zwischen meiner weiblichen Hauptfigur und ihr selbst nicht aufgefallen? »O…kay?«

»Daran wäre nichts auszusetzen, wenn dies das einzige Problem wäre.« Sie deutete auf den Bildschirm. »Aber sie handelt nicht aus eigenen Motiven heraus, sondern reagiert nur auf die Aktionen des männlichen Helden.«

Tatsächlich? Ich warf dem Bildschirm einen grimmigen Blick zu.

»Ist es das, was du willst?« Jane musterte mich eindringlich. »Dass sie immer nur das tut, was der Held ihr sagt, ohne selbst zu denken?«

»Überhaupt nicht. Aber sie wollen doch beide das Gleiche.«

»Gut. Sie haben also ähnliche Ziele. Aber du musst herausarbeiten, dass ihr Handeln von ihren *eigenen* Wünschen motiviert wird. Nicht davon, dass sie dem Helden gibt, was er sich wünscht, ohne an ihre eigenen Bedürfnisse zu denken. Verstehst du, was ich meine?«

Ihre Leidenschaft und intensive Befassung mit meinem Roman hob meine Stimmung, wie nichts anderes es dieser Tage zu tun vermocht hätte. Ich lächelte sie an, wobei es mich nicht kümmerte, dass mir meine Gefühle deutlich ins Gesicht geschrieben standen.

»Du wünschst dir also knallharte, abgebrühte Heldinnen?«

»Ja.« Sie lachte. »Solange ich in der Nähe bin, wird Jamie McKenna keine schwachen Frauen zeichnen.«

»Dann solltest du wahrscheinlich für immer in meiner Nähe bleiben«, platzte ich ohne nachzudenken heraus.

Ihr stockte der Atem, und wir sahen uns tief in die Augen. Ein Teil von mir geriet kurz in Panik, weil sie diese Worte für ein Versprechen halten könnte, aber dann wurde mir klar …, dass ich mir das vielleicht sogar wünschte.

Denn der Gedanke an eine Zukunft ohne Jane erfüllte mich mit Entsetzen.

»Hey, Leute.«

Als ich die Stimme meiner großen Schwester hörte, zuckte ich zusammen, wandte hastig den Kopf und sah sie am Fuße der Treppe stehen.

»Sorry, dass ich euch störe, aber ich hab oben ein Nickerchen gemacht.« Skye lächelte, sah uns beide jedoch forschend an.

Ihr Auto war mir vor der Tür nicht mal aufgefallen.

»Schon gut.« Jane klappte ihren Laptop zu und stand von der Couch auf. »Ich muss sowieso nach Hause. Ich habe Willa versprochen, heute Abend auf die Kids aufzupassen.«

Enttäuschung machte sich in mir breit. Ich wollte nicht, dass sie ging. Ich stand auf, überragte ihre wohlgerundete, eins siebenundsechzig große Gestalt. »Du kommst doch auch zu meiner Geburtstagsparty morgen, oder?«

Eigentlich hatte ich meinen Geburtstag gar nicht feiern wollen. Ich war nicht gerade ein Partylöwe, aber Skye hatte mich überzeugt, dass ich auf der Uni eher Anschluss finden würde, wenn ich ein paar Jungs vom Leichtathletikteam und ihre Freundinnen einlud. Da ich nicht auf dem Campus wohnte, fiel mir die Eingliederung etwas schwerer. Zumindest war Skye dieser Auffassung.

»Jamie, du weißt doch, dass ich Partys nicht sonderlich liebe.«

»Ich weiß aber auch, dass Lorna dich so lange tyrannisieren wird, bis du nachgibst. Dann also bis morgen«, neckte ich sie.

Jane lachte. »Ja, dann bis morgen.« Sie winkte Skye zu.

»Bis morgen, Liebes.«

Kaum hatte sich die Tür hinter Jane geschlossen, ging meine Schwester zum Angriff über. »Also, ich bilde mir sicher nicht ein, dass (a) Jane deine Manuskripte lesen darf und dass du (b) mit ihr flirtest – oder?«

Ich stöhnte und ging an ihr vorüber in die Küche. »Lass mich in Ruhe, Skye.«

»Hmm, bei jeder anderen würde ich das, aber nicht bei Jane.« Sie folgte mir, lehnte sich an die Kücheninsel und durchbohrte mich mit ihrem Blick: »Was läuft da zwischen euch beiden?«

»Es wird nichts geschehen, solange sie nicht achtzehn ist«, versprach ich.

»Du magst sie«, schlussfolgerte Skye. »Nicht nur, dass sie absolut fantastisch aussieht. Du lässt sie auch deine Arbeit lesen, deshalb muss mehr dahinterstecken. Du respektierst ihre Meinung?«

»Ja«, bekannte ich.

Sie stieß lange den Atem aus. »Jamie ... Das wird Lorna nie und nimmer akzeptieren. Sie hält diese süße Kleine seit Tag eins für ihr alleiniges Eigentum.«

Kochend vor Wut funkelte ich Skye an. »Und das findest du in Ordnung?«

Das Gesicht meiner Schwester war plötzlich besorgt. »Lorna leidet unter Unsicherheiten, bei denen weder du noch ich ihr wirklich helfen können. Sie lernte Jane kennen, als sie jemanden brauchte, der ganz und gar ihr gehörte, nur ihr, und zu dem damaligen Zeitpunkt brauchte Jane so etwas ebenfalls.«

»Das ist keine Antwort auf meine Frage.«

»Ob mir gefällt, wie Lorna Jane manchmal manipuliert? Nein. Aber jetzt sind sie beide erwachsen. Sie müssen selbst wissen, wie sie ihre Beziehung gestalten.«

»Ich will dir mal was sagen: Jane *gehört* Lorna *nicht*. Und Lornas Gefühle für sie können mich nicht aufhalten.«

Skye musterte mich forschend. »Bist du ... bist du in sie verliebt?«

Bei dem Gedanken schlug mein Herz schneller, und meine Handflächen wurden feucht. »Verdammt, was ist das denn für eine Frage?«

»Die Art von Frage, die man stellt, wenn der kleine Bruder bislang der größte Casanova war, nun aber seine Fühler nach einer jungen Frau ausstreckt, die ich ins Herz geschlossen habe und beschützen möchte.«

Mein Zorn verwandelte sich in Entrüstung. »Du glaubst, ich würde sie verletzen?«

»Jamie, wenn du echte Gefühle für sie hast, bin ich die Erste, die dich unterstützt. Auch wenn du es dann mit Lorna zu tun bekommst, die sicher ausrasten wird. Denn ich wäre froh, wenn du letztlich mit jemandem wie Jane zusammenkämst. Aber« – jetzt funkelte sie mich an – »wenn du mit deinem Schwanz denkst, weil dieses Mädchen der Hammer ist, dann lass es lieber bleiben. Bitte. Sie ...« Skye seufzte tief. »Ich verstoße gegen die Prinzipien der weiblichen Solidarität, wenn ich dir das verrate, aber, Jamie, dieses Mädchen ist schon seit Urzeiten in dich verknallt.«

Mein Herz machte einen Satz. Warm rieselte Glück durch meine Adern. »Wirklich?«

Skye verengte die Augen. »Wirklich. Und wenn du es bei ihr nicht ernst meinst, dann machst du sie *kaputt*.«

Eigentlich war meine Schwester wohl kaum der richtige Ansprechpartner für eine solche Unterhaltung. Tatsächlich hielt ich es sogar für falsch, ihr davon zu erzählen, bevor ich mich Jane erklärt hatte, aber da Skye sich jetzt wahrscheinlich die nächsten neun Monate den Kopf darüber zerbrechen würde, weihte ich sie ein.

»Dieses Mädchen hat es verdient, dass man sie liebt«, antwortete ich heiser; all meine Gefühle klangen plötzlich in meiner Stimme mit. »Niemand hat ihr jemals richtige Liebe geschenkt, außer dir. Nicht einmal Lorna. Der Mann, der mit ihr zusammen ist, muss sie aus ganzem Herzen lieben. Um die Lieblosigkeit ihres bisherigen Lebens auszugleichen.« Oder die Verluste geliebter Menschen, wie ihrer Adoptiveltern. Schon der Gedanke, dass Jane sich nicht geliebt fühlte, machte mich so aggressiv, dass ich am liebsten die Faust gegen die Wand gerammt hätte. »Ich habe vor, dieser Mann zu sein.«

In Skyes Augen schwammen Tränen. Sie streckte die Hand aus und strich mir mit der Rückseite ihrer Finger über die Wange. »Wow. Na ja … Klingt, als seist du das jetzt schon. Findest du nicht auch?«

Mein Herz hämmerte in meiner Brust. Ja. Das fand ich auch.

Sie drückte meine Schulter und schenkte mir ein angespanntes Lächeln. »Du wartest, bis sie achtzehn ist.«

Ich nickte, wobei ich die neun Monate am liebsten per Willenskraft gezwungen hätte, in Lichtgeschwindigkeit zu vergehen.

Schweigend und tief in unsere jeweiligen Gedanken versunken, bereiteten wir danach zusammen Fajitas zu. Irgendwann, als Skye den Käse raspelte und ich das Hühnchen, die Gewürze und die Paprika in der Pfanne umrührte, fiel mir auf, dass Skye zu einer für sie sehr ungewöhnlichen Tageszeit zu Hause war. »Warum bist du überhaupt hier?«

»Wir haben das Staffelfinale um vier Uhr heute früh abgedreht. Ich brauchte unbedingt Schlaf, deshalb bin ich nach Hause gekommen, um ein Nickerchen zu machen. Am Morgen nach deinem Geburtstag fliege ich nach New York, um den Benson-Film zu drehen.«

Es kam mir immer noch total surreal vor, Skye in Hochglanzzeitschriften oder online auf Fotos zu sehen. *The Sorcerer* hatte ihr einen gewissen Ruhm beschert, und nun, da sie Nebenrollen in großen Filmen bekam, würde es bis zur ersten Hauptrolle womöglich nicht mehr lange dauern. Wahrscheinlich würde sich unser Leben danach total verändern. Obwohl es schon jetzt alles andere als normal war. Nichts war normal daran, die eigene große Schwester im knappen Bikini auf dem Homescreen des Handys eines Teamkollegen zu sehen.

Total nervig, wie aufgeregt die Jungs wegen der Tatsache waren, dass Skye und ihre Freunde morgen Abend auch auf meiner Party sein würden.

»Patricia hat mir erzählt, in *The Sorcerer* gäbe es eine kleine Rolle, für die Jane ihrer Meinung nach vorsprechen könnte.«

Mein Herz setzte einen Schlag aus. »Nein.« Ich warf meiner Schwester einen grimmigen Blick zu. »Sie wollen sie nur, weil sie so schön ist. Und das ist Ausbeutung, nur damit du es weißt.«

Sie seufzte. »Sie wollen sich nur davon überzeugen, dass sie überhaupt schauspielern kann. Ihr Gesicht ist ziemlich fotogen. Und obwohl ich nicht sicher bin, ob ich sie in diesem Leben sehen will, solltest du die Entscheidung doch bitte Jane überlassen.«

Manchmal fragte ich mich, ob meine Schwester überhaupt gern Schauspielerin war oder ob sie es nur des Geldes wegen tat. Oftmals entdeckte ich etwas Düsteres in ihren Augen, das mir nicht gefiel. Aber immer wenn ich versuchte, mit ihr darüber zu reden, fuhr sie mir über den Mund. »Nein«, wiederholte ich. Von Jane würde es keine Bikinifotos auf den Handys meiner Teamkollegen geben.

»Das ist nicht deine Entscheidung, Jamie. Du bist nicht ihr Vormund, und ich hoffe, dass du dich auch nicht wie einer aufführst, wenn ihr beiden irgendwann miteinander geht.«

Ich verzog verärgert den Mund und verkniff mir eine Antwort, die ich später womöglich bereut hätte. Doch dann fiel mir noch ein Grund ein, warum die Schauspielerei keine Option für Jane war. »Sie hasst die Schauspielerei. Sie würde sich nie darauf einlassen.«

»Dann gibt es ja nichts, worum du dir Sorgen machen musst.«

Aber ich würde mir Sorgen machen, denn Jane würde beinahe alles tun, um Skye glücklich zu machen. »Verkauf es ihr nur nicht als etwas, das *du* gern hättest.«

Meine große Schwester verstand. »Mach ich nicht. Versprochen.«

Jane würde Nein sagen.

Ich schloss die Augen.

Fuck.

Ich war nie sonderlich besitzergreifend gewesen ... bis heute.

Und die Tiefe meiner Gefühle für Jane Doe war mir nicht ganz geheuer. Trotzdem war mir klar, dass ich in dieser Sache eigentlich keine Wahl mehr hatte.

Fünf

JANE

Siebzehn Jahre alt

Ich hatte ein schlechtes Gewissen, weil ich Schmetterlinge im Bauch hatte und mich der Tod einer Mitschülerin gar nicht mehr zu interessieren schien.

Trotzdem war es Jamie gestern gelungen, mich erfolgreich von der deprimierenden Stimmung abzulenken, die seit elf Tagen in der Schule herrschte. Er hatte mich getröstet, im Arm gehalten und mich voller Begierde angesehen.

Schon viele Jungs hatten mich mit diesem heiß lodernden Blick gemustert, sodass ich mir sicher war, was in Jamie vorging.

Trotzdem hätte ich nie erwartet, dass ausgerechnet er mich so betrachten würde.

Und er hatte mit mir geflirtet, nicht wahr?

Lornas Regel von früher, dass ich mich nicht in ihren Bruder verknallen durfte, ließ mir keine Ruhe. Ich wollte keine Probleme zwischen uns schaffen, aber ich konnte nun mal auch nicht ignorieren, dass ich mich bei niemandem so lebendig fühlte wie bei Jamie McKenna. Als er mich gefragt hatte, ob ich zu seiner Party kommen wolle, war mir das wie eine Einladung zu etwas ganz anderem vorgekommen.

Irgendetwas veränderte sich zwischen uns beiden, und ich hoffte, dass diese Party der Anfang war.

Um mit Jamie zusammen sein zu können, würde ich es auch mit Lorna aufnehmen. Das war es wert.

Während ich Gästen, die ich nicht kannte, den Weg hinauf zu ihrer Veranda folgte, hörte ich Musik im Innern wummern. Zwei breitschultrige Typen – eigens engagierte Security – standen mit einer Gästeliste an der Tür. Bei ihrem Anblick entspannte ich mich ein bisschen. Manchmal war ich besorgt, weil Skye ihre eigene Sicherheit nicht ernst genug nahm. Diesmal hatte sie offenbar ausnahmsweise beschlossen, vorsichtig zu sein, wahrscheinlich weil auch andere Mitglieder der Filmcrew zu Jamies Party eingeladen waren.

Der Typ mit dem Clipboard sah mich kaum an, als ich mich näherte. »Name?«

Bevor ich den Mund aufmachen konnte, tauchte Lorna im Türrahmen auf. »Da bist du ja!« Sie packte mein Handgelenk und zerrte mich ins Innere des Hauses.

Dann schlug sie die Tür hinter uns zu. »Was hast du denn da an?«

Ich musterte ihr trägerloses Minikleid und die mehr als zwölf Zentimeter hohen Absätze und kapierte, warum sie so vorwurfsvoll klang. Ich selbst trug nur Skinny Jeans und ein T-Shirt mit Ret-Hot-Chili-Peppers-Aufdruck. Und nicht zu vergessen meine Ballerinas.

Ich warf die Hände in die Höhe. »So bin ich nun mal, Lorna.«

»Ja, du versteckst deinen Sex-Appeal unter Klamotten, wie immer.« Sie drehte meine Handflächen nach oben. »Farbe. Du bist ja völlig verschmiert.«

Völlig verschmiert war eine derbe Übertreibung. Ich hatte ein paar Farbklekse in den Handflächen, mehr nicht.

»Eine weitere Methode, um deinen Sex-Appeal zu kaschieren.«

Meine beste Freundin war mir echt ein Rätsel. Jedes Mal, wenn sie glaubte, dass jemand mir mehr Aufmerksamkeit schenkte als ihr, flippte sie aus. Aber jedes Mal, wenn ich ihrer Meinung nach »mein Potenzial nicht ausschöpfte«, wie sie es nannte, regte sie sich ebenfalls auf. Es gab wohl kaum einen komplizierteren Menschen auf der Welt als Lorna McKenna.

Nachdem sie beispielsweise Chris Cruz geküsst hatte, war Chris in der Schule eine ganze Weile hinter mir her gewesen. Eine ziemlich taffe Oberstufenschülerin, Dana Rogers, die bekannt dafür war, andere Mädchen zu schlagen, wenn sie sie nicht mochte, war in Chris verknallt gewesen. Als ihr zu Ohren kam, dass er etwas für mich übrighatte, stürzte sie sich auf der Mädchentoilette auf mich und verpasste mir eine blutige Lippe.

Lorna erfuhr davon, scharte ihre Freundinnen um sich, wartete, bis Dana sich vom Schulgelände entfernt hatte, und verprügelte sie. Sie brach ihr sogar die Nase.

Skye war fuchsteufelswild.

Jamie beeindruckt.

Und meine Loyalität Lorna gegenüber wiederhergestellt.

Egal, wie sehr sie mich verletzte, sie stand immer hinter mir.

Ich hatte keine Ahnung, wie ich mich von ihr distanzieren sollte, geschweige denn, ob ich es überhaupt jemals fertigbringen würde. Manchmal hatte ich das Gefühl, dass der einzige Mensch auf der Welt, der mich wirklich brauchte, Lorna McKenna war.

»Ich habe mir schon gedacht, dass du in einem solchen Aufzug hier auftauchen würdest. Du leihst dir jetzt ein Kleid von mir.« Sie musterte meine Schuhe. »Aber die Ballerinas müssen trotzdem reichen.« Lorna und Skye hatten beide größere Füße als ich.

Ohne mein Handgelenk loszulassen, schlängelte Lorna sich mit mir im Schlepptau durch das völlig überfüllte Wohnzimmer. Ich hielt Ausschau nach Jamie, entdeckte Skye und winkte ihr zu, aber das Geburtstagskind war nirgends zu sehen.

»Du bist gekommen«, hörte ich seine tiefe Stimme und spürte Sekunden später die Hitze seiner Hand auf meinem Rücken.

Ich entriss Lorna mein Handgelenk, sodass sie stehen blieb und ich mich zu Jamie herumdrehen konnte. Die Bewegung hatte zur Folge, dass er seine Hand von meinem Rücken löste. Ich spürte einen schmerzhaften Stich in der Brust und eine erhöhte Schmetterlingsflügel-Aktivität in meinem Bauch. Wie üblich trug er ein lässiges T-Shirt und Jeans, wodurch er irgendwie immer aussah wie ein mürrisches Calvin-Klein-Model.

»Happy Birthday.« Ich grinste und streckte ihm das in Papier eingewickelte Geschenk entgegen.

Doch bevor Jamie danach greifen konnte, schnappte Lorna es mir aus der Hand. »Das lege ich auf den Stapel zu den anderen.« Jamie sah sie mit hochgezogener Augenbraue an. Dann streckte er die Hand nach dem Geschenk aus. »Ist das nicht meine Entscheidung?«

»Nope. Und jetzt lauf zu deinem Harem zurück. Jane muss sich umziehen.«

Harem? Ich runzelte die Stirn und bemerkte plötzlich ein paar Collegestudentinnen hinter Jamie. Ein Mädchen mit champagnerblondem Haar fixierte mich mit so grimmigem Blick, als wolle sie damit ein schwarzes Loch hinter mir öffnen, das mich verschluckte.

Mir sank das Herz.

»Umziehen?« Jamies Stimme zog meine Aufmerksamkeit wieder auf sich.

Sein Blick ließ mich erschauern.

»Sie soll sich etwas Party-Gemäßeres anziehen.«

»Dabei entsprechen diese Klamotten viel eher mir selbst. Das versuche ich ihr schon seit geraumer Zeit begreiflich zu machen.«

Jamies Blick wanderte an meinem Körper hinab und wieder hinauf, und die plötzliche Hitze zwischen meinen Beinen ließ mich einen Schritt zurückweichen. Er warf seiner Schwester einen verärgerten Blick zu. »Ist doch nichts an ihr auszusetzen.«

»Sagt ausgerechnet der Typ, der einen Maßanzug nicht mal erkennt, wenn er ihn in den Hintern beißt.«

»Jamie.« Die Champagnerblondine presste plötzlich die Brust an Jamies Arm. Sie warf mir einen gehässigen Blick zu, bevor sie ihm einen ebenso einladenden wie eindeutigen Blick zuwarf. »Warum zeigst du mir nicht das Buch, über das wir gerade sprachen?«

»Jetzt?«

Sie zuckte mit den Schultern und fuhr ihm mit der Fingerspitze über die Brust. »Jetzt.«

Sein Blick fiel auf ihren Mund, und mir blieb fast das Herz stehen.

Was war ich doch für eine dumme Kuh.

Lorna zerrte wieder an meinem Handgelenk, und ich folgte ihr, ohne zu wissen, wohin wir gingen oder was hier los war. Vage registrierte ich, wie sie meines auf den Stapel der anderen Geburtstagspäckchen warf. Während ich nach oben hastete, überlegte ich, dass ich mein Geschenk unbedingt wieder an mich nehmen musste.

Jamie würde wissen, was es mich gekostet hatte.

Einen großen Teil meiner Ersparnisse.

Vor allem aber bot ihm dieses Geschenk mein Herz auf einem Silbertablett dar.

»Diese Collegestudentinnen – igitt«, meckerte Lorna, während sie mich in ihr Schlafzimmer zerrte. Sie schlug die Tür zu und griff nach dem Saum meines Shirts.

Verärgert schob ich ihre Hände weg. »Ich kann mich selbst an- und ausziehen.«

»Schon gut.« Sie hob abwehrend die Hände. »Das Kleid liegt auf dem Bett.«

War die Champagnerblondine Jamies Freundin? Hatte ich mir die Verbundenheit nur eingebildet, von der ich geglaubt hatte, dass sie in den vergangenen paar Monaten zwischen uns gewachsen war? Mir war übel, und meine Finger zitterten, als ich mein Shirt auszog und den Reißverschluss meiner Jeans öffnete.

»Weißt du, ich kapier nicht, was die alle an meinem Bruder finden«, schnaubte Lorna.

Ich spannte mich an, und mein Herz pochte ein wenig schneller. *Weiß sie, wie ich empfinde?*

»All diese Mädchen, meine ich. Seit Beginn dieser Party hat er schon mit drei von ihnen rumgeknutscht.«

Ich schluckte trocken.

Am liebsten wäre ich in Tränen ausgebrochen.

Hätte mein Gesicht irgendwo in einem Kissen vergraben, um zu heulen, bis es nicht mehr ganz so wehtat.

War das Liebe?

Denn wenn ja, dann war sie ätzend!

Ich biss mir auf die Unterlippe, bezwang das Brennen meiner Augen und griff nach dem Kleid, das Lorna für mich aufs Bett gelegt hatte.

»Diese Blondine. Die sich so an seine Fersen geheftet hat ... Keinerlei Selbstachtung! Wer würde einem Kerl erst dabei zusehen, wie er mit drei Mädels herumknutscht, und dann freiwillig Nummer vier spielen?«

Ja, wer? dachte ich bitter.

»Wie auch immer. Genug von meinem Schürzenjäger von einem Bruder. Es gibt hier einen Typen, der geradezu perfekt für dich ist. Er ist einer von Jamies Teamkollegen.«

Ich zog den Saum des Kleides herunter und begab mich zu Lornas Ganzkörperspiegel. Zumindest hatte dieses Kleid Träger. Lorna wusste, dass meine Titten und trägerlose Kleider nicht zusammenpassten.

Aber es war scharlachrot. Und es saß so eng, dass man einfach *alles* sehen konnte.

»Oh, ich glaube, das ist nichts für mich.« Ich deutete auf mein Spiegelbild.

»Ist es wohl! Das Rot passt super zu deiner Haut. Und es betont deine Augen. Und sieh dir nur deine Titten an! Auf dieser Party laufen ein paar Frauen herum, die eine Menge Geld bezahlt haben, um die Titten zu haben, die Gott dir geschenkt hat.«

»Ja, und jetzt können alle sehen, was Gott mir geschenkt hat.«

Ohne eine Antwort packte sie erneut mein Handgelenk und führte mich aus ihrem Zimmer und über den Flur. »Wasch dir die Hände.«

»Ja, Mom«, antwortete ich spöttisch, gehorchte aber. Als ich mein Dekolleté im Spiegel sah, seufzte ich. »Ernsthaft, Lorna, du weißt doch, dass ich es nicht gewöhnt bin, mich so anzuziehen.«

»Darüber streite ich nicht mit dir. Die Ballerinas dämpfen den Look ein wenig, okay? Mit Heels würde dieses Kleid nuttig wirken, aber durch die flachen Schuhe ist es nur sexy.«

»Sag nicht ›nuttig‹.«

Sie verdrehte die Augen. »Alarm! Gefahr für die Political Correctness!«

»Als Frauen sollten wir keine Wendungen benutzen, mit denen Männer sonst unser Geschlecht verunglimpfen.«

»Können wir das jetzt mal *lassen*?« Nachdem ich mir die Hände abgetrocknet hatte, zog Lorna mich aus dem Bad.

»Weißt du, für eine Frau, die Prozessanwältin werden will, ist es schon verwunderlich, dass du Unterhaltungen nicht magst, die tiefer als ein Planschbecken gehen«, neckte ich sie.

»Ja.« Lorna warf mir einen ernsten Blick zu. »Im Moment mag ich die tatsächlich nicht. Ich habe die letzten paar Wochen mit tiefschürfenden Unterhaltungen und schlechten Nächten verbracht. Heute will ich einfach nur oberflächlich sein. Kommst du damit klar?«

Ich drückte ihre Hand. »Das weißt du doch.«

Sie legte mir den Arm um die Schultern und zog mich an sich. Dann stiegen wir die Treppe hinab. »Ich kann es gar nicht erwarten, dich Wex vorzustellen. Ich selbst habe ein Auge auf seinen Kumpel Ryan geworfen.«

Instinktiv hätte ich mich gern von ihr gelöst. Ihr gesagt, dass ich keine Lust hatte, mit irgendeinem fremden Collegestudenten herumzuflirten. Aber von unserem Aussichtspunkt auf der Treppe entdeckte ich Jamie, der in der hintersten Ecke des Wohnzimmers an der Wand lehnte. Die Champagnerblondine küsste ihn, was das Zeug hielt, und er schien nicht allzu viel zu unternehmen, um sie daran zu hindern.

Was war ich doch für eine blöde Kuh.

Wieder brannten diese verdammten Tränen in meinen Augen, und ich wandte den Blick ab. Unglücklicherweise fiel er auf Skye, die mich beobachtete. Sie stand mit ein paar ihrer Schauspielerfreunden in der Küche herum. Sie sah durch die Menge hindurch zu Jamie und dann wieder zu mir. Ihre Miene wirkte besorgt.

»Komm schon.« Lorna zog mich die letzten Treppenstufen hinab und an der Küche vorbei.

Ich vermied es, Skye noch einmal anzusehen.

Sie bekam einfach zu viel mit.

Wex und Ryan saßen mit dem Rest von Jamies Team und ein paar Mädchen zusammen am Pool.

Obwohl wir eigentlich alle noch keinen Alkohol trinken durften, drückte Skye bei allen Collegestudenten ein Auge zu. Solange sie hier die Aufsicht hatte, konnte sich also jeder ein paar Bier genehmigen. Lorna und ich waren von dieser Regel natürlich ausgenommen.

Was meine Freundin nicht davon abhielt, sich auf den Schoß eines Typen zu setzen und sich an seiner Bierflasche zu bedienen. Er hatte dunkles Haar und dunkle Augen, und als er Lornas Hüfte umfing und sie angrinste, sah ich, dass er ein attraktives, schiefes Lächeln hatte.

Der Typ neben Lornas Spielgefährten des Abends stieß ihn an.

»Ich weiß nicht so genau, was Jamie dazu sagen wird, wenn er seine Schwester auf deinem Schoß sieht, Ryan.«

Ryan zuckte mit den Schultern, und Lorna flüsterte ihm etwas ins Ohr, das ihm die Röte den Hals heraufkriechen ließ.

Sie zog sich zurück, ein mutwilliges Lächeln auf dem Gesicht, und deutete mit der Bierflasche auf mich.

»Hört mal alle zu, das ist Jane, meine beste Freundin und die liebenswerteste Person, die ihr je treffen werdet.«

Ich errötete über das Lob und warf ihr einen ärgerlichen Blick zu.

Sie wusste doch, wie sehr ich es hasste, im Mittelpunkt zu stehen.

»Jane, das ist Ryan, und das ...« – sie deutete auf den Mann, der Ryan eben gewarnt hatte – »... ist Wex. Wex, rück doch mal zur Seite für Jane.«

Wex war groß und ähnlich gebaut wie Jamie. Seine blauen Augen bildeten einen auffälligen Kontrast zu seiner dunklen Haut. Er war ausgesprochen gut aussehend.

Dennoch schwiegen die Schmetterlinge in meinem Bauch.

Er jedoch sah mich an, als habe es ihm bei meinem Anblick die Sprache verschlagen.

Ryan stupste ihn an. »Sagst du jetzt vielleicht mal was, du Blödmann?«

»Äh, ja.« Abrupt stand Wex auf, ohne mich aus den Augen zu lassen. »Hier, bitte, setz dich doch.« Er deutete auf den Liegestuhl, auf dem er gesessen hatte. Ich hatte nun wirklich keine Lust, mir einen Liegestuhl mit ihm zu teilen, aber anscheinend beobachtete das ganze Team unseren kleinen Wortwechsel. Das Bild von Jamie mit der Champagnerblondine stand mir wieder vor Augen.

Vielleicht hatte Lorna recht.

Vielleicht sollte ich mich nach den abscheulichen letzten Wochen jetzt einfach mal entspannen.

Und eigentlich war dieser Wex ganz niedlich.

Ich schenkte ihm ein winziges Lächeln, wobei mir klar war, dass auf meinen Wangen wahrscheinlich zwei leuchtend rote Verlegenheitsflecken prangten.

»Denk dran, sie ist erst siebzehn«, neckte Ryan leise, aber dennoch laut genug, dass Wex und ich es hören konnten.

Lorna kicherte. »Hmm, und für wie alt hältst du mich?«

»Ach, du bist erfahren.« Ryan liebkoste ihren Hals. »Und außerdem bist du ein kleiner Teufel.«

»Nicht ganz falsch«, rutschte es mir unwillkürlich heraus.

»Hey!« Lorna lachte.

Ich spürte, wie auch Wex leise vor sich hin gluckste, denn sein Körper war meinem ganz nah.

Ich warf ihm einen schüchternen Blick zu und zupfte an dem Saum von Lornas blödem Kleid herum, womit ich ungewollt seine Aufmerksamkeit auf meine Beine lenkte. Er schluckte schwer und sah wieder weg. Unsere Blicke trafen sich.

»Du bist also in Jamies Team?«

»Ja.« Er streckte mir die Hand entgegen. »Wex. Pete Wexham. Aber alle nennen mich Wex.«

Ich schüttelte seine Hand. »Ich bin Jane.«

Er hielt meine Hand unpassend lang fest und schenkte mir ein jungenhaftes Lächeln, als er sie endlich wieder losließ. »Sorry.«

Ich wusste nicht, was ich sagen sollte.

Small Talk mit Fremden war nicht gerade meine Stärke.

Bei Wex war das anscheinend anders. Er löcherte mich mit Fragen über die Schule und meine Interessen, sodass ich mich nach einer Weile doch entspannte und ihm meinerseits ebenfalls Fragen stellte. Er schien recht nett zu sein.

Keine Ahnung, wie viel Zeit mittlerweile vergangen war, und ich bekam auch nicht mit, was um mich herum geschah, weil ich versuchte, mich auf Wex zu konzentrieren statt auf die entsetzliche Vorstellung, dass Jamie womöglich im Raum über uns Sex mit der Champagnerblondine hatte.

Deshalb war ich total verblüfft, als Wex sich plötzlich vorbeugte, um mich zu küssen.

Natürlich war ich schon mal geküsst worden.

Meinen ersten Kuss hatte ich in der achten Klasse bekommen, wo wir auf einer Party, zu der mich Lorna gezwungen hatte, Flaschendrehen gespielt hatten.

In den letzten paar Jahren hatte ich sogar ein paar Dates gehabt, bei denen es zu einem ersten Kuss gekommen war, aber nie hatte ich mich auf mehr einlassen wollen, weil ich zu sehr an Jamie hing.

Wex' Zunge schnippte gegen meine Lippen, und ich öffnete sie instinktiv, wobei ich mir innerlich die ganze Zeit zuschrie: *Was machst du denn da?!*

Er stöhnte in meinen Mund, als ich seinen Kuss erwiderte. Dann legte er die Hand in meinen Nacken, um mich dichter zu sich heranzuziehen.

Der Kuss war nicht schlecht.

Trotzdem war es nicht mehr als ein Mund auf meinem, der nach Bier schmeckte, und eine starke Hand in meinem Nacken.

Ich spürte diesen Kuss nirgends sonst.

Das tat ich nie.

Ob irgendetwas mit mir nicht stimmte?

Ich löste mich von ihm und legte Wex die Hand auf die Brust. »Nein«, sagte ich. »Ich kann nicht.«

»Shit. Sorry, wenn ich dich falsch verstanden habe.« Er wirkte aufrichtig zerknirscht.

»Ich muss gehen.« Ich stand von der Liege auf und umrundete die Leute, die auf dem Verandaboden saßen.

Ich zitterte.

Warum nur?

Weil irgendetwas nicht mit dir stimmt. Irgendetwas fehlt dir. Wex schien nett zu sein. Und er war heiß.

Warum wollte ich nicht von ihm geküsst werden?

Im Haus waren zu viele Leute. Ich musste irgendwohin, wo ich allein war.

Dann dachte ich an Jamies Geschenk, entdeckte es auf dem Stapel auf dem Küchentisch, schnappte es mir und rannte die Treppe hinauf. Entsetzt stellte ich fest, dass das Hauptbad besetzt war. Da ich wusste, dass Skye nichts dagegen haben würde, schlüpfte ich in ihr Schlafzimmer und tastete mich durch die Dunkelheit hindurch bis zu ihrem privaten Badezimmer.

Seufzend schaltete ich das Licht an und schloss die Tür hinter mir. Ich warf Jamies Geschenk auf den Waschtisch und beugte mich über Skyes kühles Porzellanwaschbecken. Dann starrte ich mein Spiegelbild an. Manchmal wünschte ich, mein eigenes Glück würde nicht davon abhängen, wie andere Menschen mich wahrnahmen. Wäre das Leben nicht viel einfacher ohne dieses ständige Bedürfnis, geliebt zu werden, gebraucht zu werden?

Und wenn ich mich so verzweifelt danach sehnte, geliebt und gebraucht zu werden, warum hatte ich Wex dann nicht weiter geküsst?

Die Tür zum Bad flog auf und riss mich aus meinen Gedanken. Erschrocken zuckte ich zusammen.

Als Jamie hereingestürmt kam und sie wieder hinter sich zuknallte, stockte mir der Atem.

Und die Schmetterlinge waren auch wieder da.

Ebenso wie die Hitze … Jene Hitze, die fehlte, wenn jemand anders mich küsste. Allein durch Jamies Anwesenheit erwachte sie zum Leben.

Nachts im Bett, im Schutz der Dunkelheit, wenn ich meine Hand in mein Höschen gleiten ließ und mich selbst berührte, stellte ich mir vor, dass es Jamie war.

Mit meinem Körper ist alles in Ordnung, rief ich mir ins Gedächtnis.

Nur war mein Verlangen untrennbar mit meinem Herzen verbunden.

Er schien stinksauer zu sein, doch trotzdem begehrte ich ihn.

»Jamie?«

Sein Blick musterte mich bedächtig, verharrte auf meinem Dekolleté und wanderte dann weiter abwärts, gemächlich. Beinahe beleidigend langsam.

Ich erstarrte. »Was ist los?«

Die Meeraugen sahen mich an.

Lag es an Wex?

Bei diesem Gedanken stockte mir der Atem schon wieder. Nein. Unmöglich.

»Jamie?«

»Plötzlich ziehst du dir ein sexy Kleid an und lässt dich mit jemandem aus meinem Team ein?«

Ich bemerkte, dass er die Hände zu Fäusten ballte.

Ich wurde rot vor Zorn. »Ich hätte nicht gedacht, dass du es überhaupt bemerkst, geschweige denn, dass es dich kümmert angesichts der Champagnerblondine und den drei Frauen vor ihr.«

Jamies Kopf schnellte zurück, als ob ich ihm eine Ohrfeige versetzt hätte. »Wovon zum Teufel sprichst du?«

»Lorna hat mir von den Frauen erzählt, und die Blondine habe ich mit eigenen Augen gesehen.«

»Was für Frauen?«

»Die drei Frauen, mit denen du herumgeknutscht hast, noch bevor die Party begonnen hatte.«

Er runzelte die Stirn und trat so dicht zu mir hin, dass seine Brust die meine berührte und ich gegen das Waschbecken gepresst wurde. Ich lehnte mich nach hinten und umfasste die Porzellankante. Er war mir jetzt so nah, dass mir beinahe die Luft wegblieb.

»Lorna erzählt wie üblich Scheiße. Es gab keine Mädchen. Und was die Blondine betrifft ...« Er senkte den Kopf zu mir herab, die Augen lodernd vor Wut. »Sie hat mich in die Enge getrieben. Es ging nicht von mir aus.«

Ich ignorierte die Tatsache, dass Lorna wegen der Mädchen Lügengeschichten erzählt hatte. »Ja, du hast dich offensichtlich aufgeopfert.«

Er verengte die Augen über meine sarkastische Bemerkung. »Warum kümmert es dich, wer mich küsst?«

»Warum kümmert es dich, wer *mich* küsst?«, konterte ich.

Jamie legte die Hände auf das Waschbecken, sodass ich zwischen seinen Armen gefangen war. »Mein Team ist für dich tabu!« Sein Atem wehte flüsterleise über meine Lippen, und er presste den gesamten Körper an mich.

Er war hart.

Ich schnappte nach Luft, und seine Augen blitzten.

»Jeder außer mir ist für dich tabu, Jane. Kapiert?«

»Ich gehöre dir nicht«, flüsterte ich. Es klang schwach, und ich ärgerte mich über mich selbst. Warum tat er mir das an? Wie konnte ein einziger Mensch mir dermaßen zusetzen?

»Doch, tust du wohl.« Seine Stimme war heiser. »Und ich gehöre dir.« Er schluckte trocken. »Ich wollte warten. Ich *sollte* warten.«

»Worauf?«

»Darauf, dass du achtzehn wirst.«

Ich wusste, dass ich entzückt darüber hätte sein sollen, dass Jamie mich begehrte, aber trotzdem taten seine Worte weh. Er konnte warten? Und was würde er tun, während er wartete? Ich meine, ihm zufolge waren alle anderen Männer für mich tabu, aber ein Aufreißer wie Jamie würde wohl kaum neun Monate lang auf Sex verzichten.

Anscheinend sah er den Zorn in meinen Augen, denn er verkrampfte sich. Ich versuchte, ihn von mir zu stoßen, aber er wich keinen Zentimeter zurück. »Hau ab!«

»Was ist gerade passiert?« Er presste sich nur noch heftiger an mich. »Was geht dir gerade durch den Kopf?«

»Du willst neun Monate auf mich warten? Und ich soll allen Ernstes glauben, dass du in dieser Zeit nicht mit anderen Frauen schläfst?«

Ein Muskel zuckte vielsagend in seinem Gesicht. »Ich werde dich nie belügen, Jane.«

Mistkerl!

Ich stieß ihn noch härter zurück, aber er bewegte sich immer noch keinen Zentimeter. »Geh mir aus dem Weg.«

»Du schreist nie«, wisperte er plötzlich und senkte den Kopf bis zum Halsansatz herab. Ich spürte seine Lippen auf meiner Haut und erschauerte.

Mein Gott, wie sehr ich ihn in diesem Augenblick hasste!

Er hauchte einen Kuss auf meinen Hals, dann hob er den Kopf wieder, um mir etwas ins Ohr zu flüstern. »Ich habe versucht, andere Frauen zu ficken, um dich aus dem Kopf zu kriegen.« Er löste sich von mir und sah mir in die Augen. Die Intensität seiner sengend heißen Begierde weckte Verlangen tief unten in meinen Eingeweiden. »Aber ich schaffe es nicht«, raunte er. »Ich versuche, mit ihnen zusammen sein, und es ist wie ein Durst, der nie gestillt werden kann. Ich kann es nicht durchziehen – kann nicht mit ihnen schlafen.«

»Warum nicht?« Meine Stimme klang heiser.

»Weil sie nicht du sind. Ich will mit niemand anderem zusammen sein als mit dir.«

»Das meinst du nicht ernst.« Ich schüttelte den Kopf, weil ich Angst hatte, ihm zu glauben.

Er umfing mein Gesicht mit den Händen und näherte sich mir erneut, sodass unsere Lippen sich beinahe berührten. »Ich werde dich nie belügen«, versprach er noch einmal. Dann presste er den Mund auf meinen, und ich war verloren.

Das hier war absolut kein süßer Kuss.

Er war tief und forschend, Zunge an Zunge, Lippen an Lippen, Hände, die einander erkundeten. Ich zerrte an seinem T-Shirt in dem Versuch, ihn näher heranzuziehen, während er sich anscheinend nicht entscheiden konnte, welchen Teil meines Körpers er zuerst berühren wollte. Meine Hüften, meine Taille, meine Brüste. Als er meine Brüste mit seinen Händen umfasste und die Daumen über meine Nippel gleiten ließ, pulsierte verzweifeltes Verlangen zwischen meinen Beinen. Ich stöhnte in seinen Mund. »Fuck.« Keuchend unterbrach Jamie den Kuss. Seine Augen leuchteten vor Begierde, Begierde, deren Pulsieren ich durch seine Jeans hindurch an meinem Bauch spüren konnte. »Ich muss dich einfach berühren.«

Ich lächelte zittrig. Dieser Moment kam mir so unwirklich vor. Jahrelanges Sehnen, das endlich Erfüllung fand. »Ich dachte, das tust du schon.«

Er schüttelte hastig den Kopf und packte den Saum meines Kleides. »Lass mich dich berühren.«

Jetzt verstand ich, was er meinte, errötete und spürte, wie dieses Pulsieren stärker wurde. Ich schwankte wie im Fieber und musste mich am Waschbecken festhalten. Unfähig, auch nur einen Ton herauszubringen, nickte ich nur.

All die Nächte, in denen ich mir das hier ausgemalt hatte, und jetzt geschah es tatsächlich.

Jamie lehnte die Stirn an meine, und sein Atem ging sogar noch schneller, als er das Kleid bis zu meiner Taille hochschob. »Ich habe mir das hier vorgestellt«, flüsterte er, die Stimme belegt vor Lust. »Unzählige Male. Im Bett, unter der Dusche, mit meinem Schwanz in der Hand. Und ich hatte immer nur dich im Kopf.«

Ich bebte vor immer heftigerem Verlangen.

»Hattest du auch solche Fantasien mit mir?«

Ich nickte und errötete noch mehr.

»Sag es.« Er löste die Stirn von meiner, die Miene ebenso fordernd wie seine Stimme. »Sag mir, dass du genauso sehr an mich gedacht hast wie ich an dich.«

Ich glaube, ich war noch überraschter als Jamie, als ich flüsterte: »Wenn ich im Bett liege und mich berühre, kann ich nicht aufhören, an dich zu denken.«

Jamie küsste mich erneut, wild, überwältigend, bis ich mich an seinen Schultern festhalten musste, um nicht zu Boden zu sinken. Ich erschauerte an ihm, als seine Finger über meinen Bauch tanzten. Doch als er seine Hand hinabgleiten ließ und in mein Höschen schob, spannte ich jeden einzelnen Muskel an.

»Alles okay?« Er unterbrach den Kuss, seine Finger verharrten. Zwar war es seltsam, zum ersten Mal so intim berührt zu werden. Aber er war schließlich nicht »irgendjemand«. Es war Jamie. Instinktiv drängte ich mich seiner Hand entgegen. »Bitte …«

Er küsste mich nicht noch einmal.

Stattdessen hielt er meinen Blick fest, er presste den Daumen auf meine Klit und schob zwei Finger in mich hinein. Der unerwartete Druck ließ mich aufschreien, und ich krallte meine Finger in seine Schultern.

»Fuck, Jane«, keuchte er.

Meine Lider schlossen sich flatternd, als er meine Klit umkreiste. »Jamie.« Meine Stimme war nicht mehr als ein lustvolles Seufzen.

»Mach die Augen auf.«

Meine Lider flatterten, als ich sie öffnete.

»Gut.« Er lächelte zufrieden. »Sieh mich an.«

So war es um so vieles intimer. Ich hielt seinen Blick fest, während er die Finger hinein- und wieder hinausgleiten ließ.

»So eng.« Er biss die Zähne zusammen. »So verdammt eng, Doe.«

Ich schnappte nach Luft und musste gleichzeitig lächeln, weil sein Bostoner Akzent wieder durchbrach. »Jamie.« Ich vergrub meine Finger tiefer in seinen Muskeln, drängte mich seiner Berührung entgegen, ritt seine Finger.

»Genau so, fick mich, Jane, fick mich«, raunte er heiser an meinen Lippen. Er stöhnte, als mein Körper auf seinen Dirty Talk reagierte. »So voller Überraschungen. Du bist vollkommen. Wie für mich geschaffen.«

Wachsende Spannung in meinem Innern, leise Schreie, die in meiner Kehle erstarben, während Jamie mich dem Höhepunkt entgegentrieb.

»Nicht unterdrücken«, forderte er. »Hier kann dich außer

mir keiner hören. Und ich will hören, wie sehr du dir das hier wünschst.«

»Jamie.« Ich schob die Hände unter sein T-Shirt, wollte ihn spüren, liebkoste die harte Wölbung seiner Bauchmuskeln mit der einen Hand und hielt mich mit der anderen an seiner Taille fest. Instinktiv hob ich mein Bein und legte es ihm auf die Hüfte, um mich ihm weiter zu öffnen. Seine Finger bewegten sich immer schneller. »Oh Gott«, keuchte ich, ihm immer noch unverwandt in die Augen blickend. »Jamie.«

»Eines Tages werde ich ganz und gar in dir sein«, verhieß er. »Ich werde dein Erster und Einziger sein, Jane.«

Das törnte mich sogar noch mehr an als sein Dirty Talk. Mein Stöhnen wurde lauter, und Jamie ließ die Lippen federleicht über meine hinweggleiten. »Mehr.«

»Oh mein Gott.« Ich ließ los, ritt fieberhaft seine Finger, kratzte mit den Nägeln über seine Bauchmuskeln.

Ein letztes Mal rieb er über meine Klit.

»Jamie!«, schrie ich auf, erschauerte und zuckte an seiner Hand, pulsierte und umkrampfte seine Finger.

Danach sackte ich kraftlos an ihm zusammen, überhitzt und befriedigt.

Er ließ die Finger hinausgleiten und zog sanft den Saum meines Kleides hinab. Mit den Lippen auf den meinen und seiner Erektion, die sich in meinen Bauch grub, flüsterte er. »Warum? Warum war das eben das Erotischste, was ich je in meinem Leben gesehen und gehört habe?«

»Keine Ahnung.« Ich schüttelte den Kopf, unfähig, überhaupt irgendetwas zu tun.

»Aber ich weiß es.« Er nahm mein Kinn zwischen zwei Finger und hob meinen Kopf an, sodass ich ihm in die Augen sehen musste. Beinahe wurden mir die Knie schon wieder weich. »Weil du es bist. Niemand törnt mich so an wie du. Du hast ja keine Ahnung.«

Ich lachte, denn die hatte ich sehr wohl. Und fand es fantastisch, dass Jamie ebenso empfand. »Doch. Die habe ich durchaus.«

»Ach ja?« Er gab mir einen Kuss auf die Lippen, sanft, süß, nur eine Liebkosung. Dann löste er sich von mir und zog ein strenges Gesicht. »Dann weißt du wohl auch, dass es nicht zum Lachen ist. Du solltest dir lieber Sorgen machen, Doe.«

»Warum?«

»Weil ich dir verfallen bin. Ich kann an nichts anderes denken als an dich. Will nichts anderes als dich. Wenn ich eine Meinung zu irgendeinem Thema hören will, bist du der erste Mensch, an den ich denke. Ich habe keine Lust auf meine Seminare, weil ich dann nicht mit dir zusammen sein kann und über wichtigen und nicht ganz so wichtigen Mist reden kann ... Ich will ganz und gar mit dir verschmelzen.«

Er nickte und schluckte trocken. »Nicht nur ...« Er schob die freie Hand unter mein Kleid und umfing mich besitzergreifend. »Nicht nur hier.« Er löste die Hand von meinem Kinn und tippte mir an die Schläfe. »Sondern auch hier.« Dann legte er sie über meine Brust, genau über meinem pochenden Herzen. »Ich will so tief in dir sein, dass du mich nie wieder loswirst. Denn du bist jetzt schon ein Teil von mir.«

Eine Welle der Glückseligkeit und Erleichterung spülte über mich hinweg und trieb mir Tränen in die Augen. »Du bist jetzt schon Teil meines Herzens und meiner Seele, Jamie. Schon seit Langem.«

Eine Träne rann meine Wange hinab, und leise fluchend fing Jamie sie mit dem Daumen auf, während seine großen Hände mein Gesicht umfassten. »Was bin ich doch für ein Idiot.« Seine Stimme klang rau. Dann küsste er mich. Küsste mich, als sei ich seine Luft zum Atmen. »Verzeih mir«, bat er zwischen den Küssen. »Verzeih mir, dass ich so schwer von Begriff war.«

Ich lachte an seinen Lippen. »Du hast es ja endlich doch noch kapiert. Das ist das Einzige, was zählt.«

Wir küssten uns, bis unsere Lippen geschwollen waren, bis Jamie meinen Schenkel an sich presste und seine Erektion an meinem Bauch rieb.

»Wir sollten aufhören.« Keuchend löste er sich von mir. »Bevor wir zu weit gehen.«

»Vielleicht will ich ja zu weit gehen.«

»Nein.« Er schüttelte den Kopf. »Nicht vor deinem achtzehnten Geburtstag.«

»Das kann unmöglich dein Ernst sein.«

»Ich will dich nicht unter Druck setzen. Und ich will alles richtig machen.«

Eigensinnig reckte er das Kinn. Mit einem frustrierten Stöhnen ließ er mich los und wich einen Schritt in Richtung Tür zurück. »Du solltest als Erste rausgehen.« Er deutete auf seine Erektion, die seine Jeans ausbeulte. »Ich brauche noch eine Minute.«

Obwohl ich nervös war, wollte ich ihn noch nicht verlassen. »Ich hab noch dein Geschenk hier.« Ich streckte es ihm entgegen. »Wenn du es dir ansiehst … na ja, vielleicht kühlst du dann ein bisschen ab.«

Er warf mir ein blitzendes Lächeln zu und nahm das Geschenk in die Hand. »Das lag auf dem Stapel unten. Ich weiß das, weil ich es im Auge behalten habe, seit Lorna es dir abgenommen hat.«

Wie aufregend! Jetzt war ich noch nervöser, wie er reagieren würde.

»Und warum ist es jetzt hier?«

»Ich, äh, als ich sah, wie du die Blondine geküsst hast, wurde mir plötzlich klar, dass du beim Auspacken bestimmt gewusst hättest, was du mir bedeutest. Und dann hätte ich dir leidgetan.«

»Zum einen hat sie mich geküsst, und wenn du lang genug zugesehen hättest, hättest du auch mitbekommen, dass ich sie weggestoßen und mich danach nach dir umgesehen habe, weil ich wissen wollte, ob du das Ganze mitbekommen hast.«

Ich lachte bei seinen Worten, und all meine Sorgen waren verflogen. »Okay.«

»Und zum Zweiten …« Er kam mir wieder ganz nah und hielt meinen Blick fest. »Zum Zweiten hätte ich nie bedauert, dass du Gefühle für mich hast, und ich hätte auch dich nicht bedauert. Tatsächlich ist sogar das Gegenteil der Fall.«

»Das habe ich jetzt auch kapiert«, neckte ich zurück.

Jamie nickte und sah auf das Geschenk hinab. Mit einer Langsamkeit, die mich beinahe um den Verstand brachte, riss er das Päckchen auf. Als er eine zerlesene Ausgabe von *Ich bin Legende* herausholte, sah er mich mit hochgezogener Augenbraue an.

»Mach es auf.«

Beim Anblick des Titelblatts, auf dem die Unterschrift des Autors prangte, spannte er sich an. »Ist das eine signierte Erstausgabe?«

»Ja.«

Er sah mich unverwandt an, und das Verlangen in seinen Augen raubte mir den Atem.

»Gefällt es dir?«, flüsterte ich.

»Das ist das schönste Geschenk, das ich je bekommen habe.« Er legte das Buch behutsam auf das Waschbecken und warf mir einen sarkastischen Blick zu. »Aber jetzt bin ich schon wieder hart.«

Mein Gelächter erstarb abrupt, als er plötzlich vor mir auf die Knie ging. »Was machst du denn da?«

»Ich will dir danken.«

Ich keuchte, als er mein Kleid erneut bis zur Taille hochschob und mein Höschen mit den Fingern umfasste. »Sollten wir nicht langsam wieder auf die Party zurückkehren? Die Leute haben unser Fehlen sicher schon bemerkt.«

»Scheiß drauf!« Er zog mein Höschen herunter, und ich stieg hinaus. Unverwandt sah er mir in die Augen. Ich erschauerte, als seine Hände die Innenseite meiner Schenkel liebkoste und sie dann auseinanderschob. Ich stellte mich breitbeinig hin, mein Atem ging flach.

Jamies Blick senkte sich auf den Schatten zwischen meinen Schenkeln herab. Er stöhnte, und dann lag sein Mund auf mir, und ich vergaß alles andere um mich herum, spürte nur noch ihn.

Irgendwann, während ich seinen Mund ritt und mich ganz und gar der Lust hingab, fragte ich mich kurz, ob dies der Beginn von einer Beziehung war, die wir nicht kontrollieren konnten.

Ob mir das hätte Angst machen sollen?

Möglicherweise.

Aber Jamie McKenna fühlte sich viel zu verdammt gut an, zu verdammt richtig, als dass mich noch irgendetwas anderes gekümmert hätte.

Sechs

JAMIE

Neunzehn Jahre alt

Das Kratzen von Janes Bleistift auf dem Skizzenblock trieb mich zum Wahnsinn. Wer hätte gedacht, dass das Posieren für eine Zeichnung dermaßen sexy sein konnte?

Jane saß auf meinem Schreibtischstuhl, und ihre Augen wanderten zwischen meiner Gestalt und dem Block in ihrer Hand hin und her, während sie die Linien meines Körpers mit dem Stift nachzog. Ihre Augen glommen wie glühende Lava, sodass mir ganz heiß wurde.

»Degradierst du mich mit dieser ganzen Sache nicht zum Sexualobjekt?«, neckte ich sie.

»Das ist Kunst«, erwiderte sie mit amüsiert zuckenden Lippen.

»Trotzdem verstehe ich nicht so recht, warum ich Boxershorts tragen muss, wenn du mich zeichnest.«

Wir sahen einander in die Augen, und das Blut, das schon mein Herz hatte höherschlagen lassen, schoss nun geradewegs südwärts. Wie gern hätte ich sie gebeten, zum Bett hinüberzugehen. Wir gingen erst seit sechs Wochen miteinander, doch schon geriet ich mit dieser Enthaltsamkeitsgeschichte an meine Grenzen.

»Du bist wunderschön«, flüsterte sie und meinte offensichtlich jedes Wort ernst. »Die Linien deines Körpers sind wunderschön. Ich will sie sehen.«

Sie wollte alles sehen.

Ich war derjenige, der darauf bestanden hatte, die Boxershorts anzulassen. Wir brauchten Grenzen; sonst hätte ich mich in ihr verloren. Und das war genau das, was meine schüchterne, bei mir selbst aber gar nicht so schüchterne sexy Frau eigentlich bezweckte.

»Es wäre besser, wenn du die Boxershorts auch noch ausziehen würdest«, sagte Jane.

Na bitte.

Ich grinste sie an und schüttelte den Kopf. »Was, wenn Lorna nach Hause kommt? Wäre nicht ganz einfach, ihr zu erklären, warum ich mich nackt von dir zeichnen lasse.«

»Wir können kaum erklären, warum du dich halb nackt von mir zeichnen lässt«, widersprach sie.

Um des lieben Friedens willen und damit wir uns erst mal in einer Partnerschaft erkunden konnten, bevor hier die Hölle losbrach, hatten wir unsere Beziehung bislang vor allen geheim gehalten. In Wahrheit wollten wir uns noch nicht um das Thema Lorna kümmern. Trotzdem hatte ich keine Ahnung, wie viel länger ich diese Geheimniskrämerei noch durchhalten würde. Obwohl wir erst seit Kurzem zusammen waren, reichten mir die kurzen Augenblicke jetzt schon nicht mehr aus. Wir trafen uns nur, wenn ich nicht trainierte, Lorna aber nach der Schule zum Training musste.

»Hmm.« Jane kaute auf ihrem Bleistift herum und ließ die Augen zwischen mir und ihrer Zeichnung hin und her wandern.

»Was ist los?«

»Ich kriege deine linke Brustwarze nicht hin.«

Ich gluckste leise vor mich hin. »Nippel-Probleme, hmm?«

Bei ihrem Lächeln wurde mir flau. Verdammt flau. In den letzten paar Wochen hatte ich eine ganz neue Seite an Jane entdeckt. Sie war still, reserviert, irgendwie schüchtern, das ja … Aber beim Sex drehte sie voll auf. Da kannte sie keine Hemmungen. Jane musste mich nur ansehen so wie jetzt, und schon wurde mein Schwanz hart.

Nicht dass wir miteinander geschlafen hätten. Immer noch war ich fest entschlossen, damit bis zu ihrem achtzehnten Geburtstag zu warten. Aber wir trieben jede Menge anderes Zeug, und Jane war so megaleidenschaftlich und aufregend, dass es mich verrückt machte.

Noch knappe acht Monate durchhalten ... Genauso gut hätten es zehn Jahre sein können!

Ich sah, wie sie den Skizzenblock auf meinen Schreibtisch legte und sich dann erhob, um den Raum zu durchqueren. Ich musterte sie von Kopf bis Fuß. Sie trug Jeansshorts und ein T-Shirt, was mich genauso heißmachte, wie sexy Unterwäsche es zu tun vermocht hätte.

»Jane ...« Meine Stimme war heiser. »Was tust du?«

»Ich muss mir deinen Körper aus der Nähe ansehen.« Sie stützte ein Knie aufs Bett und kroch auf allen vieren auf mich zu.

Fuck.

Ihr Zitrusduft kitzelte meine Nase, als sie mir die Hand auf die Brust legte und mich ein wenig nach hinten stieß.

Ich gehorchte und ließ mich auf den Rücken fallen – jetzt schon hart.

Dann setzte sie sich rittlings auf mich, wobei sie ihren Hintern geradewegs auf meiner Erektion platzierte.

Scharf sog ich den Atem ein, während ihre Lider sich halb schlossen und sie ein kleines Stöhnen von sich gab.

»Jane.« Ich umfasste ihre Hüften. Halb wollte ich sie von mir schubsen, halb mich an ihr reiben.

»Schauen wir doch mal nach«, murmelte sie und senkte den Kopf zu meinem Nippel herab. Sie ließ ihren Daumen darüberkreisen, sodass ich mich unter ihr wand. Meine Haut wurde ganz heiß. Dann küsste sie ihn und ließ die Zunge darüberschnippen.

»Fuck.« Ich vergrub die Finger in ihren Hüften und presste sie auf meinen Schwanz.

Jane stockte der Atem, während sie sich an mir rieb.

»Fuck, fuck.« Ich versuchte, sie von mir zu schieben, aber erfolglos. Grimmig sah ich zu ihr empor. »Du musst von mir runter.«

Seufzend setzte sie sich auf und zog sich das T-Shirt über den Kopf, um es sodann quer durch den Raum zu schleudern. Jeglicher Protest erstarb in meiner Kehle, als sie ihren BH öffnete und auszog. Ihre vollen Brüste wogten bei jeder Bewegung, und ihre dunklen Brustspitzen zogen sich zu kleinen Knospen zusammen, bei deren Anblick mir ganz schwindelig wurde.

Fuck, fuck, fuck.

»Okaaay.« Sie strich mit den Händen über meine Bauchmuskeln und beugte sich zu meinem Mund herab. »Wenn es das ist, was du wirklich willst.«

»Du bist eine Verführerin.« Ich nahm ihr wunderschönes Gesicht in beide Hände. »Das weißt du doch, oder?«

Ich ließ ihr keine Zeit zu antworten, sondern hob den Kopf an und presste meine Lippen auf ihre, während ich mit den Händen ihre Brüste liebkoste und knetete. Mit den Daumen strich ich über ihre Nippel, während sie über mir war.

Dann unterbrach ich den Kuss, wickelte ihr langes Haar um meine Hand und bog ihren Kopf ein wenig nach hinten, was ihr ein erregtes Wimmern entlockte.

Ich nahm ihren rechten Nippel in den Mund und saugte heftig daran, stöhnte befriedigt, als sie aufschrie und mir mit den Nägeln über den Rücken kratzte. Die Welt um uns versank ins Bedeutungslose. Wir waren nur noch Lippen, Zunge, Hände, Finger und feuchte, heiße Haut, eingehüllt in nicht enden wollende Erregung.

Die Spannung tief in unserem Innern verdrängte jeden vernünftigen Gedanken.

Schon bald war Jane nackt, und ihr erotischer, wunderschöner Körper lag unter mir. Meine Boxershorts hatte ich ebenfalls von mir geschleudert, sodass mein harter Schwanz zwischen ihren Beinen pulsierte.

Ich konnte nicht mehr klar denken.

Nichts zählte mehr, außer meinem Verlangen, in ihr zu sein.

Sie keuchte, ihre Augen verhangen, ihre Pussy feucht an meiner Eichel, und ich packte ihren rechten Schenkel und presste ihn fest an meine Hüfte, um sie mir zu öffnen. Ich stieß sie sanft an, biss die Zähne zusammen, voller Vorfreude auf ihre Enge und gleichzeitig voller Sorge, ihr wehzutun. Ich wollte, dass es schön für sie wurde.

»Jamie«, bettelte sie und drängte mir ihre Hüften entgegen. »Bitte.«

Ihr Gesicht war gerötet, unverwandt sah sie mich an, als sei ich der einzige Mann auf der Welt. Dieses Gefühl gab sie mir immer.

Ich stieß in sie hinein. »Jane …«

Doch plötzlich knallte meine Schlafzimmertür gegen die Wand, und mein Kopf fuhr in die Höhe. Mein Herz klopfte wie wild, und mein erster Impuls war, Janes Körper mit meinem zu schützen, als meine kleine Schwester ins Zimmer platzte.

»Shit!« Ich griff nach der Bettdecke, die wir zur Seite geschoben hatten, und versuchte, uns zuzudecken. »Hau ab, verdammt noch mal!«, schrie ich.

»Ich wusste es!«, kreischte Lorna, das Gesicht wut- und schmerzverzerrt. »Ich *wusste* es verdammt noch mal!« Ihre Augen flogen zu Jane hinüber, die versuchte, sich unter mir zu verstecken. Ich spürte, wie sie unter mir zitterte, und ihre Scham und Sorge machten mich nur noch wütender.

Ich schirmte sie so gut es ging von den Blicken meiner Schwester ab. »Wenn du jetzt nicht sofort verschwindest, raste ich aus, wie du mich noch nie hast ausrasten sehen, Lor«, verkündete ich.

Was immer sie in meiner Stimme hörte, ließ sie einen Schritt zurückweichen. »Ich bin unten und warte auf eine Erklärung von euch zwei Arschlöchern!«

Mit diesen Worten stapfte sie aus dem Raum.

Ich fluchte erneut und löste mich von Jane, weil ich befürchtete, dass sie unter mir keine Luft mehr bekam. »Alles okay mit dir?«

Sie versuchte, unter mir hervorzukriechen, und bemühte sich so verzweifelt, von mir wegzukommen, dass ich Panik bekam. Ich umfasste ihren Oberarm. Sie wollte mir nicht in die Augen sehen. *Großer Gott.*

»Hey.« Ich schob ihr Kinn nach oben, damit sie mich ansah. »Wir haben nichts Falsches getan.«

Jane zitterte, nickte aber und beruhigte sich ein wenig. »Es war mir nur so unangenehm. Und ich war einfach noch nicht bereit, ihr reinen Wein einzuschenken.«

»Hier geht es nur um dich und mich«, erinnerte ich sie. »Wir *dürfen* miteinander gehen. In dieser Sache hat sie kein Mitspracherecht.«

Als sie langsam nickte, gab ich ihr einen Kuss. Er war lang und innig, und ich legte alles hinein, was ich für Jane empfand, damit sie verstand, dass ich es mit jedem aufnehmen würde, auch mit Lorna, nur um sie zu behalten.

Nachdem wir uns angezogen hatten, nahm ich Jane fest bei der Hand, und wir begannen den Abstieg in die Hölle.

Wir hatten kaum die letzte Treppenstufe hinter uns gebracht, als Lorna schon von der Couch aufsprang. Den Blick fest auf Jane gerichtet, stürzte sie sich auf sie.

Ich schob Jane hinter mich, und taumelnd blieb Lorna stehen.

»Was dachtest du, was ich tun würde?« Sie blinzelte und wurde blass, als hätte ich sie geohrfeigt.

»Weiß nicht genau.«

»Ich würde Jane nie etwas tun.«

Jane trat hinter mir hervor. »Lorna, wir wollten es dir sagen.«

»Ich würde Jane nie etwas tun«, wiederholte Lorna und funkelte mich wütend an, bevor sie sich ihrer besten Freundin zuwandte. »Im Gegensatz zu meinem Bruder.«

Zorn brodelte in meinen Eingeweiden. »Lorna.«

»Nein. Das hier ist lächerlich.« Sie deutete zwischen uns beiden hin und her. »Ihr beiden passt doch überhaupt nicht zusammen, und nur wegen einer flüchtigen Liebelei mit dir wird Jane unsere Freundschaft nicht einfach wegwerfen, Jamie McKenna.« Sie verschränkte die Arme über der Brust und blickte Jane herausfordernd an. »Er oder ich.«

Jane sah genauso entsetzt aus wie ich. »Was?«

»Ich sagte: Jamie oder ich. Wenn du mit ihm zusammen bleibst, ist unsere Freundschaft offiziell beendet.«

Aus Janes Gesicht wich alle Farbe.

Das war's. Ich verlor die Beherrschung. »Echt jetzt?«, schrie ich. »Du kannst sie doch nicht allen Ernstes vor die Wahl stellen. Du bist verdammt noch mal total irre, weißt du das eigentlich?«

»Nein.« Lornas Augen füllten sich mit Tränen. Krokodilstränen. Manipulatives Scheusal. »Ich weiß nur eins, nämlich dass sich noch nie jemand für mich entschieden hat. Bis Jane in mein Leben kam. Sie ist meine beste Freundin, und ich *brauche* sie. Was passiert, wenn ihr beiden euch wieder trennt? Was geschieht dann mit mir und Jane?«

»Wir werden uns nicht trennen.«

»Oh bitte, Jamie, du steigst doch mit jeder ins Bett! Sobald du ihrer überdrüssig wirst, lässt du sie fallen wie eine heiße Kartoffel, das weiß ich.«

»Einen Scheiß weißt du!«

Ich brüllte so laut, dass Jane neben mir zusammenzuckte.

Dabei hatte ich Lorna gar nicht angerührt. Aber nicht mal ein Erdbeben hätte sie kleinkriegen können. »Ich weiß, dass sie *meine* beste Freundin ist und ich sie liebe. Was man von dir nicht behaupten kann!« Beschwörend sah sie Jane an. »Ich bin der einzige Mensch auf der Welt, der dich liebt.«

Ich erinnerte mich, sie vor ein paar Jahren etwas Ähnliches zu Jane sagen gehört zu haben. Ich hätte damals schon eingreifen sollen. Jetzt drängte ich mich zwischen Jane und Lorna, sodass meine Schwester rückwärtstaumelte. »Hörst du dir eigentlich selbst mal zu?«, fragte ich, meine Stimme zwar ruhig, aber heiser vor unterdrückter Wut. »Hörst du den kranken, manipulativen Scheiß, den du ihr in den Kopf zu setzen versuchst? Und wie lange läuft das schon so, hmm? Wie lange unterziehst du sie schon dieser beschissenen Gehirnwäsche?« Ich wandte mich ruckartig von ihr ab, ergriff Janes Hände und legte sie auf meine Brust.

Mit großen Augen sah sie zu mir empor. »Jamie?«

»Ich will, dass du ihr diese Scheiße niemals glaubst, okay? Sie sagt das alles nur, um dich dazu zu kriegen, das zu tun, was sie will, so wie sie es während eurer gesamten Freundschaft getan hat.« Der plötzliche Ausdruck der Erschöpfung in Janes Augen gefiel mir nicht. »Das weiß ich doch.«

Ich entspannte mich, legte ihr die Arme um die Schultern und wandte mich wieder meiner Schwester zu. Sie würde Jane nicht länger ihren toxischen Kram einflüstern. Alles andere kümmerte mich nicht.

Lornas Gesicht fiel in sich zusammen. »Du solltest dich wie mein großer Bruder verhalten. Du solltest dich schützend vor *mich* und *meine* Gefühle stellen. Aber das hast du noch nie getan. Warum entscheidest du dich nicht für mich?«

Ihre Stimme klang so tief verletzt, dass ich die Augen schloss. Dieses Problem hatte zwei Seiten. Aus Gründen, über die ich nicht allzu lange nachdenken wollte, war unser Dad niemals nett zu meiner kleinen Schwester gewesen. Tatsächlich hatte er sich immer nur Zeit für mich genommen, war zu Skye aber zumindest freundlich gewesen. Lorna hatte er wie den letzten Dreck behandelt. Ich wusste, wie sehr das meine kleine Schwester auch heute noch belastete.

Außerdem war Lorna unserer Mom total ähnlich. Als Kind war ich auf die Launen meiner Mom stets eingegangen, aber jetzt war ich ein erwachsener Mann. Ich würde mein eigenes Glück nicht für jemanden opfern, der unabhängig von meinen eigenen Entscheidungen sowieso nie glücklich sein würde. »Ich liebe dich, Lor. Du bist meine kleine Schwester, und ich werde dich immer lieben. Aber hier geht es nicht um dich.«

»Jane ist meine beste Freundin.«

»Ja. Und du hast ihr gerade weiszumachen versucht, dass niemand sie jemals so lieben wird wie du. Merkst du denn gar nicht, wie krank das ist? So einen Scheiß erzählen nur Soziopathen.«

Wütend funkelte sie mich an. »Das ist nicht fair.«

»Ach nein? Du behauptest, Jane zu lieben, hast sie aber noch kein einziges Mal gefragt, was sie für mich empfindet, ob sie glücklich mit mir ist. Denn das ist dir egal. Dir liegt nur dein eigenes Glück am Herzen. Du gibst ihr deine Liebe im Austausch gegen ihren Gehorsam.«

Jane verkrampfte sich in meinen Armen, und ich drückte beruhigend ihre Schulter.

»Ich hingegen erwarte keine Gegenleistung für meine Liebe«, sagte ich mit heftig klopfendem Herzen und schluckte schwer. »Ich liebe Jane und …« Ich wandte den Kopf und sah auf sie herab. Erschrocken erwiderte sie meinen Blick, aber ich glaube, es war ein freudiger Schrecken. »Ich liebe dich. Und meine Liebe hängt nicht davon ab, ob du sie erwiderst oder tust, was ich dir sage. Ich liebe dich einfach.«

So hatte ich ihr das nicht sagen wollen, aber ich musste ihr das mitteilen, bevor sie sich von Lorna wieder verunsichern ließ.

»So viel zum Thema manipulatives Verhalten«, schnaubte Lorna, wodurch sie den Augenblick komplett versaute. »Wie vielen Mädchen hast du das schon erzählt?«

»Keinem.«

»Lügner. Du bist so ein gemeiner, dreckiger, verdammter Lügner. Du würdest doch alles sagen, nur damit eine Frau dich ranlässt.«

Albernerweise ließ ich mich von ihrem infantilen Gebrüll anstecken, brauchte aber nicht allzu lang, um mitzukriegen, dass Jane seltsam still war. Mit blassem Gesicht stand sie nur da.

Ich verstummte, blickte auf sie herab, und mir sank das Herz.

Vielleicht hatte ich ihre Signale falsch verstanden.

Vielleicht war ich ja der Einzige, der sich verliebt hatte.

Vielleicht konnte ich gegen Lornas jahrelange Gehirnwäsche, durch die sie Jane versichert hatte, nur sie werde sie jemals wahrhaft lieben, gar nichts ausrichten. Jane war für meine Schwester eine leichte Beute gewesen. Eine Waise, die von einer Pflegefamilie zur nächsten weitergereicht wurde. Und selbst als sie in einer guten Familie gelandet war, hatten ihre Pflegeeltern nie Zeit für sie gehabt. Willa und Nick waren anscheinend immer erleichtert gewesen, dass meine Familie Jane mit offenen Armen aufgenommen hatte.

Ein Kind, das bis zu seinem dreizehnten Lebensjahr niemanden gehabt hatte, bis zu dem Zeitpunkt, da Lorna ihm seine Zuneigung geschenkt hatte.

Fuck.

»Jane?«, flüsterte ich.

Sie sah zu mir auf, dann blickte sie Lorna wieder an. »Seit unserem dreizehnten Lebensjahr liebe ich dich und ärgere mich gleichermaßen über dich. Ich bin dir dankbar und nehme dir gleichzeitig übel, dass du mir das Gefühl gegeben hast, niemand außer dir selbst könnte mich jemals lieben. Wenn Skye und Jamie nicht gewesen wären, hätte unsere Freundschaft nie überdauert, Lorna.«

Gütiger Himmel.

Lornas Augen füllten sich mit echten Tränen des Schmerzes.

Ich spürte einen schuldbewussten Stich und hatte plötzlich das instinktive Bedürfnis, meine Schwester beschützen zu müssen. Aber ich wusste, dass Jane all das mal loswerden musste. Und Lorna musste es hören.

»Du dachtest, ich wüsste es nicht.« Auch Jane traten nun Tränen in die Augen, und ich hätte sie so gern in den Arm genommen, um sie zu trösten, ließ es aber bleiben. Hier ging es um die beiden, nicht um mich. »Ich wüsste nicht, dass du die Tatsache, dass mich niemand liebte oder brauchte, ausgenutzt hast?«

Janes Stimme klang gequält, sodass jeglicher Impuls, meine Schwester beschützen zu wollen, im Nu verflogen war.

Wut brannte in meiner Kehle.

»Das ... das war nie meine Absicht«, schluchzte Lorna. »Wenn es so rübergekommen ist ... Das wollte ich nicht. Nicht wirklich.«

»Dann hör damit auf.« Jane trat einen Schritt auf sie zu. »Bitte, Lorna. Trotz allem liebe ich dich immer noch. Aber verliebt bin ich in Jamie.« Sie sah zu mir auf, und ich erkannte, dass sie die Wahrheit sagte. Ich sah all die Liebe, die sie für mich empfand, und zum ersten Mal in meinem Leben wusste ich, wie Glückseligkeit sich anfühlte. »Ich liebe dich schon seit Langem.« Sie schenkte mir ein scheues Lächeln, und mein Herz weitete sich so sehr, dass ich schon glaubte, es würde in tausend verdammte Stücke zerbersten.

Dann wandte sie sich wieder an Lor. »Wenn du mich tatsächlich so liebst, wie du behauptest, dann wünschst du dir, dass ich glücklich bin. Du wirst mich nicht zwingen, mich zwischen meiner besten Freundin und dem Mann, den ich liebe, zu entscheiden. Und dann lassen wir alles hinter uns und behandeln einander mit erheblich mehr Respekt als bisher.«

Stille senkte sich über uns herab, und das Ticken der Uhr über dem Kaminsims klang plötzlich so laut, dass ich sie am liebsten von der Wand gerissen hätte.

Schließlich wischte sich Lorna die Tränen ab und schüttelte den Kopf. Ihre Wut und Enttäuschung waren förmlich greifbar. »Ich kann nicht. Wenn ich mich darauf einließe, würde ich damit ja sagen, dass das in Ordnung ist. Aber das ist es nicht. Denn er wird dir wehtun, und dann willst du nichts mehr mit uns zu tun haben wollen. Also kann ich unsere Verbindung genauso gut gleich kappen. Er oder ich, Jane. Entscheide dich für mich, und ich gelobe, dir in Zukunft eine bessere Freundin zu sein. Versprochen!«

Verfluchtes Miststück.

»Lorna ...«

Jane hob die Hand, und ich verstummte. »Das tut mir leid. Ich will mich nicht entscheiden, aber wenn du mich dazu zwingst ... dann fällt meine Wahl auf Jamie.«

Mit herzzerreißendem Schluchzen wirbelte meine Schwester herum und eilte aus dem Haus.

Das tat weh.

Ich wäre ihr gern nachgelaufen.

Aber nun fing auch Jane an zu weinen, und das tat ebenfalls weh. Ich nahm sie in die Arme und trug sie die Treppe hinauf, wobei ich spürte, wie ihre Tränen mein T-Shirt durchweichten. Sie weinte, als bräche ihr das Herz, was meine Schuldgefühle einmal mehr intensivierte. Jahrelang war Lorna Janes Familie gewesen. War ich ein egoistischer Mistkerl?

Ja, genau das war Lornas Methode. Sie drehte den Spieß um und sorgte dafür, dass alle anderen sich die Schuld für irgendeine Misere gaben.

Ich legte Jane auf meine Bettseite, deckte sie zu und hielt sie im Arm, bis sie sich in den Schlaf geweint hatte. Und ich schwor mir, dass sie ihre Entscheidung niemals würde bereuen müssen.

***

Irgendwann musste ich ebenfalls eingedöst sein, denn plötzlich riss mich ein lautes Krachen aus dem Schlaf.

Jane fuhr ebenfalls hoch. »Was war das?«

Im Zimmer war es dunkel.

Wir hatten eine ganze Weile geschlafen.

Mit wild pochendem Herzen griff ich nach meinem Handy und sah, dass es ein Uhr morgens war.

»Warte hier«, flüsterte ich. »Wahrscheinlich ist es nur Lorna.«

Aber Lorna war nicht in ihrem Zimmer. Doch darüber würde ich mir erst Gedanken machen, wenn ich dahintergekommen war, woher der Knall gekommen war. Gerade wollte ich nach unten hasten, als ich Licht aus Skyes Zimmer dringen sah.

»Skye?«, rief ich und lief mit großen Schritten den Flur hinab. Die Tür stand einen Spalt offen, aber ich klopfte trotzdem. »Skye, bist du da drin?«

Als keine Antwort kam, stieß ich die Tür auf und betrat den Raum.

Bei dem Anblick, der sich mir bot, drehte sich mir der Magen um.

Meine große Schwester lag reglos auf dem Schlafzimmerboden.

»Skye!« Ich fiel neben ihr auf die Knie und befühlte ihre Haut; sie war schweißfeucht. Skye war nass geschwitzt. Ihr Kopf zuckte, ihre Augäpfel flatterten hinter den Lidern. Was zum Teufel?

»Skye?« Ich fühlte ihren Puls. Er war langsam und schwach. »Jane!«, schrie ich. »Ruf den Notarzt!«

Furcht durchflutete mich, während ich herauszufinden versuchte, was meiner Schwester zugestoßen war. Ich roch den Alkohol in ihrem Atem. Eine Alkoholvergiftung? Ich brachte sie in die stabile Seitenlage und entdeckte da plötzlich etwas an ihrer Nase.

Ich beugte mich vor und fuhr mit dem Daumen über ihre Nasenflügel. Entsetzt starrte ich auf den weißen Puder auf meiner Haut hinab.

»Skye«, stöhnte ich mit tränenerstickter Stimme. »Jane!« Ich wollte schreien, doch meine Stimme brach.

Die Tür wurde aufgestoßen, und Jane eilte ins Zimmer, das Handy ans Ohr gepresst. Ihre Augen weiteten sich. »Oh … Es ist die … die Schwester meines Freundes … Keine Ahnung.« Mit Tränen in den Augen sah sie mich an. »Was ist passiert?«

Ich schüttelte den Kopf. »Wahrscheinlich eine Überdosis.«

»Wir vermuten eine Überdosis. Keine … Jamie, was hat sie genommen?«

Ich zuckte mit den Achseln. »Vielleicht Koks und Alkohol. Ich weiß es nicht genau.«

Sie wiederholte meine Vermutung, dann rannte sie aus dem Zimmer, um an der Eingangstür auf den Krankenwagen zu warten, der schon auf dem Weg war.

Hilflos saß ich da, während alles im Nebel versank und ich nur hoffte, Skye möge ihre Augen öffnen und mir erzählen, dass das alles nur ein Riesenscherz war. Stattdessen wimmelte es in ihrem Zimmer plötzlich vor Sanitätern. Sie stießen mich zur Seite und hoben meine Schwester auf eine Bahre.

Jane und ich folgten ihnen.

Sie setzte sich ans Steuer meines Autos.

Ich sagte kein Wort, war ganz sprachlos vor Furcht.

Vage war ich mir bewusst, wie Jane Lorna anrief und ihr eine Nachricht auf Band hinterließ.

Im Krankenhaus fühlten sich die Minuten wie Stunden an. Meine Haut brannte. Meine Nerven waren zum Zerreißen gespannt, sodass auch das kleinste Geräusch mich auf die Palme brachte. Ich verkrampfte die Zehen in meinen Sneakers, und mein ganzer Körper schrie förmlich vor Unruhe und Erregung. Die Furcht lag mir wie ein Stein im Magen.

Das Einzige, was mich davon abhielt, meine Wut in die Welt hinauszuschreien, war Janes kleine Hand in der meinen. Sie sorgte dafür, dass ich nicht aus der Haut fuhr, war mein Anker. Die Stelle, wo ihre Hand die meine berührte, war die einzige, die kühl und ruhiger war.

Hin und wieder wisperte sie mir beruhigende Worte ins Ohr, und ich beugte mich zu ihr hin, weil auch ihr Atem auf meiner Haut tröstlich war. Ich schmiegte mein Gesicht an ihren Hals, unterdrückte die Tränen der Angst und wünschte mir, ich könnte mich irgendwie in Jane verkriechen.

»Skye McKennas Angehörige?«

Ich sprang aus dem unbequemen Stuhl im Wartezimmer auf und zog Jane mit mir zu dem Arzt hinüber. Auf die anderen Leute, die ebenfalls leidgeprüft auf Neuigkeiten über ihre Angehörigen hofften, achtete ich kaum.

Das Einzige, was mich kümmerte, war Skye.

»Skye McKenna?«, fragte der Arzt noch einmal.

»Ich bin Jamie McKenna, ihr Bruder.«

»Sie haben sie einliefern lassen?«

Ich nickte. »Geht es meiner Schwester gut.«

Der Arzt seufzte. »Mr. McKenna, Ihre Schwester hatte einen Herzinfarkt.«

Janes Hand verkrampfte sich in der meinen. Ich schüttelte den Kopf, nicht sicher, ob ich mich verhört hatte. »Was?«

»Wir haben eine hohe Dosis Kokain in ihrem Blut nachweisen können, außerdem war sie schwer alkoholisiert. Alkohol kommt in Kombination mit Kokain häufig zum Einsatz, weil er beruhigend wirkt. Wussten Sie, dass Ihre Schwester Kokain konsumiert?«

Ich schüttelte den Kopf.

Nein.

Aber ich hätte es wissen müssen.

»Vor einer Weile habe ich mir Sorgen gemacht, weil sie ziemlich viel trank, aber … ich dachte …« Ich dachte, mit ihr sei alles in Ordnung.

Ich hatte nicht richtig aufgepasst.

»Wird meine Schwester wieder gesund?«

»Die Drogen und der Alkohol haben einen Herzstillstand bei ihrer Schwester ausgelöst. Die Rekonvaleszenz wird eine Weile dauern, und ich kann Ihnen ein paar Reha-Kliniken empfehlen. Sie hat einen langen, beschwerlichen Weg vor sich, kann sich aber wieder erholen.«

»Es geht ihr gut«, flüsterte Jane und gab mir einen Kuss auf den Handrücken.

Da war ich anderer Meinung. Skye ging es nicht gut.

Anscheinend ging es ihr schon seit einer ganzen Weile nicht mehr gut.

Und ich hatte es nicht bemerkt.

Schuldgefühle nagten an mir.

Sieben

JANE

Siebzehn Jahre alt

Während wir Hand in Hand durch Glendale liefen, fragte ich Jamie nun schon zum dritten Mal, wohin er mich führte.

Er lächelte geheimnisvoll. »Lass dich überraschen.«

Mein Geburtstag war erst im Juni, seiner erst im September. Eigentlich gab es nichts zu feiern, weshalb ich »mein schönstes Kleid« hätte anziehen müssen. Aber genau darum hatte Jamie mich gebeten, und als er mich abholte, trug er selbst ein Hemd, eine Anzughose, Anzugschuhe und einen maßgeschneiderten, mittellangen Mantel, den Skye ihm einst gekauft hatte. Bis zum heutigen Tag hatte er ihn noch nie angehabt.

Dieses Überraschungsdate war megaaufregend. Mal wieder hatte ich Schmetterlinge im Bauch.

Während wir die von Bäumen gesäumten Straßen unweit des gemieteten Hauses im spanischen Kolonialstil der McKennas entlangwanderten, fragte ich mich, ob es noch weit war. So hohe Absätze war ich einfach nicht gewöhnt. Ich schob meine Hand in Jamies Armbeuge und schmiegte mich dichter an ihn heran. Nach seiner Dusche duftete er nach Limonen und Mandarinen.

»Ich bin nervös.«

»Musst du nicht sein.« Er gab mir einen liebevollen Kuss auf die Schläfe. »Es wird dir gefallen.«

»Warum diese Überraschung? Habe ich einen Jahrestag oder etwas anderes verpasst?«

Jamies Lächeln war ein wenig wehmütig. »Nein, Doe. Ich wollte nur etwas Besonderes für dich tun. Die letzten paar Monate waren ziemlich hart.«

Das konnte man wohl laut sagen.

Aber immerhin ging es Skye wieder gut. Nachdem sie mit fünfundzwanzig einen Herzinfarkt erlitten hatte, brauchten wir drei nicht allzu viel Überzeugungskraft, um sie zu einer Reha-Maßnahme zu überreden. Jamie versuchte herauszufinden, warum sie sich mit Drogen und Alkohol betäubt hatte. Er befürchtete, dass es an dem Druck lag, weil sie in viel zu jungen Jahren die Verantwortung für ihn und Lorna hatte übernehmen müssen. Skye widersprach energisch. Sie habe nur deshalb zu Drogen gegriffen, um mit dem beruflichen Stress klarzukommen. Es sei nun einmal nicht so einfach, dauerhafte Engagements zu ergattern.

Ironischerweise wurde ihr gegenwärtiger Vertrag aufgehoben, weil sie in die Reha musste. Die letzten paar Wochen seit ihrer Entlassung waren schwierig gewesen. Ihre Agentin fand einfach kein neues Engagement für sie. Jamie hatte sein Auto verkauft, und Lorna hatte sich immerhin bereit erklärt, ihres gegen ein billigeres einzutauschen.

Skye versicherte ihnen, dass sie über Ersparnisse verfügte, und Jamie kümmerte sich um den Haushalt und um die monatlichen Ausgaben. Außerdem hatte er in einem Café auf dem Campus einen Job gefunden. Sein Coach war darüber alles andere als begeistert, aber solange er versprach, das Training trotzdem nicht zu vernachlässigen, ließ er Jamie weitgehend in Ruhe.

Ich hatte mir ein Beispiel an Jamie genommen und arbeitete jetzt als Babysitterin. Da ich ständig nach Skye sah, jede freie Minute mit Jamie verbrachte, Hausaufgaben zu erledigen hatte und auf Kinder aufpasste, hatte ich nur wenig Zeit, um über die miese Situation in der Schule nachzudenken.

Lorna behandelte mich wie Luft. Sie war und blieb die beliebte Sportskanone, während ich sozusagen wieder in die Anonymität zurückkehrte. Ich schrieb ihr häufig, um sie dazu zu bewegen, mit mir zu reden. Oder wenigstens mit Jamie, den sie ebenfalls mit Missachtung strafte. Jamie meinte, dass ich damit nur Lornas Bedürfnis nach Aufmerksamkeit fütterte, aber ich wollte nicht, dass meine frühere beste Freundin glaubte, ich habe ihr die Familie genommen. Doch Lorna reagierte nie und ignorierte mich weiterhin konsequent.

Mit ein paar wenigen Leuten aus der Schule pflegte ich immer noch einen einigermaßen freundschaftlichen Kontakt, und man fragte mich sogar hin und wieder, ob ich etwas mit den anderen unternehmen wollte, aber da ich nicht besonders gesellig war, vereinsamte ich zusehends. Meist war das in Ordnung. Nur nicht, wenn Lornas Freundinnen abfällige Kommentare über mich machten, sobald ich in Hörweite war.

Jamie verschwieg ich das. Es hatte keinen Zweck. Er würde nur wieder sauer auf Lorna werden, obwohl sie selbst sich keine böse Bemerkung zuschulden kommen ließ. Außerdem hatte ich keine Lust, über seine Schwester zu reden, wenn ich mit ihm zusammen war.

»Wir sind gleich da.« Jamie zog mich um die Ecke und bog mit mir auf den North Brand Boulevard ein. Jetzt waren wir mittendrin. Restaurants, Shops, Nachtclubs und so weiter.

Wohin mochte Jamie mich ausführen? Wollte er mich zum Essen einladen? Doch nur in eleganten Restaurants musste man sich so aufbrezeln, wie wir es getan hatten. Außerdem waren die McKennas gerade knapp bei Kasse, weshalb er umso mehr auf seine Ausgaben achtete, oder nicht?

Als er mich beim Überqueren der Straße fest an der Hand hielt, musste ich leise lachen. »Warum machst du so ein Geheimnis daraus, wohin wir gehen?«

»Warum nicht?« Er grinste auf mich herab. »Hasst du Überraschungen wirklich so sehr?«

»Nicht, wenn sie von dir kommen.« Meine Augen strahlten vor Liebe zu ihm. »Aber ungeduldig bin ich trotzdem.«

Seine Meeraugen nahmen ein Lagunenblau an. Das taten sie immer, wenn ihn etwas antörnte. »Gefällt mir, dass ich deine ungeduldige Seite zum Vorschein bringe.«

»Du willst also meine Moral untergraben?«, erkundigte ich mich scherzhaft.

Wahrscheinlich hatte ich damit sogar recht.

»Stimmt«, pflichtete er mir mit ernster Stimme bei. »Mir gefällt, dass du bei allen anderen geduldig, beherrscht und ruhig bist, nie laut wirst und nie jemanden verletzt … Aber bei mir …« – er senkte den Kopf, um mir die nächsten Worte ins Ohr zu flüstern – »… stöhnst du, schreist du und zerkratzt mir den Rücken.«

Ich wurde flammend rot, aber keineswegs vor Verlegenheit.

Seit dem peinlichen Augenblick, als Jamie und ich beinahe zum ersten Mal miteinander geschlafen hätten, von Lorna aber ertappt worden waren, hatte das Leben verhindert, dass es in diesem atemberaubenden Tempo mit unserer Beziehung weiterging. Skyes seelische und körperliche Gesundheit war uns am wichtigsten. Die Ereignisse hatten Jamie veranlasst, seine Haltung erneut zu überdenken. Nun wollte er mit dem Sex wieder bis zu meinem achtzehnten Geburtstag warten.

Ich kapierte es nicht. Wir taten alles andere. Welchen Unterschied konnten ein paar lumpige Monate schon machen?

Jamie McKenna besaß die Fähigkeit, mir auch noch den letzten Rest meines bis über beide Ohren verliebten Verstandes zu rauben.

Er küsste mich stürmisch und mit einem äußerst selbstzufriedenen Gesichtsausdruck.

»Vorsicht«, rief eine Frau, die wir beinahe über den Haufen gerannt hätten.

Ich warf ihr noch ein »Sorry« hinterher, und Jamie gluckste leise, legte mir den Arm um die Schultern und führte mich an ein paar Läden vorbei.

Als Jamie seine Schritte verlangsamte, wusste ich, dass wir beinahe am Ziel waren.

Vor dem Alex Theatre blieb er stehen.

»Das ist es?«, fragte ich.

Ein wenig unsicher nickte er.

Ich sah zum Vordach hinauf und las die Ankündigung.

LOS ANGELES BALLET PRÄSENTIERT
DORNRÖSCHEN

Ich stieß die Luft aus, und mir schnürte sich die Kehle zu. Die Buchstaben verschwammen vor meinen Augen.

»Aber bis heute war ich noch nie im Ballett.«

»Eines Tages wirst du das.«

»Sind das Freudentränen, oder hab ich's vermasselt?«

Ohne mich darum zu kümmern, wo wir waren, schlang ich ihm die Arme um den Hals, stellte mich auf die Zehenspitzen und presste die Lippen auf seine. In diesen Kuss legte ich so viel Liebe und Dankbarkeit, wie ich konnte, mein ganzes Herz und meine ganze Seele.

Als ich mich von ihm löste, waren wir beide außer Atem.

»Ich vermute, das heißt ›Ja‹.« Er presste die Hände auf meine Hüften und sah mir forschend ins Gesicht. »Freust du dich?«

»Absolut«, flüsterte ich und ließ die Lippen erneut federleicht über seine gleiten. »Jamie, niemand hat sich jemals so viele Gedanken um mich gemacht wie du. Ich liebe dich so sehr.«

Er seufzte, schlang mir die Arme um die Taille und presste das Gesicht in die Kuhle an meinem Hals. Nachdem wir eine Minute lang eng umschlungen dagestanden hatten, hob Jamie den Kopf, liebkoste mein Ohr mit den Lippen und sagte: »Ich kann kaum in Worte fassen, wie sehr ich dich liebe, Jane Doe.«

Aus offensichtlichen Gründen hatte ich meinen Namen immer gehasst. Aber damit war es jetzt vorbei. Ich hasste ihn nicht mehr, zumindest nicht, wenn Jamie ihn aussprach.

Grinsend blickte ich wieder zu dem Vordach hinauf. »Ich kann kaum glauben, dass du mich ins Ballett mitnimmst.« Ich warf ihm einen Seitenblick zu. »Du langweilst dich sicher zu Tode.«

Er ergriff meine Hand und führte mich hinein. »Mich an deiner Seite zu langweilen ist immer noch meine Version von Glückseligkeit, Doe.«

Ich grinste so breit, dass mir die Wangen wehtaten.

Nachdem wir unsere Karten vorgezeigt hatten und uns auf den Weg in den Zuschauerraum machten, fing Jamie an zu lachen.

»Was?«

»Du bist so verdammt bezaubernd.« Er zog mich an sich und gab mir erneut einen Kuss auf die Schläfe. »Wenn ich gewusst hätte, dass du dich so sehr darüber freust, hätte ich es viel früher getan.«

Erst als wir uns setzten, wurde mir klar, was für tolle Plätze wir hatten. Wir saßen inmitten der ersten Reihe der Alexander Terrace, die über dem Orchestergraben schwebte. Von hier aus konnten wir die gesamte Bühne überblicken.

»Jamie«, flüsterte ich ihm ins Ohr. »Diese Tickets ... die haben ein Vermögen gekostet.«

Er löste sich von mir und warf mir einen strengen Blick zu. »Das braucht dich nicht zu kümmern.«

»Aber ...«

»Das ist kein Thema.«

Sein schnippischer Ton machte mich wütend. »Kein Grund, mich anzublaffen.«

Seine Antwort war ein Kuss. Hart, tief, wobei seine warme Hand mein Gesicht umfing und seine Zunge mit meiner tanzte. Es war absolut unangemessen in dieser Umgebung, weshalb es mich umso mehr antörnte. Als er sich endlich von mir löste, war ich ein wenig außer Atem. Sein Daumen fuhr über meine geschwollene Unterlippe. »Lass mich doch einfach mal etwas Nettes für dich tun.«

Ich verengte die Augen. »Das hättest du auch sagen können, ohne mich dermaßen anzutörnen.«

Er warf den Kopf in den Nacken und lachte tief und belustigt. »Ich glaube, du bist nur auf diesem Planeten, um mein Ego zu streicheln.«

Ich zog die Augenbraue hoch. »Nur dein Ego?«

»Glücklicherweise nicht nur das.«

Wir tauschten ein vielsagendes, heißes Lächeln, das von einem Paar unterbrochen wurde, welches an uns vorbei zu seinen Plätzen gelangen wollte.

Zwanzig Minuten später kitzelte die Vibration, die das unter uns spielende Orchester auslöste, meine Fußsohlen. Ich bekam eine Gänsehaut und saß angespannt da, die Finger um meinen Sitz gekrallt, während ich angestrengt jeder Bewegung auf der Bühne folgte.

Weibliche Tänzerinnen in traditionellen Kostümen mit steifen Tutus und golddurchwirkten, funkelnden Miedern tanzten über die Bühne und in die Arme männlicher Tänzer, die aussahen wie römische Skulpturen. Die Körper der Tänzer waren Maschinen, gestählt und muskulös, schlank und stark. Sie bewegten sich allesamt mit ungeheurer Grazie und Eleganz und brachten allein durch den Schwung ihrer Arme ein Übermaß an Gefühlen zum Ausdruck.

Plötzlich stürmten jede Menge Erinnerungen auf mich ein. Ballettstunden. Wie ich an der Ballettstange stand, lernte, meine Füße nach außen zu drehen. Wie ich lernte, ein Plié zu machen. Wie meine Mom, Marissa, die mittlerweile nur noch ein Schatten in meiner Erinnerung war, nach meiner ersten Aufführung vor Stolz und Freude beinahe geplatzt war.

Die Sehnsucht, wenn ich die Reklame für ein Ballett sah oder ein kleines Mädchen in Tutu, das zur Tanzstunde ging. Der niederschmetternde Neid, als ich hörte, wie Keelie Meyers in der siebten Klasse uns allen verkündete, dass sie im Sommer auf eine Ballettschule in Paris gehen würde.

All das hatte das Leben symbolisiert, das ich mir gewünscht hatte.

Ein Leben, das mir hätte gehören sollen.

Ein Leben, das ich einfach nicht hatte loslassen können, bis Lorna McKenna mich in ihre Welt gezerrt hatte.

Doch erst seit Jamie hatte ich endlich das Gefühl, ein Zuhause gefunden zu haben. Hatte endlich die Sehnsucht nach Margot Higgins aufgegeben und mich mit der Existenz als Jane Doe zufriedengegeben. Ich konnte zusehen, wie diese atemberaubenden Tänzer eine wunderschöne Geschichte erzählten, ohne dass es noch schmerzte.

Ich hatte gar nicht bemerkt, dass ich weinte, bis ich Jamies Hand auf meiner Wange spürte. In der Dunkelheit des Theaters wandte ich ihm das Gesicht zu. Mit dem Daumen fing er eine Träne auf und musterte mich besorgt.

Ich ergriff sein Handgelenk, presste ihm einen Kuss auf die Knöchel und lächelte. »Das sind gute Tränen«, flüsterte ich, beugte mich zu ihm herüber und gab ihm einen schnellen Kuss auf den Mund. »Danke schön.«

Nachdem er sich davon überzeugt hatte, dass ich glücklich war, lehnte er sich wieder auf seinem Sitz zurück.

Ich tat es ihm gleich, und wieder wurde mein Blick magisch von der Bühne angezogen, wo ich mich erneut ins Ballett verliebte. Es hüllte mich in seine Musik ein, hob mich empor und trug mich dahin auf der Welle der Gefühle und der Faszination darüber, auf wie viele unterschiedliche Weisen Menschen Geschichten erzählen konnten.

Jamie sagte kein Wort, als wir neunzig Minuten später das Theater verließen. Ganz fest hielt er meine Hand, bis mir klar wurde, dass er darauf wartete, dass ich irgendetwas sagte. Der Verkehr rauschte, Gelächter, Musik, Lichter von Scheinwerfern, von Straßenlaternen, von Neonschildern an Gebäuden, während wir durch die abendliche Welt des Brand Boulevard wanderten.

»Fandest du es langweilig?«, fragte ich.

»Eigentlich hatte ich so was erwartet. Aber es war nicht langweilig. Es war wunderschön.«

Ich liebte es, dass er das zugeben konnte. Das liegt an seiner Künstlerseele, dachte ich. »Vielleicht können wir das irgendwann ja noch mal machen?«

»Wenn es dich glücklich macht, können wir gehen, wann immer du willst.«

Ich schlang den Arm um ihn, holte tief Luft und stieß sie wieder aus. »Für eine kleine Weile konnte ich dadurch alles andere vergessen.«

»Ja, ging mir genauso.«

Die Luft vibrierte zwischen uns, als Jamie an einem Taco-Restaurant haltmachte und uns einen schnellen Imbiss organisierte. Wir vertilgten ihn auf dem Rückweg zu seinem Haus in stiller Übereinkunft, dass dieser Abend noch nicht zu Ende war. Jeder Zentimeter meines Körpers erbebte, als wir durch Glendale schlenderten. Hin und wieder drückte er meine Hand, als wolle er sich davon überzeugen, dass ich noch da war. Oder vielleicht wollte er auch mich davon überzeugen, dass er das Gleiche fühlte wie ich.

Irgendetwas hatte sich in meinem Innern unverrückbar verändert, als ich vor dem Alex gestanden und erkannt hatte, was Jamie für mich getan hatte.

Ich wusste, dass ich ihn liebte.

Aber nun war mir klar geworden, dass er tief und wesentlich in mir verankert war. Er war ein Teil von mir, und ihn zu verlieren würde mich zerreißen. Bislang war ich immer eher ein wenig gleichgültig gewesen, selbst den Menschen gegenüber, die mir am Herzen lagen, weshalb mir das eigentlich Angst hätte einjagen müssen.

Stattdessen war ich wie elektrisiert. Und sehnte mich mit jeder Faser meines Seins nach ihm.

Ich war es leid, auf ihn zu warten.

Als Jamie die Tür öffnete, war das Haus leer. Er rief dennoch laut, sah überall nach, aber keine Antwort. Es war Samstagabend. Lorna war sicher mal wieder mit ihrem neuesten Lover aus, und Skye hatte Jamie eine Nachricht hinterlassen.

»Sie ist bei Sheridan.« Er wedelte mit dem Zettel, den sie auf der Arbeitsplatte in der Küche hinterlassen hatte, durch die Luft. Sheridan war ebenfalls Schauspielerin. Sie war ein wenig älter, war ihr bei den AA-Treffen in der Reha als Betreuerin zugewiesen worden und selbst seit sieben Jahren clean. Aufgrund ihrer Gemeinsamkeiten hatten Skye und sie sich miteinander angefreundet.

»Das ist gut.« Meine Stimme war belegt vor Verlangen.

Jamie musterte sich. »Was willst du jetzt tun?«

120

Mit pochendem Herzen warf ich ihm einen vielsagenden Blick zu, ging an ihm vorbei und stieg die Treppe hinauf.

Er sagte nichts, aber ich hörte seine Schritte hinter mir. In seinem Zimmer wandte ich mich zu ihm um und schälte mich aus meiner leichten Jacke. Sie blieb zu meinen Füßen liegen, während ich meine Heels von mir schleuderte. Jamie trat ebenfalls ein, und sein Blick fiel auf meine Schenkel, wo ich den Saum meines Kleides umfasste. Ohne mich aus den Augen zu lassen, schob er die Tür hinter sich zu.

Die Hitze in seinen Meeraugen ließ mich erschauern, als ich mir das Kleid über den Kopf zog und ebenfalls zu Boden gleiten ließ.

»Jane ...?«

Ich öffnete meinen BH, ließ die Träger an meinen Armen hinabgleiten, doch die Körbchen blieben zunächst an meinen harten Nippeln hängen, bevor sie sich endlich zu dem Kleid auf dem Boden gesellten. »Ich bete dich an, Jamie McKenna. Und ich will mit niemandem zusammen sein, außer mit dir. Niemals.«

Seine Augen loderten jetzt vor Verlangen, und er verschlang mich mit seinem Blick. Seine Stimme war heiser. »Du weißt, dass es mir genauso geht.«

»Worauf warten wir dann?« Ich umfasste den Bund meines Baumwollhöschens, holte tief Luft und schob es mit nicht vor Furcht, sondern vor Vorfreude zitternden Händen nach unten, bis es auf meine Knöchel herabgerutscht war.

Jamie holte tief Luft. Seine Brust hob und senkte sich noch ein wenig schneller, als ich über mein Höschen hinwegstieg.

Ich schauderte ein wenig, jeder Zentimeter meines Körpers prickelte, und ich bekam eine Gänsehaut. Mein Herz hämmerte laut in meiner Brust. Meine Handflächen waren feucht. »Jamie, ich will dich. Und das Leben ist viel zu kurz. Das wissen wir doch beide. Morgen könnte irgendetwas passieren und mich dir wegnehmen, und ich will nichts verpassen. Ich will auf jede erdenkliche Weise mit dir zusammen sein und nicht mehr warten.«

Ein wenig verwirrt und benommen nahm er meinen Anblick begierig von Kopf bis Fuß in sich auf. Nicht, dass er mich nicht schon einmal nackt gesehen hätte. Wir hatten uns schon häufig nackt miteinander vergnügt.

Trotzdem fühlte es sich an wie beim ersten Mal.

Ich konnte sehen, wie seine Erektion sich gegen den Reißverschluss seiner Anzughose drängte, und er öffnete und schloss die Hände immer wieder, als sehnte er sich verzweifelt danach, mich zu berühren. Als er den Blick von meinem Körper abwandte und mir ins Gesicht sah, waren seine Wangen gerötet, und sein Atem ging stoßweise. »Ich bin kurz vorm Explodieren. Was machst du nur mit mir?«

Er gab mir keine Gelegenheit zu einer Antwort. Stattdessen schälte er sich aus seinem Mantel und kam zu mir herüber, schnippte ein paar Knöpfe an seinem Hemd auf und zog es sich über den Kopf. Mit den Händen umfing er mein Gesicht und küsste mich, tief und feucht, wobei seine Zunge hungrig an meiner leckte. Schon bald hatte ich das Gefühl zu fallen. Die Matratze senkte sich unter unserem Gewicht herab, und unsere Lippen lösten sich voneinander, weil wir durch den Aufprall ein wenig auf und ab hüpften.

Ich schnappte nach Luft, als Jamie sich jetzt über mir abstützte, um mich nicht zu erdrücken, und seinen pulsierenden, harten Schwanz zwischen meine Beine drängte. Die Reibung, die sein Hosenstoff dabei erzeugte, trieb mich fast in den Wahnsinn. Meine Hände glitten über seine glatten, stählernen Rückenmuskeln, dann vergrub ich die Nägel in seiner Haut, während meine Hüften seinen Stößen entgegenbrandeten.

Das hatten wir schon einmal gemacht. Nachdem wir uns am vergangenen Wochenende einen Film angeschaut hatten – einen Film, der eine heiße Sexszene enthielt, was wir aber erst merkten, als es schon zu spät war –, hatte er mich auf dem Sofa festgehalten. Zu unser beider Freude hatten wir an diesem Abend festgestellt, dass es mir gefiel, wenn er dafür sorgte, dass ich mich unter ihm kaum noch regen konnte. Nur beim Sex genoss ich es, wenn er ganz und gar die Kontrolle übernahm. Doch wir waren entschlossen gewesen, nicht zu weit zu gehen, weshalb wir die Kleider angelassen hatten. Harte Stöße zwischen meinen Schenkeln, glitzernder Schweiß an seiner Schläfe und die Reibung, die uns dem Orgasmus entgegentrieb. Wir waren heftig gekommen. Aber ganz befriedigt waren wir immer noch nicht gewesen.

So wollte ich es heute Abend nicht machen. So schön es auch gewesen war, ich wollte mehr.

Ich machte mich an den Knöpfen über dem Reißverschluss seiner Hose zu schaffen.

Als er die Hand über meine legte, fürchtete ich schon, er wolle aufhören.

Er unterbrach unseren neuerlichen Kuss, stieß sich ab und setzte sich rittlings auf mich. Ohne mich aus den Augen zu lassen, knöpfte Jamie seine Hose auf, öffnete den Reißverschluss und stand dann vom Bett auf und schüttelte sie ganz ab. Zusammen mit seinen Boxershorts.

Der Anblick war gelinde gesagt beeindruckend.

Was für ein … Umfang.

Das Prickeln zwischen meinen Beinen wurde heftiger, und ich wurde feucht. Hinzu kam dieses mittlerweile schon vertraute Ziehen und Flattern im Unterbauch.

»Jamie«, keuchte ich und streckte die Arme nach ihm aus.

Aber statt sich auf mich herabzusenken, wurde sein Ausdruck hart. Mit seinen starken Händen packte er meine Hüften und zog mich zu sich hin. Dann schob er die Hände unter meine Schenkel, vergrub die Finger in meinen Muskeln und hob meine Beine vom Bett hoch, um sie sodann weit auseinanderzuzwingen.

Dann senkte er den Kopf zwischen ihnen herab und nahm mich in den Mund.

Er saugte und leckte so intensiv an mir, dass ich glaubte, in einem Meer aus Empfindungen zu versinken. Die Lust zog sich zu einem festen Knoten tief in meinem Innern zusammen, und während er mich mit seiner Zunge immer weiter reizte, steigerte sich der Druck ins Unermessliche. Der Drang, den Kopf in den Nacken zu werfen und mich der Glückseligkeit hinzugeben, war stark, aber Jamies Anblick törnte mich sogar noch mehr an.

Ich kam mit einem Schrei, presste mich tief in die Matratze und ließ mich von Jamies Zunge in ungeahnte Höhen emportragen. Irgendwann nahm ich undeutlich wahr, dass Jamie sich von mir löste. Während mein pulsierender Körper ins Bett zu sickern schien, hörte ich das Knistern von Folie.

Dann spürte ich seine Hände unter den Armen, und ich wurde auf dem Bett wieder nach oben gezogen. Als er sich über mich legte und mich küsste, schlang ich ihm die Beine um die Hüften. Ich konnte mich selbst auf seiner Zunge schmecken. Hart und heiß ruhte er zwischen meinen Beinen, ein sanfter Druck gegen meine feuchte Dunkelheit.

Jamie stöhnte, unterbrach den Kuss und sah mir tief in die Augen, während er sich aufrichtete und über mir abstützte. »Halt dich an mir fest«, forderte er heiser.

Ich umfing seine Taille und keuchte vor wachsender Vorfreude. »Jamie.«

Er drängte sich gegen mich und fühlte sich so unglaublich groß an, dass ich die Fingernägel in seiner Haut vergrub. »Fuck.« Mit angespannter Miene drang er einen weiteren Zentimeter in mich ein.

Es brannte, und ich zuckte zusammen. Oh mein Gott, er würde unmöglich hineinpassen. Wie konnte das sein? »Jamie?«

Als hätte er meine Gedanken gelesen, stieß er ein kurzes, atemloses Lachen aus. »Du bist so eng.« Er stöhnte und lehnte die Stirn gegen meine. Er bebte am ganzen Körper. »Gib mir einen Moment.«

Ich spürte seine feuchte Haut und hob ihm die Hüften entgegen. »Tu es schnell«, flüsterte ich.

»Ich will dir nicht wehtun.«

»Ist wahrscheinlich trotzdem besser.« Der brennende Druck war unangenehm.

Er hob den Kopf und sah mir in die Augen. »Bist du sicher?«

Ich nickte und ließ die Hände bis zu seiner Taille hinabgleiten. »Bitte.«

Jamie holte tief Luft. Seine Miene war grimmig. Er bewegte die Hüften zurück, wobei er sich wieder etwas aus mir herauszog, und stieß dann heftig in mich hinein. Sein kehliges Knurren, als er sich tief in mir versenkte, erfüllte den ganzen Raum. »Fick mich, Jane. Fick mich«, murmelte er mit geschlossenen Augen, das Gesicht verzerrt vor Lust.

Doch mir tat es weh. Ich hatte nicht erwartet, dass es dermaßen wehtun würde. Tränen brannten in meinen Augen, und als Jamie die seinen wieder öffnete und es sah, war seine Glückseligkeit wie verflogen. Entsetzt musterte er mich. »Jane«, keuchte er, umfing mein Gesicht mit der einen Hand, während er sich mit der anderen aufrecht hielt. »Soll ich lieber aufhören?«

In diesem Moment hätte mein Körper sich gewünscht, dass er sich wieder aus mir zurückzog, aber mein Verstand erinnerte mich daran, dass ich ihn liebte und auch schon mal gelesen hatte, dass das erste Mal ziemlich schmerzhaft für eine Frau sein konnte. Dass es im Laufe der Zeit aber besser wurde.

Ich hatte die Freuden des Orgasmus kennengelernt, die Jamie mir auch gerade eben noch beschert hatte, also musste ich daran glauben. Wir mussten den unangenehmen Entjungferungsteil nur hinter uns bringen.

Er wollte sich aus mir zurückziehen, aber ich hielt ihn fest. »Nicht.«

Unsicher schwebte Jamie über mir.

Ich schenkte ihm ein aufmunterndes Lächeln und blinzelte die Tränen zurück. »Nicht aufhören.«

»Ich will dir nicht wehtun«, wiederholte er flüsternd. »Ich liebe dich.«

Die Liebe durchflutete nun auch mich so intensiv, dass ich mich entspannte, sodass der Druck nachließ. Er fühlte sich überwältigend in mir an, und das unangenehme Brennen verwandelte sich in wohligen Schmerz. »Ich liebe dich so sehr, Jamie. Mach weiter.« Ich bewegte die Hüften ein wenig. »Ich wünsche es mir.«

Jamie küsste mich. Tief. Voller Gefühl. Und beim Küssen regte er sich. Die ersten paar Male brannte es noch ein wenig, aber dann ließ auch das nach.

Diese wunderbare innere Spannung baute sich wieder auf.

Ich keuchte in seinen Mund, und wir lösten die Lippen voneinander, sahen einander unverwandt in die Augen, während er in mich eindrang und wieder herausglitt. »Jamie.« Ich umfing seine Schultern, schob ihm die Hüften entgegen. Da berührte er eine Stelle in meinem Innern, die sich fantastisch anfühlte.

»Jane.« Er stützte sich wieder auf die Hände, und seine Stöße wurden wieder selbstsicherer. »Fuck, Doe, du bist der Hammer.« Seine Stimme klang kehlig. »Mein Schwanz ist im verdammten Himmel.«

Ich pulsierte um ihn herum und stöhnte.

Seine Augen blitzten. »So eng und so heiß. Ich liebe deine Pussy.«

Mir stockte der Atem, und seine Worte ließen heiße Lust auf meiner Haut prickeln.

Jamies Augen weiteten sich ein wenig, und er beugte sich näher zu mir herab. Mit jedem Stoß stöhnte er ein wenig lauter, seine Lippen ganz nah an meinen. »Du magst Dirty Talk, meine süße Jane?«

Schon möglich.

»Und weißt du, was *ich* mag?«, knurrte er und bewegte seine Hüften schneller, trieb tiefer in mich hinein. »Mir gefällt, dass ich der Einzige bin, der in diesem wunderschönen Körper war. Und dass ich der einzige Mann sein werde, den du für den Rest deines Lebens je in dir spüren wirst.«

»Ja!«, stieß ich atemlos hervor, denn schon kündigte sich der Orgasmus an. »Jamie!«

»Jetzt musst du kommen, Baby.« Er presste den Daumen auf meine Klit. »Wie fest du meinen Schwanz umklammerst! Ich bin kurz vorm Explodieren. Und will, dass du kommst.«

Er umkreiste meine Klit, stieß heftig in mich hinein, und ich zerbarst.

Das Gefühl zu kommen, während er in mir war, war so anders als alles, was wir bisher getan hatten. Ich pulsierte und pochte um sein hartes Glied herum und molk ihn. Es war so wundervoll, dass es mich unersättlich machte. Ich wollte mehr. Mein Gott, es war *unglaublich.*

Jamie empfand das offensichtlich genauso, denn plötzlich erstarrte er über mir und schrie dann mit heiserer Stimme meinen Namen. Seine Hüften erschauerten an meinen.

Ebenso außer Atem wie ich selbst, brach er auf mir zusammen, sodass unsere Oberkörper gegeneinanderprallten. Und immer noch pulsierte er in meinem Innern. Jamie wog schwer, und ich stieß ein atemloses Keuchen aus. »Jamie.«

Er murmelte etwas Unzusammenhängendes, stieß sich ab und zog sich aus mir zurück, was ein leichtes Brennen verursachte. Er ließ sich auf den Rücken plumpsen, ergriff aber gleichzeitig meine Hände, um mich auf sich zu ziehen. Mein Kopf ruhte auf seiner feuchten Brust, während seine Finger mit meinem Haar spielten und er mit der anderen Hand meine Brust umfing. Sein Daumen liebkoste meinen Nippel, während wir beide so dalagen und versuchten, wieder Atem zu schöpfen. Ich konnte unser beider Herzschlag hören.

»Fuck«, murmelte Jamie. »Ich muss das Kondom abstreifen, aber ich will mich nicht bewegen.«

Ich gluckste träge vor mich hin. »Dann beweg dich nicht. Ich will nicht, dass du dich bewegst.«

Er holte tief Luft. »Geht es dir gut?«

Ich hob den Kopf und grinste ihn an. »Wie sieht es denn aus?«

Forschend sah er mir ins Gesicht und entspannte sich bei dem Anblick. »Du überraschst mich immer wieder.«

»Inwiefern?«

Er spielte mit meiner Brust, und ich schnappte nach Luft, denn erneut spürte ich, wie es zwischen meinen Beinen aufloderte. »Du magst es, wenn ich mit dir rede.«

Ich wurde rot.

Seine Stimme klang belegt. »Der süßen, schüchternen Jane

gefällt es, wenn ich sie unter mir festhalte, sie mag Dirty Talk …
Was dir wohl sonst noch so alles gefällt?«

Ich war schon wieder ganz scharf auf ihn, verlagerte mich und
ließ die Lippen über seinen verharren. »Mit dir würde ich alles
ausprobieren.«

Sein Griff wurde fester. »Alles?«

»Solange du es bist.«

»Fuck, ich werde schon wieder hart.« Er hob den Kopf und
küsste mich.

Als wir endlich nach Luft schnappten, fuhr er mir mit dem
Daumen über die Lippen und sah mir tief in die Augen. »Komm,
jetzt waschen wir uns erst mal.«

Glücklicherweise waren wir immer noch allein im Haus. An
Jamies Hand folgte ich ihm ins Bad und beobachtete, wie er das
Kondom entsorgte. Meine Aufmerksamkeit törnte ihn an.

Aber er ignorierte seinen Ständer, drückte mich nur auf den
Badewannenrand nieder und schob meine Beine auseinander.
Mit einem Waschlappen in der Hand kniete er vor mir nieder,
und nun sah ich auch, warum. An der Innenseite meiner Schenkel entdeckte ich einen kleinen Blutstriemen.

»Bin ich ein kranker Mistkerl, weil mich das scharfmacht?«

»Was?«

»Zu wissen, dass das niemand sonst von dir bekommen wird.
Ich werde für immer dein Erster sein. Ziemlicher Höhlenmensch-
Scheiß, was?« Sein mutwilliges Grinsen scheuchte die Schmetterlinge in meinem Bauch auf. »Heutzutage darf ein Mann so was
eigentlich nicht mehr sagen.«

»Wenn du so empfindest«, antwortete ich und nahm sein Gesicht in beide Hände, »dann ist es eben so.«

»Was fühlst du denn dabei?«

Mir gefiel, dass er das überhaupt fragte. Dass es ihn kümmerte.
Ich überlegte, dachte daran, wie sehr ich es genoss, wenn er die
Kontrolle übernahm. Seine Kraft, mit der er mich bezwang,
weckte auch in mir eine Art Höhlenfrauen-Scheiß. Bei dem Gedanken musste ich lachen.

Er lächelte. »Was?«

»Ich bin unabhängig, weil ich es sein musste«, antwortete ich ihm nun ernst. »Ich treffe gern meine eigenen Entscheidungen.« Jamie runzelte die Stirn. »Okay?«

»Nun, da ich dich habe, wirst du in meine Lebensentscheidungen miteinbezogen werden ... aber es sind und bleiben meine eigenen Entscheidungen.«

Er nickte.

»Doch ...« Ich beugte mich zu ihm vor und ließ die Lippen ganz sacht über seine gleiten. »Im Schlafzimmer habe ich nichts dagegen, dir die Führung zu überlassen. Wenn es dir gefällt. Ich meine ... mir gefällt es, glaube ich, sehr.«

Sein Atem ging schwerer. »Wir versuchen es. Wenn es dir gefällt, super. Wenn nicht, spielt das auch keine Rolle für mich. Ich werde dir alles geben, was du brauchst, Jane.« Er ließ die Hände an meinen Schenkeln entlanggleiten. »Doe, ich ...«

»Was?« Ich vergrub meine Hände in seinem Haar und spielte damit.

Jamie drückte die Stirn zwischen meine Brüste, sodass ich seinen Atem heiß auf meiner Haut spürte.

»Jamie?«

Er umklammerte mich, und plötzlich war ich besorgt.

»Jamie?«

Er atmete aus und hob endlich den Kopf. Seine Miene war so grimmig und wild, dass mir der Atem stockte. »Noch nie habe ich jemanden so geliebt. Es ist überwältigend.«

Mein Herz machte einen Satz. »Ich empfinde genauso.«

Es war erschreckend. Furcht einflößend sogar. Und doch der beglückendste Ritt meines Lebens.

»Brich mir bloß nicht das Herz«, knurrte er und vergrub die Finger in meiner Haut. »Brich mir bloß nicht mein verdammtes Herz ... und ... Fuck, ich habe Angst vor dem, was aus mir würde, wenn ich dich nicht mehr hätte. Fuck, das sollte ich nicht sagen.« Er versuchte, sich von mir zu lösen. »Tut mir leid, ich wollte dir keinen Druck machen ...«

»Nein.« Mit vor Erstaunen weit aufgerissenen Augen schnitt ich ihm das Wort ab. Jamie hatte Angst, dass *ich ihm* das Herz brach? »Ich empfinde genauso. Brich *du* mir nicht das Herz, dann breche ich dir *deins* auch nicht.« Mit einem Nicken zog ich ihn wieder an mich. »Versprochen?«

»Ich versprech's.« Er küsste mich hart. So hart, dass es beinahe wehtat. »Ich will dich noch einmal.«

»Okay.«

»Nein, das dürfen wir nicht.« Jamie schüttelte den Kopf. »Hinterher bist du ganz wund und geschwollen.«

Ich spürte das Pulsieren zwischen meinen Beinen. »Ich brauche dich. Ich will dich.«

Seine Nasenflügel weiteten sich. Ich hatte genau die richtigen Worte gefunden, denen Jamie nicht widerstehen konnte. Schwungvoll hob er mich hoch und trug mich zu seinem Bett zurück. Seine Hände umfingen meine Handgelenke und hielten mich fest, sodass erneutes Verlangen mich heiß durchzuckte.

»Und du wirst mich immer haben«, versicherte er.

Acht

JANE

Achtzehn Jahre alt

Kunst war etwas Subjektives.

Das wusste doch jeder.

Doch wenn man mit ihr seinen Lebensunterhalt verdienen wollte, musste man viele Menschen damit erreichen. Wenn einem das nicht gelang, war man deshalb keineswegs ein schlechterer Künstler. Nur eben kein wirtschaftlich erfolgreicher.

Jeder, der am Pomona College Kunst studierte, wollte auf seinem Gebiet Erfolg haben. Egal, ob es sich um Digital Art, Fotografie, Bildende Kunst, Bildhauerei, Grafikdesign oder Performance handelte. Wir wollten brillieren.

Ich hatte erst wenige Monate meines ersten Semesters am Pomona College hinter mir und entdeckte schon jetzt neue Fähigkeiten und Möglichkeiten, mich auszudrücken, von denen ich nie gedacht hätte, dass sie mir Spaß machen würden. Dennoch konnte nichts meine Liebe zur Malerei schmälern. Obwohl meine wenigen Kommilitonen Aktzeichnen nur als eine der Grundlagen für die Kunst betrachteten, liebte ich dieses Fach.

In unserer kleinen Gruppe wurde man jedoch leicht abgelenkt, zum Beispiel wenn der Professor mit dem Sitznachbarn über dessen Arbeit sprach.

Cassie Newman hatte die Staffelei neben meiner.

Ich wandte den Blick von meiner Arbeit ab und warf einen Blick auf die ihre.

Unser Model studierte Tanz. Ohne sichtbare Scham darüber, dass sie nahezu nackt vor uns stehen sollte, hatte sich Lola entkleidet und sich wie eine Balletttänzerin in Ruhestellung vor uns aufgebaut. In ihrem hautfarbenen Trikot hätte sie genauso gut nackt sein können, so wenig verbarg es.

Das Haar hatte sie zu einem festen Knoten zusammengefasst, und sie beugte den Kopf vor, als betrachte sie ihren Fuß. Ein Bein und Fuß waren gestreckt, das andere Knie gebeugt, der Fuß auf der Zehenspitze, *en pointe*.

Die Hände ruhten auf ihren schlanken Hüften, und ihre Miene wirkte nachdenklich.

Weder Cassie noch ich hatten die Tänzerin eins zu eins auf dem Papier abgebildet.

Wir hatten das, was wir sahen, auf unterschiedliche Weise interpretiert.

Mit lockeren Pinselstrichen hatte ich dem Bild eine gewisse Dynamik verliehen, sodass der Eindruck entstand, dass die junge Frau sich gleich vom Blatt erheben und durch den Raum tanzen würde – eine Bewegung, die eigentlich nicht zu ihrem Gesichtsausdruck passte. Als fühle sie sich in den starren Bewegungen des traditionellen Tanzes gefangen und wolle sich davon befreien. Ich wählte sanfte Grau- und Pfirsichtöne und kombinierte Blassrosa mit härterem Grau. Ich hatte mir einen Spiegel mit Ballettstange dahinter ausgedacht. Ihr Spiegelbild zeigte sie von hinten, den Rücken dramatisch nach hinten gebogen, die Arme weit ausholend, das in Wirklichkeit gebeugte Bein schwungvoll nach vorn preschend und den Fuß gerade, also eher wie eine moderne Tänzerin und nicht wie eine Ballerina.

Cassies Pinselstriche waren sogar noch unbestimmter als meine. Erheblich unbestimmter. Ihr Bild war abstrakt – das war ihr Stil. Aber nicht das war es, was Professor Pullman störte.

»Ich finde nur …« Er legte den Kopf schief und seufzte. »Ich finde Ihre Farbwahl fragwürdig. Ich kann den Grund dafür nicht erkennen.«

Das Gemälde war dunkel, fast schon bedrückend und Unheil verkündend.

Mir gefiel es.

Es brachte eine gewisse *Stimmung* rüber.

Aber unser Professor war offensichtlich anderer Meinung.

Stirnrunzelnd betrachtete Cassie ihre Arbeit, wobei sie Professor Pullmans Blick konsequent auswich. Fairerweise musste man sagen, dass er ihre künstlerischen Entscheidungen stets infrage stellte. Normalerweise pflegte er Studenten und Studentinnen zu ermutigen, auch wenn sie seinen speziellen Stil nicht teilten, aber bei Cassie lag der Fall anders. Er schien für ihre »düstere Seite« nichts übrigzuhaben.

Musste er auch gar nicht. Eigentlich musste er sie nur unterstützen und ihr ein paar Richtlinien an die Hand geben. Oder?

Ich verkniff mir ein lautes Seufzen, als er ihr vorschlug, einen neuen Versuch zu machen.

»Warum?«

»Weil das hier unglaubwürdig ist.« Er tippte auf das Blatt. »Ich kann Ihren Blickwinkel auf dem Papier nicht erkennen. Ich verstehe ihn nicht. Und Sie können ihn mir nicht erklären.«

Ich hielt mit dem Malen inne. Eigentlich wollte ich nicht hinsehen, konnte aber nicht mehr widerstehen. Die übrigen Studenten lauschten ebenfalls wie gebannt.

Cassie blickte finster drein. »Na gut. Wissen Sie, was ich sehe? Ich sehe Jahre gottverdammter Ballettstunden, die ich hasste, jahrelange Schinderei, Jahre, in denen ich verdammt noch mal nicht mal essen durfte, was ich wollte. Das ist es, was ich verdammt noch mal hier sehe.«

Ich zog eine Grimasse.

Wow. Offensichtlich hatten wir ganz unterschiedliche Erinnerungen an das Ballett. Ich fragte mich, ob ich es irgendwann genauso empfunden hätte wie Cassie. Meine Titten und mein Hintern wären wahrscheinlich inzwischen ohnehin zum Problem für mich geworden.

»Zum Fluchen besteht keine Veranlassung.« Professor Pullman

gab ein überhebliches Schnauben der Empörung von sich. »Dann fahren Sie also in Gottes Namen fort.«

Ich versuchte, mein Stirnrunzeln zu verbergen, und scheiterte kläglich.

Was hatte er für ein Problem mit Cassie?

»Die Zeit ist um!«, verkündete er schließlich mit lauter Stimme und trat zu dem Model hin. »Danke, Lola.«

Sie schnappte sich ihren Morgenmantel, schlüpfte hinein, warf ihm ein schnelles Lächeln zu und verschwand in der Abstellkammer, um sich dort umzuziehen.

Unsere Kommilitonen stellten ihre Staffeleien in den hinteren Bereich des Zimmers. Ich folgte Cassie, deren hängende Schultern mir nicht gefallen wollten. Ein paar Leute riefen mir noch einen Abschiedsgruß zu und verließen den Raum, während ich noch ein wenig herumtrödelte. An der Seite des Professors war nun auch Lola verschwunden, sodass nur noch ich, Cassie und ein Typ namens Devin, mit dem wir uns beide ganz gut verstanden, anwesend waren. Devin lungerte in der hinteren Ecke herum und schien absichtlich herumzutrödeln.

Ich wollte nach Hause, aber vorher musste ich noch etwas loswerden.

Ach, scheiß drauf. Ich trat neben Cassie, die ganz deprimiert auf ihre Zeichnung starrte.

Ihr Kopf wirbelte herum, und sie blinzelte überrascht. »Ich hab gar nicht mitbekommen, dass du noch da bist.«

Ich legte ihr die Hand auf die Schulter, und sie runzelte die Augenbrauen. »Mir gefällt dein Gemälde.«

Sie biss sich auf die Lippen. »Das sagst du doch nur so.«

»Nein, ich meine es ernst.« Ich seufzte. »Er hätte dich nicht so fertigmachen dürfen. Als Künstler sollte er doch am besten wissen, wie subjektiv Kunst nun mal ist. Dass er es nicht kapiert, muss noch lange nicht heißen, dass es keine Daseinsberechtigung hat.«

Cassie zuckte mit den Schultern. »Ich soll das malen, was ich fühle, wenn ich etwas sehe. Und genau das mache ich. Ich sehe

Lola und habe sogleich Madame Renee im Ohr, die mich zur Schnecke macht, weil ich ein Pfund zugenommen habe. Ich erinnere mich daran, wie meine Mutter mir einen Schokoriegel aus der Hand riss und mir stattdessen eine Karotte gab. Ich sehe geschwollene und wunde Füße, meine Zehennägel, die sich durch den dauernden Spitzentanz schmerzhaft in meine Haut bohren.« Sie warf mir einen verbitterten Blick zu. »Ich habe zehn Jahre lang getanzt und war sogar gut darin. Aber ich habe jede einzelne Minute gehasst. Diese elende Schinderei. Das ständige Gefühl, nicht gut genug zu sein. Immer Hunger zu haben. Man muss das Ballett schon lieben, um sich das alles freiwillig anzutun. Für mich war es nur Zwang, und ich wünschte mir nichts sehnlicher, als diese Fesseln abzustreifen. Und das habe ich getan. Dem ging ein wütender, erbitterter, langer und explosiver Streit mit meiner Mutter voraus. Seither ist unser Verhältnis nicht mehr das gleiche. Das fühle ich, wenn ich Lola ansehe. Und das habe ich zu Papier gebracht.«

»Dann machst du doch genau das, was Professor Pullman von uns verlangt. Mehr kann man nicht tun. Er sollte dich lieber in Ruhe lassen.«

»Sie haben recht.«

Als ich die Stimme des Professors hinter mir hörte, spannte ich mich an.

Cassie riss vor Schreck die Augen auf.

Ich schauderte und drehte mich widerstrebend zu ihm um.

Professor Pullman stand mit unergründlicher Miene hinter uns. »Sowenig ich es schätze, wenn derlei Diskussionen hinter meinem Rücken geführt werden«, sagte er und musterte mich mit hochgezogener Augenbraue, »so sehr hat Ihre Freundin recht, Cassandra.« Er seufzte. »Ich habe Ihren Ansatz missverstanden.« Er deutete auf das Bild. »Jane hat recht. Als Künstler müsste ich es besser wissen. Tut mir leid, wenn ich Sie zu hart angegangen bin … Ich wollte nur sicherstellen, dass Sie Ihre Gefühle wirklich authentisch zu Papier bringen und nicht irgendeine Teenager-Flau… ach, egal.«

»Hmm … Danke, schätze ich.« Cassie zog eine Grimasse. »Jane, Devin, macht es Ihnen etwas aus, uns für eine Minute allein zu lassen?«, fragte er.

Devins Anwesenheit hatte ich vollkommen vergessen. Ich warf Cassie einen kurzen Blick zu, die ermutigend zurückgrinste. Also schnappte ich mir meine Siebensachen, schenkte dem Professor ein angespanntes, verlegenes Lächeln und eilte Devin hinterher aus dem Raum.

Kaum hatten wir den Flur erreicht, blieb Devin stehen, damit ich ihn einholen konnte.

Devin Albright und ich kannten uns seit unserer ersten Woche im Seminar für Kunstgeschichte. Er hatte sich einen Stift von mir ausgeliehen, und wir hatten uns einander vorgestellt und ein bisschen unterhalten, während wir darauf warteten, dass der Kurs begann. Devin war groß, schlaksig und ganz niedlich. Irgendwie hätte er gut in eine Indy-Rockband gepasst. Seine Leidenschaft gehörte den digitalen Medien.

»Alles okay?«, fragte er.

»Ja, alles klar. Ist mir nur ein bisschen peinlich, dass mein Professor mich dabei ertappt hat, wie ich hinter seinem Rücken schlecht über ihn rede.« Ich lachte leise. »Also verlegen, aber okay.«

Ich konnte es kaum abwarten, Jamie von der Geschichte zu erzählen.

Er würde sich halb totlachen.

Devin lächelte aus seiner luftigen Höhe auf mich herab. Der Kerl musste mindestens eins dreiundneunzig groß sein. »Das war ziemlich nett von dir. Dass du mit Cassie geredet hast, meine ich. Für sie eingetreten bist. Die anderen scheinen sich einen Dreck dafür zu interessieren, dass er sie schon seit Wochen auf dem Kieker hat. Sie sah aus, als würde sie jede Sekunde in Tränen ausbrechen.«

»Na ja, zumindest hat er sich entschuldigt.«

»Ja, wegen dir und deiner Worte. Ich halte ihn aber immer noch für ein Arschloch.«

Ich zuckte mit den Schultern. »Er ist nur ziemlich hart mit seiner Kritik, denke ich. Ein Arschloch hätte nicht zugegeben, dass er sich geirrt hat.«

»Siehst du immer nur das Beste in den Menschen?«

Hatte Devin genug von mir mitbekommen, um auf so eine Vermutung zu kommen? Ich warf ihm einen Blick zu.

Er lachte. »Ich hab dich auf dem Schirm, Jane. Du bist immer nett zu allen. Und jemand ... jemand, der so aussieht wie du, hat es doch eigentlich gar nicht nötig, zu allen nett zu sein.«

Ich stieß ein verärgertes Schnauben aus. »Findest du eine solche Bemerkung nicht auch ein wenig zynisch und oberflächlich?«

Es störte mich, wenn jemand seine Mitmenschen automatisch aufgrund ihres Äußeren beurteilte. Cassie hatte sich anfänglich gar nicht mit mir anfreunden wollen, weil sie mich für eine dieser »umwerfend aussehenden Cheerleader-Tussis« hielt, von denen sie so gar nichts hielt. Ich hatte ihr trotz ihrer Vorurteile eine zweite Chance gegeben. Unsere Welt war nun einmal oberflächlich, und das tangierte einen nur, wenn man es zuließ. Selbst Skye hatte mich einmal gefragt, ob ich für *The Sorcerer* vorsprechen wollte. Ich besitze weiß Gott keinerlei schauspielerisches Talent, weshalb dieses Angebot nur darauf zurückzuführen war, dass ihr Agent mein Gesicht für besonders fotogen hielt, mehr nicht.

Also beschloss ich, Nachsicht mit Devin zu üben.

»So hab ich es nicht gemeint.« Er fuhr sich mit der Hand durch sein dunkles Haar und blieb dann stehen.

Ich zögerte kurz, tat es ihm dann aber gleich, als ich merkte, wie er mit den Worten kämpfte.

Mein Herz pochte ein wenig schneller, mein Unbehagen wuchs.

Nervös benetzte Devin die Lippen. »Also, okay. Ich sag's jetzt einfach, damit ich's nicht noch weiter vermassele. Jane, möchtest ... willst du mal mit mir ausgehen?«

Ich spürte, wie meine Wangen heiß wurden. »Ich habe einen Freund, Devin«, erinnerte ich ihn. »Das weißt du doch.«

Er nickte, und sein Hals lief rot an. »Ich habe ... ich habe einfach nur gedacht ... Ich wusste ja nicht, wie ernst es ist, und wir haben viel gemeinsam ...«

Ach ja?

Angestrengt dachte ich über die wenigen Unterhaltungen mit Devin nach. Wir sprachen nur in den Seminaren miteinander. Außerdem hatten wir mit ein paar Kommilitonen, auch mit Cassie, mal zu Mittag gegessen. Aber an irgendwelche tiefen, bedeutungsvollen Gespräche konnte ich mich beim besten Willen nicht erinnern.

»Na ja, ich fühle mich geschmeichelt. Aber ich liebe meinen Freund. Tut mir leid.«

Devin wurde puterrot und rieb sich den Nacken. »Ach so, ja klar. Okay. Tschüs.« Mit langen Schritten eilte er davon und ließ mich im Kielwasser seiner schrecklichen Verlegenheit stehen.

Mist.

Hoffentlich wurde es zwischen uns jetzt nicht allzu blöd.

Ich sprach doch eigentlich dauernd von Jamie. Er hatte sogar ein paarmal mit mir an der Uni zu Mittag gegessen. Meine Freunde wussten, dass ich einen Freund hatte, und das Gleiche galt für viele meiner Kommilitonen. Ich hätte nie gedacht, dass jemand, der von Jamie wusste, mich auf ein Date bitten würde.

Bedeutete das gleichzeitig, dass die Frauen an der USC auch versuchten, mit Jamie auszugehen?

Natürlich.

An der USC waren die Seminare erheblich größer. Dort wusste man womöglich gar nicht, dass er eine Freundin hatte.

Auf dem Weg vom Campus zur Bushaltestelle plagte mich besitzergreifende Eifersucht.

Ich vertraute Jamie.

Aber das hieß noch lange nicht, dass mir die Vorstellung einer ihn belagernden Mädchentraube gefiel. Und belagern taten sie ihn sicher. Er war fürsorglich, sexy, witzig, talentiert, ernsthaft und zudem auch noch ein begnadeter Sprinter.

Aber er gehört ganz und gar mir, erinnerte ich mich. Dessen war ich mir hundertprozentig sicher.

Lächelnd steckte ich mir die Kopfhörer in die Ohren und durchsuchte Spotify nach meiner neuesten Playlist. *Seven Nation Army* von den White Stripes dröhnte in meinen Ohren, während ich mich der Bushaltestelle näherte. Das Pomona College lag eine nur vierzigminütige Busfahrt von dem Haus entfernt, in dem ich nun mit den McKennas zusammenwohnte.

Trotz meines distanzierten, wenn auch höflichen Verhältnisses zu Willa und Nick hatten sie mir angeboten, während meiner Collegezeit weiterhin in ihrer Wohnung zu wohnen. Da ich mittlerweile erwachsen war, wären sie dazu nicht verpflichtet gewesen, weshalb dieses Angebot umso freundlicher war. Aber Jamie hatte mit Skye gesprochen, und diese hatte mir Lornas Zimmer angeboten, die an der Columbia University in New York Vorbereitungskurse für ihr Jurastudium absolvierte.

Diese Chance hatte ich sofort ergriffen.

Wenn Jamie nichts dagegen hatte, dass ich bei ihnen wohnte, war ich ganz und gar dafür.

Skye hatte darauf bestanden, mir mein eigenes Zimmer zu geben, um eine gewisse »Grenze« zu ziehen, trotzdem verbrachte ich jede Nacht in Jamies Bett. Lornas Zimmer verwandelte ich in mein Künstleratelier. Irgendwann machte ich mir Sorgen, zu sehr in Jamies Privatsphäre einzudringen, und schlug vor, doch lieber in meinem eigenen Zimmer zu übernachten. Er wurde stocksauer und tat, was er immer tat, wenn er mich zum Schweigen bringen wollte, weil ein Thema ihn ärgerte.

Er küsste mich und vögelte mir meine Unsicherheit geradewegs aus dem Körper.

Gegen derlei Methoden hatte ich nichts einzuwenden. Sie würden nur dann zum Problem werden, wenn er sich weigerte, über etwas zu reden, das ich wirklich, *wirklich* mit ihm erörtern wollte.

Nachdem ich im Bus einen Sitzplatz gefunden hatte, biss ich mir auf die Unterlippe und sah aus dem Fenster, wobei ich den

Geist seiner Hände und seines Mundes auf mir spürte. Die vergangenen acht Monate waren berauschend gewesen. Ein besseres Wort wollte mir nicht einfallen.

Unser Hunger war unstillbar, wir selbst unersättlich.

Der Sex hatte uns nur noch tiefer in unsere Zweierblase hineingezogen.

Ja, wir hingen auch schon mal mit Freunden ab, vornehmlich mit seinen Leichtathletik-Kumpels von der USC (sogar mit Wex, der seine Schwärmerei für mich schnell überwunden hatte), aber wenn wir zusammen waren, konnten wir kaum die Hände voneinander lassen. Ich wusste, dass ihn seine Freunde deshalb aufzogen, aber das war Jamie egal.

Ich war seine ganze Welt.

Und er war meine.

Der Bus setzte mich einen Straßenzug vom Haus entfernt ab, und die Oktobersonne brannte heiß auf meinen Rücken, während ich glücklich heimwärts schlenderte.

Dies war das erste Zuhause seit meinem siebten Lebensjahr.

Lorna war ausgezogen, und die schreckliche Stimmung war mit ihr verschwunden. Ich war so erleichtert, sie auf der anderen Seite des Landes zu wissen, dass ich mir wie eine Verräterin vorkam, aber Jamie und ich waren nun einmal erheblich entspannter, wenn sie nicht in der Nähe war.

Ich wusste, dass Skye sie vermisste, und ich hätte auch ein schlechtes Gewissen gehabt, wenn ich der Meinung gewesen wäre, dass Jamie und ich sie verjagt hatten. Aber Lorna hatte schon seit ihrem vierzehnten Lebensjahr davon geträumt, auf die Columbia University zu gehen. Dass der enge Kontakt zu ihrer großen Schwester einschlief, war also ganz allein Lornas Schuld.

Sie stieß jeden von sich.

Ich vermisste meine beste Freundin.

Nicht die Frau, die sie heute war. Aber das Kind, das mir ohne zu zögern seine Liebe geschenkt und mir ein Heim gegeben hatte.

Diese Lorna war es, die ich vermisste.

Doch das war momentan das Einzige in meinem Leben, das mich ein wenig traurig machte. Ansonsten konnte nichts mein Glück trüben. Ich hatte einen Studienplatz auf dem College meiner Wahl ergattert, ich wohnte mit Menschen zusammen, die ich liebte, und ich war auf jene Weise verliebt, wie es in Liebesromanen oder Filmen beschrieben wurde.

Das Schicksal schien meinen schwierigen Start ins Leben nun ausgleichen zu wollen, indem es Jamie und mich zusammengeführt hatte.

Skye wiederum hatte eine Rolle in einer beliebten Krankenhausserie ergattert. Ihre Figur erfreute sich großer Beliebtheit, sodass sie bereits einen Vertrag für die nächste Staffel unterzeichnet hatte. Deshalb bestand sie darauf, dass Jamie einen Wagen leaste. *Er* wiederum lehnte jede protzige Karosse ab und fuhr nun ein praktisches Hybridauto. Skye kutschierte in einem glänzenden Mercedes-Cabrio durch die Gegend.

Vor zwei Wochen war eine Frau vor unserem Haus aufgekreuzt, die um ein Autogramm von Skye gebeten hatte. Wie sie Skyes Adresse herausgefunden hatte, war uns schleierhaft, aber Jamie bekam Bedenken. Er wollte, dass wir umzogen. Skye hingegen reagierte ziemlich gelassen. Ihre Follower in den sozialen Medien hatten sich vervielfacht, seit sie bei der neuen Serie mitmachte, und sie tauchte jetzt auch wieder in den Klatschblättern auf und wurde zusammen mit ihren Freunden in und um Hollywood immer mal wieder geknipst. Doch damit kam sie klar. Nur wenn irgendwo ein Foto von ihr und Jamie auftauchte zusammen mit der Unterstellung, dass er ihr jugendlicher Liebhaber sei, wurde sie stocksauer. Ansonsten schien ihr die wachsende Berühmtheit nicht allzu viel anhaben zu können.

Beim Anblick der beiden Fahrzeuge von Jamie und Skye, die vor dem Haus parkten, musste ich lächeln. Ich freute mich darauf, in ein Haus zurückzukehren, in dem meine Familie auf mich wartete. Hoffentlich würde mich die Dankbarkeit, die ich diesen beiden Menschen gegenüber empfand, niemals verlassen, denn ich ahnte, dass Dankbarkeit der Schlüssel zum Glück war.

Das klimatisierte Haus war leer, aber aus dem Garten hinterm Haus hörte ich laute Stimmen. Dieser Herbst war ganz besonders heiß, und wir genossen eine der seltenen Pausen von den Santa-Ana-Winden, weshalb es mich nicht überrascht hätte, wenn sie im Pool gewesen wären. Ich durchquerte die Küche und konnte durch das offene Fenster ihre Unterhaltung hören. Mein Schritt stockte.

»Sei doch nicht so defensiv«, stöhnte Skye.

Ich runzelte die Stirn und blieb stehen.

»Du hast gerade gesagt, dass du nicht willst, dass Jane hier wohnt.«

Mein Herz setzte einen Schlag aus. *Was?*

»Hab ich nicht«, zischte sie. »Ich habe gesagt, dass ihr beiden aufhören sollt, im gleichen Zimmer zu übernachten.«

»Warum? Wir sind beide erwachsen.«

»Nein, Jamie. Du bist zwanzig, und sie ist achtzehn. Ich habe mich einverstanden erklärt, dass Jane hier einzieht, weil ich sie liebe und will, dass sie einen Ort hat, wo sie sich erwünscht fühlt. Trotzdem machte ich mir Sorgen, weil mein kleiner Bruder in so jungen Jahren schon mit seiner Freundin zusammenwohnen wollte. Um meine Ängste zu beschwichtigen, hast du mir versichert, dass Jane in Lornas Zimmer schlafen würde. Aber das tut sie nicht. Ich bin schließlich kein Idiot. Ich weiß, dass sie in deinem Zimmer schläft. *Jede* Nacht.«

Oh Gott … Waren wir etwa … laut gewesen?

»Worin liegt das verdammte Problem?«

Ich kannte diesen Ton – Jamie war kurz davor zu explodieren.

Ich fragte mich, ob ich mich zu ihnen gesellen sollte, aber ich war wie gelähmt vor Enttäuschung.

Die ganze Zeit hatte ich geglaubt, dass Skye überglücklich mit unserem Arrangement war. *Oh selige Unwissenheit!*

»Jamie, ich will nicht, dass du sauer bist. Ich liebe euch beide und mache … Ich mache mir eben Sorgen, dass ihr beiden zu jung seid, um euch dermaßen intensiv auf eine Beziehung einzulassen. Ich habe mich so für euch gefreut, als ihr zusammenkamt, aber so etwas wie euch beide habe ich noch nie erlebt. Ich meine ... ihr verzehrt euch ja förmlich nacheinander. Ich bin eine genesende Suchtkranke, deshalb glaub mir eins: Du brauchst dringend noch andere Interessen außer Jane.«

Schweigen.

Wollte Skye damit sagen, dass unsere Beziehung so ungesund war wie eine Suchterkrankung?

»Sie ist nicht meine verdammte Droge. Und ich bin nicht die ihre. Das hier ist keine zerstörerische Sucht ...«

»Jamie, bitte hör mit dem Fluchen auf.«

»Du hast gerade angedeutet, dass unsere Beziehung krankhaft ist. Du hast uns mit deiner Sucht verglichen.« Seine Stimme klang genauso verletzt, wie ich mich fühlte.

»Mein Gott, das hab ich nicht ...«

»Nur weil du nie jemanden so geliebt hast, wie ich Jane liebe, heißt das noch lange nicht, dass unsere Beziehung ungesund ist. Du verstehst sie nur nicht.«

Ich zuckte zusammen, und plötzlich tat Skye mir leid. Wenn Jamie wütend war, traf er immer den wunden Punkt seines Gegenübers.

»Du hast recht.« Skye klang traurig. »Mich hat noch nie ein Mann so geliebt, und umgekehrt auch nicht. Tut mir leid. Ich wollte ... Ich hätte eure Beziehung nicht mit meiner Sucht gleichsetzen dürfen. Ich ... ich wünschte einfach nur, ihr hättet noch ein paar andere Interessen.«

»Wir *haben* andere Interessen«, widersprach Jamie, während ich die gleichen Worte vor mich hin murmelte.

Von meinen anderen Interessen waren meine Finger voller Farbkleckse.

Kunst und Jamie und Bücher. Das waren die Interessen. Was war so verkehrt daran?

»Du weißt, was ich meine. Ich finde, Jane sollte ab sofort in Lornas Bett schlafen und dass ihr beiden ein wenig Abstand voneinander wahren solltet. Ich will nicht, dass ihr euch ineinander verliert. Das macht mir Angst.«

Jamies Stimme wurde weicher. »Was genau macht dir daran denn Angst?«

»Liebe ist eine Sache. Die brauchen wir alle. Aber … wir müssen stets auch auf eigenen Füßen stehen und allein überleben können. Jamie, Gott möge verhüten, dass einem von euch beiden etwas zustößt … Ich sehe ja, wie ihr aneinander hängt, und ich mache mir solche Sorgen, was aus dir werden soll, wenn Jane irgendetwas zustieße. Oder was aus Jane würde, wenn dir etwas passierte.«

Zu meiner Überraschung gab Jamie ein leises Glucksen von sich. »Skye, die Schauspielerin in dir ist gerade melodramatisch.«

»Sei nicht so überheblich.«

Er lachte. »Sorry. Das wollte ich gar nicht sein.«

»Ich weiß, du hältst meine Befürchtungen für übertrieben. Aber ich habe dich heute mit diesem Mädchen zusammen gesehen, und ich dachte … dass du und Jane nicht gleich sämtliche anderen Optionen ausklammern solltet. Hast du dich nicht vielleicht teilweise für die USC entschieden, um ihr näher zu sein? Und ich weiß, dass sie Pomona gewählt hat, um dir nahe zu sein. Aber was, wenn Jane das nicht getan hätte? Was, wenn sie Lorna nach New York gefolgt wäre? Vielleicht hättest du jemand anderen kennengelernt. Jemanden, mit dem du nicht ganz so verwoben bist. Jemanden, der leichter für dich wäre … Schließlich ist es ja nicht so, als würdest du andere Frauen gar nicht bemerken. Wie das Mädchen heute, zum Beispiel.«

Was für ein Mädchen? Ich runzelte die Stirn.

»Erstens, Lacey ist meine Projektpartnerin. Sonst nichts …«

»Sie sieht das aber anders, glaube ich.«

Was? Ich wusste, dass Lacey Gibbins mit Jamie an einer Präsentation zu Kinderbüchern arbeitete.

»Na ja, aber mir bedeutet sie nichts.«

»Ich will damit nur sagen, dass ihr beiden euch gut versteht. Und was ist mit Jane? Sie ist erst achtzehn, Jamie. Und sie ist kein typischer Teenager. In ihrem Leben hat sie noch nicht allzu viel Liebe bekommen, was vielleicht der Grund dafür ist, warum sie sich dermaßen an die Beziehung zu dir klammert. Vielleicht wäre es gesünder für sie, häufiger aus dem Haus zu gehen, ihren Spaß zu haben.«

»Spaß zu haben?« Jetzt klang seine Stimme wieder scharf. »Du meinst, andere Typen zu vögeln.«

»Sei doch nicht so prollig! Ich meinte, mit anderen Männern auszugehen.«

»Das will sie nicht. Sie will mich, und ich will sie. Ende der Geschichte. Herrgott noch mal, Skye, ich war noch nie so glücklich wie mit ihr! Warum zum Teufel sollte ich das aufgeben? Warum verlangst du das von mir?«

Meine Wangen brannten, als ich seine Worte hörte, und mein Herz zog sich schmerzhaft zusammen, denn alles, was er fühlte, fühlte ich auch.

Wasser klatschte, und seine Stimme klang nun dem Haus ein wenig näher. »Jane blickt zu dir auf. Sie hört auf dich. Falls du irgendwas von diesem lächerlichen Scheiß ihr gegenüber erwähnst und ihr Flausen in den Kopf setzt ... Ich schwöre, Skye, dass würde ich dir nie verzeihen.«

»Jamie, tut mir leid. Das mache ich natürlich nicht. Das hier ... Ich projiziere meinen eigenen Mist in dich hinein, okay. Ich liebe dich. Ich will, dass du glücklich bist. Und ich will, dass Jane glücklich wird.« Ihre Stimme brach. »Ich mache mir doch nur Sorgen um dich. Bitte sei mir nicht böse.«

Als er schwieg, sah ich aus dem Fenster und entdeckte, dass die Geschwister einander in den Armen lagen.

Diesen Augenblick nutzte ich, um die Treppe hinaufzueilen und meine Tasche abzustellen.

Ich setzte mich auf das Bett in Lornas Zimmer und starrte mit leerem Blick auf die Kunstwerke, die überall verstreut lagen. Ich fragte mich, ob Skye recht hatte. Schufen Jamie und ich durch die Intensität unserer Beziehung den besten Nährboden für ein gebrochenes Herz?

Ich war so in Gedanken versunken, dass ich Jamies Anwesenheit erst bemerkte, als er sich neben mich setzte. Erschrocken schnappte ich nach Luft.

Unsere Blicke trafen sich, und er verengte die Augen. »Du hast es gehört, stimmt's?«

Ich nickte.

Vor Frustration wurden seine Züge hart, aber ich wusste, dass sein Zorn sich nicht gegen mich richtete.

»Ich mache dir hier das Leben schwer.«

»Nein.« Er küsste mich. Hart und innig, in dem Versuch, mich in seinen Bann zu ziehen, damit ich den Streit mit seiner Schwester vergaß.

»Jamie.« Ich löste mich von ihm. »Ist zwischen dir und Skye alles in Ordnung?«

»Alles bestens«, versicherte er und schob mir eine Haarsträhne hinters Ohr. »Und du wirst nicht hier drin schlafen, also komm bloß nicht auf dumme Gedanken.« Seine Lippen wanderten hauchzart über die meinen, während er mir sanft die Hand in den Nacken legte. Die Geste war so besitzergreifend und dominant, dass ich erschauerte. »Du weißt doch, dass du mich nachts brauchst«, neckte er mich. »Ich muss ständig verfügbar sein.«

Ich verdrehte die Augen. Eingebildeter Mistkerl. Ich wachte tatsächlich oft mitten in der Nacht auf und sehnte mich nach ihm. Ich war es, die ihn wach küsste, die sich in der Dunkelheit der Nacht rittlings auf ihn setzte, bebend vor Lust und Verlangen nach ihm.

»Fuck, wie sehr du mich erregst«, flüsterte er dann heiser und packte meine Hüften, während ich an ihm auf und ab glitt.

Stirnrunzelnd schob ich die Erinnerungen daran beiseite, um mich nicht von ihnen ablenken zu lassen. »Wir haben ziemlich viel Sex. Ist das normal?«

Jamie lachte schallend und zog mich an sich, sodass sein Atem an meinem Hals flatterte, weil er den Kopf dort vergrub.

»Jamie.«

Mein ärgerlicher Ton brachte ihn nur noch mehr zum Lachen. Schließlich hob er den Kopf, aber nur, um mir einen Kuss auf die zusammengepressten Lippen zu geben und sie mit seiner Zunge zu öffnen. »Du schläfst in meinem Bett, und du streckst den Arm nach mir aus, wann immer du willst. Ende der Diskussion.« Er stand auf, die Hand in meiner, und versuchte, mich hochzuziehen. Doch ich blieb liegen. »Was?«

»Was hat Skye gemeint, als sie von Lacey sprach?«

Jamie seufzte, ließ meine Hand los und fuhr sich durchs Haar. »Jane ...«

»Nun?«

Er verschränkte die Arme vor der Brust und zuckte mit den Schultern. »Sie war heute Nachmittag hier. Wir sind unsere morgige Präsentation noch einmal durchgegangen.«

»Sie mag dich?«

»Sie hat mich geküsst.«

Mein Herz setzte einen Schlag aus.

»Das hätte ich dir übrigens auch ohne Skyes Hilfe erzählt.« Als ich ihn zweifelnd ansah, runzelte er die Stirn. »Herrgott noch mal, Jane, du glaubst doch nicht im Ernst, dass ich diesen Kuss wollte.«

Ich schüttelte den Kopf.

Trotzdem war mir die Vorstellung verhasst, dass ihre Lippen auch nur in die Nähe der seinen gekommen waren.

Seine Lippen gehörten mir.

Unwillkürlich ballte ich die Hände in meinem Schoß zu Fäusten, und Jamie sah darauf herab. »Jane, ich habe sie abblitzen lassen. Ich habe ihr gesagt, dass es dazu nicht käme und nie kommen würde. Währenddessen platzte Skye herein. Peinlich für Lacey. Sie tat mir leid.«

Ich verengte die Augen. »Sie weiß, dass du eine Freundin hast.« Es war keine Frage. »Mir tut sie nicht leid, denn als sie dich geküsst hat, hat sie an *meine* Gefühle ja auch nicht gedacht.« Ich erhob mich und warf ihm einen verärgerten Blick zu. »Ich habe Hunger.«

Ich hörte seinen tiefen Seufzer, als er mir folgte. »Doe, es wird immer Frauen geben, die mich anbaggern. Oder mit mir ausgehen wollen. Und es wird Typen geben, die das Gleiche bei dir versuchen. Das hat nichts zu bedeuten. Abgesehen davon, dass wir beide absolut unwiderstehlich sind.«

Meine Lippen zuckten, während ich die Treppe hinabpolterte. Skye war nirgends zu sehen. Ich spürte Jamie weiterhin im Rücken, als ich den Kühlschrank öffnete, also sagte ich: »Na ja, da du heute so offen zu mir warst, muss ich dir wohl auch erzählen, dass ich heute auf ein Date eingeladen wurde.« Ich nahm mir ein paar Karotten und Hummus und schloss die Tür. Dann wandte ich mich zu Jamie um und hatte Mühe, mir ein Grinsen zu verkneifen.

Seine Miene hatte sich verdüstert. »Wer?«

Ich versuchte, nicht über seinen veränderten Ton zu lachen. »Was ist jetzt mit ›das hat nichts zu bedeuten‹?«

»Machst du dich gerade lustig über mich, oder hat dich wirklich jemand eingeladen?«

»Devin.« Ich zuckte mit den Schultern. »Er hoffte, dass das zwischen dir und mir nichts Ernstes ist. Ich hab das richtiggestellt.« Ich dippte eine Karotte in den Hummus und biss geräuschvoll davon ab, wobei ich Jamies offensichtliche Verärgerung genoss. Jetzt hatte ich wegen meiner eigenen nicht mehr ein ganz so schlechtes Gewissen.

»Dieser große, schlaksige Trottel?«

»Er ist kein Trottel.« Ich hielt ihm eine Karotte hin. »Und er tut mir leid.«

Ungeduldig wehrte Jamie die angebotene Karotte ab. »Mir nicht. Er weiß doch, dass du einen Freund hast.« Genau meine Worte von vorhin. Dann wurde Jamies Miene misstrauisch. »Sagst du mir auch die Wahrheit?«

»Ja«, versicherte ich. »Er wollte tatsächlich mit mir ausgehen. Ich antwortete ihm, dass ich meinen Freund liebe. Aber nimm bitte zur Kenntnis, dass er mich nicht geküsst hat. *Meine* Lippen tragen nicht den Abdruck eines anderen.«

Plötzlich stürzte Jamie sich auf mich, beugte sich so tief nach unten, dass sein Kopf beinahe meinen Bauch berührte, und warf mich über die Schulter. Kreischend ließ ich die Karotte fallen. »Jamie!« Die Welt rauschte auf dem Kopf stehend an mir vorbei, als er immer zwei Stufen auf einmal nehmend nach oben eilte.

Mein aufgeregtes Lachen hallte im Flur wider, und schon hatten wir das Schlafzimmer erreicht.

Ich wurde auf das Queensize-Bett geworfen, und Jamies hungrige Küsse erstickten mein Gekicher und verwandelten es in Stöhnen. Und schon verschwand die Welt, und es gab nur noch uns beide.

Ein kleiner Teil von mir hatte immer noch Skyes Stimme im Ohr, während Jamie sich in mir bewegte. Vielleicht verzehrte unsere Liebe ja *tatsächlich* alles andere um uns herum. Und vielleicht *würde* sie uns eines Tages verschlingen.

Aber als Jamie mir unverwandt in die Augen sah und immer und immer wieder leise beteuerte, wie sehr er mich liebte, verebbte ihre Stimme und verschwand ebenso wie meine Sorgen.

Und wenn schon! Sollte sie uns doch verschlingen?

Zumindest würden wir glücklich sterben.

Neun

JAMIE

Zwanzig Jahre alt

Um etwa sechs Uhr morgens erwachte ich durch einen Traum, den ich einfach nicht abschütteln konnte. Deutlich wie ein Film stand er mir vor Augen. Ich steckte in einer apokalyptischen Welt fest, und Jane war fort. Ich hatte versucht, sie zu finden, wurde aber immer wieder von seltsamen Wesen daran gehindert, die wiederum ihre ganz eigenen Probleme hatten.

Ich lag neben Jane auf der Seite, ihr Rücken dicht an meinen Oberkörper gepresst, das Gesicht in ihrem Haar vergraben. Sie schlief tief und fest, ohne auch nur einen Laut von sich zu geben. Nur am sanften Heben und Senken ihres Körpers konnte ich erkennen, dass sie atmete und am Leben war. Ich wollte sie nicht wecken, weshalb ich vorsichtig aus dem Bett schlüpfte und zu meinem Schreibtisch hinüberschlich. Ich öffnete den Laptop und begann zu schreiben, goss die Bilder aus meinem Kopf in den ersten Entwurf zu einer Kurzgeschichte. Vielleicht eignete sie sich ja für mein Literaturprojekt im zweiten Studienjahr.

Wie immer, wenn ich schrieb, merkte ich gar nicht, wie die Zeit verging.

Mit ein wenig schmerzenden Fingern reckte ich mich und ließ den oberen Rücken knacken.

Dann warf ich einen Blick über die Schulter und sah, dass mein Bett leer war.

Ein winziges Lächeln umspielte meine Lippen.

Jane pflegte mich nie zu unterbrechen, wenn ich schrieb. Für sie war meine Arbeit heilig, wodurch sie mir mehr als jeder andere das Gefühl gab, dass ich selbst und das, was ich liebte, wichtig waren.

Trotzdem wäre es mir lieber gewesen, wenn sie in der Nähe geblieben wäre. Wie gern wäre ich jetzt wieder zu ihr ins Bett gekrochen, um mich mit ihr zu vergnügen. Wobei ich gar nicht mal sicher war, dass sie dazu bereit war. Vor ein paar Tagen war Lorna für die Ferien von der Ostküste zurückgekehrt und wieder in ihr altes Zimmer schräg gegenüber gezogen. Seither hatte Jane sich geweigert, mit mir zu schlafen.

Falls Lor uns hören konnte oder so was.

Ich hatte Jane darauf hingewiesen, dass wir es auch leise miteinander treiben konnten.

Oder zumindest, dass *ich* leise sein konnte, räumte ich im Geiste grinsend ein. Normalerweise kannte ich keine ruhigere Person als Jane, aber beim Liebesspiel war ihre Stimme umso lauter. Versonnen vor mich hin grinsend durchquerte ich den Flur und ging unter die Dusche. Sie hatte ja keine Ahnung, welche Auswirkung das auf mein Ego hatte.

Danach machte ich mich auf den Weg nach unten. Niemand zu sehen.

Erst als ich die Kaffeemaschine einschaltete, entdeckte ich Jane und Lorna draußen am Pool. Ich ging zur gläsernen Schiebetür hinüber, die einen Spalt offen stand. Während ich mich an die Arbeitsplatte lehnte, um mir etwas Koffein einzuverleiben, drang ihre gemurmelte Unterhaltung an mein Ohr. Ich konnte beim besten Willen nicht verstehen, worüber sie sprachen, und wollte es auch gar nicht.

Es war einfach nur schön, sie miteinander reden zu sehen.

Während Lorna seit ihrer Rückkehr von der Uni zu mir überraschend nett gewesen war, hatte sie Skye und Jane die kalte Schulter gezeigt. Keine Ahnung, warum sie Skye so behandelte. Als Konsequenz hatte meine große Schwester sich ganz und gar in sich selbst zurückgezogen.

Sie hatten ihre Rolle in der Krankenhausserie ausgeweitet. Und da es darum ging, dass ihre Figur von einem Kollegen vergewaltigt wurde, zog sich die Storyline über Monate hin, weshalb Skye emotional ohnehin schon auf dem Zahnfleisch ging. Ich machte mir Sorgen um sie. Ja, ich war stolz auf sie, denn ich hatte ein paar Ausschnitte aus der Serie gesehen, in denen sie fantastisch gewesen war, aber der Druck, unter dem sie stand, war einfach unmenschlich. Aber wie gesagt: Ich hatte mir immer nur kurze Clips angesehen. Keinesfalls hätte ich es ertragen, meiner großen Schwester bei einer simulierten Vergewaltigungsszene zuzuschauen.

Fuck, ganz sicher nicht.

Jane und ich bekamen Skye in letzter Zeit kaum zu Gesicht, und wenn sie doch mal auftauchte, machte sie einen ziemlich verschlossenen Eindruck. Ich fragte mich besorgt, ob sie vielleicht einen Rückfall erlitt, konnte aber nicht viel unternehmen, solange mir Skye immer wieder versicherte, dass es ihr gut ging, und ich im Haus weder Hinweise auf Alkohol- noch auf Drogenmissbrauch fand.

Trotzdem schien sie etwas zu belasten, weshalb ich es ätzend fand, dass Lorna Skye ohne jeden sichtbaren Grund das Leben schwer machte.

Doch da es zwischen meiner kleinen Schwester und mir momentan ganz gut lief, wollte ich auch keinen Streit mit ihr vom Zaun brechen.

Ich saß gerade an der Theke und aß eine Schüssel Cerealien, als meine Frau und Lorna ins Haus zurückgeschlendert kamen. Bei meinem Anblick strahlte Lorna.

»Jane sagt, dass du heute Morgen geschrieben hast.«

Mein Blick huschte zu Jane hinüber, deren Miene nachdenklich wirkte. »Stimmt.«

»Dann drück ich mal die Daumen, dass es ein Riesenbestseller wird, damit ich dich im Alter nicht finanziell unterstützen muss«, neckte Lorna und gab mir einen schnellen Kuss auf die Schläfe, bevor sie davonrauschte. »Ich bin draußen. Ich habe meinen alten Leichtathletik-Mädels versprochen, mich mit ihnen im Rodeo Drive zum Essen zu treffen. Heute Abend bin ich rechtzeitig zur Bescherung wieder da!«

Nachdem die Tür hinter ihr ins Schloss gefallen war, sah ich Jane mit hochgezogenen Augenbrauen an. »Irre ich mich, oder ist sie supergut gelaunt?«

Jane zuckte mit den Schultern, holte einen Löffel aus der Schublade und beugte sich über die Theke, um mir einen Löffel Cheerios von dem Berg zu klauen, den ich gerade abtrug. Sie kaute lautstark, die hübschen Augen nachdenklich auf mich gerichtet.

Ich grinste sie an.

Sie schluckte. »Was?«

»Du bist süß.«

Obwohl sie die Nase krauszog, zeigte sich das Grübchen in ihrer linken Wange. Ich hätte es liebend gern geküsst. Eigentlich wollte ich es jedes Mal küssen, wenn sie lächelte. »Wo ist Skye?«

»Keine Ahnung.« Ich deutete mit dem Kinn auf die Verandatür. »Worüber hast du mit Lor geredet?«

Jane stützte das Kinn in die Hand und fegte meinen Löffel mit ihrem aus dem Weg, um mir noch mehr Cheerios zu klauen.

»Du könntest dir auch eine eigene Schüssel machen«, neckte ich sie.

»Warum sollte ich?« Sie grinste und nahm sich noch einen Löffel voll. Mit vollem Mund klangen ihre nächsten Worte undeutlich, aber wahrscheinlich sagte sie so was wie: »Du bist köstlich.«

»Weichst du meiner Frage gerade aus?«

»Nein. Du lenkst mich von der eigentlichen Frage immerzu ab.« Sie umrundete die Theke und hüpfte auf den Hocker neben meinem.

Ich zog sie an mich und aß mit einer Hand weiter, während ich die andere auf ihrem Bein ruhen ließ und die seidige Haut an der Innenseite ihrer Schenkel liebkoste. »Was ist los?«

»Nichts. Es war ... es war unangenehm und komisch.« Sie wirkte mit einem Mal traurig, was mir gar nicht gefiel. »Jahrelang war Lorna meine beste Freundin, meine Vertraute … und ist es beinahe so, als ob diese Jahre nie gewesen wären. Oder als ob irgendjemand anders sie erlebt hätte.«

Ich stieß die Schüssel von mir, schob den Arm unter ihre Knie und hob sie auf meinen Schoß. Sie lachte laut auf und hielt sich an meinen Schultern fest, bevor sie ihren Po in eine bequeme Stellung zurechtrückte und die Beine an der Seite des Hockers herabbaumeln ließ. Dann fuhr sie mir mit den Fingern durchs Haar.

Da musste ich sie einfach küssen. Sanft, süß, ohne Hintergedanken. Nur ein tröstlicher Kuss. Als ich mich von ihr löste, sah ich ihr tief in die Augen. »Aber immerhin redet sie mit dir. Ist das nicht schon mal ein Schritt in die richtige Richtung?«

»Wahrscheinlich schon.« Jane runzelte die Stirn. »Und sie meinte, dass sie wieder meine Freundin sein will, dass sie durch den räumlichen Abstand die Dinge in einem neuen Licht sieht und erkannt hat, wie nahe wir beide uns stehen. Sie sieht, dass du mich liebst, und ist drüber hinweg.« Sie lächelte, und unwillkürlich küsste ich sie wieder.

»Doch es gibt ein *Aber*«, murmelte ich an ihren Lippen.

»Na ja, findest du es nicht merkwürdig, wie wütend sie auf Skye ist? Ich habe sie danach gefragt, aber sie wollte nicht drüber reden und sagte nur so viel, dass es sie verletzt habe, als Skye in der Sache unsere Partei ergriffen habe.«

»Fuck«, murmelte ich. Das klang aber ganz und gar nicht nach jemandem, der »drüber hinweg« war. »Skye hat nicht Partei ergriffen. Und einen solchen Mist kann sie momentan nicht brauchen. Ich werde mit Lorna reden.«

»Auf das Gespräch freust du dich sicher.«

»Ich habe mich durchaus darüber gefreut, dass sie nett zu mir war, aber darauf kann ich im Notfall auch wieder verzichten.«

»Du bist wirklich ein toller Bruder.« Jane küsste mich. »Und ein toller Freund.« Jetzt klang ihre Stimme heiser, ihr Kuss wurde inniger.

Stöhnend knabberte ich an ihrer Lippe. »Wenn ich so ein guter

Freund bin, hätte ich dann nicht schon vorab ein kleines Weihnachtsgeschenk verdient?«

»Habe ich dir das nicht schon vor vier Tagen gegeben?«

Ich lachte, als sie spöttisch die Augenbraue in die Höhe zog. Vor vier Tagen hatte ich sie noch einmal ins Ballett ausgeführt – als *ihr* Weihnachtsgeschenk. *Der Nussknacker.* Ich war nicht gerade ein Fan. Und war vor lauter Langeweile eingenickt. Doch dann hatte Jane mich geweckt und mir befohlen, ihr aus dem Theater hinauszufolgen, allerdings erst noch zwei Minuten sitzen zu bleiben, bevor ich mich auf den Weg machte.

»*Ich warte auf der Damentoilette auf dieser Etage.*«

Statt die restliche Vorstellung des *Nussknackers* durchzustehen, hatte ich meine Freundin auf der leeren Toilette gefickt. Ich hatte sie über das Waschbecken nach vorn gebeugt, während sie meinen Blick in dem Spiegel darüber festgehalten hatte. Dann hatte ich in sie hineingestoßen, besinnungslos vor Verlangen. Jane war so bei der Sache gewesen, dass sie härter denn je gekommen war. Ich hatte ihr den Mund zuhalten müssen, damit uns niemand hörte.

Allein bei der Erinnerung daran wurde ich wieder hart.

»Das war *mein* Weihnachtsgeschenk an *dich*.«

Sie lachte schallend. »Oh, Baby.« Sie schüttelte den Kopf und zog einen Schmollmund. »Wenn ein Typ es mit einem Mädchen an einem öffentlichen Ort treiben darf, so ist das *immer ihr* Geschenk an ihn. Und das ist noch nicht alles. Wenn die Freundin sich auf sexuellem Gebiet alles von dem Typen gefallen lässt, dann ist das *immer* ihr Geschenk an ihn.«

Ich schüttete mich aus vor Lachen über diese eingebildete, kleine Göre, knetete ihre Hüften und rieb sie über meinem pochenden Schwanz, wobei ich jeden kleinen Atemaussetzer ihrerseits genoss. »Ach ja? Also sämtliche Gelegenheiten, in denen ich dich so hart kommen ließ, dass du beinahe den Verstand verlorst, waren also keine Geschenke von mir an dich?«

»Nun ja …« Ebenso nachdenklich wie unverdrossen wand sie sich auf meinem Schoß. Ich packte sie fester und stieß vor wachsendem Verlangen einen unterdrückten Zischlaut aus. »Vielleicht musst du es mir noch einmal besorgen, damit ich zu einem abschließenden Urteil gelangen kann.«

Ich hüpfte vom Hocker herunter, während sie die Beine um meine Taille schlang und sich auf die Unterlippe biss. Als ich keine Anstalten machte, mit ihr nach oben zu gehen, runzelte sie verwirrt die Stirn. Ich setzte sie auf die Kante des Esstisches und zerrte ungestüm an ihren Pyjama-Shorts.

Schon waren meine Jeans und die Boxershorts auf meine Knöchel heruntergerutscht, als sie keuchte.

»Jamie, hier?«, keuchte sie, ebenso entsetzt wie erregt. Ich presste meinen Mund auf ihren und stieß in ihre enge, glatte, warme Hitze hinein. Unsere Lippen öffneten sich zu einem gleichzeitigen Stöhnen.

»Es könnte jederzeit jemand reinkommen«, raunte ich, fickte sie und spürte, wie ihre Pussy mich bei diesen Worten umkrampfte.

Sie krallte die Finger in die Muskeln an meiner Taille in dem Versuch, mir die Hüften vom Tisch aus entgegenzudrängen, aber ich packte sie und hielt sie still, um in jenem Winkel in sie einzudringen, der sie, wie ich wusste, in den Wahnsinn trieb.

»Jeder, der auf der Straße am Haus vorbeigeht und hineinsieht, sieht, wie ich dich ficke, Baby«, keuchte ich. »Sie sehen, wie sehr du es liebst, meinen Schwanz in dir aufzunehmen.«

Allein meine Worte brachten sie zum Höhepunkt, sodass sie erschauerte.

Nur wenige Stöße später folgte ich ihr empor in luftige Höhen.

Ich umfing ihren Nacken, küsste sie tief und feucht, verspürte sogleich erneutes Verlangen nach ihr. Ich hob sie hoch, trug sie nach oben in mein Zimmer und legte sie aufs Bett. Wir küssten, streichelten und liebkosten uns, und als ich ihre Feuchtigkeit auf meinen Fingern spürte, verlor ich mich erneut ganz und gar in ihr.

Unsere Blicke hielten einander fest, während ich sanft in ihren wunderschönen Körper hinein- und wieder hinausglitt, ganz und gar gefangen in unserer privaten Blase.«Jane, ich komme, Baby«, seufzte ich an ihren Lippen und ließ meine Hand zwischen uns gleiten, um ihr dabei zu helfen, den Höhepunkt noch vor mir zu erreichen.

Kurze Zeit später kam auch sie, keuchte meinen Namen an meinen Lippen, und ich küsste sie tief und hungrig, während ich in ihrem Innern pulsierte.

»Herrgott noch mal!« Sekunden nachdem ich in Jane dahingeschmolzen war, hämmerte jemand an meine Schlafzimmertür.

»Macht ihr beiden auch mal was anderes?«

Meine Frau verkrampfte sich. Vielleicht weil meine große Schwester so gereizt klang, vielleicht auch, weil es ihr peinlich war, dass Skye uns gehört hatte. Möglicherweise aber auch, weil sie zu lallen schien.

»Fuck.«

Wir hörten, wie etwas im Flur hinfiel. Dann knallte Skyes Schlafzimmertür zu. Jane starrte mich mit großen Augen an.

»Alles klar?« Zorn brodelte durch meine Adern.

»Jamie … War sie … klang sie …«

»Betrunken?« Sanft zog ich mich aus Jane zurück und schwang mich vom Bett. »Ja, so hörte sie sich an. Warte kurz.«

»Vielleicht solltest du ihr besser noch etwas Zeit lassen.« Jane setzte sich auf, während ich Boxershorts und Jeans wieder anzog.

»Zeit?« Ich warf meiner Freundin einen ungläubigen Blick zu. »Wir haben Heiligabend. Lorna ist zu Hause. Und Skye beschließt, dass es der richtige Zeitpunkt ist, wieder zur Flasche zu greifen?«

»Jamie …«

»Nein, wenn sie wirklich betrunken ist, fahre ich sie auf direktem Weg wieder in die Entzugsklinik. Bleib hier.«

Ich zitterte vor Wut, als ich aus meinem Zimmer stapfte. Eben noch war mein Leben gut gewesen, es lief an der Uni, Lorna und ich hatten wieder ein besseres Verhältnis, und ich hatte mir zwar durchaus ein paar Sorgen um Skye gemacht, hätte aber nie damit gerechnet, dass sie die Glückseligkeit vertreiben könnten, weil ich nach tagelanger Abstinenz endlich mal wieder mit meiner Frau geschlafen hatte.

Und jetzt das.

»Fuck my life«, murmelte ich vor mich hin.

Ich klopfte an Skyes Schlafzimmertür. Als keine Antwort kam, stürmte ich geradewegs hinein.

Shit, in ihrem Zimmer herrschte das reinste Chaos. Überall verstreut lagen Klamotten herum, und es roch muffig, als habe sie schon seit Tagen nicht mehr gelüftet. Aus dem Bad drang ein Geräusch, weshalb ich das Bett umrundete und in der geöffneten Badezimmertür wie angewurzelt stehen blieb.

Skye stand über das Waschbecken gebeugt da und schniefte weißes Pulver.

Sie blinzelte hektisch, richtete sich auf und beugte sich zum Spiegel vor, um sich das Scheißzeug von den Nasenflügeln zu wischen.

Ich war wie erstarrt vor Zorn, Sorge und Verzweiflung.

Was zum Teufel konnte ich jetzt tun?

Wie sollte ich dafür sorgen, dass sie clean blieb, wenn sie sich sämtlichen Bemühungen entgegenstemmte?

Nicht aufgeben. Das hier ist nicht der richtige Zeitpunkt, um aufzugeben.

Sie ist nicht Mom.

Skye drehte sich zur Tür um und hielt inne, als sie mich entdeckte.

Ihre Augen füllten sich mit Tränen. »Es tut mir leid.«

Vor lauter Entsetzen schnürte sich mir die Kehle zu. »Skye«, stieß ich heiser hervor.

Sie taumelte auf mich zu. War sie auch betrunken? Ich erinnerte mich an das letzte Mal, da sie zu viel getrunken und so viel verdammten Koks intus hatte, dass sie sich einen Herzinfarkt eingebrockt hatte. Schnell tat ich einen Schritt nach vorn, um sie aufzufangen. Jetzt hieß es, Ruhe bewahren. »Skye, wie viel hast du getrunken?«

»Weiß nicht.« Sie zuckte mit den Schultern und klammerte sich an mir fest, als ich sie zum Bett führte. »Wahrscheinlich viel.«

»Und wie viel Koks?«

Sie wedelte mit dem Finger vor meinem Gesicht herum. »Hab ich grad erst genommen. Treenie hat mir das Zeug gegeben, bevor sie mich abgesetzt hat.«

Keine Ahnung, wer Treenie war, aber es würde das letzte Mal sein, dass sie meiner Schwester nahe kam. »Okay, hoch mit dir, wir gehen.«

»Wohin denn? Bist du sauer?«

»Ich bin enttäuscht.«

»Brr, das ist schlimmer.«

»Komm.« Ich schob meinen Arm unter ihre Arme und half ihr aus dem Zimmer.

Jane wartete im Flur auf uns, angezogen, die Augen groß vor Sorge. »Was ist los?«

»Lauf zu meinem Wagen, Doe. Du fährst.«

Sonst musste ich nichts sagen. Meine Frau wusste, wohin es gehen sollte.

Skye fragte immer wieder, wohin es gehen sollte, aber ich lenkte sie ab. Als ich sie in die Notaufnahme bugsiert hatte, war es zu spät, und sie konnte nichts mehr dagegen unternehmen.

Glücklicherweise war nichts passiert. Die Ärzte behielten sie über Nacht zur Beobachtung da, während Jane, Lorna und ich Weihnachten im Krankenhaus an ihrem Bett feierten.

Als sie Skye am nächsten Tag entließen, ließ ich mir von ihr einreden, dass sie allein wieder clean werden konnte. Dass sie keine Entzugsklinik brauchte, sondern nur wieder an den AA-Meetings teilnehmen und sich wieder bei Sheridan melden musste.

Skye war so überzeugend. So zerknirscht. So entschlossen.

Ich gab nach.

Wenig später würde ich diese Entscheidung wieder und wieder infrage stellen.

Zehn

JANE

Achtzehn Jahre alt

Ich konnte einfach nicht aufhören zu zittern.

Es fühlte sich an, als würden meine Knochen klappern, so heftig war es.

Vor Übelkeit war ich in kalten Schweiß gebadet, hatte aber bereits meinen gesamten Mageninhalt von mir gegeben. Jetzt war ich völlig leer, es kam nichts mehr aus mir heraus.

Ich starrte das Telefon in meinen Händen an und fragte mich, wie ich das alles schaffen sollte.

Es fühlte sich nicht real an.

Ich hatte schon früher Schmerz empfunden.

Ich hatte Kummer gespürt, als ich eigentlich noch viel zu jung gewesen war, um damit umgehen zu können.

Aber das hier war etwas anderes.

Das hier war nicht einfach nur mein Schmerz. Es war … seiner.

Ich bekam keine Luft mehr.

»Möchten Sie, dass wir diesen Anruf übernehmen, Miss Doe?«

Der Versuch, die Tränen zu trocknen, die in unaufhaltsamem Strom meine Wangen hinabbrannten, war zwecklos. Sie wollten nicht versiegen; immer wieder wischte ich sie ab. Der Polizeibeamte, der mir die Frage gestellt hatte, sah auf mich herab. Er wirkte freundlich und kompetent.

Statt seiner dunklen Augen sah ich Jamies Meeraugen vor mir.

Gestern Morgen hatte ich ihn an der Uni abgesetzt, wo er sich mit seinen Mannschaftskameraden hatte treffen wollen. Sie wollten zusammen zum Flughafen, um von dort nach San Francisco zu reisen. Normalerweise war ich bei den meisten Wettkämpfen dabei, um ihn zu unterstützen, aber einen Flug nach San Francisco konnte ich mir nun mal nicht leisten. Außerdem musste ich für Kunstgeschichte noch eine Seminararbeit fertigstellen.

Jamie hatte mir noch einen Abschiedskuss gegeben, und bevor er aus dem Wagen gestiegen war, hatte er sich zu mir umgedreht und gesagt: »Wenn du Skye dazu bringst, mit dir zu reden, wird meine Liebe zu dir sich in Anbetung verwandeln.«

»Du betest mich doch jetzt schon an«, hatte ich geantwortet.

»Stimmt.« Er hatte gegrinst, aber schnell war sein Lächeln wieder verblasst. »Behalte sie am Wochenende nur im Auge, solange ich weg bin. Sie ist in letzter Zeit so verdammt verschlossen.«

»Jamie, sie geht zu ihren Meetings und telefoniert täglich mit Sheridan.«

»Ich weiß. Es ist nur … ich werde das Gefühl nicht los, dass irgendetwas nicht stimmt.«

Ich dachte darüber nach und nickte. »Seinem Bauchgefühl sollte man immer vertrauen. Ich behalte sie im Auge.«

Er hatte mich noch einmal geküsst, mir versichert, dass er mich liebte, und war aus dem Auto gestiegen.

Zu Hause fand ich Skye am Esstisch vor. Sie nippte an ihrem Kaffee und las in einer Zeitschrift. In der letzten Zeit war sie nicht allzu häufig zu Hause gewesen, und freie Wochenenden waren eine Seltenheit für sie.

Mit meinem Kaffee setzte ich mich neben sie, starrte ihre Zeitschrift an und zermarterte mir das Hirn, was ich zu ihr sagen konnte. Jamie hatte recht. Skye war verschlossen und distanziert. Nach dem letzten Ausflug in die Notaufnahme war Lorna schon früh wieder abgereist. Sie meinte, sie habe keine Geduld für die »beschissene Schwäche« ihrer Schwester und würde erst nach Hause zurückkehren, wenn »es vorbei« sei.

»Behaupte du noch mal, ich sei diejenige, die wie Mom ist!«, hatte Lorna Jamie vorgeworfen.

Ich musste nicht fragen, was sie damit meinte. Jamie hatte mir in den letzten anderthalb Jahren, in denen wir miteinander gingen, viel über seine Mom erzählt. Sie hatte nicht nur versucht, ihre Kinder auf psychischer und emotionaler Ebene zu manipulieren, sie war auch Alkoholikerin gewesen.

Offen gesagt war ich froh, als Lorna wieder fort war. Die toxische Haltung ihrer Schwester gegenüber war nun wirklich das Letzte, was Skye jetzt brauchen konnte. Sie brauchte Verständnis und Unterstützung durch die Menschen, die sie liebten.

Trotzdem befürchtete ich, dass Lornas Zurückweisung die Wurzel für Skyes momentanen Ernst war.

»Rede mit mir.«

Skye blickte von der Zeitschrift hoch. Sie seufzte und schob sie mir hin, wobei sie ein paar Seiten umblätterte. An einer bestimmten Stelle ließ sie sie offen liegen.

Man sah einen wenig schmeichelhaften Schnappschuss von Skye, die gerade eins ihrer AA-Meetings verließ. Die Worte »WIEDER IN DER ENTZUGSKLINIK?« waren quer über die ganze obere Seite des Bildes gedruckt.

Ich schluckte trocken und spürte ihre Kränkung beinahe am eigenen Leib. »Das tut mir so leid, Skye. Weiß der Produzent Bescheid?«

Sie nickte. »Ich habe ihnen versichert, dass ich die Sache im Griff habe. Also wurde ich nicht gefeuert.«

»Gut«, murmelte ich. Was hätte ich auch sonst sagen sollen. »Kein Schwein interessiert sich doch für so einen Mist.«

Ihre Lippen zuckten, ohne dass das Lächeln ihre Augen erreichte. »Dich vielleicht nicht. Andere durchaus.« Tränen brannten in ihren Augen. »Ich will nicht, dass Lornas Schulfreunde das hier sehen.«

Aha.

Ich stand auf und ging zu Skye hinüber, nahm sie in die Arme und legte das Kinn auf ihren Scheitel. Sie klammerte sich an meinen Armen fest. »Lorna liebt dich.«

»Tut sie das?«, flüsterte Skye. »Es fühlt sich nicht so an. Es fühlt sich an, als habe ich sie verloren ... und zwar schon lange vor Weihnachten.«

»Sie fasst gerade erst Fuß in Columbia und ist momentan ganz in ihrer eigenen, kleinen Welt gefangen.« Ich hockte mich neben ihr hin und lächelte ermutigend zu ihr empor. »Dich liebt Lorna am meisten von uns allen, Skye. Sie ist manchmal nur nicht besonders gut darin, ihre Liebe zu zeigen.«

Skye nickte und schniefte. »Ich vermisse sie nur so sehr. Manchmal frage ich mich, ob ich wirklich sie vermisse oder nur das Kind, das sie früher war. Das Kind, das mit mir in der Wohnung umhertanzte und mich ansah, als sei ich Wonder Woman.« Offenbar verlegen, wandte sie den Blick ab. »Aber Kinder werden erwachsen. Sie fangen an, die Realität als das zu sehen, was sie ist, und das ist eine Riesenenttäuschung, nicht wahr?«

»Nein! Du weißt doch, dass es mit Lorna etwas anderes ist«, schalt ich sie. »Du bist keine Enttäuschung, Skye. Du hast mir ein Zuhause gegeben. Eine Familie. Du hast dafür gesorgt, dass Lorna und Jamie das Zuhause hatten, das sie verdient hatten, und du hast ihnen Dinge ermöglicht, die sie ohne dich niemals gehabt hätten. Das wissen sie auch. Etwas Besseres hätten sich beide nicht wünschen können. Und für mich bist du die beste große Schwester, auf die ich nie im Leben zu hoffen gewagt hätte.«

Ihre Augen weiteten sich hoffnungsvoll.

»Du bist auch nur ein Mensch. Und Menschen machen halt Fehler. Aber ich bin bei dir, um deine Hand zu halten, egal, wie oft es nötig ist. Für die Leute, die man liebt, macht man das halt so.«

Noch mehr Tränen rannen Skyes Wangen hinab, und sie nahm mein Gesicht in beide Hände. »Womit hab ich dich nur verdient, Kleine?«

»Wir verdienen einander.«

»Meinst du das ernst? Du stehst zu mir, komme, was da wolle?«

»Absolut.« In diesem Moment kam mir eine Idee, und ich erhob mich und durchquerte das Zimmer, um mein Handy zu holen. »Ich glaube, wir brauchen jetzt eine kleine Stärkung.« Ich scrollte durch Spotify und fand den Track, nach dem ich suchte. *The Whole of the Moon* von den Waterboys.

Skye schenkte mir ein trauriges Lächeln, stand aber nicht auf.

»Komm schon.« Ich tanzte in die Mitte des Zimmers. »Dann fühlst du dich sicher gleich besser!«

Skye schnaubte belustigt und kam auf die Füße. Ich nahm sie bei der Hand und zwang sie, sich um die eigene Achse zu drehen. Nach einer Strophe und dem Refrain tanzten wir wie die Wilden durch den Raum und schrien uns gegenseitig den Text entgegen.

Am Ende des Liedes brachen wir lachend auf der Couch zusammen, und ich spürte, wie mir leichter ums Herz wurde und das Unbehagen nachließ. Ich legte den Kopf schief und sah Skye an.

Sie lächelte liebevoll und zugleich tieftraurig.

»Ich glaube, ich sollte mir mal ein bisschen freinehmen«, sagte sie, und ihre Stimme klang in dem stillen Zimmer ganz leise. »Ich brauche eine längere Pause. Ich wollte immer noch mal nach Monterey, wo wir damals die vierte Staffel von *The Sorcerer* gedreht haben. Vielleicht könnte ich mir ja für ein paar Wochen ein Haus mieten. Ich habe sogar …« – sie grinste verlegen – »… daran gedacht, mich mal als Drehbuchautorin zu versuchen.«

Hoch erfreut darüber, dass Skye anscheinend noch Pläne hatte, nickte ich energisch. »Tolle Idee.«

»Ach ja?«

»Auf jeden Fall. Du kannst alles schaffen, was du dir in den Kopf setzt.«

Sie tätschelte mir das Knie. »Danke, Kleine.«

»Was hast du heute vor?«

»Hast du Zeit, mit mir zu Mittag zu essen?«

»Klar.«

Den Rest dieses Nachmittages verbrachten wir in der Stadt, gingen essen und machten einen kleinen Schaufensterbummel. Ich schrieb Jamie, dass alles in bester Ordnung sei, und wünschte ihm Glück für sein Meeting. Ich schickte ihm einen Snap von mir und Skye mit lächerlichen Hüten. Er antwortete mit nur drei Worten: »Ich liebe dich.«

Skye sah die Nachricht und verdrehte die Augen. »Seit er mit dir zusammen ist, kann ich kaum glauben, dass das der Jamie von früher ist. Weißt du«, fügte sie mit zitternder Stimme hinzu und seufzte, »früher habe ich mir Sorgen gemacht, dass eure Beziehung ein wenig zu intensiv ist. Aber jetzt beneide ich dich.« Sie drückte meine Hand. »Euch beide verbindet etwas ganz Wunderbares. Das darfst du nie aufgeben.«

»Ich habe auch nicht die Absicht«, versprach ich.

Als wir nach Hause zurückkehrten, war es bereits Abend, und Skye wirkte erschöpft. Ich wusste, dass es ihr im Moment schlechter ging, als sie sich anmerken ließ, deshalb hatte ich Verständnis, als sie früh zu Bett ging. Ich rollte mich mit meinem Laptop auf dem Sofa zusammen und widmete mich meiner Seminararbeit.

Am nächsten Morgen wurde ich durch das Sonnenlicht geweckt, das durch die Fenster schien, und bemerkte, dass ich auf der Couch eingeschlafen war. Nachdem ich geduscht hatte, beschloss ich, nachzusehen, ob Skye schon wach war, und mich zu erkundigen, ob sie vielleicht frühstücken wollte. Ich war zwar keine Sterneköchin, aber immerhin wurde es langsam besser, und ich wollte dieses Wochenende für meine »große Schwester« zu etwas Besonderem machen.

Vielleicht sollte ich ihr das Frühstück ans Bett bringen, um sie ein wenig aufzuheitern.

Niemand reagierte auf mein Klopfen an die Tür, also stieß ich sie auf und rief laut ihren Namen.

Als ich sie im Dämmerlicht des Raumes auf ihrer Decke liegen sah, fing mein Herz an zu rasen.

»Skye?«

Keine Antwort.

»Skye.« Jetzt ein wenig lauter.

Nicht mal ein Zucken.

Ich suchte nach dem Schalter und hörte ihn klicken. Eine Millisekunde später flammte das Licht auf.

Skye lag ausgestreckt auf dem Bett, und ihr Arm baumelte von der Bettkante herunter.

Ihre Reglosigkeit machte mir Angst.

Sie kroch meine Beine hinauf und brachte meine Knie zum Zittern. »Skye?«

Irgendwie zwang ich mich, mich von der Tür zu lösen, und taumelte beinahe auf das Bett zu. Mir fiel eine Tablettenschachtel ins Auge, bevor mein Blick wieder zu ihr zurückkehrte.

Ihre Brust bewegte sich nicht.

»Skye?« Ich packte sie, und meine Angst verwandelte sich in maßloses Entsetzen, als ich fühlte, wie kalt sie war. Wie steif. Ich schluchzte. »Skye!«, schrie ich und schüttelte sie.

Aber sie wachte nicht auf.

Sie wachte nicht auf!

»SKYE!«

»Miss Doe«, die Stimme des Polizeibeamten riss mich wieder in die Gegenwart des Krankenhausflurs zurück. »Sollen wir diesen Anruf für Sie tätigen?«

Ich schüttelte den Kopf. Jede Bewegung schmerzte. »Nein.«

Ungeschickt machte ich mich an dem Handy in meiner Hand zu schaffen und wischte über den Bildschirmrand, um meine Kurzwahlnummern aufzurufen.

Was sollte ich ihm sagen?

»Ich weiß nicht, was ich ihm sagen soll«, murmelte ich leise vor mich hin.

Es war keine Absicht gewesen.

Das wusste ich. Ich wusste es, obwohl wir das gerichtsmedizinische Gutachten erst in ein paar Tagen bekommen würden.

Sie hatte Zukunftspläne geschmiedet. Es war keine Absicht gewesen.

Nach dem vierten Klingeln hob Jamie ab. »Hey, Doe, ich muss mich beeilen. Kann ich dich zurückrufen?«

»Jamie.« Sein Name war nur ein Schluchzen.

Er schwieg einen Moment lang, dann schwang Panik in seiner Stimme mit, als er mich fragte, was los sei.

»Du musst heimkommen«, schrie ich. »Jamie, du musst nach Hause kommen.«

»Du machst mir eine Heidenangst. Was ist los?«

Ich holte zittrig Luft, und irgendetwas in meinem Innern zerbrach hörbar.

»Skye … Es tut mir so leid. Baby, Skye ist fort. Sie … sie ist gestorben, Jamie. Sie ist tot.«

Elf

JANE

Achtzehn Jahre alt

Ich sah aus dem Fenster und beobachtete, wie Lorna Jamie zum Abschied umarmte.

Ich war im Haus geblieben, denn meine ehemalige beste Freundin hatte keinen Zweifel daran gelassen, dass meine Anwesenheit nicht erwünscht war.

Die vergangenen zehn Tage waren an mir vorbeigerauscht wie im Nebel. Ich wünschte, ich hätte behaupten können, dass die Trauer mich unempfindlich für jedes andere Gefühl gemacht hatte, aber das war nicht der Fall. Vor allem anderen empfand ich Wut. Wut auf Skye. Auf Lorna.

Und vornehmlich auf mich selbst.

Ich wollte nicht wütend auf Skye sein.

Sie hatte es nicht absichtlich getan.

Die fünf Tage, die wir auf das gerichtsmedizinische Gutachten warten mussten, waren die quälendsten unseres Lebens. Jamie war am Boden zerstört. Obwohl er sich nachts an mich klammerte, hatte er sich hinter einer kilometerhohen Mauer verschanzt, die ich einfach nicht bezwingen konnte. Ich verstand, dass Trauer eine einsame Reise war. Niemand konnte sie einem abnehmen, denn jeder trauerte auf seine ganz eigene Weise.

Ich kannte Jamie.

Ich wusste, dass er sich innerlich zusammenkrümmte, dass er nur noch aus Verzweiflung, Verlust, Wut und Schuldgefühlen bestand. Überdies wurden jene fünf Tage von einer unerträglichen Furcht überschattet. Vielleicht war es ja doch kein Unfall gewesen. Vielleicht hatte jemand, den wir liebten, zutiefst gelitten, und wir hatten nicht tief genug unter die Oberfläche geblickt, um einzugreifen.

In jenen Tagen klammerte ich mich an meine letzte Unterhaltung mit Skye, und Jamie ließ sie mich Wort für Wort immer und immer wieder hersagen, denn sie gab ihm Trost. Seine Schwester hatte Zukunftspläne geschmiedet, so viel stand fest.

Es war ein Unfall gewesen.

Beim Durchsuchen ihres Badezimmers fanden wir Pillen, die diese Überzeugung stützten.

Und die gerichtsmedizinische Untersuchung untermauerte mein Bauchgefühl.

Skye hatte die verschreibungspflichtigen Medikamente einer Freundin in die Finger bekommen. Ohne dass wir es gewusst hatten, hatte sie zwei verschiedene Präparate gegen Panikattacken zu sich genommen. An jenem Tag hatte sie nicht nur diese Medikamente, sondern auch Schmerzmittel und Schlaftabletten eingenommen. Sie war an akuter Vergiftung gestorben. An einer versehentlichen Überdosis.

An manchen Tagen, wenn ich mir vorstellte, sie in Zukunft nie wieder zu sehen, fragte ich mich, ob ich den physischen Schmerz der Trauer überleben würde, der meine Brust zu sprengen schien. Doch dann sah ich Jamie an mit seinem abgespannten Gesicht, den dunklen Ringen unter den Augen, die trübe dreinblickten – ihr Licht war verloschen –, und mein Leiden steigerte sich um ein Millionenfaches. Ich wünschte, ich hätte ihm die Last seiner Trauer abnehmen können. Denn im Gegensatz zu ihm wäre ich nicht darunter zusammengebrochen.

Diese Machtlosigkeit war beinahe ebenso quälend wie die Trauer.

Überdies waren da noch meine Schuldgefühle. Ich hatte Jamie versichert, dass es Skye gut ging. Doch wenn sie Medikamente gegen eine Angststörung zu sich genommen hatte, war sie alles andere als gesund und glücklich gewesen. Ihm war klar gewesen, dass irgendetwas mit ihr nicht stimmte, aber ich hatte ihn überredet, sie nicht zu bedrängen.

Außerdem wurden wir von den Paparazzi belagert, die tagelang vor unserem Haus Stellung bezogen und uns sogar auf dem Weg zur Beerdigung verfolgten und auch vor dem Rückweg nicht zurückschreckten.

Heute war der erste Tag, an dem keiner von ihnen aufgetaucht war.

Ich konnte es nicht ertragen, mir im Internet durchzulesen, was dort über Skye geschrieben wurde. Neben Nachrichten, die Liebe und Trauer zum Ausdruck brachten, gab es sicher jede Menge Klatsch über ihre Sucht und Spekulationen über ihren Tod. Es hatte keinen Zweck, sich all das durchzulesen. Damit hätte ich in der frischen Wunde nur noch mehr herumgestochert.

Ich sah, wie Lorna sich in das Taxi zwängte, und war erleichtert über ihre Abreise.

Vom ersten Augenblick ihrer Ankunft an war mir nur ihre kalte Wut entgegengeschlagen. Drei Abende nach ihrer Ankunft betrank sie sich und sagte, dass ich schuld an der Entfremdung zwischen ihr und Skye vor deren Tod gewesen sei. Dass sie wünschte, mich nie in ihr Leben gelassen zu haben.

Es fiel mir schwer, mir eine scharfe Antwort zu verkneifen.

Wenn Jamie nicht gewesen wäre, hätte ich mir gar nicht erst die Mühe gemacht, es zu versuchen.

Aber er brauchte mich.

Obwohl Lorna sich bei der Beerdigung an ihn klammerte und keinen Zweifel daran ließ, dass sie mich nicht in ihrer Nähe sehen wollte, brauchte Jamie mich. Er wollte sich nicht auf die vorderste Kirchenbank setzen, bis Lorna an seine andere Seite rutschte, um mich hineinzulassen.

An Skyes Todestag hatte Jamie einen Flug nach Hause genommen; wir trafen uns in der Leichenhalle. Er hatte allein hineingehen wollen. Nachdem er sie wieder verlassen hatte, brach er vor mir auf dem Boden zusammen, und ich hielt ihn in den Armen, während er herzzerreißend schluchzte. Wenn ich die Augen schloss, konnte ich es im Geiste immer noch hören.

An diesem Tag weinte er zum letzten Mal.

Bis zur Beerdigung.

Lorna hatte alles organisiert. Das Haus war rappelvoll mit Freunden, Promis und Leuten aus der Filmbranche. Ich bemerkte sie alle kaum und registrierte auch nicht, wer sich Lorna und Jamie näherte, um ihnen sein Beileid auszusprechen. Trotz Lornas Ressentiments gegen mich war ich stolz auf sie, als sie sich vor versammelter Gemeinde erhob und eine wunderschöne Gedenkrede auf eine Schwester hielt, die ihr Leben verändert hatte, um für sie und Jamie zu sorgen. Ich war erleichtert, als sie schilderte, wie viel es Skye bedeutet hatte, ihr und ihrem Bruder eine Zukunft zu bieten, die die beiden ohne sie nie gehabt hätten.

Ich hoffte, dass Skye irgendwo da oben war und es hören konnte, damit ihr endlich klar wurde, wie wichtig sie uns allen gewesen war. Auch der kleinen Schwester, von der sie geglaubt hatte, dass sie nicht mehr zu ihr aufblickte. Lornas Stimme brach ein paarmal, dennoch bewältigte sie ihre Rede auf eine Weise, wie ich selbst es wahrscheinlich nie geschafft hätte.

Während Skye ins Krematorium gebracht wurde, wurden auf einer Leinwand Videoclips von ihr gezeigt, Fotos und private Filmaufnahmen. Und währenddessen erklang *The Whole of the Moon* von The Waterboys.

Ich wollte für Jamie stark sein. Meine Tränen zurückhalten. Aber ich schaffte es nicht. Sein Griff um meine Hand wurde fester, und ich spürte, wie seine Schultern neben mir bebten. Ich sah ihn an und bemerkte, dass ihm stumme Tränen die Wangen herabliefen, während er unverwandt den Blick auf die Erinnerungsfotos und -filme geheftet hielt.

Da brach ich zusammen.

Weil er es tat.

Und weil ich wusste, dass diese Wunde niemals wirklich heilen würde.

Ich konnte ihm nicht helfen.

Also hielt ich ihn nur noch fester und lehnte den Kopf an seine Schulter. Er umfasste meinen Arm, hielt mich so dicht bei sich wie möglich, während ich versuchte, ihm etwas von seiner Trauer zu nehmen.

Das Gleiche hätte ich gern für Lorna getan. Ich versuchte es. Aber als ich hinterher Anstalten machte, sie zu umarmen, warf sie mir nur einen düsteren Blick zu und rauschte an mir vorbei.

Zwei Tage später brachten wir Skyes Asche nach Santa Monica und verstreuten sie im Meer. Lorna bekam einen Wutanfall, als Jamie ihr mitteilte, dass ich bei diesem intimen Augenblick zugegen sein würde. Als wäre ich nicht schon seit Jahren Teil ihrer Familie gewesen. Jamie hatte schon unter normalen Umständen kein Verständnis für Lornas Mätzchen; an diesem Tag aber war sein Geduldsfaden zum Bersten gespannt.

Noch nie hatte ich ihn jemanden so anbrüllen hören, wie er Lorna an jenem Tag anbrüllte.

Sie brach in Tränen aus, entschuldigte sich bei ihm und verlor über meine Anwesenheit bei der Gedenkfeier kein einziges Wort mehr. So konnten wir uns schließlich doch noch alle drei stumm von Skye verabschieden.

Lorna sprach nie wieder ein Wort mit mir.

Deshalb: Ja, ich war erleichtert, sie jetzt gehen zu sehen. Mein wundes Herz konnte die ganze Anspannung einfach nicht mehr ertragen.

Jamie kehrte ins Haus zurück und nahm mich in seine Arme. Er vergrub das Gesicht an meinem Hals, und seine Umarmung war fest und beruhigend – auch wenn ich wusste, dass er eigentlich derjenige war, der Trost bei mir suchte.

Ich gab ihm einen Kuss auf die Schulter und erwiderte seine Liebkosungen in dem Versuch, seinen Schmerz zu lindern.

Nach einer Weile hob er den Kopf. Unter der äußerlich sichtbaren unerträglichen Trauer lauerte resignierte Erschöpfung.

In der Nacht zuvor hatten wir überlegt, ob wir das Haus aufgeben sollten. Allein konnten wir uns die Miete nicht leisten, mussten uns also eine kleinere Wohnung suchen. Also mussten wir packen.

Lorna packte die Sachen zusammen, die sie bei ihrem Umzug ans College zwar zurückgelassen hatte, aber trotzdem behalten wollte. Alles andere sollten wir ihrer Meinung nach spenden.

Aber darüber machten wir uns keine großartigen Gedanken. Viel schwerer wog die Tatsache, dass wir Skyes Habseligkeiten durchsehen und bei jedem einzelnen Teil entscheiden mussten, was wir behalten und was wir weggeben wollten.

Lorna hatte keine Lust dazu, und ich wollte nicht, dass diese Aufgabe ganz und gar an Jamie hängen blieb, also hatte ich mich freiwillig dazu erboten.

Da ich mich nicht gerade auf diese Aufgabe freute, wollte ich sie möglichst schnell hinter mich bringen.

»Die Jungs haben die Umzugskisten vorbeigebracht.« Jamie deutete auf das Esszimmer, in dem ich den Kartonstapel bereits entdeckt hatte. Während dieses ganzen Albtraums waren seine Teamkameraden ihm eine Riesenstütze gewesen, was ich ihnen nie vergessen würde. »Ich fange hier unten an.«

Das Haus wurde möbliert vermietet, wir mussten uns also keinen Kopf wegen Möbelpackern machen, sondern nur unseren Kleinkram und die Klamotten zusammensuchen.

»Denk dran, dass wir vieles spenden müssen. Wir werden definitiv nicht alles mitnehmen können. Ich gehe nach oben und fange dort an.«

Trauer umflorte seine Miene, doch dann hatte er sich wieder im Griff. Er nickte, gab mir einen harten Kuss auf die Lippen, murmelte ein heiseres »Dankeschön« und ging in die Küche, um dort mit dem Packen zu beginnen.

Ich trug ein paar Umzugskisten nach oben, doch vor Skyes Schlafzimmertür blieb ich zögernd stehen.

Wir hatten es seit unserer Suchaktion in ihrem Bad, bei der wir nach Hinweisen zu den Umständen ihres Todes gesucht hatten, nicht mehr betreten.

Ich holte tief und zittrig Luft, straffte die Schultern und marschierte ins Zimmer. Dann setzte ich die Kisten ab und schaltete das Licht ein.

Tränen vernebelten meinen Blick, und wieder versuchte ich, mich durch tiefes Ein- und Ausatmen zu beruhigen. Plötzlich hatte ich wieder das Bild vor Augen, wie sie auf diesem Bett gelegen hatte. Es ließ sich einfach nicht vertreiben.

Ich würde es nie mehr loswerden.

Das wusste ich.

Und ich würde einen Weg finden müssen, um mit ihrer ständigen Anwesenheit in meinem Kopf leben zu lernen.

Gegen die Übelkeit ankämpfend, begann ich mit dem Badezimmer. Das meiste darin konnte weggeworfen werden. Anschließend widmete ich mich ihren Schuhen und ihrer Kleidung. Ich versuchte, sämtliche Gefühle zu verdrängen und mich ausschließlich auf meine Tätigkeit zu konzentrieren. Die einzelnen Stücke nicht mit Erinnerungen zu verknüpfen, während ich Spendenkisten voll mit ihren wunderschönen Klamotten füllte.

Auf ihrem Schrank standen Kisten mit Modeschmuck, Hutschachteln und Schmuckschatullen. Ich holte alles herunter und begann, die Behältnisse durchzusehen. Mehrere Stunden war ich damit beschäftigt, das ein oder andere auszusortieren, das Lorna womöglich behalten wollte.

Dann zog ich mir den Hocker von Skyes Toilettentisch heran und stieg darauf, um nachzusehen, ob ich auch wirklich nichts in dem Schrank vergessen hatte. Ganz hinten entdeckte ich einen großen Schuhkarton, der viel zu schwer war, um tatsächlich Schuhe zu beherbergen.

Ich zerrte ihn herunter, aber durch sein Gewicht rutschte er mir aus den Händen, und die darin befindlichen Kladden klatschten eine nach der anderen auf den Teppich.

Überrascht starrte ich sie an und hörte, wie Jamie sich von unten erkundigte, ob bei mir alles okay war.

Ich bejahte, stieg von dem Hocker herunter, kniete mich auf den Boden und griff nach den in Leder gebundenen Büchern. Insgesamt waren es acht Stück. Dicke Kladden. Ich öffnete eine davon und fand mich Skyes Handschrift gegenüber.

Sie hatte Tagebuch geführt.

Davon hatte ich nie etwas bemerkt.

Ich sah zur Tür hinüber und fragte mich, was ich tun sollte.

Eigentlich durfte ich sie nicht lesen. Ich sollte sie Jamie bringen und ihn fragen, was er damit anfangen wollte.

Ein heftiger Adrenalinschub ließ mich erzittern. In diesen Tagebüchern fand ich womöglich Antworten. Warum nahm Skye Angstblocker? Was hatte zu ihrem Alkohol- und Drogenmissbrauch geführt? War die Neigung zu Suchterkrankungen genetisch bedingt, oder gab es andere Gründe?

In meinen Eingeweiden rumorte es – wie immer, wenn man weiß, dass man etwas tut, das man eigentlich nicht tun sollte –, während ich in Windeseile die Tagebücher durchblätterte, um den letzten Eintrag darin zu finden.

Er war wenige Tage vor ihrem Tod gemacht worden.

Nachdem ich gelesen hatte, was dort stand, blätterte ich fieberhaft sämtliche Bücher durch und ließ mich durch ihre Worte viereinhalb Jahre in die Vergangenheit reisen.

Der entscheidende Eintrag stammte aus dem November meines ersten Highschooljahres.

Statt der wunderschönen, flüssigen Handschrift im Großteil ihrer Bücher hatte sie hier erheblich krakeliger als sonst geschrieben, als hätte sie die Worte nur hastig hingekritzelt. Der Eintrag beschrieb detailliert, wie sie sich mit dem einflussreichen Hollywood-Filmproducer Foster Steadman getroffen hatte. Wie dieser ihr versprochen hatte, ihrer Karriere auf die Sprünge zu helfen, wenn sie sich auf Sex mit ihm einließ. Wie sie abgelehnt hatte.

Und wie er sich trotzdem genommen hatte, was er wollte, und sie auf dem Boden ihres Büros vergewaltigt hatte.

Leise weinend erfuhr ich von den Verletzungen und der Scham in den folgenden Monaten. Wie klein sie sich gefühlt hatte, wie angewidert sie über ihr eigenes Schweigen gewesen war. Sie schrieb von der Furcht, beruflich ins Abseits zu geraten, wenn sie den Mund aufmachte. Davon, dann das nötige Geld nicht mehr verdienen zu können, um Lorna und Jamie eine sichere Zukunft zu bieten. Davon, wie sehr sie sich vor ihrem eigenen

Spiegelbild ekelte und durch Alkohol und Kokain alles zumindest eine Weile vergessen konnte.

Nach der Entzugsklinik veränderten sich ihre Einträge. Ihr Selbsthass ließ nach. Sie hatte Sheridan anvertraut, was passiert war, und Sheridan hatte sie überredet, eine Therapie zu machen. Alles Dinge, von denen wir nie etwas geahnt hatten. Die Therapie half.

Bis zu der Krankenhausserie fürs Fernsehen. Der Erzählstrang, bei dem es um Vergewaltigung ging. Er katapultierte Skye geradewegs an jenen Ort zurück, an den Foster Steadman sie vor Jahren geführt hatte.

Am ganzen Körper zitternd, schob ich das letzte Tagebuch beiseite und taumelte ins Bad, um mich zu übergeben. Während ich mich erbrach, kämpften Leid, Zorn, Wut, Schuldgefühle und Trauer in mir um die Oberhand, allesamt mit dem Ziel, mich vollends zu überwältigen.

Wir hatten keine Ahnung gehabt.

Keiner von uns.

Meiner Meinung nach war dieser Foster Steadman der wahre Grund dafür, warum meine wunderschöne Skye jetzt fort war.

Ich lehnte mich rücklings an die Badezimmerwand und zitterte so heftig, dass mein Rücken über die Fliesen schrammte. Schock. Wahrscheinlich hatte ich einen Schock.

Genauso fand Jamie mich vor.

Er hockte neben mir nieder, und ich blickte ihn an, sah seine besorgten Augen, die gefurchte Stirn, und eisiges Entsetzen durchflutete mich.

Wenn ich Jamie diese Tagebücher gab – würde ich dann auch ihn verlieren?

Zwölf

JAMIE

Monate später
Einundzwanzig Jahre alt

Es gab nur wenige Dinge, vor denen ich Angst hatte. Nach Skyes Tod fürchtete ich nur noch den Verlust von Jane und Lorna.

Irgendwie hatte ich mir sogar eingeredet, auch das Gefängnis nicht zu fürchten. Ja, mir wurde ganz anders, wenn ich daran dachte, dass ich fünf bis sieben Jahre meines Lebens mit Jane verlieren würde. Und ich machte mir Sorgen um meine Zukunft. Wovon sollte ich nach meiner Entlassung meinen Lebensunterhalt bestreiten, welchen Beruf sollte ich ergreifen?

Erst als ich mich im geschlossenen Vollzug eines Staatsgefängnisses wiederfand, setzte die Angst ein. Schon nach einer Woche nahmen mich die kranken, gestörten Mistkerle, die sich auf den Fluren herumtrieben, ins Visier. Für sie war ich kein Mensch, sondern das perfekte Opfer für ihre sexuellen Gewaltfantasien.

»Du bist viel zu hübsch für diese Umgebung«, hatte mich schon am ersten Tag ein Rocker in der Cafeteria gewarnt. »Such dir irgendjemanden, der dich beschützt, sonst machst du es hier nicht lange.«

Ich kam mir vor wie in einem schlechten Gefängnisstreifen, nur dass das hier real war. Es geschah tatsächlich. Und es passierte *mir*.

Die ganze Zeit über hatte ich eine Scheißangst, ließ mir aber nichts anmerken.

Nun, da ich in den Besucherraum geführt wurde und Jane hinter der Plexiglasscheibe einer Besucherzelle sitzen sah, hatte ich zum ersten Mal seit einer Woche endlich mal wieder das Gefühl, Boden unter den Füßen zu haben. Sie vermisste ich nachts in meiner Zelle genauso sehr wie angstfreien Schlaf.

Wie ätzend, dass sie mich so sehen musste.

Sie schenkte mir ein trauriges Lächeln, und der Anblick dieses süßen Grübchens in ihrer Wange vermochte den Schmerz in meiner Brust ein wenig zu lindern. Ich nahm ihr gegenüber Platz und griff nach dem Telefonhörer.

»Hey, Baby«, sagte sie und presste die Handfläche flach gegen die dicke Scheibe.

Ich tat es ihr gleich und wünschte, ich hätte ihre Haut fühlen können. »Doe.«

Zittrig stieß sie den Atem aus. »Wie geht es dir?«

»Ganz okay«, log ich.

Jane durchschaute mich. »Jamie.«

Ich aber hätte mir eher die Zunge abgebissen, als ihr durch Gefängnisgeschichten den Schlaf zu rauben. »Wie läuft es bei dir? Habt ihr schon eine Wohnung gefunden?«

Nach meiner Verhaftung hatten wir die Kaution nicht aufbringen können, weshalb ich in Untersuchungshaft hatte bleiben müssen. Mein Fall kam schneller vor Gericht als erwartet, wahrscheinlich weil mich Steadman so schnell wie möglich hinter Gittern sehen wollte. Mein Anwalt riet mir, auf schuldig zu plädieren; ich wiederum riet ihm, sich zu verpissen. Also kam es zum Verfahren. Da ich mich selbst verteidigt hatte, fiel meine Haftstrafe sogar noch höher aus als ursprünglich erwartet.

Jane hatte die kleine Wohnung, in die wir gerade erst gezogen waren, wieder aufgegeben und wohnte jetzt bei ihrer Kommilitonin Cassie in deren Apartment. Nach meiner Verurteilung hatten sie sich eine gemeinsame, größere Bleibe suchen wollen.

»Ja. Wir haben eine Wohnung in Pomona gefunden. Ganz in der Nähe der Uni.«

»Erzähl mir davon.«

»Jamie, ich will nicht über die Wohnung reden. Ich will über dich reden.«

»Worüber?«, blaffte ich frustriert. »Hier gibt es nichts zu erzählen.«

»Ich muss einfach wissen, dass es dir gut geht.«

»Liebst du mich?«

Jane blinzelte über diese scheinbar zusammenhanglose Frage. »Das weißt du doch. Du bist mein Ein und Alles.«

Ich stieß langsam den Atem aus. »Dann geht es mir gut. Er hat geglaubt, mir alles genommen zu haben ... aber dich hat er nicht bekommen, und du bist alles, was zählt. Also geht es mir gut.«

Sie schloss die Augen.

»Irgendwann wird es leichter werden, Doe«, versprach ich ihr.

Obwohl ich nicht sicher war, ob ich dieses Versprechen würde halten können. Momentan schien mich die Wut förmlich zu zerfressen, und ich war nicht sicher, ob dieses Gefühl nach meiner Entlassung wieder nachlassen würde. Ich war zu einer Haftstrafe von sieben Jahren verurteilt, aber mein Anwalt hatte mir vor seiner Entlassung verkündet, dass man mich bei guter Führung vielleicht schon nach fünf Jahren entlassen würde.

»Man kann hier Kurse belegen. Computerprogrammierung, so was in der Art. Es gibt sogar einen Workshop, ich bin also beschäftigt«, versicherte ich.

»Kannst du schreiben?«

»Hier gibt es eine Computer-Lounge. Da kann ich schreiben.«

»Gut.« Sie nickte, anscheinend ein wenig beruhigt.

»Und jetzt erzähl mir von dir. Ich will wissen, was bei dir so läuft.«

Ich ließ mich von Janes Stimme beruhigen, während sie über ihr Abschlussjahr an der Pomona berichtete. Von den Projekten sprach, an denen sie arbeitete. Die Dramen schilderte, die sich im Leben ihrer Freundinnen abspielten. Aus unserer Perspektive wirkten deren Storys geradezu infantil, waren aber dennoch eine willkommene Ablenkung.

Eine Ablenkung von dem Wissen, dass wir einander mindestens fünf Jahre lang nicht würden berühren können. Manchmal raubte mir dieser Gedanke den Atem.

Was würde Skye denken, wenn sie mich hier sähe? Dass ich ein naives, dämliches, impulsives Arschloch war, das würde sie denken.

Ein bescheuerter, kleiner Idiot ohne jeden Durchblick, der in Foster Steadmans Büro eingedrungen war und ihn mit seinen Anschuldigungen über Skye und über das, was Jane in ihren Tagebüchern gefunden hatte, konfrontiert hatte. Am liebsten hätte ich ihn umgebracht. Ihm seinen verfluchten Schwanz abgerissen, damit er nie wieder einer Frau etwas zuleide tun konnte.

Genau das hatte ich vorgehabt, als ich mir den Brieföffner von seinem Schreibtisch schnappte. Aber bevor ich ihm auch nur ein Haar hatte krümmen können, war seine Security eingeschritten und hatte mich hinausgeworfen.

Immerhin hatte mich das wieder zur Vernunft gebracht. Ebenso wie die Vorwürfe, die ich von Jane zu hören bekam. Wir würden es richtig machen, sagte sie. Wir würden mit den Tagebüchern zur Polizei gehen, und die würde gegen Steadman ermitteln.

An diesem Abend gingen wir aus. Versuchten, uns abzulenken. Skye hatte uns erheblich mehr Geld hinterlassen als erwartet, das zu gleichen Teilen zwischen Jane, Lorna und mir aufgeteilt werden sollte. Meine kleine Schwester drohte damit, Janes Erbe anzufechten, aber ich brachte sie zum Schweigen, indem ich ihr verkündete, dass ich nie wieder ein Wort mit ihr reden würde, wenn sie sich Skyes letzten Wünschen nicht fügte.

Das Geld gestattete es Jane und mir, eine hübsche Wohnung in Glendale zu mieten und gelegentlich miteinander essen zu gehen, wenn uns danach war.

Am Abend kehrten wir also in diese Wohnung zurück.

Sie war durchsucht worden.

Und mir war auf der Stelle klar, wieso.

Voller Panik stürzte ich ins Schlafzimmer, wo ich Skyes Tagebücher im Schrank verwahrte. Sie waren verschwunden.

Aber das war nicht einmal das Schlimmste. Am nächsten Morgen standen die Cops vor der Tür, und ich wurde wegen bewaffneten Raubüberfalls verhaftet und in Handschellen abgeführt.

Bewaffneter. Fucking. Raubüberfall.

»Da hast du dich mit dem Falschen angelegt«, flüsterte mir einer der Cops ins Ohr, als er mich in den Polizeiwagen schob. Dreckiger Mistkerl-Cop. Wahrscheinlich stand er auf Steadmans Gehaltsliste.

Die nächsten paar Monate waren ein einziger Albtraum, sogar noch schlimmer, als ich mir das nach dem Verlust von Skye hätte vorstellen können. Steadman hatte eine Kassiererin in der Nähe der Studio-Büros geschmiert, damit sie eine Falschaussage machte. Wahrscheinlich hatte sie ein hübsches Sümmchen eingestrichen, denn immerhin hatte sie eine Kugel abbekommen. Auf dem Überwachungsvideo war mein Gesicht nicht zu sehen – es zeigte nur einen Typen mit ähnlicher Statur wie ich, dessen Hoodie sein Gesicht vor den Überwachungskameras verbarg. Er betrat den Laden, bedrohte die Kassiererin mit vorgehaltener Waffe und raubte sie aus. Danach verpasste der Angreifer ihr eine Kugel in die Schulter.

Sie hatte sich tatsächlich anschießen lassen, um mich hinter Gitter zu bringen.

Wundersamerweise erkannte sie mich wieder. Behauptete, ich kaufte häufig dort ein. Und dass sie sich an meinen Namen erinnerte, weil ich in der Regel mit Karte bezahlte.

Das Beschissene daran war, dass ich an dem Tag, an dem ich Steadman angegriffen hatte, tatsächlich in diesem Laden gewesen war, um mir eine Flasche Wasser zu kaufen. Und da ich kein Bargeld dabeigehabt hatte, hatte ich mit Karte bezahlt.

Steadmans Sicherheitsleute waren mir offenbar gefolgt. Man musste nur eins und eins zusammenzählen.

Die Cops wurden bestochen. Er zahlte auch für den Anwalt der Kassiererin. Niemand hörte mir zu, als ich ihnen von Skye erzählte, und mein Verteidiger meinte, dass er ohne Beweise nichts unternehmen könne.

Aufzeichnungen von meinem Auftauchen in Steadmans Büro an jenem Tag gab es nicht.

Das ganze Geld, das Skye mir hinterlassen hatte, ging für das Honorar meines Verteidigers drauf. Überdies musste Jane mir auch noch einen Batzen von ihrem eigenen Geld geben, damit ich die Gerichtskosten zahlen konnte. Aber es brachte nichts. Wegen einer Straftat, die ich nicht begangen hatte, wurde ich zu sieben Jahren Haft verurteilt. Um mich zum Schweigen zu bringen. Und mit mir jeden anderen, der über Skye Bescheid wusste.

Schau, wozu ich fähig bin, sagte mir Steadman damit. *Du bist nichts weiter als eine verdammte Zecke, aber ich bin der Löwe. Ich zerquetsche dich im Vorbeigehen.*

Doch irgendwann würde ich ihn kriegen.

Ich war geduldig. Und deutlich klüger geworden.

Nur Jane musste ich dabei beschützen. Ansonsten würde Foster Steadman sich irgendwann wünschen, er hätte die kranken Finger von meiner Schwester gelassen. Es war mir egal, wie lange es dauern würde.

Ich würde diesen Mistkerl ein für alle Mal ausschalten.

Dreizehn

JANE

Ein Jahr später
Neunzehn Jahre alt

Seit über einem Jahr war ich jeden Donnerstag in aller Herrgottsfrühe aufgestanden und in Jamies Auto die dreieinhalb Stunden nach Norden zum Staatsgefängnis gefahren, um die Besucherstunden um elf Uhr morgens wahrzunehmen. Keine einzige Woche hatte ich ausgelassen.

Höchstens das Fegefeuer selbst hätte mich dazu bringen können, einen Termin zu verpassen.

Nichts konnte mich von diesem Besuch abhalten, nicht einmal die Veränderungen, die mit Jamie vor sich gingen. Seine Kälte. Seine Unnahbarkeit.

Seit Wochen schon hatte er mir nicht mehr gesagt, dass er mich liebte.

Doch ich sagte es auch weiterhin. Kurz bevor ich wieder abfuhr, waren das meine Abschiedsworte an ihn. Dann flammte sekundenlang etwas in seinen grimmigen Augen auf, und er reckte zum Zeichen, dass er mich verstanden hatte, das Kinn.

Ich musste einfach daran glauben, dass er mich noch liebte.

Das Gefängnis zerstörte den Mann, der er gewesen war – Stück für Stück.

Drei Wochen nach Antritt seiner Haftstrafe erhielt ich einen Anruf aus dem Gefängnis, in dem man mir mitteilte, dass Jamie im Krankenhaus sei. Da Lorna auf meine eigenen Anrufe nie reagierte, musste ich ihr eine Nachricht hinterlassen. Glücklicherweise hörte sie sie ab und nahm den nächsten Flug nach L. A. Während der nächsten paar Tage saßen wir unentwegt an seinem Bett, während er sich von einer Stichwunde in den Bauch erholte.

Erst als er wieder zurück im Gefängnis war, erzählte er mir, dass er sich bewusst zwischen den Angreifer und einen Typen namens Irwin Alderidge geworfen hatte.

Nach unserem Gespräch hatte ich Alderidge gegoogelt.

Es handelte sich um einen milliardenschweren Immobilienmogul. Er besaß Immobilien auf der ganzen Welt, wohnte aber in Los Angeles. Er war vor Gericht gestellt und zu sieben Jahren Haft verurteilt worden, weil er Bestechungsgelder in Millionenhöhe an zwei Senatoren gezahlt hatte, damit sie in der kalifornischen Regierung Augen und Ohren für ihn offen hielten. Die Senatoren wurden ebenfalls verurteilt. Das Urteil war unverhältnismäßig hart, aber die Geschworenen hatten beschlossen, an Aldridge ein Exempel zu statuieren.

Trotz eines beträchtlichen Bußgeldes, das ihm aufgebrummt worden war, schwamm Aldridge noch immer im Geld. Jamie zufolge sorgte sein Reichtum auch hinter Gittern für seine Sicherheit. Er bezahlte die härtesten Mistkerle dort für seinen Schutz.

Aber Jamie war argwöhnisch geblieben und hatte mitbekommen, dass so ein gestörter kleiner Scheißer, der Aldridge hatte erpressen wollen, beschlossen hatte, ihn über die Klinge springen zu lassen. Jamie blieb wachsam. Wartete ab. Und bekam an Aldridges Stelle das Messer ab.

Zum ersten Mal in meinem Leben hätte ich ihn am liebsten angeschrien. Beinahe wäre er *gestorben*! Aber nun kam die Wahrheit ans Licht. Ich erfuhr, dass es dort Typen gab, die ihm etwas antun wollten. Sosehr es seinen Stolz auch verletzte, er brauchte Schutz. Entweder diese Klinge oder sein Leben sei nichts mehr wert gewesen, hatte er gesagt.

Glücklicherweise erholte Jamie sich wieder, und das lebensgefährliche Risiko, das er eingegangen war, machte sich bezahlt.

Irwin Alderidge gehörte offenbar nicht zu den Männern, die anderen etwas schuldig blieben. Außerdem gelangte ich aus den Erzählungen meines Freundes zu dem Schluss, dass Alderidge Jamie wirklich mochte. Sie hatten ein paar ähnliche Interessen, waren gebildet und begeisterte Leser. Ihre Freundschaft verhinderte, dass sie im Gefängnis den Verstand verloren. Jamie sprach nicht darüber, aber ich wusste, dass er dort Dinge gesehen hatte, die ihn nicht mehr losließen.

Es waren nicht nur die Isolation und die Ungerechtigkeit, die an ihm fraßen.

Sondern der ganze verdammte Knast.

An diesem Donnerstag wartete ich ungeduldig vor Sehnsucht nach ihm in der Zelle des Besucherraumes. Als er hinter einem Wachmann eintrat, brach der ohnehin schon ständige Schmerz in meiner Brust mit voller Wucht hervor und breitete sich in meinem ganzen Körper aus.

Zu behaupten, dass ich ihn vermisste, wäre eine glatte Untertreibung gewesen.

Ich hatte sämtliche McKennas verloren und damit meine ganze Familie, eine Tatsache, die auch eine so gute Freundin wie Cassie nicht ausgleichen konnte. Manchmal hatte ich das Gefühl, nur zu funktionieren und mich wie eine hohle Aufziehpuppe zu bewegen. Einfach nur die Zeit herumkriegen zu müssen, bis Jamie endlich aus dem Gefängnis entlassen wurde.

Als er mir gegenüber Platz nahm, wirkte er erschöpft.

Ich lächelte, und sein Blick fiel auf mein Grübchen, was seine harte Miene ein wenig weicher machte.

»Hattest du heute keine Lust, dich zu rasieren?«, neckte ich ihn am Hörer.

Er kratzte sich mit diesen langen, starken Fingern am Kinn. Ich vermisste seine Hände. »Dadurch sehe ich älter aus, oder?«

Ich grinste. »Vor allem sexy.«

In seinen Augen glomm ein kleiner Funke. »*Du* bist sehr sexy.«

Meine Wangen brannten.

Ich vermisste den Sex mit Jamie.

Doch am allermeisten fehlte mir sein Lachen. Nachts neben ihm zu liegen, während er schlief. Ihn nach dem Aufwachen am Schreibtisch sitzen und schreiben zu sehen, auf Zehenspitzen aus dem Zimmer zu schleichen, um ihn nicht zu stören. Ich vermisste die Art, wie er mich ansah, als sei ich der einzige Grund, warum die Welt sich drehte. Als sei ich die Sonne, die Wellen und der Mond.

Ich vermisste sein geflüstertes »Ich liebe dich, Doe«.

Ich vermisste das Gefühl, in seinen Armen zu liegen. Jene Jamie-Umarmung, in der ich mich sicher, geliebt und gebraucht fühlte.

Aber den Sex mit ihm vermisste ich nun mal ebenfalls.

Ich vermisste den Hunger in seinen Augen. Wie er mich mit seinen Blicken verschlang, wenn er mich fickte. Wie er meinen Namen an meinen Lippen raunte, wenn er mich liebte.

Ich *vermisste* Jamie auf ganzer Linie.

»Wie geht es dir?«, fragte ich, wie jedes Mal.

»Gut«, antwortete er wie immer. »Was ist denn so alles passiert?«

Ich unterhielt ihn mit den langweiligen Einzelheiten meines Lebens. Zumindest mir kamen sie langweilig vor, aber Jamie schien mir gern zuzuhören. Ich erzählte ihm, dass mein Freund Tom gerade herausgefunden hatte, dass meine Freundin Cassie mit einem fünfzehn Jahre älteren Typen ging. Tom selbst war verdammt eifersüchtig. Er hatte Cassie im letzten Jahr mehrmals gefragt, ob sie mit ihm ausgehen wollte, und sie hatte ihn jedes Mal abblitzen lassen. Jetzt wusste er, dass dies wegen dieses älteren Feuerwehrmannes namens Cal geschah.

Ich war die Einzige, die wusste, dass sie schon seit dem ersten Jahr mit Cal zusammen war. Da sie bei Beginn ihrer Beziehung achtzehn und er schon dreiunddreißig gewesen war, hatten sie ihre Affäre geheim gehalten. Aber je länger sie zusammen waren, umso mehr Freunde hatten davon erfahren, sodass es mittlerweile gar kein Geheimnis mehr war.

Tom war darüber alles andere als glücklich.

»Ich glaube, sie hat Angst, dass Tom die Sache meldet. Cal könnte deshalb seinen Job verlieren.«

Jamie runzelte die Stirn. »Sie ist neunzehn.«

»Ja, aber manchen Leuten ist ein solcher Altersunterschied ein Dorn im Auge. Cal befürchtet, hinterher für so einen pädophilen Widerling gehalten zu werden.« In Wirklichkeit hatte Cassie Cal im Hinblick auf ihr Alter anfänglich belogen. Als ihm klar geworden war, dass sie erst achtzehn war, hatte er sich bereits in sie verliebt.

Jamie nickte langsam, runzelte aber die Stirn. »Du hast schon lange nichts mehr von Devin erzählt.«

Mir rutschte der Magen in die Kniekehlen. Obwohl Devin mich zu Beginn meines Studiums um ein Date gebeten hatte, hatte Jamie nichts dagegen gehabt, dass er immer noch zu der Clique gehörte, mit der ich am College abhing. Er war nie unsicher oder übertrieben besitzergreifend gewesen. Musste er ja auch nicht sein. Ich liebte ihn, und das wusste er.

Deshalb waren Devin und ich Freunde geblieben.

Meiner Meinung sogar gute Freunde.

Deshalb hatte ich es auch nicht kommen sehen, als er mir bei einer Party vor sechs Wochen ins Bad gefolgt war. Er war total verzweifelt gewesen, hatte mir seine Liebe gestanden und behauptet, ich hätte einen Partner verdient, der mich nicht runterzog, so wie Jamie. Ich hatte ihn rausgeworfen. Hatte geantwortet, dass er keine Ahnung hatte, wovon er da redete.

Da hatte er wohl beschlossen, mich zu küssen, um mich eines Besseren zu belehren.

Cassie hatte mich kurz nach Jamies Verurteilung überredet, an einem Selbstverteidigungskurs teilzunehmen. Gott sei Dank dafür.

Zuerst war Devin zu stark und mit seinen eins dreiundneunzig auch zu groß, weshalb ich alle Hände voll damit zu tun hatte, um trotz des Kusses und meiner Panik wieder Atem zu schöpfen. Deshalb dauerte es eine geschlagene Minute, bis ich registrierte, dass er die Hand unter meinen Rock geschoben hatte. Und plötzlich schäumte ich vor Wut.

Ich packte sein Handgelenk und verdrehte es, so heftig ich konnte; dann setzte ich ihn mit einem schnellen Tritt in die Eier außer Gefecht.

Als ich es hinterher Cassie erzählte, hätte die ihn am liebsten umgebracht, und wahrscheinlich hätte sie damit sogar ernst gemacht, wenn ich es ihr nicht ausgeredet hätte.

Stattdessen ging ich zur Polizei und zeigte Devin wegen versuchter Vergewaltigung an.

Er bekam nicht mehr als einen Klaps auf die Hand, denn mein Wort stand gegen seines. Er belog die Cops, behauptete, es handele sich um ein Riesenmissverständnis, und versuchte sogar hinterher, sich bei mir zu entschuldigen. Aber diese Situation auf der Damentoilette konnte ich ebenso wenig vergessen wie die Tatsache, dass er mich hinterher als Lügnerin hatte dastehen lassen.

Ich hatte ihn aus meinem Leben verbannt, und die meisten unserer Freunde hatten es mir gleichgetan.

Als Persona non grata gelabelt zu sein war wahrscheinlich Strafe genug.

Jamie hatte ich die ganze Sache verschwiegen.

Vor über einem Jahr hatte ich beschlossen, ihm von Skyes Tagebüchern zu berichten. Hätte ich damals gewusst, was ich damit anrichten würde, hätte ich diese Entscheidung niemals getroffen.

Ich hatte gewusst, dass Jamie Steadman zur Rede stellen würde, und hatte ihn trotzdem eingeweiht.

Teilweise war also *ich* der Grund, warum Jamie jetzt hinter Gittern saß.

Cassie versuchte, mich zur Vernunft zu bringen, und natürlich wusste ich, dass all das eigentlich Foster Steadmans Schuld war. Mein schlechtes Gewissen wurde ich trotzdem nicht los.

Jamie blickte mich grimmig an. »Nun? Warum hast du Devin nicht mehr erwähnt?« Seine Wangen röteten sich, noch bevor ich ihm antworten konnte. »Ist irgendetwas zwischen euch beiden passiert? Hast du ihn gefickt?«

Ich blinzelte heftig, und vor lauter Entsetzen glitt mir der Hörer aus der Hand.

Hatte Jamie, *mein* Jamie, mir gerade wirklich *diese* Frage gestellt? »Meinst du das ernst?« Ich bekam kaum einen Ton heraus. Herausfordernd sah er mich an, ein Blick, der mich ungemein an den fünfzehnjährigen Jamie erinnerte. Er beugte sich auf die Ellbogen gestützt vor, die Augen dunkel vor Eifersucht. »Du liebst Sex, Jane. Was also soll ich denken, wenn ich mich frage, was du da draußen ohne mich treibst? Insbesondere, wenn du nichts mehr von Devin erzählst? Und ich weiß, wenn du mir etwas verschweigst. Du bist ganz komisch geworden, als ich eben seinen Namen erwähnte.«

»Du glaubst, dass ich ihn vögele?« Zornestränen glitzerten in meinen Augen. »Weil ich Sex liebe?«

Einen Augenblick lang wirkte er verunsichert, und er schluckte trocken. »Nun?«

Ich funkelte ihn an, verletzt und entrüstet. »Ich liebe Sex mit *dir*. Das ist ein Unterschied. Am liebsten würde ich dir mein Knie in die Eier rammen, weil du etwas anderes andeutest.«

Sein Atem ging flacher, und er rutschte vor Erregung auf dem Sitz hin und her. »Und was verschweigst du mir?«

Aber so leicht wollte ich ihn nicht davonkommen lassen. »Glaubst du allen Ernstes, dass ich dich betrüge?«

»Wäre es denn Betrug, wenn ich fünf bis sieben Jahre hier festsitze?«

»Ja«, fauchte ich. »Ich gehöre dir. Und du mir. Daran hat sich nichts geändert. Was glaubst du denn, was ich da draußen mache?« Ich deutete hinter mich. »Mein Leben hängt total in der Luft, Jamie. Es ist nicht mal ein richtiges Leben. Ich versuche nur, die Zeit bis zu deiner Entlassung herumzukriegen.«

Seine eigenen Augen blitzten, und er schüttelte den Kopf. »Darum habe ich dich nie gebeten. Ich will es nicht. Ich will ja, dass du da draußen glücklich bist.«

»Bin ich aber nicht. Ich bin nicht glücklich.« Das war die Wahrheit, ob er sie nun hören wollte oder nicht.

»Skye hatte recht.« Er ließ sich auf seinem Stuhl zurücksinken und wirkte verdammt erschöpft. »Sie hat mich davor gewarnt, dass wir zu viel füreinander empfinden. Dass es nur übel für uns enden kann.«

»Nur, wenn du den Glauben an mich verlierst.« Ich beugte mich vor und presste die Hand an das Glas. Ich hatte entsetzliche Angst. Angst, ihn zu verlieren. »Ich werde so lange warten, wie es eben dauert. Hast du mich verstanden?«

Jamie schluckte schwer, und seine Augen schimmerten feucht. Er blinzelte heftig und wandte den Blick ab. Sein Adamsapfel hüpfte mehrfach auf und ab, als wolle er all seine Gefühle herunterschlucken. Schließlich hatte er sich wieder im Griff.

»Ich liebe dich, Jamie.«

Wütend blickte er zu Boden, nickte aber angespannt. Ohne mich anzusehen, legte auch er die Hand auf das Glas, genau gegen meine, dann senkte er den Hörer. Mit hängendem Kopf blieb er reglos sitzen, die Hand so fest an das Glas gepresst, dass die Handfläche weiß wurde.

Dann stand er auf, strich über die Plexiglasscheibe, als wolle er meine Handfläche liebkosen, und verließ den Raum, ohne mich noch einmal anzusehen.

Heiße Tränen rannen meine Wangen hinab.

Vierzehn

JANE

Zwei Tage später

»Ist dir klar, dass du seit zwei Tagen kaum ein Wort gesagt hast, genauer, seit deinem Besuch bei Jamie?«

Ich sah von meinen übereinandergeschlagenen Beinen auf. Die Worte meiner Seminararbeit für Kunstgeschichte verschwammen auf dem Bildschirm. Viel zu lange hatte ich sie angestarrt. Unter normalen Umständen wäre diese Unterbrechung durch meine Mitbewohnerin Cassie mir höchst willkommen gewesen.

Tatsächlich war ich sehr schweigsam gewesen, denn ich wusste einfach nicht, was ich sagen sollte. Ich hatte das Gefühl, dass Jamie mir durch die Finger glitt, und unsägliche Angst davor, ihn zu verlieren. Wenn ich nicht darüber sprach, dann kam mir diese Möglichkeit weniger … wahrscheinlich vor.

»Wirklich?«, fragte ich ausweichend.

Cassie lehnte sich an den Türrahmen. Sie grinste schief und unglücklich. »Geh mit mir und Cal heute Abend aus. Sein Freund Rig veranstaltet eine Party.«

»Ich habe keine Lust.«

»Hmm.« Sie stieß sich vom Türrahmen ab. »Willst du mir vielleicht erzählen, was bei Jamie vorgefallen ist?«

»Es ist nichts vorgefallen.«

Irgendetwas flackerte in Cassies Miene auf. Etwas wie Enttäuschung. »Weißt du … seit wir Freundinnen sind, habe ich dir beinahe alles erzählt, was es über mich zu wissen gibt. Du warst die Erste und Einzige, der ich anfänglich von Cal berichtet habe … Aber du redest nie mit *mir*.«

Ich verkrampfte mich vor Unbehagen. »Das stimmt nicht.« Und es stimmte tatsächlich nicht. Cassie wusste, dass man mich als Baby vor einem Polizeirevier ausgesetzt hatte. Allerdings hatte ich ihr nie von meinen Adoptiveltern erzählt, denn dieses Wissen war allein Jamie vorbehalten. Trotzdem kannte sie die Geschichten von meinen Pflegefamilien. Sie wusste von Skye. Von Lorna.

Ich hatte ihr von Jamie erzählt und ihr anvertraut, wie viel er mir bedeutete.

Das war mehr, als die meisten Menschen in meinem Leben wussten.

»Doch, es stimmt wohl, Jane.« Cassie seufzte. »Ich habe doch mitbekommen, wie hart es für dich war, als Jamie ins Gefängnis musste. Du bist stark, und du bist damit klargekommen. Aber in den letzten paar Monaten … bist du gar nicht mehr wirklich da. Du bist geistesabwesend, ständig in – definitiv trüben – Gedanken. Also: Rede mit mir! Du kannst mir vertrauen.«

Ich verspürte durchaus das Bedürfnis, mich meiner Freundin anzuvertrauen. Ihr davon zu erzählen, wie Jamie sich verhielt. Ihren Rat einzuholen. Damit sie mich – hoffentlich – beruhigen und mir versichern würde, dass Jamie sich mit Dingen herumschlug, die ich unmöglich verstehen konnte, und dass sein Verhalten keinesfalls bedeutete, dass er mich nicht mehr liebte.

Doch anderen Menschen zu vertrauen war derzeit nicht gerade meine Stärke.

Ich starrte sie an, frustriert und stumm. Ich wollte ihr ja vertrauen. Doch gleichzeitig fürchtete ich mich davor.

Und überdies hatte ich eine Heidenangst, den Niedergang meiner Beziehung zu dem Mann, den ich liebte, heraufzubeschwören, indem ich über Jamies Verhalten sprach.

Ich wusste, dass die Befürchtung irrational war, trotzdem verschlug mir die Angst die Sprache.

Mit einem Seufzer, der ebenso niedergeschlagen wie verärgert klang, stieß Cassie ein »Na gut« hervor, wandte sich ab und verließ den Raum. Sekunden später hörte ich, wie unsere Wohnungstür sich schloss, und Tränen brannten in meinen Augen. Ich hätte sie doch einweihen sollen.

Ich hätte die Hand nach meiner Freundin ausstrecken sollen, was unserer Freundschaft langfristig sicher gutgetan hätte.

Denn schon wenige Stunden später musste ich erfahren, dass das Verschweigen meiner Ängste den Verlust Jamies nicht verhindern konnte.

***

Das zerknitterte Blatt verschwamm vor meinen Augen. Es fühlte sich an, als habe mir jemand ein Messer in die Brust gerammt. Ich bekam keine Luft mehr.

Das war Jamies Handschrift.

Diese Handschrift hätte ich überall erkannt.

Das Papier war zerknittert, als habe es jemand zusammengeknüllt. Danach war es sorgsam zu einem Quadrat zusammengefaltet worden.

Die Nachricht war kurz, knapp. Eine Unterschrift unnötig.

Ich sah zu Lorna auf. Ihre Miene war ausdruckslos.

Als sei es ihr egal, mir gerade eine Nachricht hinterbracht zu haben, die meine Welt in Scherben legte. »Das meint er nicht ernst«, flüsterte ich.

Das konnte Jamie unmöglich ernst meinen.

Nein. Ich spürte, wie ich den Kopf schüttelte. *Nein, nein, nein.*

Lorna erhob sich und sah mit unbewegter Miene auf mich herab. Sie war von der Ostküste hergeflogen, um Jamie und ein paar alte Freunde aus der Highschool zu besuchen. Sie sagte, er habe sie gebeten, mir diesen Brief zu bringen. Das hatte sie getan, und zwar nur wenige Stunden nachdem Cassie die Wohnung verlassen hatte. »Er macht dich für alles verantwortlich. Kapierst du das nicht? Hättest du die Sache mit den verdammten

Tagebüchern für dich behalten, wäre er jetzt im letzten Studienjahr. Er hätte eine Zukunft.« Ihre Stimme brach. »Lass ihn in Ruhe, Jane. Er ist alles, was mir geblieben ist, und ich werde nicht zulassen, dass du ihn weiterhin von mir fernhältst.«

Ich merkte kaum, wie sie die Wohnung wieder verließ.

Ich las nur den Brief ... immer und immer wieder.

Erinnerte mich an meine Besuche in den vergangenen Monaten.

Daran, dass er aufgehört hatte, mir zu sagen, dass er mich liebte.

Es tat genauso weh wie die Trauer um einen geliebten Verstorbenen.

Ein quälender Schmerz, schlimmer als jeder körperliche Schmerz, den ich je gespürt hatte. Keine Ahnung, wie ich dagegen an atmen sollte. Ich wünschte, ein schwarzes Leichentuch aus Gefühllosigkeit würde mich umhüllen und den Schmerz von mir nehmen.

Jamie wollte mich nicht mehr.

Fünfzehn

JAMIE

Vier Jahre später
Sechsundzwanzig Jahre alt

In einer perfekten Welt wäre sie verhärmt und hässlich wie ihre schwache Seele.

Aber Jane war noch schöner als in meiner Erinnerung. Sogar noch schöner als auf den Fotos, die ich online von ihr gesehen hatte.

Meine Entlassung war in greifbare Nähe gerückt. Ich sollte auf Bewährung entlassen werden, und alles sah gut für mich aus. Hinter Gittern hatte ich sogar einen Literaturagenten gefunden, der bereit war, nach einem Verlag für mein Buch zu suchen.

Ja, so langsam ging es aufwärts für Jamie McKenna.

Ich wünschte nur, dass ihr Anblick mir nicht immer ein Messer ins Herz stoßen würde.

Nein, falsch. In meinem Herzen steckte ständig ein Messer.

Jane leibhaftig zu sehen war noch viel schlimmer.

Als man mir sagte, dass sie eine Besuchserlaubnis beantragt hatte, war ich total schockiert. Vor vier Jahren hatte die Liebe meines verdammten Lebens mich geghostet. Ohne jede Erklärung hatte sie einfach aufgehört, mich zu besuchen.

Aber die war auch gar nicht nötig gewesen.

Schließlich war es offensichtlich. Sie konnte es einfach nicht ertragen, dass ich mich verändert hatte. Ich wusste, dass ich ihr die Besuche nicht sonderlich leicht gemacht hatte, aber dämlicherweise hatte ich angenommen, dass Jane alles mit mir durchstehen und mit mir durch dick und dünn gehen würde. Was war ich doch für ein naives Arschloch gewesen. Die Zeit der Trennung hatte sie überfordert. Außerdem hatte ich als Vorbestrafter keine besonders rosige Zukunft vor mir. Sie war damals erst neunzehn gewesen. Was für eine Art von Leben war das, das nur daraus bestand zu warten, bis der eigene Freund aus dem Gefängnis entlassen wurde?

Der vernünftige Teil meiner selbst verstand das. Jener Jamie, der sie damals geliebt hatte, hätte sich das sogar für sie gewünscht.

Doch Jane hatte sich nicht mal die Zeit genommen, mich noch mal im Gefängnis zu besuchen und mir ins Gesicht zu sagen, dass es vorbei war zwischen uns.

Sie war einfach nicht wiederaufgetaucht.

Vielleicht hätte ich ihr das sogar noch verzeihen können, wenn sie sich nicht neu erfunden hätte, wenn sie sich jetzt nicht Margot Higgins nennen würde und die Beine für den Sohn des beschissenen Mistkerls breitmachen würde, der mir fünf Jahre meines Lebens gestohlen und meine Schwester ins Verderben gestürzt hatte.

Was hat Jane hier zu suchen? dachte ich, während ich langsam den Raum durchquerte und auf den Besucherraum zuging, wo sie wartete. Hatte sie mitbekommen, dass ich demnächst auf Bewährung entlassen wurde? War ich dadurch in ihren Augen wieder ein Treffen wert?

Verdammt sollte sie sein.

Ich setzte mich und sah sie an. Sie presste den Hörer ans Ohr und wartete.

Diese faszinierenden, grünbraunen Augen sahen in die meinen, und die Sehnsucht in meiner Brust war so niederschmetternd, dass sich urplötzlich brodelnder Zorn Bahn brach. Ich riss den Hörer vom Haken, hielt ihn ans Ohr und ließ sie gar nicht erst zu Wort kommen. »Wie ist es denn so, den Sohn jenes Mannes zu ficken, der Skye vergewaltigt und mir ein Verbrechen angehängt hat, das ich gar nicht begangen habe?«

Sie schnappte erschrocken nach Luft, und sofort schoss mir das Blut in den Schwanz, was ich ihr ebenfalls übel nahm. Ihre üppigen Lippen öffneten sich, die Augen geweitet vor Schmerz. Oder vor schlechtem Gewissen?

»Ich hasse dich«, verkündete ich ihr. Ich war eiskalt. »Du widerst mich an.«

Du hast mich fallen lassen und dich dann mit Asher Steadman eingelassen. Was hast du denn verdammt noch mal erwartet?

Der Junge, der sie früher geliebt hatte, wollte glauben, dass es einen Grund dafür gab, warum sie sich mit Asher Steadman eingelassen hatte. Denn die Jane von damals hätte das niemals getan.

Aber die Jane von damals hätte mich auch niemals fallen lassen.

»Wenn ich rauskomme, kehre ich nach Massachusetts zurück«, verkündete ich. »Pass bloß auf, dass ich dein verdammtes Gesicht nie wieder sehen muss.« Das war eine Warnung.

Dann knallte ich den Hörer wieder auf die Gabel, schob meinen Stuhl zurück und floh.

Sie durfte nichts mehr mit meinem Leben zu tun haben. Ich hatte Pläne, bei denen sie mir nicht in die Quere kommen durfte.

Nicht, bis ich bereit war.

Dann würde ich mich um sie kümmern.

Und dann würde Jane Doe sich wünschen, mich nie kennengelernt zu haben.

Teil 2

GEGENWART

Sechzehn

JANE

Ich wünschte mich weit, weit weg.

Die Züge von berühmten und weniger berühmten Gesichtern verschwammen in der Menge. Einige der Gäste nickten zur Begrüßung, andere blieben stehen, um sich mit mir zu unterhalten. Ich lächelte, stellte Fragen, um die Antworten sofort wieder zu vergessen, und beschwor im Geiste die Zeiger der riesigen, rahmenlosen Wanduhr über Patels Kamin, sich schneller zu bewegen.

Oscar-Preisträger Patel Smith war der Produzent des Filmes, an dem ich gerade mitarbeitete. Es war unser zweites gemeinsames Projekt. Zum ersten Mal hatte ich als künstlerische Assistentin vor fünf Jahren mit ihm zusammengearbeitet. Jetzt war ich sein Art Director.

Trotz des hypermodernen (und teuren) Hauses in Lauren Canyon – ein Gebäude, das er vor zwei Jahren erworben hatte, nachdem ein Erdrutsch den Vorbesitzer vertrieben hatte – beharrte Patel stets darauf, dass er nicht »Hollywood« sei. Sein Anwesen und sein Wagen ließen keinen Zweifel daran, dass er etwas für Geld übrig hatte, ebenso wie für die Sonne und den Lifestyle dieser Gegend. Trotzdem betonte er stets, dass er der Arbeiterklasse entstammte und in Liverpool aufgewachsen sei.

Während seine Frau Shireen das Leben in Designer-Klamotten genoss, schien Patel selbst sich nur für Bücher, Filme, Musik oder den FC Liverpool zu interessieren. Da mich das Thema Fußball kaltließ, konzentrierte ich mich in meinen Unterhaltungen mit ihm also vornehmlich auf Bücher und Musik. Aber meist sprachen wir sowieso nur über das aktuelle Projekt.

Patels Haus bot einen atemberaubenden Panoramablick auf Los Angeles und besaß einen Infinity-Pool, der mit dem sich darin spiegelnden Himmel zu verschmelzen schien. Wie Shireen jedem, der dieses Haus betrat, brühwarm erzählte, hatten sie Glück gehabt, nicht alles bei den Flächenbränden verloren zu haben, die sich vor einem Jahr durch die Hollywood Hills gefressen hatten.

Ich persönlich hielt dieses Haus für ein Risiko.

Schön, aber unzuverlässig.

Keine Ahnung, warum man sich an etwas band, das durch einen Erdrutsch oder eine Klimaveränderung ausgelöscht werden konnte.

Überall wimmelte es vor Partygästen. Patel gehörte nicht zu den Menschen, der nur Schauspieler oder »wichtige« Mitglieder der Filmcrew zu seinen Partys einlud. Jeder, der für ihn arbeitete, bekam eine Einladung, ob Schauspieler oder das riesige Team, sodass ich keineswegs alle Gäste persönlich kannte.

In dem ständigen Kommen und Gehen sehnte ich mich nach Ashers beruhigender Präsenz.

Falsch. Am liebsten hätte ich die Gesellschaft betrunkener Partygäste gegen bitteren Leinölgeruch, beißendes Terpentin oder das harzige Aroma einer neuen Leinwand ausgetauscht. Statt in dieser Villa wäre ich viel lieber in meiner Wohnung in Silver Lake gewesen, die mir gleichzeitig als Schlafplatz und Atelier diente.

Sieben Jahre hatte ich damit zugebracht, eine Karriere zu verfolgen, die ich eigentlich nie geplant hatte. Nicht dass ich unglücklich war, aber in Hollywood zu arbeiten war erheblich hektischer, als ich es mir für meine Zukunft ursprünglich erträumt hatte.

Aber ich hatte dieses Leben gewählt. Und wofür? Auch mit Ashers Hilfe war ich meinem Ziel keinen Schritt näher gekommen.

Diese Party hielt mir einmal mehr vor Augen, dass ich mit Freuden auf all das hätte verzichten können. Ich war von Natur aus introvertiert, und zum Small Talk gezwungen zu sein war für mich ähnlich angenehm wie das Geräusch kratzender Nägel über eine Tafel.

Aber auch wenn ich mir dieses Leben nie gewünscht hatte – in dem ich tagein, tagaus mit Menschen zu tun hatte, mit Szenenbildnern zusammenarbeiten musste, delegierte, Deadlines hinterherjagte, Überstunden machte –, es machte mir nichts aus. Der Film, bei dem Patel als Regisseur und Produzent fungierte, war ein Musical, was aufwendige, teure Filmsets und eine Riesenmenge Arbeit zur Folge hatte, in der ich mich vergraben konnte.

Die Dreharbeiten würden am Montag beginnen. Patels Party war also eine Art Warm-up, weshalb ich mich zur Teilnahme verpflichtet fühlte. Ich musste noch etwa eine Stunde bleiben, bevor ich mich verdrücken konnte, ohne als unhöflich zu gelten. Während die Filmcrew morgen nicht würde arbeiten müssen, musste ich schon beim ersten Sonnenstrahl aufstehen und vor Ort sein, um dafür zu sorgen, dass die Kulisse, die Patel als Erstes benötigte, fertig war.

Ich quetschte mich durch die Menge der Leute, die sich in dem offenen Wohnbereich versammelt hatten, und marschierte in die Küche. Durch die Musik, die das gesamte Haus erfüllte, und die Kakofonie der Stimmen konnte ich nicht mal das Klicken meiner Stiefelabsätze auf den Keramikfliesen hören. Genau wie der Wohnraum verfügte auch die Küche an einer Seite über eine gläserne Fensterfront mit Doppelglastüren, von der aus man Ausblick auf den Infinity-Pool und die dahinterliegende Stadt hatte. Die Türen standen weit offen, damit die Gäste ungehindert zwischen Haus und Außenbereich hin und her pendeln konnten.

Ich sah, wie ein Kellner ein Tablett mit Horsd'œuvres ergriff, und gesellte mich zu ihm, um mich daran zu bedienen. Als ich mir noch eins nehmen wollte, glotzte der Kellner mich an. Offensichtlich versuchte er, mich irgendwie einzuordnen. Eilig schnappte ich mir noch ein paar kleine Küchlein, bevor er seinen »Aha-Moment« haben konnte. Aber zu spät.

»Sie sind Margot Higgins, stimmt's?«

Ich nickte. Früher nannte ich mich Jane Doe. Aus bestimmten Gründen hatte ich noch zu Collegezeiten eine Namensänderung beantragt.

»Sie sind Asher Steadmans Freundin.« Er grinste, offensichtlich höchst zufrieden mit sich selbst.

Nur jemand, der auch einen Fuß ins Filmgeschäft bekommen wollte, war aufmerksam genug, um das mitzubekommen. Ja, ich war ein paar Mal mit Asher fotografiert worden, trotzdem wurden wir keineswegs pausenlos von Paparazzi verfolgt. Wir waren weder Schauspieler noch Sänger noch Models ... also nicht besonders aufregend. Die Öffentlichkeit zeigte nur deshalb moderates Interesse an uns, weil Asher zur High Society Hollywoods gehörte.

Ich schenkte dem Kellner ein angespanntes Lächeln und steckte mir ein Kanapee in den Mund. Im Gegensatz zu den meisten hier anwesenden Schauspielern hatte ich keine Angst vor Kohlehydraten. Ich liebte sie. Und sie liebten meinen Hintern.

Der Kellner musterte mich gemächlich von Kopf bis Fuß und sah mir dann wieder in die Augen. »Im wirklichen Leben sind Sie viel heißer.«

Ich klaute mir noch ein paar Stücke von dem Blätterteiggebäck und wandte mich mit einer schwungvollen Bewegung ab, nicht ohne vorher mit zwei Fingern an der Stirn salutiert zu haben. Eine Übersprungshandlung, denn sonst hätte ich ihm das schöne Essen an den Kopf geworfen, was eine Riesenverschwendung gewesen wäre.

Nach dem Kunststudium hatte ich etwas getan, was ich zuvor nie für möglich gehalten hätte: Ich hatte meinen ehemaligen Pflegevater Nick gebeten, mir einen Job in einem Filmstudio zu vermitteln. Er fand eine Stelle als Mädchen für alles im Art Department. Nachdem ich ein Jahr damit zugebracht hatte, jeden am Set mit Koffein zu versorgen, wurde ich zur künstlerischen Assistentin befördert, was hieß, dass ich meine künstlerischen Fähigkeiten einsetzen konnte. Meiner Stimme im lauten Geschnatter der Filmbranche Gehör zu verschaffen war nicht einfach gewesen, aber meine Entschlossenheit hatte gesiegt. Anders bekam man in Hollywood nun mal keinen Fuß in die Tür.

Ich hatte bei ein paar größeren Produktionen mitgewirkt, auch bei einem von Patels Vorgängerfilmen, aber kleine Assistentinnen hatten die Leute nun mal nicht auf dem Radar. Doch dann war ich meiner Chefin, Art Director Marsha Kowalski, bei der Arbeit an einem Streifen à la *Indiana Jones* aufgefallen. Ich hatte bis zum Umfallen geschuftet. Ich bot ihr meine Talente als Kulissenmalerin an, malte, baute und sorgte dafür, dass sämtliche Mitwirkenden besser organisiert waren als unter Marsha selbst. Beim nächsten Film fungierte ich als ihre persönliche Assistentin, womit ich gleich mehrere Schritte auf der Karriereleiter übersprungen hatte.

Hierbei handelte es sich um einen Foster-Steadman-Film.

Meine Eintrittskarte.

Danach lernte ich Asher kennen, und mit meiner Karriere ging es in Überschallgeschwindigkeit aufwärts.

Mittlerweile war ich Art Director. Und das mit nur sechsundzwanzig Jahren. Als Patel für dieses Musical ausdrücklich mich angefordert hatte, konnte ich es kaum glauben. Er hatte um mich *gebeten*. Mittlerweile war ich also gefragt.

Und so war ich auf diese Party in Patels protzigem Haus in den Bergen geraten.

Ich erinnerte mich daran, dass Patel eine Hausbibliothek erwähnt hatte, deshalb entfernte ich mich von der Menge, wobei ich jeglichen Augenkontakt vermied, um nicht in irgendeine Unterhaltung gezogen zu werden. Stattdessen schlich ich mich am Rand des Wohnzimmers entlang und tauchte im Flur ab. Die bewusste Bibliothek fand ich im ersten Stock ganz hinten.

Die Tür stand offen, aber das Zimmer war leer. Hier war es erheblich dunkler als in den anderen Räumen, denn es gab nur ein einziges Fenster, vor dem die Jalousie heruntergelassen war. Ein gemütliches Ecksofa, ein paar Sessel, Beistelltische und ein Couchtisch standen überall verteilt und schufen eine stilvolle Atmosphäre. Jeden Zentimeter der Wände säumten weiß gestrichene Bücherregale. Wie sehr ich Patel um diesen Raum beneidete.

Erleichtert atmete ich auf. Ich war endlich allein, umgeben von Büchern, die Musik nur noch ein dumpfes Wummern im Hintergrund. Es roch nach Möbelpolitur, was ich als willkommene Abwechslung zu den miteinander konkurrierenden Parfüms und Eaux de Colognes der Partygäste empfand.

Ich entspannte mich, blieb an der ersten Reihe stehen und begann im Geiste, Patels Büchersammlung zu katalogisieren.

Nachdem ich die Regalbretter eine Weile untersucht hatte, blieb mein Blick an einer Ausgabe von *Brent 29* hängen. Ich zog das zerlesene Taschenbuch heraus und blätterte die Seiten durch. Patel hatte ein paar Zeilen mit Tinte unterstrichen. *Entsetzlich!* Ich schüttelte über diese Verschandelung den Kopf, grinste aber. Er hatte sämtliche Zeilen unterstrichen, die ich in der Ausgabe auf meinem E-Reader hervorgehoben hatte.

Das Buch war im vergangenen Jahr ein Mega-Bestseller gewesen, geschrieben von einem mysteriösen Autor mit Namen Griffin Stone. Er verzichtete auf die Veröffentlichung seines Fotos, sodass niemand wusste, wer er war, aber das schien dem Absatz nicht abträglich zu sein, denn der Kerl hatte über zwei Millionen Exemplare seines Buches verkauft. Es handelte von einem Mann mit Namen Charlie Brent, der irrtümlich für den Tod seines Sohnes verantwortlich und zu einer Gefängnisstrafe verurteilt wurde. Seine junge Frau Una arbeitete unermüdlich an seiner Entlastung und hatte schließlich sogar Erfolg. Aber dazu brauchten sie und ihr Anwalt beinahe sieben Jahre. Mittlerweile hatten die Zeit im Gefängnis und das, was Charlie und anderen dort zugestoßen war, ihn ziemlich mitgenommen. Er überredete Una, sich auf eine verhängnisvolle Reise einzulassen, um den Mann zu finden, der ihren Sohn getötet hatte.

Das Buch hatte kein glückliches Ende.

Nach der letzten Seite hatte ich weinen müssen. Nicht nur, weil Charlie sich für die Gerechtigkeit geopfert hatte (oder war es für die Rache? Diese Entscheidung blieb dem Leser überlassen) und Una nun allein dastand, sondern weil ich die Geschichte auf beklemmende Weise nachvollziehbar fand. Überdies erinnerte mich der Schreibstil doch sehr an den von Jamie McKenna.

Von dem Mann, den ich einst geliebt hatte.

Mein Handy summte in der Gesäßtasche meiner Jeans und ließ mich zusammenfahren und mein Herz ein wenig schneller pochen. Ich zog es hervor und schüttelte die Erinnerungen ab, bevor ich eine Textnachricht von Asher öffnete.

Bleib da. Bin auf dem Weg.

Er kannte mich so gut.

Ich verstecke mich in der Bibliothek, schrieb ich zurück.

Wieder brummte mein Handy.

Du bist hinreißend.

Mit leisem Lachen schüttelte ich den Kopf und verstaute das Handy wieder in meiner Gesäßtasche. Asher machten Partys und Glamour nichts aus. Er war in Hollywood aufgewachsen und hatte im Gegensatz zu mir von klein auf gelernt, seine wahren Gefühle zu verbergen und sich durchzumogeln.

Ich stellte *Brent 29* aufs Regal zurück und ließ die Finger an den Regalen aus Walnussholz entlanggleiten, während ich Patels Büchersammlung weiter in Augenschein nahm. Er hatte sie zunächst nach Genre und dann alphabetisch sortiert. Deshalb runzelte ich die Stirn, als ich auf ein Regal stieß, in dem Genres und Autoren wild durcheinandergewürfelt waren. Warum herrschte hier ein solches Chaos? Ich griff nach einem Buch von Stephen King, schlug es auf und erstarrte beim Anblick der handschriftlichen Notiz auf dem Titelblatt.

Es war signiert.

Mein Blick fiel auf ein weiteres, diesmal makelloses Hardcover-Exemplar von *Brent 29*, das nur wenige Bücher vom Stephen King entfernt stand.

Ich räumte Letzteren zurück und griff nach dem Buch von Griffin Stone. Auch dieses bislang offenbar ungelesene Buch war signiert. Ich ließ den Finger über das Autogramm gleiten. Mir gefiel die Art, wie das G und das S in anmutig schwungvollen Linien mit der brutalen Steifheit der übrigen Buchstaben kontrastierten. Und ich fragte mich, wie Patel es geschafft haben mochte, ein signiertes Exemplar zu ergattern.

Außerdem fragte ich mich nicht zum ersten Mal, was Stone wohl für ein Mensch sein mochte.

Ich fühlte mich diesem Buch auf seltsame Weise verbunden.

Mir gefiel seine Fähigkeit, mir eine fragwürdige Figur wie Charlie und eine entschlossene, loyale Frau wie Una ans Herz zu legen, obwohl ihr Festhalten an der Liebe sie ins Verderben stürzte.

Hinter mir raschelte es. Ich sah mich um und …

Mein Herz setzte einen Schlag aus.

Im Türrahmen stand ein Mann.

Seine Erscheinung war auf unheimliche Weise vertraut.

Langsam tröpfelte es mir ins Bewusstsein, woher ich dieses Gesicht kannte, und kalter Schweiß prickelte auf meiner Haut, als habe man mich plötzlich mit Eiswasser übergossen.

»Jamie?«, keuchte ich.

Wütend sah er mich mit Jamie McKennas Gesicht an. Es war älter als damals, härter, und ein Bartschatten zierte das kantige Kinn. Auch sein Haar war ein wenig dunkler, aber diese düstere Miene und die seelenvollen Augen hätte ich überall erkannt. Das Buch glitt mir aus den Fingern und landete mit einem leisen, dumpfen Laut auf dem Parkett. Ich machte einen Schritt auf ihn zu. »Jamie?«

Schnell zog er sich aus dem Türrahmen zurück und lief eilig den Flur hinab.

Nein!

Mein Herz pochte so heftig, dass ich nur noch das Rauschen des Blutes in meinen Ohren hören konnte. Ich hastete ihm hinterher, wobei ich mir in meiner Eile das Bein an einem verdammten

Couchtisch stieß. Ich stürmte zur Bibliothek hinaus und wandte mich auf dem Flur nach rechts, aber er war verschwunden.

»Nein, nein, nein«, flüsterte ich ganz außer mir, und Tränen brannten in meinen Augen.

Ich suchte das ganze Haus vom Keller bis zum Dachgeschoss ab. Angesichts dieser Erscheinung, die ich gerade gehabt hatte, kümmerte mich Patels Privatsphäre nicht mehr die Bohne.

Doch ... nirgends eine Spur von Jamie.

Als ich die riesige Eingangshalle betrat, von der aus die frei schwebenden Treppenstufen in den ersten Stock führten, warf ich einen Blick in das überfüllte Wohnzimmer und versuchte zu verstehen, was gerade geschehen war.

Hatte ich mir gerade eingebildet, dass Jamie McKenna, die Liebe meines Lebens, irgendwie auf einer Party in den Hollywood Hills aufgetaucht war? Hatte er nicht an die Ostküste zurückkehren wollen?

Ich versuchte, tief und gleichmäßig zu atmen, um die Panik zu vertreiben, die mir die Brust zuschnürte. Meine Wangen brannten, und meine Umgebung schien sich aufzulösen.

Ich hatte eine Panikattacke.

Ich stolperte der Treppe entgegen und ließ mich auf die zweitunterste Stufe fallen, sodass die Gefühle nun ungehindert über mich hinwegfluten konnten. Es dauerte eine Weile, bis der Druck auf der Brust nachließ, das Rauschen in den Ohren verebbte und ich den Partylärm wieder wahrnahm. Erschöpft presste ich mir die Hände an die Stirn und wartete. Ich wusste genau, dass meine Beine zittern würden, wenn ich jetzt aufstand. Meine Panikattacken waren stets von Übelkeit begleitet, weshalb ich eine Minute brauchte, um mich wieder zu fangen, wollte ich die Horsd'œuvres, die ich gerade zu mir genommen hatte, nicht gleich wieder von mir geben.

Zittrig stieß ich den Atem aus, wütend auf mich selbst. Nach meinem letzten Besuch bei Jamie im Gefängnis hatte der Arzt mir Medikamente zur Behandlung meiner Angststörung verschreiben wollen, doch ich verweigerte die Einnahme. Ich hatte keine guten Erinnerungen an derlei Präparate. Deshalb kämpfte ich gegen Angst und Depressionen an und schaffte es glücklicherweise tatsächlich auf die andere Seite.

Angst hatte ich schon seit geraumer Zeit nicht mehr gehabt, und meine letzte Panikattacke war sogar noch länger her.

Fuck.

Dieses gottverdammte Buch. Es erinnerte mich an Jamie. Nur dadurch bildete ich mir Dinge ein, die es nicht gab. *Shit.*

»Also, dich in diesem Zustand vorzufinden, damit hätte ich jetzt nicht gerechnet.« Beim Klang von Ashers leiser Stimme fuhr mein Kopf in die Höhe.

Er war da. Hatte sich vor mir hingehockt und musterte mich mit sorgenvoll gerunzelter Stirn.

Erleichtert, ihn zu sehen, streckte ich die zitternde Hand aus, die er an seine Brust zog. Ich spürte seinen langsamen, stetigen Herzschlag und entspannte mich ein wenig. Mein Gott, ich liebte ihn.

»Panikattacke«, bekannte ich.

»Süße.« Er sah mich mitleidig an und zog mich auf die Füße. Wir litten beide unter Angststörungen. Er wusste, was das bedeutete. Ich schmiegte mich an seine starke Brust, während er mich fest in die Arme nahm. »Willst du gehen?«

»Tut mir leid«, murmelte ich. »Aber ich bin total groggy.«

»Willst du dich noch von Patel verabschieden?«

»Nein. Gehen wir einfach.« Ich wusste, dass das unhöflich war, aber wahrscheinlich war ich ganz blass und sah fix und fertig aus. Außerdem würde er die Abwesenheit seines Art Directors wahrscheinlich gar nicht bemerken.

»Was hat die Attacke ausgelöst?«, erkundigte sich Asher, als wir das Haus verließen. Die Abendbrise kühlte meine schweißfeuchte Haut. Autos säumten die Auffahrt, und zwei Wagenmeister saßen Kaffee trinkend an einem Klapptisch am Ende. Da Ashers Wagen in der Nähe der Tore parkte, hatte er seinen Key Fob nicht abgegeben.

Asher fuhr einen Rimac Nevera Concept 2. Der Hypercar wurde ausschließlich von Elektromotoren angetrieben, wodurch er nicht nur Ashers Herz für die Umwelt gerecht wurde, sondern auch seiner Vorliebe für Pferdestärken. Ich wartete, bis die Gesichtserkennungssoftware des Zwei-Millionen-Dollar-Wagens seine Züge gescannt hatte. Die Schmetterlingstüren öffneten sich nach oben wie beim Batmobil.

An Ashers Reichtum würde ich mich nie gewöhnen, egal, wie sehr er sich bemühte, mich in jeden Aspekt seines Lebens zu integrieren.

Ich glitt auf den braunen Ledersitz an der Beifahrerseite und sprach erst wieder, nachdem sich die Türen geschlossen hatten. »Wahrscheinlich bin ich nur erschöpft«, log ich. »Wir haben schließlich auf Hochtouren gearbeitet.«

Ich wollte Asher nicht erzählen, dass ich mir eingebildet hatte, Jamie gesehen zu haben. Er würde mir nur zum tausendsten Mal vorschlagen, einen Therapeuten aufzusuchen.

Mein bester Freund musterte mich aufmerksam, und ich wand mich unter seinem dunklen Blick. Ich hasste es, ihn anzulügen. Seine schokoladenbraunen Augen blickten so freundlich und warm drein, dass ich mir wie eine miese Betrügerin vorkam.

»Du hast das toll gemacht, Jane. Niemand bezweifelt, warum du befördert wurdest. Das liegt nicht an mir – sondern daran, dass du einfach gut bist.«

Ich lächelte ihm dankbar zu. Er war der einzige Mensch in meinem Leben, der mich immer noch Jane nannte. Für alle anderen war ich Margot. Ich hatte geglaubt, den Namen Jane problemlos ablegen zu können. Doch je tiefer unsere Beziehung wurde, umso klarer wurde mir, wie sehr ich es vermisste, einfach nur Jane zu sein. Daher hatte ich Asher gebeten, mich auch weiterhin so zu nennen. Er und Cassie, meine Freundin aus dem College, waren die einzigen Menschen, die das taten. Ein Teil von mir wollte etwas von dem Mädchen, das ich früher gewesen war, bewahren.

Beinahe ohne einen Laut setzte der Wagen rückwärts aus der Auffahrt, und ich zwang meine müden Augen, offen zu bleiben.

»Irgendwas Neues zu Foster?«, fragte ich.

Ich hatte schon eine ganze Weile nicht mehr gefragt. Aber die Halluzination von Jamie hatte mein schlechtes Gewissen geweckt. »Ich kriege einfach nichts aus Lisa heraus.« Seine Finger umklammerten das Lenkrad fester. »Er hat sie bestochen, genau wie die anderen. Und sie alle haben viel zu viel Angst, dass er sie beruflich zugrunde richtet. Ich muss ja selbst vorsichtig sein. Wenn Foster rausbekommt, dass ich Nachforschungen über ihn anstelle, ist alles vorbei.«

Meine Brust schmerzte vor Trauer, und die Hilflosigkeit brannte bitter in meiner Kehle. »Vielleicht sollte ich jetzt selbst mal einen Vorstoß wagen.«

»Nein!«, blaffte Asher mich an. »Das haben wir doch schon alles besprochen.«

Als ich entmutigt schwieg, seufzte er. »Jane, ihn in eine Sexfalle zu locken ist einfach zu gefährlich. Und woher willst du wissen, dass das, was du herausfindest, vor Gericht Bestand hätte? Schlimmstenfalls – und dieses Szenario ist gleichzeitig am wahrscheinlichsten – nimmt er sich einfach, was er von dir will, und du endest als sein nächstes Opfer.«

Bei dieser Vorstellung zuckte ich zusammen. »Es ist sieben Jahre her«, flüsterte ich. »Und ich habe immer noch nichts erreicht.«

»Wir versuchen es ja.« Er streckte die Hand aus und strich mir beruhigend über den Arm. »Und wir haben Zeit. Schließlich ist das hier kein Film, in dem den bösen Jungs innerhalb von zwei Stunden der Garaus gemacht wird. Foster ist clever, aber eines Tages macht er einen Fehler, und wenn er das tut, werden wir da sein.« Plötzlich grinste er mich an. »Trotzdem gibt es da noch etwas, das dich aufheitern könnte: Er hat ein blaues Auge und hält sich die linke Seite, als hätte ihm irgendwer die Rippen gebrochen.«

Ich runzelte die Stirn. »Wie bitte?«

»Jemand hat ihn zusammengeschlagen.«

»Warum?« Nicht dass es mir etwas ausmachte. Im Gegenteil: Ich hätte gern zugesehen.

»Keine Ahnung. Er schweigt wie ein Grab. Aber wer immer es war, er war ziemlich gründlich. Du solltest ihn sehen. Er hat sich das Veilchen sogar überschminkt.«

Er lachte so herzhaft, dass ich mit einstimmte. Dann wandte ich ihm den Kopf zu, sodass ich mein Haar im Ohr knistern hören konnte. »Ich liebe dich, Ash.«

Sein Gesicht wurde weich. »Ich dich auch.«

Siebzehn

JAMIE

Der schwarze Porsche Taycan glitt sanft und leise die Berge hinab und auf Glendale zu, ohne dass ich dem Ausblick auf L. A. vom Laurel Canyon aus viel Beachtung schenkte. Es war nicht mehr als ein lichtdurchflutetes Tal in der Ferne, ein Ort des Lebens und der Menschen. Während ich früher die Schönheit wahrgenommen hatte, sah ich heute nur noch die Schatten zwischen den Lichtern. Die dunklen Orte, an denen dunkle Taten begangen wurden.

Sie zum ersten Mal seit zwei Jahren wiederzusehen hatte meine Stimmung nicht gerade verbessert.

Jane.

Ich umklammerte das Lenkrad fester, schäumend vor Wut.

Sie hatte die Party an der Seite Asher Steadmans verlassen.

Und zum ersten Mal seit zwei Jahren ging mir meine Selbstbeherrschung beinahe flöten.

Irwin Alderidge hatte mir vor allem beigebracht, meine Gefühle tief in meinem Innern zu verschließen. Niemand merkte, was man dachte, solange man sich wie ein kalter, gefühlloser Mistkerl gab. Und niemand durchschaute, was man vorhatte.

Ich glaubte, seine Lektionen beherzigt zu haben … Aber immer wenn es um Jane ging, fing mein verdammtes Herz an zu rasen, und am ganzen Körper brach mir der kalte Schweiß aus. Ihr an der Seite des Sohnes von diesem Bastard, der mein Leben zerstört hatte, hinterherzusehen, gehörte zu den härtesten Dingen, die ich je getan hatte. Und ich hatte schon jede Menge Mist erlebt und bewältigt.

Ich blickte herab. Hinderte mich mit aller Macht daran, aus Patel Smiths Haus hinauszustürmen, um Jane zur Rede zu stellen. Das gehörte nicht zu meinem Plan.

Ich hatte sie erschreckt. Wie erhofft. Das war der Anfang.

Als ich herausfand, dass Jane in Hollywood arbeitete, fühlte ich mich verraten. Zugegeben, ihr Job hatte durchaus etwas mit Kunst zu tun, aber ursprünglich hatten wir ein ruhiges, kreatives Leben fernab des Glamours und der Scheinwerfer Hollywoods geplant. Uns war es nie um Geld gegangen. Ruhm hatten wir um jeden Preis vermeiden wollen. Aber nun war sie hier: Steadmans Frau. Es gab Schnappschüsse in Klatschblättern von ihr, wie sie in ihrem Bikini Urlaub in einem Luxusresort mit ihm machte. Wie verhasst mir diese Fotos gewesen waren, als ich sie im Netz entdeckt hatte! Jane, die sich dort vor aller Augen in der Sonne rekelte und damit die Sexfantasien eines jeden x-beliebigen Scheißkerls befeuerte.

Aber ich hatte es nicht mehr in der Hand, und heute kümmerte es mich nur noch einen Dreck. Ich hörte auf, mich darüber aufzuregen, als ich herausfand, dass sie mit dem Feind schlief.

Verräterin.

»Irgendwas Neues zu Foster?«, erfüllte Janes Stimme nun den Porsche.

Bei dieser Frage hielt ich den Atem an.

Auf Patel Smiths Party eingeladen zu werden war lächerlich einfach gewesen. Diese Leute mussten dringend ihr Sicherheitssystem überarbeiten. Und noch leichter war es gewesen, ein Abhörgerät in Asher Steadmans Zwei-Millionen-Dollar-Wagen zu installieren. So einfach hätte es nun wirklich nicht sein dürfen. Aber Ashers Freund, Kent Bishop, hatte ein kostspieliges Drogenproblem, weshalb er für Geld alles tat. Er hatte die Wanze im Auto seines Freundes versteckt, als sie heute Morgen zum Surfen nach Malibu gefahren waren.

Bislang hatte Asher nichts Wichtiges von sich gegeben.

Doch beim Klang von Janes Stimme fing mein Herz wie wild an zu pochen.

»Ich kriege einfach nichts aus Lisa heraus«, antwortete Asher nun. »Er hat sie bestochen, genau wie die anderen. Und sie alle haben viel zu viel Angst, dass er sie beruflich zugrunde richtet. Ich muss ja selbst vorsichtig sein. Wenn Foster herausbekommt, dass ich Nachforschungen über ihn anstelle, ist alles vorbei.«

Was zum Teufel? Ich verkrampfte mich noch mehr. Was hatte das alles zu bedeuten? Stellten etwa auch Jane und Asher Nachforschungen über Foster an?

»Vielleicht sollte ich jetzt selbst mal einen Vorstoß machen«, sagte Jane.

»Nein!«, blaffte Asher sie an. »Das haben wir doch schon alles besprochen.«

Worüber sprach sie da?

»Jane, ihn in eine Sexfalle zu locken ist einfach zu gefährlich. Und woher willst du wissen, dass das, was du herausfindest, vor Gericht Bestand hätte? Schlimmstenfalls – und dieses Szenario ist gleichzeitig am wahrscheinlichsten – nimmt er sich einfach, was er von dir will, und du endest als sein nächstes Opfer.«

Verdammte Scheiße! Wollte sie Foster Steadman etwa in die Falle locken, um ... ihn wozu zu provozieren? Sie sich sexuell gefügig zu machen? Hatte sie den Verstand verloren?

Was kümmert's dich überhaupt?

Nun, vor dreißig Sekunden hätte es mich noch nicht gekümmert. Doch wenn Jane und Asher tatsächlich versuchten, Beweise gegen Ashers Vater zu sammeln, dann wegen dem, was er Skye angetan hatte. Und wegen dem, was er *mir* angetan hatte. So musste es einfach sein.

Aber das ergab gar keinen Sinn.

Shit.

»Wir versuchen es ja.« Das war wieder Asher. »Und wir haben Zeit. Schließlich ist das hier kein Film, in dem den bösen Jungs innerhalb von zwei Stunden der Garaus gemacht wird. Foster ist clever, aber eines Tages macht er einen Fehler, und wenn er das tut, werden wir da sein ... Trotzdem gibt es da noch etwas, das dich aufheitern könnte: Er hat ein blaues Auge und

hält sich die linke Seite, als hätte ihm irgendwer die Rippen gebrochen.«

Ich runzelte die Augenbrauen.

»Wie bitte?« Auch Jane schien verwirrt.

»Jemand hat ihn zusammengeschlagen.«

Wer? Das wusste ich nicht.

»Warum?«

»Keine Ahnung. Er schweigt wie ein Grab. Aber wer immer es
war, er war ziemlich gründlich. Du solltest ihn sehen. Er hat sich
das Veilchen sogar überschminkt.«

Ich hörte, wie sie über Fosters Missgeschick lachten, und wieder stellte ich alles infrage.

Plötzlich war ich unsicher, mein gesamtes Vorhaben hing in
der Schwebe.

»Ich liebe dich, Ash«, flüsterte Jane.

Und im gleichen Moment war ich wieder fest von meinen Plänen überzeugt.

»Ich dich auch.«

Zähflüssige, sich windende, alles verschlingende Eifersucht
brachte mein Blut so sehr zum Kochen, dass ich kaum noch einen
klaren Gedanken fassen konnte. Dabei hatte ich geglaubt, derlei
Empfindungen ein für alle Mal hinter mir gelassen zu haben.

Trotzdem war alles wieder ein wenig komplizierter, da ich nun
wusste, dass Jane die Sache mit Skye nicht vergessen hatte. Sie
hatte Skye nicht einfach hinter sich gelassen – das hatte sie nur
mit mir getan. Und deshalb hasste ich sie.

Vielleicht wäre ich ja darüber hinweggekommen, wenn sie
sich nicht mit dem verdammten Sohn meines Feindes eingelassen hätte.

Ach, scheiß auf Janes Pläne! Ich würde sie alle fertigmachen.

Stille erfüllte den Porsche, als die Unterhaltung meiner Ex mit
ihrem Freund endete. Ich war so vertieft in meine Grübeleien
gewesen, dass ich nun überrascht feststellte, die Wohnanlage in
Glendale schon erreicht zu haben, in dem ich eine kleine Wohnung angemietet hatte.

Vorläufig würde ich dort wohnen.

Die ursprüngliche Mieterin, Sheila, hatte sich angesichts des Preises, den ich ihr geboten hatte, freudig bereit erklärt, mir die Behausung unterzuvermieten, sodass meinem Umzug nach Silver Lake nichts mehr im Wege stand.

Ich schüttelte den Kopf und verfluchte meine feuchten Handflächen. Ich musste mich zusammenreißen. Wer souverän war, hatte auch keine Schweißausbrüche.

Sieh doch nur, wie weit du gekommen bist, versuchte ich mich zu beruhigen.

Nie hätte ich erwartet, dass mein Buch die Spitze der Bestsellerliste stürmen würde, dass ich dadurch den finanziellen Freiraum bekommen würde, um nach Kalifornien zurückzukehren und meine Rache zu planen.

Seit zwei Jahren war ich auf freiem Fuß.

Zwei Jahre hatte ich gebraucht, um bis hierher zu gelangen, und niemand würde mich jetzt mehr aufhalten, auch nicht Jane Doe oder Margot Higgins oder wie immer sie sich heute verdammt noch mal nannte.

Schwungvoll lenkte ich den Wagen in meine Parklücke und bemerkte den roten Lotus, der vor dem Haus auf der Straße parkte.

Dakota.

In der Hoffnung, dass sie Neuigkeiten für mich hatte, stellte ich meinen Mietwagen ab und musterte den Lotus beim Aussteigen. Die Fahrertür öffnete sich, und ein langes, fantastisches Bein, das von einem roten Stiletto in Szene gesetzt wurde, tauchte aus dem Innern auf. Dem folgte Dakota Jones' restliche Gestalt.

Die hochgewachsene Bordell-Chefin mit der fantastischen Figur trug ein eng anliegendes Minikleid mit konservativem Oberteil. Sie tänzelte den Weg zur Eingangstür hinauf. Doch statt ihrer hatte ich schon wieder Jane vor Augen, wie sie in der Bibliothek gestanden hatte.

Ganz allein.

Wie sie Zuflucht in Büchern gefunden hatte.

Mein Buch in Händen haltend.

Und immer noch so verflucht schön, dass ich weiche Knie bekam.

»Alles klar mit dir?« Dakotas Frage riss mich mit einem Ruck wieder in die Gegenwart zurück.

Grunzend wandte ich mich der Eingangstür zu und ließ ihr den Vortritt.

»Drink?«, fragte ich sie, als wir in der Wohnung waren.

»Wasser, wenn du hast.«

Dakota machte es sich auf einem Ledersessel bequem, während ich in die offene Küche schlenderte, um ihr eine Flasche Wasser aus dem Kühlschrank zu holen. Eine weitere nahm ich für mich heraus und freute mich über den kühlen Nebel auf ihrer Glasoberfläche. Meine Haut brannte, und das schon, seit ich *sie* gesehen hatte.

Vielleicht wäre ein Bad im Ozean keine üble Idee.

Ich gab Dakota ihre Flasche und nahm ihr gegenüber Platz. Schweigend musterten wir einander, während wir einen Schluck tranken.

Ihre intelligenten blauen Augen musterten mich. »Du bist angespannt.«

Immer noch sah ich Jane vor mir, die Augen weit aufgerissen vor Schreck.

Die vollen Lippen, die sich leicht öffneten. Ihr Keuchen.

Dann hörte ich ihre flüsternde Stimme. *Ich liebe dich, Ash.*

Wut durchflutete meine Adern.

Mühsam beherrscht winkte ich ab. »Gibt's was Neues?«

Dakota war von Irwin Alderidge engagiert worden, einem mächtigen Mann, den ich im Gefängnis gerettet und mit dem ich mich angefreundet hatte. Dakota wiederum leitete das erlesenste Edelbordell in ganz L. A. Und sie stand in Irwins Schuld. Keine Ahnung, warum. Ging mich nichts an. Ich wusste nur, dass es etwas Großes sein musste, wenn sie meinetwegen den Ruf ihres Bordells aufs Spiel setzte.

Wäre ich ein besserer Mensch gewesen, hätte ich sie nie in diese Lage gebracht, aber mich kümmerte nur eines: Dadurch, dass sie Irwin etwas schuldig war, bekam ich die Chance, Skye die Gerechtigkeit widerfahren zu lassen, die sie verdient hatte. Dakota hatte sich bereit erklärt, sich in den Freundeskreis von Foster Steadmans Ehefrau zu schmuggeln. Dafür hatte sie drei Monate gebraucht. Keiner dieser Idioten war dahintergekommen, dass Dakota nicht die Ehefrau eines reichen CEO war. Sie *selbst* war der reiche CEO. Wenn man Geld als Sexarbeiterin verdienen wollte, gab es keinen besseren oder sichereren Ort als Dakotas Haus. Sie kümmerte sich um ihr Personal. Niemand hätte es je gewagt, eine Angestellte von Dakota mies zu behandeln.

Rita Steadman näher-zu-kommen bedeutete, auch Foster näherzukommen. Dakota schlich sich so sehr in sein Vertrauen, dass sie ihm irgendwann sogar von ihrem Bordell erzählte. Natürlich hatte er schon davon gehört. Sie hatte ihm Exklusivzugang gewährt. Er galt nun als VIP. Der Mistkerl hatte angebissen, und während der letzten sechs Monate hatten wir ihn im Bordell gefilmt und Audioaufnahmen von ihm gemacht. Er liebte Rollenspiele, bei denen die Mädchen sich »zur Kooperation zwingen« lassen mussten. Harmlos formuliert.

»Es ist vorbei«, verkündete Dakota nun. Ihr Ton war eisig. Entschlossen. »Er hat eins meiner Mädchen verletzt, weshalb ich ihm Hausverbot erteilt habe. Keine Ausnahmen. Zudem habe ich Lucifer veranlasst, ihm die Botschaft in aller Deutlichkeit zu vermitteln. Ist mir egal, wer er ist.«

Das erklärte Steadmans Veilchen, das Asher und Jane im Auto erwähnt hatten.

So enttäuscht und betroffen ich war, ich wünschte, ich wäre dabei gewesen, um mit eigenen Augen zu sehen, wie Foster Steadman verprügelt wurde. Lucifer gehörte zu Dakotas Sicherheitspersonal – er war fast zwei Meter groß und gebaut wie eine Dampfwalze.

»Du hast jetzt genug Material, um ihn zu erledigen, Griffin.«

Bei dem Namen, den alle außer Irwin und Lorna mittlerweile benutzten, zuckte ich nicht einmal mehr zusammen. Im Gegenteil: Ich setzte eine gleichgültige Miene auf, als seien mir die neuesten Entwicklungen egal. Obwohl es jetzt umso wichtiger war, dass wir weitermachten. »Nein, es ist noch nicht genug.« Unser Material über Steadman konnte seine Ehe und seinen Ruf ruinieren, aber würden wir ihm damit wirklich dauerhaft schaden? Schon in wenigen Wochen würde sich die Öffentlichkeit über einen anderen Skandal das Maul zerreißen, sodass er sich wieder berappeln, Filme machen und Geld verdienen konnte wie eh und je.

Nein, ich brauchte einen Beweis, der ihn hinter Gitter brachte.

»Wie schlimm war es?«

»Er … hat versucht, etwas zu tun, das sie nicht wollte. Lucifer hörte ihre Schreie am anderen Ende des Flurs.«

Großer Gott.

»Wir haben alles auf Band. Aber natürlich werden wir das Gesicht meines Mädchens unkenntlich machen, wenn wir es an dich übergeben.«

Wodurch es vor Gericht nutzlos sein würde. Wenn keiner sich aufraffen und Anklage erheben würde, würde dieses Band lediglich seinen Ruf schädigen. Für eine Weile. Trotzdem würde ich das Opfer nicht überreden, gegen den Dreckskerl auszusagen. Sie hatte seinetwegen schon genug durchgemacht.

»Geht es ihr gut?«

Dakotas Gesicht wurde weich. »Sie wird schon wieder.«

Was jetzt? Was sollte ich jetzt tun? Ich rieb mir die verspannte Nasenwurzel und atmete langsam aus. Das Wort Frustration beschrieb nicht annähernd, was ich gerade empfand.

»Ich könnte bleiben«, bot Dakota mit ihrer sanften sexy Stimme an. »Dann könntest du dich abreagieren und diese ganze aufgestaute Wut loswerden, die du heute Abend nicht allzu erfolgreich vor mir verbirgst.«

Ich dachte darüber nach. Sah sie an, beobachtete, wie sie aufstand und auf mich zukam. Spürte die Hitze, die sich in meinen

Eingeweiden einnistete, als sie sich in diesem engen Kleid vor mir hinkniete und eine Hand an meinem Schenkel hinaufgleiten ließ.

Aber statt ihrer blauen Augen sah ich braungrüne vor mir.

Statt ihrer herzförmigen Lippen sah ich diesen vollen, üppigen Mund.

Blond wich in meiner Vorstellung Schokoladenbraun.

Mir juckte es in den Fingern, sie zu berühren … aber im Geiste würde es nicht Dakota sein. »Heute Abend nicht.«

Sie aber hatte mich durchschaut und legte mir die Hand auf die Brust. »Ich weiß, dass dort drinnen jemand anderes wohnt. Das wusste ich schon immer. Aber das zwischen uns beiden ist nur Sex, Griffin. Lass mich dir etwas Gutes tun, dann fühlst du dich gleich besser.«

Ein Teil von mir hätte gern Ja gesagt. Mich dieser Fantasie hingegeben. »Nein.« Ich umfing ihr Handgelenk und löste ihre Hand sanft von meinem Schenkel. »Bei unseren Treffen habe ich immer nur dich gevögelt. Das würde ich heute nicht. Ich mag ein Mistkerl sein, aber so ein Arschloch, dass ich eine Frau ficke, während ich mir vorstelle, sie wäre jemand anders, bin ich nun auch wieder nicht.«

Mit zusammengepressten Lippen dachte Dakota über meine Worte nach. Schließlich nickte sie und erhob sich. Ich starrte sie an und fragte mich, ob ich nicht doch lieber ein egoistisches Schwein sein sollte. Auf ihr Angebot eingehen sollte. Um diese Energie, die mein Blut zum Kochen brachte, endlich loszuwerden.

Sie war älter als ich. Wer konnte schon sagen, wie viel? Vielleicht zehn, vielleicht aber auch zwanzig Jahre. Ihr Gesicht war alterslos, was entweder auf gute Gene oder einen tollen plastischen Chirurgen zurückzuführen war. Egal. Im Bett war sie fantastisch. Guter Sex ohne Verpflichtungen.

Doch als sie die Hand ausstreckte und voller Zuneigung sanft meine Wange streichelte und »Ich mache mir Sorgen um dich, Griffin Stone« sagte, da wusste ich, dass ich die richtige Entscheidung getroffen hatte. Sie war eine anständige Frau. Angesichts ihres Berufs würden das nur wenige Leute von ihr sagen, aber ich wusste, dass sie ein gutes Herz hatte. Ein viel besseres als ich selbst.

»Schick mir das Filmmaterial zu.«

Sie nickte und trat einen Schritt zurück. »Ich schicke dir das letzte Band, sobald wir es überarbeitet haben. Zusammen mit den anderen.«

Sie sorgte immer für ihre Leute.

»Wirst du die Bombe platzen lassen?«, erkundigte sie sich.

»Ich will nur wissen, was auf mich zukommt.«

»Ich werde dich jedenfalls nicht reinreißen. Ich schicke sie Rita Steadman, und wenn dieses letzte Tape immer noch nicht reicht, damit sie den Dreckskerl verlässt, werde ich sie erpressen. Ich werde behaupten, die Bänder veröffentlichen zu wollen. Aber ich werde es nicht tun.«

Wenigstens glaubte ich das.

Ich wollte Dakota wirklich keine Schwierigkeiten bereiten, war aber nicht sicher, wozu ich in dieser Sache noch alles fähig war.

Dakota jedenfalls war beruhigt und ließ das Thema fallen.

Als die Wohnungstür sich hinter ihr schloss, ließ ich mich kraftlos in meinem Sessel nach hinten fallen. Ich musste mir Gedanken über meine nächsten Schritte gegen Steadman machen. Wenn ich durch Dakota auf juristischem Wege nichts erreichen konnte, brauchte ich einen anderen Zugang. Da bot sich sein Privatleben an.

Ich würde seine Frau dazu bringen, ihn zu verlassen. Die hoffentlich nach der Scheidung die Hälfte seines Vermögens mitnehmen würde.

Und dann?

Wieder hatte ich Janes leise Stimme im Ohr. *Ich liebe dich, Ash.*

Ich bekam sie einfach nicht aus dem Sinn.

Ich musste sie mir unbedingt aus dem Kopf schlagen, um mich wieder auf mein eigentliches Vorhaben konzentrieren zu können.

Stattdessen hörte ich sie jetzt schon wieder flüstern: »*Ich liebe dich so sehr, Jamie. Mach weiter. Ich wünsche es mir.*«

Ich stöhnte und schloss die Augen. Wenn ich nicht aufpasste, würden die Erinnerungen mich verschlingen.

Achtzehn

JANE

Der Asphalt auf dem Studioparkplatz dampfte. Die Luft war trocken und schwer, sodass sich Schweißperlen auf meiner Haut bildeten. Trotz der Hitze rannte ich mit einem frischen Becher heißen Kaffees in der Hand über den Platz. Kaffee gehörte nun einmal zu meinen Grundnahrungsmitteln.

Hinter mir lag eine riesige Halle auf dem Studiogelände eines der sechs größten Filmstudios der Branche: Chimera Studios. Innerhalb dieser Halle befanden sich mehrere schalldichte Soundstages mit verschiedenen Sets, die mit meiner Hilfe für Patels Musical entworfen worden waren.

Während ich auf mein Auto zuhastete, spielten die Schmetterlinge in meinem Bauch verrückt. Ich war seit fünf Uhr morgens vor Ort gewesen, um dafür zu sorgen, dass die Sets für den ersten Drehtag morgen fertig waren. Patel war kurz darauf ebenfalls aufgetaucht, was mich überraschte, denn sicher hatte er doch von gestern noch einen Kater. Aber er hatte auch nur kurz vorbeischauen wollen, um sich davon zu überzeugen, wie alles lief.

Nun, da er wieder fort war, hatte ich eine Stunde Mittagspause, und die würde ich mir auch gönnen, komme, wer da wolle …

»Margot!«, rief eine Stimme über den Platz hinweg.

Verdammt.

Ich drehte mich zu der Halle um. Luke, Patels Personal Assistant, stand im Türrahmen und winkte mich zu sich heran. Ich grummelte missmutig vor mich hin, eilte aber zurück und betrat das Gebäude. Ich schob mir die Sonnenbrille ins Haar und grinste, als ich sah, wie Luke auf den Füßen auf und ab wippte, als bereite er sich zum Abflug zu seiner nächsten Mission vor. Bei Gott, bei seinem Anblick kam ich mir total alt vor; der Junge platzte förmlich vor Energie.

»Sandy will was von dir.«

Sandy war Production Designer. Vale war der Bühnenbaumeister und Joe der künstlerische Leiter. Sandy und ich arbeiteten eng zusammen und delegierten die Arbeit an Vale und Joe.

Ich schluckte meinen Ärger herunter und nickte. »Wo ist er?«

»Zweite Soundstage.«

Die erste Kulisse, an der wir vorbeikamen, stellte eines der verschiedenen Sets für ein Gefängnis dar. Als ich am Besucherraum vorbeiging, kam mir dieser künstliche Knast plötzlich ziemlich realistisch vor. Ich hatte beim Design mitgeholfen und dabei auf meine Erfahrungen im Besucherzimmer des Staatsgefängnisses zurückgegriffen. Die Arbeit an diesem Set war nicht einfach gewesen, da ich mich meiner schmerzhaften Erinnerungen ständig hatte erwehren müssen.

»Margot!«, rief Sandy vom zweiten Soundstage aus. Dieser war größer und beherbergte mehrere Gefängniszellen. Der Production Designer stand neben meiner Assistentin Lea. »Das alte Poster von Kate Upton hängt momentan in Berrios Zelle, aber Leo meint, es sei für Pax' Zelle vorgesehen gewesen.«

»Ja, bei Pax!«, rief ich zurück. »Heute Morgen hing es noch dort. Was tut es jetzt bei Berrio?« *Was zum Teufel?*

»Jemand hat hier am Set Chaos gestiftet! Sie haben auch das Mobiliar herumgeschoben. Für so einen Mist hab ich keine Zeit. Kannst du herkommen und dich darum kümmern?«

»Ich hab jetzt Mittagspause. Lea wird schon wissen, was zu tun ist.« Ich hielt viel davon, den Assistenten im Art Department zu vertrauen. Immerhin hatte ich auch einmal so angefangen.

Aber anscheinend war Sandy anderer Ansicht. »Ich will, dass es richtig gemacht wird.«

Ich bemerkte, wie Lea zusammenzuckte, und musterte Sandy aus verengten Augen. »Und genau dafür wird Lea sorgen.«

Ihre Miene hellte sich auf, und sie lächelte mir dankbar zu.

»Aber ...«

»Kein Aber, Sandy. Ich habe eine fantastische Assistentin, die sich um dieses winzige Detail wunderbar kümmern wird. Also nichts für ungut. Ich bin seit fünf Uhr hier und brauche dringend etwas zu essen. Lea, erledigst du das?«

»Klar, Boss. Ich rede mit der Außenrequisite. Sie müssten die Polaroidaufnahmen haben, die wir für die Continuity gemacht haben.«

Ich zwinkerte ihr zu, ignorierte Sandys Stirnrunzeln und drehte mich auf dem Absatz herum, um mich wieder zu entfernen.

Ich wurde niemals laut. Ich kommandierte meine Mitarbeiter nicht herum, sondern delegierte nur und bat sie höflich darum, ihre Aufgaben zu erledigen. Nur wenn jemand mich verarschte, konnte ich schon mal unhöflich werden, erhob aber auch dann nie meine Stimme. Ich war immer ruhig. In einem Raum mit vielen Leuten war ich reserviert. Sogar ein wenig scheu. Die Leute verwechselten diese Persönlichkeitszüge gern mit Schüchternheit, wenn nicht gar mit fehlendem Rückgrat.

Ich genoss es, ihnen das Gegenteil zu beweisen.

Zutiefst erleichtert stieg ich kurz darauf in mein Auto. Dass ich dringend etwas essen musste, war nicht gelogen gewesen. Aber genauso dringend brauchte ich eine Verschnaufpause. Nachdem ich gestern von Jamie halluziniert hatte, hatte ich in der vergangenen Nacht keinen Schlaf gefunden.

Halluziniert war das falsche Wort.

Es hatte gestern Abend tatsächlich irgendjemand im Türrahmen gestanden. Nur eben nicht Jamie.

Jamie war seit langer Zeit aus meinem Leben verschwunden, und nach dem, was ihm hier zugestoßen war, würde er so schnell sicher nicht nach L. A. zurückkehren.

Ich lenkte den Wagen aus Studio City hinaus und ostwärts Richtung Toluca Lake, wobei ich der Schnellstraße Richtung Glendale folgte. Ich selbst wohnte jetzt in Silver Lake, aber die Erinnerungen zogen mich immer noch unweigerlich nach Hause.

Wann würde ich Glendale endlich nicht mehr als Zuhause betrachten?

Wann würde sich irgendein anderer Ort endlich wie ein Zuhause *anfühlen*?

Würde es je dazu kommen?

Ich schüttelte die schwermütigen Gedanken ab und konzentrierte mich darauf, einen Parkplatz in der Nähe des Brand Boulevard zu finden.

Obwohl ich seit mindestens zwei Jahren nicht mehr hier gewesen war, war mir diese Gegend immer noch vertraut. Mein Lieblings-Panini-Lokal gab es immer noch, weshalb ich hineinging, um mir einen Happen zu essen zu kaufen, der die gähnende Leere in meinem Magen vertreiben würde. Während ich die Leute beobachtete, spürte ich, wie mir die Zeit im Nacken saß. Die Fahrt bis zum Filmstudio dauerte fünfzehn Minuten, sodass mir jetzt nur noch eine halbe Stunde Zeit für meine Pause blieb. Ich überlegte, wohin ich gehen sollte, bevor ich wieder den Rückweg antreten musste.

Doch kaum war ich wieder draußen auf dem Bürgersteig, wusste ich, wohin ich wollte.

Früher waren Jamie und ich gern im Brand Bookshop herumgelungert. Er hatte etwa ein Jahr nach Jamies Inhaftierung dichtgemacht, nicht lange nachdem Lorna seinen Brief weitergegeben hatte. Jenen Brief, der all meine Hoffnungen zerstört hatte.

Allerdings hatte Asher erwähnt, dass sich eine große Buchhandelskette in Americana, der Shoppingmall, niedergelassen hatte. Dorthin wollte ich. Ich machte einen Umweg und folgte dem Pfad am Rande des großen musikalischen Brunnens entlang. Beim Anblick der großen, goldüberzogenen Skulptur eines beinahe nackten Mannes zuckte ich innerlich zusammen. Sie ist der berühmten Skulptur von Donald Harcourt mit dem Titel »The Spirit of American Youth Rising from the Waves« nachempfunden, die man auf einem amerikanischen Soldatenfriedhof in der Normandie findet und die an die beinahe zehntausend amerikanischen Soldaten erinnern soll, die dort begraben liegen.

Eines meiner Lieblingsfotos zeigte mich mit Jamie vor genau jener Skulptur, während die Wasserfontänen sich hinter uns in die Luft erhoben. Skye hatte es von uns gemacht, und zwar kurz nachdem wir zusammengekommen waren. Jamie hatte mir den Arm um die Schultern gelegt. Während ich in die Kamera strahlte, immer noch ganz schwindelig vor Fassungslosigkeit darüber, dass Jamie mir gehören sollte, blickte er geradezu ehrfürchtig auf mich herab.

Ich hatte ihn deshalb häufig geneckt, doch insgeheim liebte ich diesen Gesichtsausdruck.

Dieses Foto verwahrte ich immer noch sicher in einem Schuhkarton in meinem Schrank.

Ich beschleunigte meine Schritte, umrundete den Brunnen und strebte der Buchhandlung entgegen. Drinnen war es klimatisiert, was an einem Tag wie diesem immer eine willkommene Abwechslung war. Ich sauste an dem Coffeeshop in der ersten Etage vorbei und betrachtete den Laden. Er war riesig, drei Etagen, in die man mithilfe von Aufzügen gelangte. Ich hielt Ausschau nach einer Beschilderung und machte mich dann auf die Suche nach der Krimi-Abteilung. Doch während ich zwanglos durch die Gänge schlenderte und sämtliche Schilder las, fiel mir ein Tisch inmitten der ersten Etage ins Auge.

Auf dem Tisch stand eine Tafel mit der Aufschrift: SIGNIERTE EXEMPLARE.

Daneben befanden sich zwei aufrecht stehende Bücher, deren Cover deutlich zu entziffern war.

Brent 29.

Signiert.

Und nur noch zwei Exemplare übrig.

Ich eilte zu dem Tisch hinüber und schnappte mir eine der jungfräulichen Hardcover-Exemplare. Die Bücherliebhaberin in mir war ganz berauscht vor Glück, was mir an diesem Tag voller Wehmut höchst willkommen war.

»Wissen Sie, wir haben diese Bücher heute Morgen erst hier aufgestellt, und jetzt sind sie beinahe alle verkauft«, teilte mir die

Kassiererin mit, während sie das Preisschild scannte. »Wir dachten, wenn wir sie an einem Sonntag ausstellen, haben die Leute vielleicht eher eine Chance, eine Ausgabe zu ergattern, aber unser Angebot scheint sich herumgesprochen zu haben.«

»Weil er keine Lesereise macht«, warf ihre Kollegin ein. »Niemand weiß, wie der Typ aussieht. Ein Einsiedler oder so was. Deshalb reißen uns die Leser signierte Exemplare sofort aus der Hand.«

»Wer sagt denn, dass es ein Mann ist?«, widersprach die andere Mitarbeiterin und reichte mir mein Exemplar und den Kassenbon.

Ich dankte ihr und ließ die beiden hinter mir, damit sie sich weiter in Ruhe über das Geschlecht von Griffin Stone streiten konnten.

Ich persönlich ging davon aus, dass es sich um einen Mann handelte. Vielleicht, weil sein Schreibstil mich so sehr an den von Jamie erinnerte.

Vor dem Laden lehnte ich mich an das Schaufenster und schlug das Hardcover-Exemplar auf. Auf der Titelseite fand ich die gleiche Unterschrift, die ich in Patels Ausgabe schon entdeckt hatte. Nur dass sich in meiner auch noch ein handgeschriebenes Zitat des Autors fand.

Es war mein Lieblingszitat aus dem Werk.

Ich lächelte begeistert in mich hinein.

Plötzlich fiel ein Schatten über die Seite, und ich bemerkte, dass jemand neben mir stehen geblieben war.

Mir viel zu nah gekommen war.

Stirnrunzelnd sah ich auf.

Mein Magen schoss in Richtung Kniekehle, so schnell, als sei ich gerade in einer Achterbahn in die Tiefe gesaust. Der Mann, der mit seinen Meeraugen ausdruckslos auf mich herabsah, war Jamie McKenna.

Er war es gestern Abend also *doch* gewesen.

Mir rauschte das Blut in den Ohren, und ich zitterte am ganzen Leib. »Jamie?«

Sein gleichgültiger Blick schnippte zu dem Buch hinunter, das ich nun gegen die Brust presste wie einen Rettungsring. »Es überrascht mich …«

Beim Klang seiner tiefen, rumpelnden, vertrauten Stimme mit dem Ostküstenakzent, den er nie ganz losgeworden war, schnappte ich nach Luft.

»… dass eine Frau wie du sich für einen Roman begeistern kann, der die dunklen Gefilde dauerhafter Liebe durchschreitet.«

Seine Worte drangen kaum zu mir vor. Ich konnte nicht aufhören, ihn anzustarren.

Wie gern hätte ich die Hand nach ihm ausgestreckt und ihn berührt.

Das letzte Mal war so lange her.

In diesem Moment hatte ich unser letztes Zusammentreffen ganz vergessen. Ich vergaß, wie sehr ich seinetwegen innerlich geblutet hatte. Ich streckte ihm die Hand tatsächlich entgegen. »Jamie …«

Er zuckte zurück, seine ausdruckslose Miene wich loderndem Zorn. Ungläubig funkelte er mich an, und schlaff sank meine Hand wieder herunter.

Jetzt erinnerte er mich an ein verwundetes Tier.

Wie war das möglich?

Schließlich war nicht *er* derjenige, dessen Herz gebrochen worden war.

»Was tust du hier?« Meine Stimme war nicht mehr als ein Flüstern.

Doch er hatte mich verstanden. Er presste die Lippen aufeinander, und unwillkürlich fixierte ich sie. Eine Woge schmerzhaften Verlangens durchflutete mich, für die ich mich selbst hasste. Mühsam löste ich den Blick von seinem Mund und sah ihm wieder in die Augen, in denen nun ein berechnender Ausdruck getreten war.

»Was tust du hier?« Ich sprach jetzt lauter. Versuchte, beherrscht zu klingen.

Jamie grinste, als wüsste er es besser.

Wahrscheinlich tat er das sogar.

Mistkerl.

»Du bist hier nicht sicher, Jamie.« Ich mochte ihn verachten, weil er mich verletzt hatte, aber dennoch … Herrgott noch mal, ich hatte immer noch das Bedürfnis, ihn zu beschützen.

Seine Augen blitzten gefährlich, als er sich zu mir herabbeugte. Unwillkürlich hielt ich den Atem an, als sein Duft mich einhüllte. Mir fiel auf, dass sein Geruch sich verändert hatte. In unserer Jugend war er stets von einem schwachen Zitrusduft umgeben gewesen. Eine Spur davon nahm ich jetzt immer noch war, aber sie mischte sich mit etwas Dunklerem, Erdigerem … beinahe wie Zitrone, die in Leder und Tabak getaucht worden war. »Ist das eine Drohung?«, fragte er mit samtweicher Stimme.

Meine Wimpern flatterten, und ich wich einen misstrauischen Schritt zurück.

Geschah das hier tatsächlich? Stand er wirklich vor mir?

»Es war keine Drohung.«

»Ach nein?« Seine Wange streifte die meine, und unwillkürlich erschauerte ich, als er die Lippen an mein Ohr presste. »Nun, das hier schon.«

Ich versuchte, mich von ihm zu lösen, aber er packte meinen Oberarm und hielt mich fest und flüsterte. »*Eine verzehrende Liebe verzehrt alles im Feuer des Verderbens …*«

Das war mein Lieblingszitat aus *Brent 29*.

»Wenn ich mit dir fertig bin, ist nichts mehr übrig von dir.« Er löste sich von mir und lächelte milde, was einen verstörenden Kontrast zu seinen Worten bildete. »Bis bald.«

Dann war er fort.

Und ich glaubte, mich jeden Moment übergeben zu müssen.

Eine verzehrende Liebe verzehrt alles im Feuer des Verderbens.

Oh mein Gott.

Ich stieß mich von dem Schaufenster ab und sah nach rechts und links, ob ich ihn irgendwo entdecken konnte. Jamie war in der Menschenmenge abgetaucht. Ich hatte Verdacht geschöpft und musste dringend wissen, ob ich mit meiner Vermutung recht hatte.

Meine Mittagspause war beinahe vorüber, aber das war mir gleichgültig. Statt zurückzukehren, nahm ich den Glendale Freeway, der zu meinem Mietshaus in Silver Lake führte. Ich stellte den Wagen auf dem für mich reservierten Parkplatz ab, hielt mein signiertes Buch fest an die Brust gepresst und hastete zur Eingangstür, um dort den Zugangscode einzugeben. Auf dem Weg in den zweiten Stock hämmerten meine Schritte über den Boden. Oben fummelte ich mit den Schlüsseln herum und stürzte in meine Wohnung. Ich marschierte ins Schlafzimmer, riss die Tür des Schranks an der hinteren Wand auf und wühlte mich durch Farben, Pinsel und Stifte hindurch, bis ich den Schuhkarton gefunden hatte, in dem ich meine Andenken aufbewahrte.

Ich ließ das Buch fallen, zerrte die Schachtel heraus und öffnete sie. Dann kramte ich darin herum, bis ich den Brief gefunden hatte, den ich verwahrt hatte, obwohl ich ihn schon vor Jahren hätte wegwerfen sollen.

Was ich als eingefleischte Masochistin aber nie über mich gebracht hatte.

Mit zitternden Fingern griff ich nach dem Papier und faltete ihn auseinander. Dann öffnete ich *Brent 29* und hielt den Brief neben das Autogramm mit dem zugehörigen Zitat.

»Eine verzehrende Liebe verzehrt alles im Feuer des Verderbens.« Griffin Stone.

Jamie war vor der Buchhandlung aufgetaucht, bevor ich mir die Handschrift genauer hatte ansehen können.

Aber jetzt sah ich es.

»Oh mein Gott.« Ich ließ mich auf die Fersen zurücksinken.

Die Handschrift war die gleiche.

Der geheimnisvolle Autor war Jamie. Griffin Stone.

Natürlich. Vielleicht hatte ich es tief im Innern sogar gehofft.

Wenn ich mit dir fertig bin, ist nichts mehr übrig von dir.

Noch immer gab er mir die Schuld. Hasste mich noch immer. Sah in mir immer noch die treulose Frau statt derjenigen, die er geliebt hatte.

Er wollte mir schaden.

Tränen des Zorns rannen mir die Wangen hinab. Mein Schluchzen linderte den Schmerz ein wenig. Skye hatte die ganze Zeit recht behalten. Sie hatte befürchtet, dass unsere Liebe zu intensiv war, sodass sie uns am Ende irgendwann zerstören würde.

Ich stieß ein bitteres Lachen aus. Sie *hatte* mich beinahe zerstört.

Und jetzt wollte er mir auch das noch nehmen, was ich aus den Trümmern gerettet hatte.

Zorn brannte sich durch meine Trauer hindurch.

Sollte er doch versuchen, mich wegen meiner angeblichen Schandtaten zu bestrafen. Ganz sicher würde ich mir das nicht einfach so gefallen lassen.

Wenn er nicht mehr Jamie McKenna war, dann war ich nicht mehr Jane Doe.

Ich war Margot Higgins, und er war Griffin Stone.

Feinde.

Hier liegen Jamie und Jane, dachte ich. *Einst liebten sie einander bis zur Selbstaufgabe.*

Ruhet in Frieden, ihr Liebenden.

Neunzehn

JANE

Als ich gerade ein wenig Weiß auf die Spitze eines Blütenblattes tupfte, hörte ich zu meiner Linken einen leisen Fluch. Er rief mir ins Gedächtnis, dass ich mich bei meiner Malerei im Detail zu verlieren drohte. Höchste Zeit, eine neue Perspektive einzunehmen.

Also senkte ich den Pinsel, bog meinen Kopf nach hinten, um den Nacken zu entspannen, und reckte meinen Rücken, stöhnend, weil meine Glieder so steif waren. »Worüber hast du geflucht?«, fragte ich gähnend und glitt von dem Hocker herunter.

Ich warf Asher einen kurzen Blick zu, bevor ich mich ein paar Schritte von meinem Gemälde entfernte.

Er lag ausgestreckt auf meinem Bett und funkelte das Handy in seiner Hand wütend an. Als er aufsah, glitzerten seine Augen vor Zorn. »Die Scheidung meiner Eltern ist ein gefundenes Fressen für die Boulevardpresse.«

Ich zuckte zusammen und hatte sogleich ein schlechtes Gewissen. Sosehr es mich freute, dass Rita Steadman den Entschluss gefasst hatte, sich von Foster Steadman zu trennen, so leid tat es mir um Asher. Nicht, dass er sich nicht darüber gefreut hätte, dass seine Mutter endlich den Absprung geschafft hatte, aber gleichzeitig machte er sich Sorgen um sie.

Sie hatten es ihm doch erst gestern Abend mitgeteilt. Wie zum Teufel konnte die Nachricht jetzt schon online sein?

»So eine Scheiße kann Mom jetzt nun echt nicht brauchen.« Frustriert schüttelte er den Kopf. »Persönliche Schicksale sind diesen Schweinen völlig egal. Hauptsache, die Leute fallen auf ihr Clickbaiting rein oder kaufen ihre verdammten Zeitungen.«

»Sie kommt schon drüber hinweg, versprochen. Irgendwann wird es ihr besser gehen denn je. Und hey – zumindest weiß sie jetzt in Bezug auf Foster und seine Machenschaften Bescheid.«

»Ich weiß nicht so genau, ob ich mich darüber freuen soll.«

Ich wusste, wie schwer das alles für Asher war. Als Teenager und junger Erwachsener hatte er einen Großteil seiner Jahre damit verbracht, seine Mutter vor der Wahrheit über ihren Ehemann zu schützen. Doch irgendjemand hatte beschlossen, dass es reichte. Zu allem Überfluss beschlich mich das Gefühl, dass ich diesen Jemand kannte – daher mein schlechtes Gewissen.

Jemand hatte Rita anonym Film- und Fotomaterial von Foster geschickt, das ihn dabei zeigte, wie er junge, hübsche Dinger in einem Edelbordell in L. A. vögelte. Sie wollte die Scheidung, und Foster hatte eingewilligt, damit seine Bordellbesuche nicht an die Öffentlichkeit gelangten.

»Ich muss rauskriegen, wer diese Videos geschickt hat, bevor mein Vater es tut.«

Schuldbewusst wandte ich den Blick ab.

Jamie.

Er war zurück, um Rache zu nehmen. Das fühlte ich einfach.

»Ich darf nicht zulassen, dass irgendjemand da draußen einfach macht, was er will. Die Betreffenden könnten meine Mom kaputt machen.«

Ich hatte nicht die geringste Lust, Asher von meinem Verdacht zu erzählen, was mich zur schlimmsten besten Freundin der Welt machte. Warum wollte ich Jamie McKenna immer noch beschützen? Oder beschützte ich nur mich selbst? Wenn ich Asher eher von Jamie erzählt hätte, hätte er sich auf etwas Derartiges vorbereiten können.

Vor einer Woche war Jamie wieder in meinem Leben aufgetaucht, und ich hatte Asher immer noch nicht eingeweiht. Obwohl Jamie mich bedroht hatte, wollte ich nicht, dass Foster Steadman entdeckte, was Jamie vorhatte.

»Wird schon alles wieder gut werden«, versprach ich und begutachtete mein Werk mit zusammengekniffenen Augen.

»Ja, wahrscheinlich sollte ich mich lieber darüber freuen, dass er bald aus ihrem Leben verschwunden ist.« Er hielt inne. »Bist du glücklich damit?«

Verwirrt sah ich ihn an. Und bemerkte, dass er das Gemälde ansah. Erst da wurde mir klar, was er meinte, und ich nickte. Ja, ich war zufrieden mit der zweiten Schicht. »Zeit, das Gemälde mit Resin zu versiegeln. Aber dafür muss ich vorher noch Firnis auftragen. Und ich weiß ja, wie sehr du den Geruch magst.«

»Ist das deine subtile Art, mich hinauszuwerfen?« Er setzte sich auf dem Bett auf.

»Wo denkst du hin!« Ich tat entrüstet.

Statt mitzuspielen, kniff Asher die Augen zusammen. »Dir ist hoffentlich klar, dass ich weiß, dass mit dir irgendetwas nicht stimmt, hmm?«

Asher, hätte ich jetzt sagen sollen, *Jamie ist zurückgekehrt und hasst mich. Er hasst mich, weil er mich für alles verantwortlich macht, was geschehen ist. Und er hasst mich deinetwegen.*

Auch wenn Jamie etwas anderes dachte, wenn die Welt etwas anderes dachte, über innige Freundschaft ging mein Verhältnis zu Asher nicht hinaus. Wir hatten uns drei Jahre zuvor angefreundet. Zufällig. Ich hatte eine Einladung zu einer Party bei Foster Steadman zu Hause erhalten. Ich hatte mir keine Strategie zurechtgelegt, naiverweise aber gehofft, dass mir schon irgendeine bahnbrechende Idee kommen würde, sobald ich in unmittelbarer Nähe dieses Mistkerls war.

Aber stattdessen war mir bei Fosters Anblick speiübel geworden. Ich hatte Skyes Stimme, ihre Worte im Ohr und Tränen in den Augen gehabt. Bis zu diesem Zeitpunkt hatte ich mich nie für eine gewalttätige Person gehalten, aber Foster Steadman hätte ich am liebsten buchstäblich das Fell über die Ohren gezogen.

Als er die Party verlassen hatte, war ich ihm gefolgt und hatte gesehen, wie er mit seinem Sohn in einem Zimmer verschwunden war. Ich hatte an der Tür belauscht, wie Foster Asher verbal in Stücke riss. Kein Elternteil sollte jemals zu seinem Sohn sagen, was dieser Mann an diesem Abend zu ihm sagte. Während sie stritten, machte ich Steadmans Büro ausfindig und durchsuchte es.

Es war Asher, der mich dort erwischt hatte. Er war ziemlich wütend gewesen.

Ich hatte befürchtet, dass er die Polizei rufen würde, und hatte wegen des Gesprächs zwischen ihm und seinem Dad, das ich zuvor mit angehört hatte, alles auf eine Karte gesetzt und ihm die Wahrheit gesagt. Ich hatte ihm alles erzählt.

Zu unserer beider Überraschung verbündeten wir uns miteinander.

Und wie sich herausstellte, wusste er über seinen Vater bereits Bescheid. Er hatte die Vertuschungsaktionen mitbekommen.

Asher wollte seinen Vater zur Rechenschaft ziehen, auch wenn der Ruf der Familie dadurch Schaden nahm. Er war ein anständiger Kerl. Gemeinsam hatten wir versucht, Foster zu überführen, hatten aber niemals brauchbare Beweise gefunden. Wir waren auf kleinere Sabotageakte verfallen, die uns beide nicht befriedigten. Halbherzige Versuche, denn für alles andere hätte ich Asher unter Druck setzen müssen, was ich trotz allem nun auch wieder nicht wollte.

Wir torpedierten Fosters Affäre mit seiner Lieblingsgeliebten, indem wir ihr Fotos schickten, die Foster dabei zeigten, wie er ebenjenen bekannten Edelpuff besuchte, in dem er auch auf den an Rita weitergeleiteten Fotos zu sehen gewesen war. Wir leiteten sogar ein Drehbuch, das er hatte kaufen wollen, an seinen Konkurrenten weiter, der ihn im Preis überbot. Außerdem nutzte Asher den Stille-Post-Effekt, um Foster eine miese Investition schmackhaft zu machen, bei der er Millionen Dollar in den Sand setzte.

Mittlerweile war Asher auch bereit, seinem Vater den Todesstoß zu versetzen, aber sämtliche seiner miesen Aktionen waren bis zu diesem Zeitpunkt nicht mehr als Gerüchte. Wie Asher mir

unzählige Male erklärt hatte, war keines der Mädchen bereit auszupacken. Foster hatte sie bestochen, und sie hatten Angst davor,
ihre Karriere zu gefährden. Zumindest sagten sie das. Aber ich
wusste auch, dass sie befürchteten, niemand würde ihnen Glauben schenken. Ich wusste das, weil ich wusste, wie *sie* sich gefühlt hatte.

Nun brannten mir Tränen in den Augen.

»Ich mache mir Sorgen um dich«, fügte Asher hinzu. »Ich
weiß, dass irgendetwas nicht stimmt.«

Ich hätte Asher einfach von Jamie erzählen sollen. Um den
Schmerz loszuwerden, den sein Verrat hervorgebracht hatte. Das
alles fraß an mir. Es war wie eine schwärende Wunde. Ein Schrei,
den ich nicht herausbekam. Denn wenn ich das tat, wenn ich es
Asher verriet, würde er mir raten, Jamie die Wahrheit zu sagen.
Meinetwegen würde er sogar riskieren, dass sein Geheimnis ans
Licht kam.

Asher würde mir sagen, dass es ungesund war, weiterhin wütend auf Jamie zu sein. Ihm die Wahrheit bewusst vorzuenthal-
ten. Mit ihm diesen unnötigen Krieg zu führen. Ihm Schmerz
zuzufügen, weil er mich durch die Trennung von mir so sehr
verletzt hatte.

Das wollte ich jetzt von Asher nicht hören.

Schließlich musste ich schon dauernde Diskussionen mit meinem eigenen Gewissen führen.

Aber der Schmerz, den Jamie mir zugefügt hatte, war einfach
zu groß.

»Ich mache mir Sorgen um dich, das ist alles«, umging ich die
Antwort auf diese Frage mit einer Wahrheit.

»Das wird schon wieder. Wenn da draußen nicht irgendjemand herumliefe, der ein paar dunkle Geheimnisse meiner Familie kennt und sein Wissen ausnutzt, würde ich hier jetzt gerade
durch die Hütte tanzen, weil meine Mutter meinen Vater verlässt.« Er seufzte und stand auf. »Ich lasse dich jetzt allein, damit
du mit deinem Firnis weiterkommst.«

»Ich begleite dich nach draußen.«

Wir schlenderten durch die Wohnung, wobei wir uns für den morgigen Tag nach der Arbeit verabredeten. Bei der besorgten Miene meines Freundes schlug mir abermals das Gewissen. Bevor ich die Tür öffnete, wandte er sich mir zu. »Es kümmert mich nicht mehr, was *er* denkt. Was die Welt denkt. Nun, da Mom nicht mehr unter seinem Einfluss steht, glaube ich – nein, ich weiß es –, dass zwischen mir und ihr alles gut wird. Und das ist alles, was zählt.«

Erstaunt über die überraschende Wendung des Gesprächs zog ich fragend eine Augenbraue hoch.

»Ich will damit nur eins sagen: Wir müssen nicht mehr aller Welt weismachen, dass wir miteinander gehen. Das ist nicht mehr nötig. Und vielleicht solltest du dich jetzt *wirklich* mal wieder mit anderen Männern treffen.«

Der Gedanke, mich nicht mehr hinter Asher verstecken zu können, jagte mir Angst ein. Doch das wollte ich ihm nicht eingestehen. Um eine Antwort verlegen und ein wenig benommen beobachtete ich, wie Asher meine Wohnungstür öffnete. Als mir aufging, dass er nur versuchte, mir trotz der momentanen Familienkrise ein guter Freund zu sein, erfasste mich eine Woge der Zuneigung zu ihm. Ich zog ihn zurück und nahm ihn in die Arme.

Asher erwiderte die Umarmung fest.

»Was würde ich nur ohne dich tun, hmm?«

»Das wirst du nie erfahren«, versprach ich ihm.

Wir lösten uns voneinander, und er fuhr mir mit dem Daumen über die Wange.

»Zeig mir das Grübchen«, forderte er.

Ich grinste, als er mit dem Daumen darüberstrich, aber das Kichern einer Frau lenkte meine Aufmerksamkeit von Asher ab.

Wir wandten uns dem Geräusch zu, das vom anderen Ende des Treppenhauses zu uns hinüberwehte.

Oh mein Gott.

Am Pfosten der offenen Tür der gegenüberliegenden Wohnung lehnte eine hochgewachsene Blondine. Ein sehr vertrauter, fantastisch aussehender Typ presste seinen Körper gegen den ihren und küsste sie.

Eine Sekunde lang vergaß ich, dass sieben Jahre vergangen waren.

Alles, was ich sah, war, dass der Mann, den ich liebte, eine andere Frau küsste.

Nein ... dass er sie verschlang.

Eifersucht, Wut und Schmerz waren die vorherrschenden Gefühle. Meine Haut glühte, meine Brust tat weh, meine Kehle schnürte sich schmerzhaft zu.

Aber dann ließ Jamie die Frau wieder los. Trotz des leidenschaftlichen Kusses war seine Miene ausdruckslos, unbeteiligt. »Danke, Schönheit. Wir sind hier fertig. Jetzt geh.«

Die Wirklichkeit stürzte förmlich auf mich ein, und ich erinnerte mich daran, dass dies nicht der Jamie meiner Vergangenheit war. Das hier war Griffin Stone. Mein Jamie hätte nie so mit einer Frau geredet.

Und was hatte er verdammt noch mal in der gegenüberliegenden Wohnung zu suchen?

Der Atem der Blondine ging stoßweise. Verwirrt runzelte sie die Stirn. »Von deinen Stimmungsschwankungen bekomme ich Migräne.«

»Dann geh zum Arzt.«

»Arschloch«, schnaubte sie und stieß sich vom Türrahmen ab. Sie stutzte, als sie Asher und mich entdeckte, und rote Flecken leuchteten auf ihren Wangen auf, bevor sie über die Treppe nach unten verschwand. Der Klang ihrer Heels auf den Steinstufen hallte zu uns hinauf. Ungläubig starrte ich Jamie an.

Er starrte zurück.

»Äh. Hey«, brach Asher das angespannte Schweigen. Er ging zu Jamie hinüber und zog mich mit sich. Dann streckte er ihm die Hand entgegen und fragte: »Sind Sie neu hier im Gebäude?«

Zu meinem Entsetzen schüttelte Jamie ihm die Hand. »Genau. Ich bin Griffin. Sind Sie meine Nachbarn?«

»Ja – Margot jedenfalls.« Bei meinem Namen hätte sich Asher beinahe verplappert und schenkte mir ein entschuldigendes Lächeln. »Ich bin ihr Freund, Asher.«

»Asher, nett, Sie kennenzulernen.« Jamie streckte nun auch mir die Hand entgegen. »Margot.«

Sein selbstgefälliger Blick sagte mir, dass er mich durchschaut hatte. Er wusste, dass ich Asher nichts von ihm erzählt hatte. Asher würde merken, dass etwas nicht stimmte, wenn ich Jamie jetzt nicht die Hand gab, doch ich zögerte dennoch, ihn zu berühren.

Als seine warmen, starken Finger meine umfingen, raste mir ein Schauer über den Rücken.

Die Erinnerung drohte uns zu verschlingen, als wir einander tief in die Augen sahen.

Küsse und Umarmungen und leises Lachen in der Dunkelheit.

Jamies Griff wurde unmerklich fester, doch dann ließ er meine Hand fallen wie eine heiße Kartoffel. »Freut mich.«

»Ja, mich auch«, murmelte ich und wandte mich Asher zu. »Bis später.« Liebevoll strich ich ihm über den Arm und bemühte mich, äußerlich ruhig und gelassen in meine Wohnung zurückzukehren. Glücklicherweise hörte ich noch, wie Asher und Jamie sich voneinander verabschiedeten, bevor ich mich in mein Apartment zurückzog.

Was hatte er verdammt noch mal hier zu suchen?

Gehörte das zu dem kranken Plan, mit dem er mich quälen wollte?

Benommen und am ganzen Körper zitternd, begab ich mich ins Schlafzimmer, wo mein Handy klingelte. Ich nahm es von der Kommode und entdeckte eine Textnachricht von Asher.

Das hat ja tierisch geknistert. Er hat die Blondine bei deinem Anblick gleich vergessen. xx

Die Blondine. Beinahe hätte ich ein Zischen von mir gegeben.

Dieser Wichser. Wie viele Frauen mochte er seit seiner Entlassung aus dem Gefängnis wohl gehabt haben?

Ich selbst konnte seither niemanden mehr an mich heranlassen. Er aber war wieder in seine alten Gewohnheiten verfallen. Nein – eigentlich schlimmer. Bevor wir zusammen waren, hätte mein Jamie Frauen nie wie Abfall behandelt.

Ich antwortete Asher.

Er hatte die Blondine schon vergessen, während er sie noch küsste. Igitt. Nein danke. xx

Blicklos starrte ich mein Gemälde an. Meine kreative Stimmung war zum Fenster hinausgeflogen, auf der Flucht vor den vielen Fragen, die mir im Kopf herumschwirrten. Ich war so überdreht, dass ich kaum still sitzen konnte. Ich verfluchte Jamie leise, schnappte mir meinen Wäschekorb und trug ihn zur Wohnungstür. Dann spähte ich durch den Spion und vergewisserte mich gleich zweimal, dass seine Tür verschlossen war, bevor ich mein Apartment verließ. Im Vorbeigehen warf ich seiner Tür einen wütenden Blick zu und hastete dann nach unten. Wie war es ihm verdammt noch mal gelungen, ausgerechnet hier eine Wohnung zu finden? Und warum?

Was hatte er vor?

Und glaubte er allen Ernstes, ich würde nur untätig herumsitzen und auf seinen nächsten Schritt warten?

Erleichtert stellte ich fest, dass der Waschraum leer war, als ich dort herumpolterte. Ich zerrte meinen Vorrat an Waschmittel und Weichspüler aus meinem Spind und begann, die weiße Wäsche auszusortieren. *Dieses miese Schwein!* Mein Herz raste und begann zu schwitzen, was mich noch mehr verärgerte. Ein Zusammentreffen mit Jamie entsprach mindestens fünfzehn Tassen Kaffee.

Außerdem hatte er mitbekommen, dass ich Asher belogen hatte. Wie ätzend, denn damit hatte er etwas gegen mich in der Hand.

»Du bist sehr wütend beim Wäschewaschen.«

Jamies tiefe, volltönende Stimme schreckte mich auf. In dem Versuch, meine Atmung in den Griff zu bekommen, funkelte ich ihn an. Lässig, mit überkreuzten Armen und Knöcheln lehnte er am Türrahmen. Er trug T-Shirt und Jeans. Zumindest das hatte sich nicht verändert.

Er war immer noch absolut sexy.

Gott, ich hasse ihn!

»Was hast du in diesem Gebäude verloren, zum Teufel?« Ich wandte ihm den Rücken zu und marschierte zu den übereinandergestapelten Waschmaschinen und Trocknern hinüber.

»Ich hatte keine Ahnung, dass du hier wohnst«, log er, und seine Stimme kam näher, weil er den Raum durchquerte und auf mich zukam.

Ich bemühte mich, zumindest äußerlich entspannt zu wirken, die Schultern nicht hochzuziehen oder sonst eine körperliche Reaktion zu zeigen, und starrte mit leerem Blick auf die Maschinen. Was hatte ich noch mal tun wollen?

»Was für eine Überraschung, dass ausgerechnet du meine Nachbarin bist.«

Ich schnaubte ungläubig und wirbelte herum. Schockiert musste ich feststellen, dass er mir bereits ganz nah war. »Lügner!« Herausfordernd musterte ich ihn von Kopf bis Fuß. »Hau ab! Und das meine ich auf mehr als nur eine Art.«

»Oh, macht meine Anwesenheit dir etwa etwas aus?« Angesichts seines boshaften Lächelns schlug mein Magen Purzelbäume.

»Was hast du hier zu suchen?« Ich ignorierte seine Nähe. Okay, ich *versuchte*, seine Nähe zu ignorieren.

Prompt trat er noch einen Schritt vor, wodurch ich gegen die Maschinen in meinem Rücken taumelte. Jamie presste die Handflächen gegen einen Trockner, sodass ich zwischen seinen Armen gefangen war. Unwillkürlich hielt ich die Luft an, als sein Duft mich umhüllte. Dieser dunkle, erdige Duft war verführerisch, und mein Körper reagierte sofort darauf.

Ich spürte, wie Panik in mir aufstieg, und stieß ihn gegen die Brust, aber er rührte sich keinen Zentimeter. »Jamie?«

Seine Meeraugen erforschten mein Gesicht, kalt, berechnend. »Er weiß nicht, wer ich bin. Du hast es ihm nicht erzählt.«

Ich ließ die Hände sinken. Ihn zu berühren war sogar noch verwirrender. »Nein.«

Er senkte den Kopf, bis unsere Nasen sich beinahe berührten. Ich schnappte nach Luft. »Ich frage mich, warum du ihm das verheimlichst?«

Entschlossen, ihn nicht merken zu lassen, was für eine Wirkung er auf mich hatte, funkelte ich wütend zu ihm empor. Er hätte mich nur berühren müssen, meine Hand halten zum Beispiel, und schon hätte er bemerkt, wie sehr ich zitterte. Sein Gesicht war so vertraut. Seine Lippen hatte ich für den Rest meines Lebens küssen wollen. Warum ließ dieser Schmerz niemals nach? Warum fühlte es sich noch immer wie eine Glasscherbe in der Brust an? »Hast du diese Videos von Foster Steadman an Ashers Mom geschickt?«

Seine Augen blitzten plötzlich drohend, aber dann beherrschte er sich wieder. »Und wenn ich es gewesen wäre?«

»Warst du auch vorsichtig, Jamie?«

»Fragst du aus Sorge um mich oder um deinen Milliardärs-Lustknaben?«

»Jamie.«

»Ach, ist mir auch egal.« Der Mistkerl senkte die Nase bis zu meiner Kehle herab, sodass ich mich verkrampfte und den Rücken noch stärker gegen die Maschinen presste. Er atmete tief ein. Seine Nase streifte meine Haut, und ich krallte die Finger in die Waschmaschine hinter mir. »Du riechst anders«, flüsterte er und hob den Kopf, sodass seine Lippen beinahe mein Ohr berührten. »Teures Parfüm. Du hast es zu etwas gebracht.«

Ich spürte, wie sein Atem meine Haut liebkoste. Sekunden später berührten seine Zähne mein Ohrläppchen. Ich keuchte und presste instinktiv die Hände gegen seinen Bauch, als er daran knabberte, was sengende Hitze zwischen meine Beine sandte.

Mit unheilvollem Lachen ließ Jamie mich wieder los und flüsterte: »Ist er ein eifersüchtiger Typ, Jane? Würde es ihn stören, dich mit mir zu sehen und zu wissen, dass ich der erste Mann bin, dessen Schwanz jemals in dir war?«

Im Gegensatz zu meinem Verstand reagierte mein Körper sofort auf seine Worte. Meine Haut glühte, und Hitze sammelte sich zwischen meinen Beinen. Ich verachtete ihn, weil er mich einfach so abserviert und dann auch noch jegliches Vertrauen in mich verloren hatte. Weil er so mit mir sprach. Und weil ich zwischen körperlichem Verlangen und meinen Gefühlen so hin- und hergerissen war, hasste ich ihn sogar noch mehr. Am liebsten hätte ich ihn in Stücke gefetzt.

»Weiß er, wie du es am liebsten hast?« Seine Stimme klang belegt, heiser, und er presste seinen Körper an mich, drängte mich noch fester gegen die Maschinen in meinem Rücken. Ich konnte ihn spüren. Pulsierend. Hart. Mein Atem ging stoßweise, und meine Finger krallten sich in den Baumwollstoff seines T-Shirts. »Weiß er, dass die süße, schüchterne Jane Doe einen guten, harten Fick genauso sehr mag wie zärtliche Liebe? Und dass du manchmal sogar Lust hast, dich fesseln zu lassen, festhalten zu lassen …« Jamie ließ die Lippen erst über meine erhitzte Wange und dann über meinen Mund gleiten. »… und dann ficken zu lassen, bis du schreist?«

Die Flut der Erinnerung riss mich mit sich. Erinnerungen an die gemeinsamen sexuellen Abenteuer in unserer Jugend. Wie wir offen für alles gewesen waren. Wie aufregend es gewesen war, diese Seite unserer selbst mit jemandem zu erkunden, in dessen Gesellschaft wir uns geborgen, sicher und geliebt fühlten.

»Weiß er, dass du gern an öffentlichen Orten gefickt wirst?«

Ich erschauerte, als ich mich an den heißesten Sex, den wir je hatten, auf der Damentoilette im Theater erinnerte.

»Hält er dich die ganze Nacht im Arm, so wie du es magst?« Jamie ließ den Finger über mein Schlüsselbein wandern, zärtlich, sanft. Beinahe liebevoll. »Lässt er seinen Schwanz in dir drin, während du schläfst – so wie ich damals? Wie oft hast du dir das von mir gewünscht? Du wolltest mich in dir spüren, unsere Verbundenheit.«

Tränen brannten in meiner Kehle.

Ich hatte mich so verzweifelt nach ihm gesehnt. Wollte, dass er mich nie verließ. Dass er mich für immer festhielt.

Schon so lange hatte mich niemand mehr in den Armen gehalten. Nicht so.

Nicht mehr seit ihm.

Wütend funkelte ich seine Kehle an. Halb wollte ich sie lecken, halb mit meinen Zähnen in Stücke reißen.

»Keine Antwort?« Er gab mir einen sanften Kuss auf den Hals und ließ eine Hand an meiner Taille hinab bis zu meiner Hüfte gleiten. Dann drückte er sie. »Hmm?«

Ob es ihn ebenso sehr schmerzte, mir so nahe zu sein, wie mich seine Nähe schmerzte?

Oder machte es ihm einfach nur Spaß, mich zu demütigen und zu versuchen, mir Schuldgefühle wegen Asher einzureden?

Die hässliche Dunkelheit, die er in mir weckte, erblühte und drängte an die Oberfläche. Ich wandte den Kopf seinem Ohr zu und flüsterte: »Er liebt es, wenn ich seinen Namen schreie.« Ich gab ihm einen Kuss auf das Kinn und schlang die Finger um sein Handgelenk an meiner Hüfte. Meine Nägel gruben sich in seine Haut, während ich mich an seinem harten Körper wand. »Asher«, stöhnte ich und spürte, wie Jamie sich verkrampfte. »Oh, Asher, ja, härter … Oh, Asher, ich liebe dich.«

Jamie rammte die Hand so hart gegen den Trockner neben meinem Kopf, dass ich zusammenzuckte. Unheilvoll sah er auf mich herab, und Hass strömte ihm aus jeder Pore seines Körpers.

Ja, du Mistkerl, beruht auf Gegenseitigkeit.

Er öffnete den Mund, um etwas zu sagen, schloss ihn dann aber wieder. Dann stieß er sich von dem Trockner ab und zog sich vor mir zurück, sodass meine Anspannung ein wenig nachließ. Schließlich lachte er leise. Ein rauer, unglücklicher Laut. Seine Miene war gespielt beeindruckt, seine Stimme heiser. »Baby Doe kennt sich in diesem Spielchen aus. Gut.« Seine Augen glitzerten boshaft. »Auf ein leichtes Spiel hätte ich auch gar keine Lust gehabt.«

Er drehte sich auf dem Absatz um und verließ den Waschraum, allerdings nicht ohne mir über die Schulter hinweg zuzurufen: »Bis bald, Frau Nachbarin.«

Das war eine Drohung.

Ich schauderte, und trotzdem stieg Wut in mir auf.

Nachdem Jamie sich durch diesen Brief von mir getrennt hatte, hatte ich geglaubt, niemals drüber hinwegzukommen. Wenn meine Freundin Cassie nicht gewesen wäre, die sachlich und nüchtern dafür gesorgt hatte, dass ich diese Phase des Herzschmerzes überstand – sie hatte mich nicht einfach monatelang allein in einem dunklen Zimmer liegen lassen, wie ich eigentlich wollte –, hätte ich die Geschichte womöglich niemals hinter mir gelassen.

Aber ich hatte mit meinem Leben weitergemacht, weil ich keine andere Wahl gehabt hatte.

Mir fiel auf, dass mich seine Anwesenheit zwar zutiefst erschüttert hatte, die Panikattacke aber ausblieb. Ich hatte keine Angst. Nein, vielmehr war mir nach Kampf zumute.

In den sechsundzwanzig Jahren, die ich auf diesem Planeten verbracht hatte, hatte ich so viele Tiefschläge einstecken müssen, dass ich mir im Laufe der Zeit eine unsichtbare Rüstung zugelegt hatte. Die meisten Leute wussten nicht mal, dass es sie gab, bis sie zu weit gingen.

Glaubte Jamie allen Ernstes, ich würde mich jetzt zurücklehnen und abwarten, bis er es mir heimzahlte?

No way.

Jamie war wieder in L.A., um Rache an Steadman zu nehmen. Und offensichtlich hatte er es auch auf mich abgesehen.

Doch ich würde nicht in der Defensive bleiben und passiv bleiben.

Höchste Zeit, in die Offensive zu gehen.

Und ich wusste auch schon genau, wo ich ansetzen würde.

Zwanzig

JAMIE

Dass wir gleichzeitig die Wohnungstüren geöffnet hatten, war nichts weiter als ein glücklicher Zufall gewesen.

Candice war im Auftrag von Dakota bei mir aufgetaucht. Vor ein paar Wochen hatte ich Dakotas Cousine auf einer Party kennengelernt, und sie hatte keinen Zweifel daran gelassen, dass sie mich gern »besser kennenlernen« wollte. Dass ausgerechnet sie mir die letzten Steadman-Tapes brachte, machte mich sauer.

Ich traute Candice nicht. Ich wollte mit ihr nichts zu tun haben.

Aber nach ein paar Sätzen wusste ich, dass sie keine Ahnung vom Inhalt der Videos hatte. Ich fragte mich, warum Dakota mir die Filme nicht selbst vorbeigebracht hatte, aber egal.

Die Tapes, die ich Rita Steadman zusammen mit dem Erpresserbrief bereits geschickt hatte, hatten ganze Arbeit geleistet. Das Internet war voll von Scheidungsmeldungen. Bevor ich Candice aus der Wohnung komplimentierte, in der ich zu einem lächerlich hohen Preis als Untermieter wohnte, um der lieben Jane nahe zu sein, hatte sich Dakota Jones' Cousine mir an den Hals geworfen.

Ich hatte wenig höflich abgelehnt.

Doch dann, just als ich ihr die Tür öffnete, hatte ich Asher und Jane in ihrem Eingang entdeckt, die so verliebt und vertraulich wirkten, dass ich Asher am liebsten per Kinnhaken geradewegs auf den Mond befördert hätte. Und selbst dort wäre er nicht weit genug weg gewesen.

Impulsiv hatte ich Candice geküsst.

Von meiner Selbstbeherrschung, als ich dem Mistkerl anschließend die Hand geschüttelt hatte, war ich sogar selbst beeindruckt.

Aber trotz meiner Intrigen hatte Jane es geschafft, dass ich im Waschraum einen Ständer bekommen hatte.

Oh, Asher, ja, härter … Oh, Asher, ich liebe dich.

Zwei Stufen auf einmal nehmend, eilte ich mit wild hämmerndem Herzen in meine Wohnung zurück. Ich hatte den Geschmack ihrer Haut immer noch auf der Zunge, ihren Duft in meiner Nase.

Vergiss nicht: Sobald du Jane in die Enge treibst, fährt sie ihre verdammten Krallen aus.

Dennoch pulsierte mein ganzer Körper vor Verlangen.

Man konnte sich jemanden aus dem Herzen schneiden, aber der Schwanz hatte offenbar seinen eigenen Willen. Wütend verzog ich den Mund, spürte, wie das Blut heiß in meinen Schwanz schoss, während mir das Bild von Jane in diesem verfickten Waschraum nicht aus dem Kopf gehen wollte. Ich traf eine Entscheidung.

Ich würde sie wieder haben.

Ich würde sie so lange vögeln, bis ich genug hatte. Mir sie aus dem Körper ficken.

Dies war nur eine weitere Möglichkeit, mich wieder in ihr Leben zu schleichen. Denn wenn ich ihr wieder nah war, sie wieder kannte, wusste, was ihr am meisten bedeutete, dann würde ich es ihr nehmen.

Ich holte tief Luft, um mich zu beruhigen, setzte mich auf die Couch, steckte die Kopfhörer in die Ohren und hörte mir die Aufnahmen von dem Gerät an, das ich in Asher Steadmans Wagen installiert hatte.

Bislang hatten weder ich noch mein Privatdetektiv irgendwelches belastendes Material gefunden. Asher war zu Jane gefahren, wobei er während der ganzen Fahrt Radio gehört hatte. Ich lehnte mich auf der Couch zurück und belauschte Steadman in seinem Auto. Lediglich das Brummen der Straße war zu hören. Diesmal schaltete er nicht mal das Radio ein. *Wie langweilig!*

Aber etwa eine Minute später hörte ich das Klingeln eines Telefons und anschließend die Stimme eines unbekannten Mannes.

»Asher, gibt es ein Problem?«

»Haben Sie Zeit für ein kurzes Telefonat?«, fragte Asher.

»Na ja, äh, schon. Krieg ich hin. Aber in einer Viertelstunde hab ich wieder einen Termin. Womit kann ich Ihnen heute helfen?«

»Haben Sie die Nachrichten gesehen, Dr. Jensen?«

»Ehrlich gesagt, nein.«

»Meine Eltern lassen sich scheiden. Sie haben es mir gestern Abend mitgeteilt. Meine Mutter hat das mit dem Bordell herausgefunden.«

Ich runzelte die Stirn und setzte mich auf. Dann ging ich zu meinem Laptop hinüber, um den digitalen Ordner zu öffnen, in dem sich die Informationen über Asher befanden.

»Verstehe. Und Sie machen sich Sorgen um sie?«

Ich klickte mich durch die Dateien und fand den Bericht des Privatdetektivs. An jedem zweiten Mittwoch suchte Asher ein Gebäude auf dem Wilshire Boulevard in Beverly Hills auf. Dr. Jensen war sein Therapeut.

»Die Scheidung begrüße ich. Ich bin froh, dass sie endlich die Wahrheit weiß. Aber jemand hat ihr Tapes geschickt, auf denen mein Vater in dem Bordell zu sehen ist. Jemand hat ihn überwacht.«

»Und wie fühlen Sie sich dabei?«

»Ich mache mir Sorgen um die Sicherheit meiner Mutter. Und darum, was sie durchmachen müsste, wenn die Videos an die Öffentlichkeit gelangen.«

Jetzt war ich wirklich verwirrt. Steckte Asher denn nicht mit Jane unter einer Decke? Ich dachte, sie wollten gemeinsam versuchen, Steadman das Handwerk zu legen.

»Ich nehme an, dass Sie über diese Sorgen nicht mit Jane reden konnten.«

Ich verkrampfte mich. Dr. Jensen wusste von Jane.

»Nein. Aber trotzdem habe ich ihre volle Unterstützung.«

»Bei unserer letzten Sitzung haben Sie mir angekündigt, Jane die Wahrheit sagen zu wollen. Heißt das, dass Sie dazu noch nicht bereit sind?«

Was für eine Wahrheit?

»Ich kann nicht. Noch nicht. Sie würde es nicht verstehen. Ich muss noch abwarten … bis sich ein paar weitere Dinge geregelt haben. Ich brauche sie, und solange ich ihr noch nicht alles im Detail erklären kann, besteht immer noch die Gefahr, dass ich sie verliere.«

»Führen Sie sich trotzdem eins vor Augen, Asher: Je länger Sie warten, umso größer ist die Chance, dass Jane sich von Ihnen abwendet, wenn die Wahrheit ans Licht kommt.«

»Ich beschütze sie.«

»Sie glauben allen Ernstes, dass Sie sie beschützen, indem Sie bewusst ihre Versuche sabotieren, belastendes Beweismaterial gegen ihren Vater zu finden?« Die Stimme des Arztes klang neutral. Nicht verurteilend.

Dafür verurteilte ich selbst ihn umso mehr.

Ein Grinsen schlich sich auf mein Gesicht.

»Ob Sie nun mit Janes Methoden einverstanden sind oder nicht, Sie geben vor, sie bei ihren Plänen zu unterstützen. Vielleicht merken Sie es ja gar nicht, Asher, aber diese Lüge setzt Sie unter ungeheuren Stress. Und angesichts der jüngsten Entwicklungen müssen wir Wege finden, Ihr Stresslevel zu senken.«

Ich hörte nicht mehr zu.

»Sie glauben allen Ernstes, dass Sie sie beschützen, indem Sie bewusst ihre Versuche sabotieren, belastendes Beweismaterial gegen ihren Vater zu finden?«

»Ob Sie nun mit Janes Methoden einverstanden sind oder nicht, Sie geben vor, sie bei ihren Plänen zu unterstützen.«

Wenn Asher Steadman Jane tatsächlich so viel bedeutete, wie ich vermutete, hatte ich gerade etwas Wichtiges herausgefunden, um ihn ihr zu entreißen.

Einundzwanzig

JANE

Es war schon beinahe zu leicht.

Na ja, zumindest wäre es das gewesen, wenn ich nicht befürchtet hätte, dass Jamie es herausfinden und Ivy die Schuld geben würde.

Ivy Martin war unsere Facility Managerin und kümmerte sich schon seit dreißig Jahren um dieses Haus.

Ihr Büro befand sich im Erdgeschoss, genau gegenüber ihrer eigenen Wohnung. Aber bevor ich einen Vorstoß wagen konnte, musste ich darauf warten, dass Jamie seine Wohnung verließ. Deshalb stand ich stundenlang vor meinem Türspion, was keine besonders lustige Art war, meinen Sonntagnachmittag zu verbringen. Aber ich war wild entschlossen, Informationen aufzuspüren, durch die ich Jamie um eine Nasenlänge voraus sein würde.

Um etwa drei Uhr nachmittags verließ er das Haus, etwa vier Stunden nachdem er mich im Waschraum in die Enge getrieben hatte, aber erst als ich sah, wie er mit seinem Porsche seinen Parkplatz verließ, ging ich nach unten.

Manchmal war Ivy sonntags nicht in ihrem Büro, aber heute stellte ich freudig überrascht fest, dass die Tür offen stand und die Facility Managerin sich über ihren Schreibtisch beugte, um ein paar Papiere durchzugehen. Wahrscheinlich handelte es sich um Reparaturanfragen meiner Nachbarn. Das Gebäude war alt und hielt Ivy auf Trab.

Ich klopfte mit den Fingerknöcheln gegen die offene Tür, sodass Ivy mir den Blick zuwandte.

Sie war etwa Mitte sechzig, sah aber aus wie eine agile Frau von Ende vierzig. Sie meinte stets, dass die Sonne Kaliforniens, ihr Yoga und die Unmengen an Wasser, die sie trank, sie jung hielten. Man stieß nicht häufig auf einen weiblichen Facility Manager, aber früher hatte Ivy mit ihrem Dad auf dem Bau gearbeitet, weshalb sie seit ihrem fünften Lebensjahr so ziemlich alles Handwerkliche von der Pike auf gelernt hatte. Es gab nichts, das diese Frau nicht reparieren konnte.

Sie sah mich mit ihren funkelnden dunklen Augen an und hob grüßend das Kinn.

»Margot! Problem?«

Ich betrat den Raum und schenkte ihr ein bedauerndes Lächeln. »Tut mir echt leid, Ivy, aber ich hab mich ausgeschlossen, als ich in den Waschraum wollte. Kannst du mich mit deinem Zweitschlüssel wieder reinlassen?«

»Natürlich, kein Problem.« Sie legte die Papiere auf den Schreibtisch und ging zu dem abgeschlossenen Schrank hinüber, in dem sie die Ersatzschlüssel aufbewahrte. Ich umrundete sie, sodass jetzt sie diejenige war, die der Tür am nächsten stand, und beugte mich zu den Fotos auf dem Schreibtisch vor. »Bist du das?« Ich deutete auf ein verblichenes Foto einer hübschen Frau in altmodischem Bikini, die die Arme um einen gut aussehenden Typen in Schwimmshorts geschlungen hatte. Im Hintergrund war ein See zu sehen. »Und ist das Mal?«

Mal war Ivys Ehemann gewesen. Er war zwei Monate nach meinem Einzug in dieses Gebäude gestorben.

Ivy lächelte leicht und schloss den Schrank auf, wobei sie die Türen weit öffnete.

Danke schön, Ivy.

»Das ist mein Mal. An unserem fünften Hochzeitstag am Lake Tahoe.«

»Was für ein hübsches Paar«, sagte ich.

»Danke, Liebes. Ich war eine sehr glückliche Frau. Innerlich war mein Mal sogar noch toller.«

Ihre Bemerkung versetzte mir einen traurigen Stich, doch

gleichzeitig kribbelte der Neid in meiner Brust. Ich wusste, wie es war, die Menschen zu verlieren, die man liebte. Und hatte Ivy gegenüber ein schlechtes Gewissen, weil ich eifersüchtig auf sie war.

Doch auch das konnte mich nicht aufhalten. Gerade als sie meinen Schlüssel vom Haken nahm, fuhr ich in gespieltem Erschrecken zusammen und blickte mit offenem Mund zur Tür hinaus. »War da nicht ein Hund?«

»Was?« Ivy drehte sich zur Tür um.

Ich schnappte mir die Schlüssel neben dem leeren Haken, an dem meine gehangen hatten, und verbarg meine Hand hinter dem Rücken, wobei sich das Metall scharf in mein Fleisch bohrte. Meine Handflächen wurden ganz feucht. »Ein Hund. Ich habe gerade einen Hund vorbeilaufen sehen.«

»Bist du sicher?« Jetzt sah Ivy mich wieder an.

»Hundertprozentig.«

Sie seufzte tief. Haustiere waren hier streng verboten. »Erst lasse ich dich in deine Wohnung, dann kümmere ich mich drum.« Sie hielt den Blick auf den Flur gerichtet, während sie den Schrank zuschloss.

Und hatte nichts gemerkt.

Kaum zu glauben.

»Bist du wirklich sicher?«, fragte sie beim Verlassen des Büros noch einmal.

»Absolut.«

»Ich wette, es ist diese junge Frau auf der vierten Etage«, murmelte sie leise. »Erst schmuggelt sie eine Katze rein. Und jetzt einen verdammten Hund.«

Mir das Lachen zu verkneifen und gleichzeitig ein schlechtes Gewissen zu haben löste leichte Hysterie in mir aus. Ich hatte Mühe, nicht schuldbewusst und belustigt loszuprusten, als Ivy mich in die Wohnung ließ. Ich bedankte mich bei ihr, betrat das Apartment und blieb hinter der geschlossenen Tür stehen, bis sie wieder verschwunden war.

Kaum war die Luft rein, flitzte ich über den Flur zu Jamies Wohnung.

Mein Herz pochte so schnell, dass das Rauschen des Blutes in meinen Ohren alles zu übertönen schien.

Mit zitternden Fingern schloss ich auf und machte die Tür mit leisem Klicken hinter mir zu.

Seine Wohnung sah genauso aus wie meine. Ein Wohnraum mit offener Küche, ein großes Schlafzimmer und ein Bad, die hinten von einem schmalen Flur abgingen. Beinahe erwartete ich schon, dass im Wohnzimmer eine Wand mit Zeitungsartikeln, Fotos und Zeitstrahlen gepflastert sein würde wie eine Stalker-Wand.

Aber leider war es nicht ganz so offensichtlich.

Tatsächlich war das Apartment deprimierend kahl. Überall standen offene Umzugskartons herum, in denen ich zahllose Bücher fand. Entweder hatte Jamie bislang keine Zeit gefunden auszupacken, oder er hatte gar nicht die Absicht, es zu tun, weil er im Grunde auf der Durchreise war. Und hier nur ausharrte, um mich zu quälen.

Ich knurrte leise vor mich hin, öffnete einen weiteren Karton und erstarrte bei dem Anblick, der sich darin bot. Ich nahm eines der jungfräulichen Hardcover-Exemplare zur Hand, drehte es um und wurde plötzlich von glühender Sehnsucht übermannt.

Er hatte noch mehr Exemplare von *Brent 29*.

Trotz der beschissenen Dinge, die ihm widerfahren waren, hatte er diesen Traum realisieren können. Er hatte als Autor etwas veröffentlicht. Und nicht nur irgendetwas, sondern einen Riesenbestseller. Ein kleiner Rest der alten Jane war wirklich stolz auf ihn. Etwas Derartiges erreichte nur weniger als ein Prozent aller Autoren.

Seufzend legte ich das Exemplar wieder in den Karton zurück.

»Deshalb bist du nicht hier«, murmelte ich, stand auf und begab mich zu dem Schreibtisch im hinteren Teil des Zimmers. Die Schubladen enthielten Kassenzettel. Sonst nichts.

Wütend betrachtete ich seinen Laptop.

Wahrscheinlich befand sich alles, was ich wissen wollte, darauf.

Dann wanderte mein Blick zu dem Papierstapel neben dem Computer, und mir stockte der Atem, als ich die Aufschrift auf dem Deckblatt las.

Doe
Ein Roman von Griffin Stone

Ich hob die ersten Seiten hoch und entdeckte, dass es sich um den Ausdruck eines neuen Manuskripts handelte. Die roten Randbemerkungen und Notizen auf den Seiten zeugten davon, dass es bereits lektoriert worden war. Angesichts des Titels war der Drang, es zu lesen, geradezu überwältigend.

Allerdings hätte ich noch nie etwas gelesen, das Jamie mir nicht freiwillig gezeigt hatte.

Auch nicht, wenn der Titel aus meinem Nachnamen bestand.

Ich ignorierte die Schmetterlinge in meinem Bauch, legte die Seite ordentlich wieder zurück und ließ mich auf Jamies Computersessel gleiten, um den Laptop aufzuklappen. Die Passwortzeile erschien. Plötzlich erinnerte ich mich an die Zeit unseres Zusammenlebens. Jamies Passwörter waren meist so kompliziert, dass er sie allesamt in einem kleinen schwarzen Notizbuch verwahrte.

Auf der Suche danach öffnete und durchwühlte ich sämtliche Schubladen.

Nichts.

Ich ging in die Küche und sah dort nach.

Kein Glück.

Blieb nur noch sein Schlafzimmer übrig, das ich eigentlich unter allen Umständen hatte meiden wollen. Beinahe wäre ich gegen einen dunkelroten Punchingball geprallt, der von der Decke hing.

Jamie boxte?

Ich stellte mir vor, wie er den Punchingball bearbeitete, und wurde plötzlich von heftigem Verlangen gepackt. Schon wieder ein Grund, ihn zu hassen. Nachdem ich den Boxsack umrundet

257

hatte, stieg mir Jamies Geruch in die Nase. Sein neuer, dunklerer Duft. Die Neugier trieb mich ins Bad, wo ich die Schranktür über dem Waschbecken öffnete. Auf dem obersten Regalbrett stand eine Flasche Eau de Cologne, das ich mir an die Nase hielt.

»Jep.«

Das also war Jamies neuer Duft. Allerdings auch nicht ganz. Sein eigener charakteristischer Körpergeruch veränderte das Parfüm ein wenig, sodass es an ihm sogar noch erotischer wirkte. Früher hatte Jamie Eau de Cologne gemieden, sondern sich mit seinem Duschbad begnügt.

Ich stellte die Flasche zurück und kehrte ins Schlafzimmer zurück. Dort standen ein Bett, Nachttischschränke und eine Kommode. Ich erinnerte mich daran, dass Jamie immer rechts geschlafen hatte, weshalb ich mich zunächst dieser Bettseite widmete.

Als ich die Schublade öffnete, machte mein Herz einen triumphierenden Satz.

Bingo. Ich holte das kleine schwarze Notizbüchlein heraus und wollte es gerade aufschlagen, als mir plötzlich etwas Darunterliegendes ins Auge fiel.

Ich nahm den kleinen Stapel Fotos in die Hand und spürte plötzlich einen schmerzhaften Stich.

Skye und Jamie.

Jamie, Skye und Lorna.

Fünf Fotos von den Geschwistern in unterschiedlichen Phasen ihres Lebens.

Aber erst beim Anblick des letzten Fotos ließ ich mich verwirrt aufs Bett fallen.

Es war ein Foto von mir, das Skye mit ihrem Handy aufgenommen und später ausgedruckt hatte. Ich saß an einem Bierzelttisch, den Ellbogen aufgestützt, das Kinn auf der Hand aufgestützt und lachte die Person hinter der Kamera an – Skye. Meine Augen leuchteten, ein Grübchen zierte meine linke Wange, und ich wirkte glücklich.

Liebevoll strich ich mit den Fingerspitzen über das Foto, und Tränen brannten in meinen Augen.

Ich konnte mich nicht erinnern, wann ich das letzte Mal so glücklich gewesen war.

Bei der Erinnerung an den Tag, da es aufgenommen worden war, bekam ich einen Kloß im Hals und schluckte mühsam. Ich war siebzehn gewesen, und Skye, Lorna und ich hatten einen Mädelstag in Disney Land verbracht. An diesem Tag hatte ich ein süßes Geheimnis gehabt.

Jamie.

Wir trafen uns damals nur im Verborgenen, aber trotz unserer Heimlichkeiten war ich im siebten Himmel. Verliebt. Und freute mich auf die Zukunft.

Wie war Jamie an dieses Foto gekommen? Und warum bewahrte er es auf?

Nachdem er Lorna veranlasst hatte, mir seinen Brief zu geben, hatte sie seine Sachen zusammengepackt und eingelagert. Eigentlich hatte ich angenommen, dass sie sämtliche Beweise für meine Existenz vernichtet hatte, aber dieses Foto war ihr offenbar durch die Lappen gegangen.

Und Jamie hatte es behalten.

Wenn jemand einen anderen Menschen nicht mehr liebte, ihn im Gegenteil sogar hasste, warum sollte er dann ein Foto wie dieses aufheben? Und anscheinend sogar bei einem Umzug noch mitnehmen?

Aber ich hatte keine Zeit, über die komplexen Gefühle nachzudenken, die Jamie mir gegenüber hegen mochte, weshalb ich die Fotos wieder in die Schublade stopfte und zu verdrängen versuchte. Zurück an seinem Schreibtisch, blätterte ich sein kleines schwarzes Buch durch. Ich ignorierte die wenigen Telefonnummern neben diversen Frauennamen, bis ich seine Passwort-Liste fand.

Ein einziges davon war ohne jede Information notiert worden. Ich nahm also an, dass dies das Hauptpasswort war.

Und hatte recht.

Ich zitterte, einerseits vor gespannter Erwartung und andererseits, weil ich wusste, dass das, was ich hier trieb, nicht nur unmoralisch, sondern vor allem illegal war. Ich klickte mich durch die Ordner auf seinem Desktop. Der neugierige Bücherwurm in mir hätte sich jetzt liebend gern seinen neuesten Romanen und Kurzgeschichten gewidmet, aber ich hatte der Lektüre des Romans mit dem Titel *Doe* bereits erfolgreich widerstanden, also würde ich mich wohl auch hier zurückhalten können.

Ich stöhnte und sah kurz zu dem Manuskript hinüber, das ich so gern gestohlen hätte, aber ganz sicher nicht anrühren würde.

Schließlich stieß ich auf dem Computer auf einen Ordner mit dem Titel *Der Graf von Monte Christo*. Stirnrunzelnd klickte ich ihn an, und sofort stockte mir der Atem.

Mit einem leisen Lachen schüttelte ich den Kopf. »Jamie, du raffinierter Mistkerl.«

Es war sein Rache-Ordner.

Er hatte ihn nach einem berühmten Roman über die Rache benannt, in dem es um einen Mann ging, dem ein Verbrechen unterstellt worden war, das er nicht begangen hatte.

Ich fand fünf Unterordner, die durch Personennamen gekennzeichnet waren.

Foster Steadman.

Frank Kramer.

Elena Marshall.

Ethan Wright.

Jane Doe.

Foster: der Produzent, der Skye vergewaltigt und Jamie den bewaffneten Raubüberfall untergeschoben hatte.

Frank Kramer: Er war Fosters rechte Hand, woraus Jamie geschlossen hatte, das er hinter der ganzen Intrige stand.

Elena Marshall: Sie war die Kassiererin, die gelogen und Jamie als den Räuber identifiziert hatte.

Ethan Wright: der korrupte Cop, der von Foster geschmiert worden war.

Als Erstes klickte ich meinen eigenen Ordner an. Jamie hatte eine Kopie der amtlichen Bescheinigung über meine Namensänderung dort gespeichert. Ferner einen detaillierten und absolut zutreffenden Lebenslauf, jeweils eine Liste meiner engsten Freunde (eine erbärmlich kurze Liste, die nur einen Namen enthielt: Asher), meiner Kollegen, der Filme, an denen ich mitgewirkt hatte, und der Connections, über die ich in Hollywood verfügte. Außerdem eine Liste sämtlicher Galerien in Kalifornien, die meine Kunstwerke an- oder verkauften.

Dazu gab es diverse Fotos von mir, die aussahen wie Überwachungsfotos.

Dann fand ich Jamies OneNote-Datei. Dieses Dokument las sich beinahe wie ein Tagebuch. Jedes Mal, wenn Jamie eine neue Information gefunden hatte, hatte er sie neben dem Datum und der Uhrzeit notiert. Stirnrunzelnd las ich die teilnahmslosen Beschreibungen meiner Beziehung zu Asher. Er fragte sich, warum Asher die Nacht nie bei mir verbrachte und ich nie bei ihm schlief, und stellte Überlegungen über die Tiefe unserer Verbindung an. Doch immerhin kam er zu dem Schluss, dass wir genug Zeit miteinander verbrachten, um einander wichtig zu sein.

Ich fluchte leise, als ich die Notiz las, in der er beschrieb, wie er meine Nachbarin Sheila bestochen hatte, damit sie ihm ihre Wohnung untervermietete. Er hatte ihr weisgemacht, dass er in diesem Gebäude aufgewachsen war und »nach Hause« kommen wollte. In Wirklichkeit hatte er diese Aktion gestartet, um »Janes Privatleben im Blick zu haben und Ansatzpunkte zu finden, was ihr wichtig war«.

Auch zu Asher gab es ein Dokument, und schon bald wusste ich, warum, denn ich fand eine Datei mit dem Titel »Jane: am wichtigsten«. Sie enthielt nur zwei Notizen: *Asher* und *Karriere als Künstlerin*.

Übelkeit stieg in mir empor, als ich die übrigen Dateien durchging, wobei ich mich rückwärts hindurcharbeitete und mit Ethan Wright anfing. Jeder Einzelne hatte die gleiche letzte Datei mit der Auflistung dessen, was dem Betreffenden »am wichtigsten« war.

Erst als ich Frank Kramers Ordner öffnete, wurde mir klar, was Jamie hier tat. In Kramers »Am wichtigsten«-Liste stand nur ein einziger Name: Juanita Kramer. Seine Frau. Ohne dass ich es wusste – und auch Asher hatte nie etwas Derartiges erwähnt –, hatte Frank Kramer seine Frau misshandelt.

Jahrelang, wie es schien.

Jamie hatte Polizeiberichte und Fotos von Juanita zusammengestellt, nachdem Frank sie ins Krankenhaus eingeliefert hatte. Die Anklage wurde jedoch jedes Mal wieder fallen gelassen, was Jamie auf Foster Steadmans Einfluss zurückführte.

Doch anders als in den anderen Listen war hier ein Name durchgestrichen – Juanitas Name. Bei der Lektüre von Jamies Notizen wurde mir klar, wieso. Anscheinend hatte Jamie entdeckt, dass Frank seine Frau trotz der Misshandlungen am wichtigsten war. Er schien geradezu besessen von ihr zu sein. Im Laufe der letzten Jahre hatte sie ihn mehrfach angezeigt. Er hatte sie mit seiner Eifersucht tyrannisiert und deshalb verprügelt, sie fünf Tage lang in einem Zimmer eingesperrt und sie auf vielerlei andere Arten misshandelt. Niemand hatte ihr geholfen.

Diese Ungerechtigkeit machte mich stinksauer.

Jamies Eintragungen und den Gesprächen mit ihrer Familie zufolge hatten sie versucht, Juanita zur Flucht zu verhelfen, aber Frank hatte sie immer wieder gefunden. Entschlossen hatte Jamie eingegriffen, um ihm Juanita endgültig zu entziehen. Zwischen den Zeilen war zu lesen, dass er seine Beziehungen aus dem Gefängnis hatte spielen lassen, um ihr das Verschwinden zu ermöglichen. Schriftlich gestand er ein, was er mir gegenüber sicher nie zugegeben hätte. Einerseits diente diese Aktion seinen eigenen Interessen. Immerhin hatte er Frank damit das genommen, was ihm am meisten bedeutete. Doch andererseits freute Jamie sich darüber, Juanita bei ihrer Flucht geholfen zu haben.

Am Ende hatte er vermerkt, dass Frank zwar nach ihr suchte, bislang aber nicht die geringste Spur von ihr hatte entdecken können.

Ich schloss seinen Ordner und wurde von einer Vielzahl widerstreitender Gefühle durchflutet. Wie sauer ich auf Jamie auch war – wie unversöhnlich, verletzt, wütend und auch besorgt darüber, wie weit das Gefängnis und die Ungerechtigkeit ihn gebracht hatten –, ich war auch stolz auf ihn, weil er Juanita Kramer geholfen hatte. Das weckte die Hoffnung in mir, dass er jenen Jamie, den ich liebte, nicht ganz und gar aus den Augen verloren hatte.

Durch die Lektüre seiner Dateien war mir nun klar, welches Ziel Jamie verfolgte. Um sich nicht wieder auf eine Straftat einlassen zu müssen, trotzdem aber Rache nehmen zu können, hatte er Nachforschungen über seine Opfer angestellt, um herauszufinden, was ihnen im Leben am wichtigsten war. Um es ihnen dann wegzunehmen.

»Denn genau das haben sie mit dir getan«, murmelte ich.

Ich wusste noch immer nicht, welche Rolle mir in diesem Spiel zugewiesen war, nur, dass Jamie offenbar fest davon überzeugt war, dass ich mit Asher schlief.

Den Cop Ethan Wright verdächtigte Asher, bestechlich zu sein. Allerdings hatte er dafür noch keine Beweise. Wright hatte keine persönlichen Beziehungen, weshalb Jamie schlussfolgerte, dass ihm seine Karriere – und die damit verbundene Macht – am wichtigsten war. Nahm man ihm die, stand er vor dem Nichts.

Elena Marshall, die Kassiererin, schien keine verborgenen dunklen Geheimnisse zu haben. Jamie hatte ihre finanzielle Situation durchleuchtet, ebenso wie ihr Privatleben, hatte aber nichts gefunden. Doch ihre Tochter hatte ein ellenlanges Vorstrafenregister. Also hatte er diese Tochter auf Elenas Liste gesetzt, allerdings mit Fragezeichen versehen.

Mit verengten Augen betrachtete ich den Bildschirm.

Wage es nicht, Jamie McKenna!

Ich würde nicht zulassen, dass er eine unschuldige Person in diesen Schlamassel hineinzog.

Schließlich klickte ich Foster Steadmans Datei an.

Darin fand ich Fotos und Videos, die ich am liebsten gleich wieder vergessen hätte. Ich hatte recht gehabt: Jamie hatte das Zeug an Rita Steadman geschickt. Ihr Name war von Fosters »Am wichtigsten«-Liste gestrichen worden.

Die beiden letzten Punkte auf der Liste jedoch standen noch da: Asher Steadman. Beruf.

Ich hatte keine Ahnung, wie Jamie Foster Steadman diese beiden Dinge wegzunehmen gedachte, aber ganz sicher würde ich nicht zulassen, dass er Asher auch nur ein Haar krümmte. Plötzlich hörte ich den Schlüssel in der Wohnungstür, und mein Herz machte einen Satz.

Mist.

Bevor ich mir irgendetwas ausdenken konnte, kam Jamie herein und blieb bei meinem Anblick an seinem Schreibtisch abrupt stehen. Mit ausdrucksloser Miene stieß er die Tür zu, die so laut ins Schloss fiel, dass ich zusammenzuckte.

Dann schloss er ab.

Ich spürte kalten Schweiß in meinem Nacken, und ich erhob mich. Meine Knie zitterten.

Es ist Jamie, rief ich mir ins Gedächtnis. *Er wird mir nichts tun. Wirklich nicht?*

Sein Blick huschte zum Laptop hinüber. Dann kam er auf mich zu, wobei er die Schlüssel in eine Schale auf einem Beistelltisch warf. Die braune Papiertüte mit seinen Einkäufen stellte er auf dem Sofa ab. Mein Herz pochte wie wild, und ich stand da wie gelähmt, als er lässig das Wohnzimmer durchquerte und neben mir stehen blieb. Er warf mir einen Blick zu, streckte den Arm aus und schloss den Laptop.

»Du hast einen Schlüssel zu dieser Wohnung«, bemerkte er in ruhigem, gelassenem Ton.

Doch ich spürte, dass er alles andere als ruhig und gelassen war.

Ich nickte, denn ich wollte Ivy keinesfalls in Schwierigkeiten bringen. »Früher habe ich Sheilas Pflanzen gegossen.«

»Sheila hatte Pflanzen?«, überlegte Jamie und legte den Kopf schief. »Kann ich mich gar nicht dran erinnern.«

»Sie hatte welche.« Störrisch reckte ich das Kinn. Beim Blick in seine vertrauten Meeraugen traf mich jenes Gefühl, das mich bei meinen Nachforschungen auf seinem Laptop nicht losgelassen hatte, einmal mehr wie ein Schlag in die Magengrube.

Angst.

Nicht um mich selbst.

Sondern um Jamie.

Wenn Foster Steadman herausbekam, dass Jamie es den Personen heimzahlte, die für seine fälschliche Inhaftierung verantwortlich gewesen waren, würde er sich an Jamies Fersen heften. Und diesmal würde er Jamie ein für alle Mal ausschalten. Falls Jamie seine Rache auf unschuldige Menschen ausdehnte, war meine Sorge um ihn unangebracht. Doch das würde er nicht tun. Ich kannte ihn. Egal, was er von sich selbst glauben mochte, ich wusste, dass er ein gutes Herz hatte.

Er mochte sich in seine Rachegelüste hineingesteigert und verstrickt haben, aber tief im Innern war er ein guter Mensch. Niemals würde er jemandem ein Leid zufügen, der es nicht verdient hatte, denn auch ihm war klar, dass er eine solche Aktion sein Leben lang bereuen würde.

»Ich habe alles gesehen«, gestand ich ihm nun.

An seinem Kinn zuckte ein Muskel. Trotz seiner ausdruckslosen Miene war er eindeutig sauer. »Sollte ich jetzt vor Furcht zittern? Oder dir gratulieren, weil du mich überrascht hast? Denn überrascht bin ich in der Tat.« Er streckte die Hand aus, um mein Kinn zu umfassen, doch ich riss den Kopf zur Seite und funkelte ihn böse an. Er grinste. »Meine kleine Jane Doe und ihr geheimes Feuer.«

»Ich weiß, dass es dir schwerfällt, nicht herablassend zu sein, aber versuch es doch zumindest mal.«

Jamie lehnte sich an seinen Schreibtisch und verschränkte die Arme vor der Brust. »Ich nehme an, du verfolgst mit deinem Eindringen hier einen bestimmten Plan. Oder hattest du nur vor, mir den Tag zu verderben, indem du mich zwingst, dir wieder ins Gesicht zu sehen. Schon erstaunlich, wie etwas, das ich einst so schön fand, mir jetzt so widerlich vorkommt.«

Ich senkte den Blick, damit er nicht sah, wie weh mir seine Worte taten. Dann richtete ich mich kerzengerade auf und sah wieder zu ihm empor. »Seltsam. Dabei bin ich beinahe sicher, dass ich im Waschraum spürte, wie dein Ständer mir in den Bauch stach. Anscheinend findet dein Schwanz mich immer noch attraktiv. Aber wo wir gerade beim Thema sind: Mach so etwas nie wieder.« Ich wanderte quer durch den Raum in Richtung Sofa, um Abstand zwischen ihn und mich zu bringen.

Jamie musterte mich von Kopf bis Fuß und zuckte mit den Schultern. »Komm zur Sache, Jane. Ich langweile mich.«

Niemand brachte mich so auf die Palme wie Jamie McKenna. Ich schluckte meinen Wutanfall herunter und holte tief Luft. »Ich weiß, dass du vorhast, es jedem heimzuzahlen, der an deiner Verhaftung beteiligt war. Dass du Kramer bereits erledigt hast. Dass du bei der Kassiererin noch nach einem Ansatzpunkt suchst, ebenso wie bei dem Cop und Steadman.« Ich deutete auf mich selbst. »Diese Eintrittskarte bin ich.«

Diesmal hatte Jamie sich nicht mehr im Griff. »Was?«, fragte er schockiert.

»Ich bin deine Eintrittskarte.« Ich machte einen Schritt auf ihn zu. Keinesfalls sollte seine Rache Unschuldige treffen. Um sie und auch ihn selbst zu schützen, musste ich mich einmischen. Ich wollte die Zügel in die Hand nehmen, kontrollieren, wie weit Jamie ging. Ich würde dafür sorgen, dass er die von mir gezogene Grenze nicht überschritt. »In deinen Notizen schreibst du, dass du weder an die Kassiererin noch an den Cop herankommst. Er leidet unter Verfolgungswahn, und sie würde sich an dich erinnern. Nun ja, an mich wird sich so leicht niemand erinnern. Ich kann den beiden durchaus nahe kommen.«

»Du glaubst allen Ernstes, dass ich mit dir zusammenarbeite, obwohl du auf der Liste der Opfer stehst?« Er stieß ein Unheil verkündendes Lachen aus. »Bildest du dir ein, dich retten zu können, indem du mir hilfst, Jane?«

Nein, ich bilde mir ein, dich *dadurch retten zu können.* »Ich habe nicht vor, mit dir darüber zu diskutieren. Ich will Gerechtigkeit für das, was dir zugestoßen ist, Jamie. Wir beide mögen uns vielleicht nicht besonders, aber früher waren du und Skye meine Familie. Wenn wir ihr schon keine Gerechtigkeit mehr widerfahren lassen können, so können wir Foster zumindest aus anderen Delikten einen Strick drehen und auch den übrigen Beteiligten einen Denkzettel verpassen für das, was sie dem Jamie angetan haben, den ich *früher einmal* liebte.«

Jamie kniff die Augen zusammen und biss sich auf die Unterlippe. Als wollte er etwas Kränkendes erwidern. Aber dann ließ er seine Unterlippe wieder los und antwortete:»Nein, ich würde lieber noch weitere fünf Jahre im Gefängnis sitzen, als mit dir zusammen Bonnie und Clyde zu spielen.«

»Das war keine Bitte.«

Er schnaubte. »Denkst du wirklich, dass du mich dazu zwingen kannst?«

»Nun ja, ich bin eng mit Asher Steadman befreundet. Ein einziges Telefonat mit seinem Vater reicht aus, um ihn von deinen Aktivitäten in Kenntnis zu setzen.« Die Worte fühlten sich auf meiner Zunge wie Asche an. Ich würde Jamie nie verzeihen, dass er mir das Herz gebrochen hatte, und nahm freiwillig in Kauf, dass er das Schlimmste von mir dachte, aber ich hätte ihn niemals betrogen oder verraten. Doch das musste er nicht wissen.

»Du bist eine ganz schön herzlose Bitch geworden, was?«

Es fiel mir schwer, nicht zusammenzuzucken, aber ich bekam es hin. »Tu doch nicht so, als wäre Erpressung unter deiner Würde, Jamie!«

Er grinste höhnisch. »Na gut. Und Steadman?«

»Solange du mich in deine Aktivitäten miteinbeziehst, wird er nichts erfahren. Und wie man ihm die Tour vermasseln kann ... da fällt uns schon noch was ein.«

»Du schmiedest mit Asher doch schon seit Jahren Komplotte gegen ihn, hast aber immer noch keine Lösung gefunden.«

Woher wusste er das nun wieder? Ich fragte ihn danach.

»Glaubst du etwa, ich habe alles nur hier auf dem Laptop? Nein.« Er stieß sich von dem Schreibtisch ab und kam auf mich zu. Groß und bedrohlich blieb er vor mir stehen.

Ich wollte zurückweichen.

Zwang mich aber, stehen zu bleiben.

»Du wirst Asher für unsere Rache benutzen.«

»Niemals.«

Seine Lippen zuckten. »Ich habe so das Gefühl, dass ich deine Meinung noch irgendwann ändern werde. Aber zuerst widmen wir uns der Kassiererin und dem Cop.«

Erleichterung durchflutete mich. »Gut. Wo willst du anfangen?«

»Warum fangen wir nicht damit an, dass du mir diesen Schlüssel zurückgibst?« Er streckte mir die Hand entgegen.

Mir fiel kein Gegenargument ein, also fischte ich ihn aus meiner Gesäßtasche und ließ ihn in seine Hand fallen, ohne ihn zu berühren. Seine Augen funkelten belustigt, als wüsste er, wie sehr ich mich vor Körperkontakt fürchtete.

Dann umschloss er den Schlüssel mit der Faust. »Und jetzt raus.«

Wütend funkelte ich ihn an. »Und unser Plan?«

»Nun, zunächst muss ich darüber nachdenken. Immerhin sind die Karten jetzt neu gemischt, nicht wahr«, sagte er geduldig wie zu einem begriffsstutzigen Kind. Er wandte mir den Rücken zu und schritt zu seinem Laptop hinüber. Ich zeigte ihm den Mittelfinger. Eine kindische Geste, zugegeben, aber hinterher fühlte ich mich besser.

»Ich melde mich …« Er verstummte, und sofort wurde mir klar, warum, denn sein Blick fiel nun auf den Schreibtisch.

Auf das Manuskript darauf. *Doe.*

Wachsam sah er mich an.

»Ich hab's nicht gelesen«, versicherte ich ihm.

Er bedachte mich mit einem nachdenklichen Blick, als versuche er zu ergründen, ob ich die Wahrheit sagte *(dieser Mistkerl).* Dann wandte er mir wieder den Rücken zu. »Du kannst gehen.«

Aber ich war noch nicht so weit. »Warum?«

»Warum was?«, blaffte er.

»Warum trägt dein neues Buch den Titel *Doe*?«

Jamie lachte so herzhaft, dass seine Schultern bebten. »Glaubst du etwa, es geht um dich, Jane?«

»Ist schon ein ziemlicher Zufall …« Meine Wangen brannten vor Verlegenheit.

Ätzend, wie klein und dumm er mich dastehen ließ.

Er wandte sich mir zu, lehnte sich an den Schreibtisch und legte die Hand auf den Papierstapel. »Wahrscheinlich wollte ich wissen, wie es sich anfühlt, dich zu ruinieren, bevor ich es wirklich in die Tat umsetze.«

Seine Worte fuhren mir wie ein Messer ins Herz, als sei unsere Trennung nicht schon sechs Jahre her. Als läse ich gerade wieder seinen Brief und fragte mich, wie *mein* Jamie mir so etwas antun konnte.

Er musterte mich mit tieftraurigem Blick. Die Dunkelheit darin ließ mein Herz schneller schlagen. »Ihr sollt für all das büßen, das ihr Skye und mir angetan habt. Und zwar euer Leben lang.«

Mühsam die Tränen zurückhaltend, nickte ich knapp. »Dadurch wirst du dein eigenes Leid aber nicht los.«

»Sieh mal an! Kapierst du's jetzt langsam?«

Ich marschierte hinaus und schlug seine Wohnungstür hinter mir zu. Im Geiste bekam ich einen Tobsuchtsanfall. Was bildet sich dieser Kerl ein? Dass nur er selbst Verletzungen davongetragen hatte? Dass wir anderen nicht ebenfalls zu leiden hatten?

Vor vielen Jahren hatte ich ihm beigebracht, über die eigenen Grenzen hinauszublicken.

Offensichtlich hatte Jamie McKenna das vergessen.

Ich lehnte mich an meine Tür und warf einen Blick zu seiner zurück. »Höchste Zeit, dass ich dir diese Lektion ins Gedächtnis rufe.«

Zweiundzwanzig

JAMIE

»Wie war doch gleich der Name?«, fragte der Security-Mitarbeiter.

Ich lehnte mich aus dem Wagenfenster hinaus und sah durch meine dunkle Sonnenbrille zu ihm empor. »Griffin Stone.«

»Und Sie wollen zu wem?«

Herrgott noch mal, wie oft musste ich das denn noch wiederholen. »Margot Higgins.« Ich verkniff mir eine entsprechende Antwort. Meine scharfe Zunge würde ich mir für Jane aufsparen.

Ein paar Minuten später öffnete man mir das Tor zum Gelände der Chimera Studios, und ich fuhr mit zufriedenem Grinsen auf den Lippen hindurch. Ich wusste, dass Jane mich reinlassen würde. Sie schien wild entschlossen zu sein, in meiner Nähe zu bleiben. Mich zu erpressen. Beinahe war ich stolz darauf.

Ich hätte wissen können, dass sie die Hände nicht in den Schoß legen und untätig abwarten würde, was ich mit ihr vorhatte. Jane war aus anderem Holz geschnitzt. Würde sie mich an Steadman verpfeifen? Ich war nicht sicher, ob ich ihr abnahm, dass sie es nicht tun würde. Warum also sollte ich mich mit ihr abgeben?

Vielleicht würde sie sich als nützlich erweisen; außerdem konnte ich sie so im Auge behalten; und ich konnte herausfinden, was ihr wirklich etwas bedeutete. Womit ich Jane so richtig aus der Fassung bringen konnte. Ich persönlich hoffte, dass *ich selbst* der Schlüssel dazu sein konnte, dass tief in ihrem Innern ein Teil von ihr immer noch an mir hing. Dass ich ihr das Gleiche antun konnte, was sie mir angetan hatte.

Sie dazu bringen konnte, mich zu lieben.

Nur um sie dann zu verlassen.

Ich musste es darauf ankommen lassen. Sie schien definitiv ganz vernarrt in dieses Arschloch Asher Steadman zu sein. Meine Finger umklammerten das Lenkrad. Gott, ich war stinksauer auf sie!

Andererseits hatte ich mich schon lange nicht mehr so lebendig gefühlt und musste mir eingestehen, dass ich mich auf unsere zukünftige Zusammenarbeit freute.

Kaum hatte ich die Halle erreicht, zu der der Wachmann mich dirigiert hatte, sah ich, wie eine Tür sich öffnete. Dort stand sie, mitten im Eingang. Mein Blut pulsierte so heftig durch meine Adern, als hätte ich gerade einen Liter Koffein zu mir genommen.

Als ich aus dem Wagen gestiegen und bei ihr angelangt war, war sie bereits in dem Gebäude verschwunden und hielt mir von innen die Tür auf. Dann fiel diese hinter mir ins Schloss, und sie stand vor mir.

Jane in abgeschnittenen Jeans-Shorts, einem rot-schwarz karierten Hemd, das sie an der Taille zusammengeknotet hatte, und schwarzen Sneakers. Das lange Haar zu einem unordentlichen Halbknoten zusammengefasst, dessen Enden ihr auf die Schultern fielen. Kaum Make-up.

Am liebsten hätte ich ihre langen gebräunten Beine um meine Taille geschlungen und sie den Rest der Woche gevögelt.

»Du siehst fertig aus.« Sie sah fertig aus. Aber das machte sie nicht weniger schön.

Sie verzog das Gesicht. »Bist du hergekommen, um mir das zu sagen? Ich arbeite.«

»Zeig mir alles.« Ich ging an ihr vorbei durch den kurzen Flur in die riesige Halle. Drinnen befanden sich mehrere Filmsets.

Eine Hand packte mich am Arm, und als ich mich umschaute, sah ich, wie Jane den Finger an die Lippen hielt. Da wurde mir klar, dass hier gefilmt wurde. Ein äußerst berühmter Schauspieler war gerade dabei, etwas zu einer anderen sehr berühmten

271

Schauspielerin zu sagen. Ich zog die Augenbrauen hoch. Noch nie war ich an einem Filmset gewesen. War durchaus interessant. Das Set, in dem die beiden Darsteller sich befanden, war einer New Yorker Penthouse-Wohnung nachempfunden worden. Erstaunlich, wie realistisch alles aussah, und prompt kam mir der Gedanke, dass auch Jane Anteil an dieser Arbeit gehabt hatte. Sie war der Art Director.

Wieder zerrte sie an meinem Arm und zog mich von der Szene fort. Stumm bedeutete sie mir, ihr zu folgen. Ich warf den Schauspielern noch einen letzten Blick zu, bevor ich mich tatsächlich in Bewegung setzte. Wir verließen die Halle und begaben uns in den hinteren Bereich des Gebäudes.

»Waren das Reesa Orland und Jack Sheen?«, fragte ich in Janes Rücken, die vor mir den weißen Korridor hinabmarschierte.

»Ja.« An einer Tür machte sie halt, stieß sie auf und bedeutete mir, als Erster einzutreten. Ich grinste und ließ ihr mit einer Handbewegung den Vortritt.

Jane wölbte eine Augenbraue. »Spielst du hier gerade den Gentleman?«

»Nein. Wenn ich als Erster reingehe, drehe ich dir den Rücken zu. Ich will nicht riskieren, dass du mir noch mal ein Messer hineinrammst.«

Sie schnaubte, und Zorn flackerte in ihren hübschen Augen auf. Ich folgte ihr in den Raum und schloss die Tür hinter uns.

Dann sah ich mich um. Begraben unter unzähligen Requisiten, schien sich ein Büro zu verbergen. »Damit verdienst du dir also deinen Lebensunterhalt, hmm?«

»Small Talk? Echt jetzt?«

»Nein, nicht wirklich.« Ich streckte die Hand aus. »Gib mir dein Handy.«

»Warum?«

»Wenn ich Pläne habe, die wir umsetzen müssen, will ich nicht erst noch nach dir suchen müssen.«

Mit einem entnervten Seufzen zog Jane ihr Handy aus der Gesäßtasche. »Nummer.«

»Gib es mir.«

»Ich bin kein Idiot, Jamie. Du kriegst mein Handy nicht in die Finger. Gib mir einfach nur deine Nummer.«

»Warst du schon immer so paranoid?«

»Das bin ich erst geworden, nachdem mein Ex-Freund meine Nachbarin bestochen hat, damit sie ihm ihre Wohnung untervermietet und er seinen idiotischen und absolut unangebrachten Rachefeldzug gegen mich planen kann.« Sie lächelte liebenswürdig. »Apropos, hat dir schon mal jemand vorgeschlagen, eine Therapie zu machen?«

»Ah, süße Jane, wie sehr ich es genieße, diese Seite von dir endlich auch kennenzulernen.« Ich warf ihr einen bösen Blick zu, bevor ich ihr meine Nummer nannte. Beinahe sofort klingelte mein Handy in der Jeanstasche.

»So, jetzt hast du meine Nummer.«

Schnell fischte ich das Handy heraus und speicherte ihre Nummer in meiner Kontaktliste.

»War's das?«, fragte Jane und lehnte sich an den Schreibtisch, auf dem sich jede Menge Utensilien türmten. »Oder brauchst du sonst noch was?«

Ein Blick auf die Fotos auf diesem Schreibtisch sagte mir, dass dies Janes Büro war. Ich warf einen anzüglichen Blick auf ihre Beine, als ich an ihr vorbeirauschte. »Eine recht zweideutige Frage.«

»Stopp, gleich werde ich noch rot«, antwortete sie trocken. »Was machst du da?«

Ich hatte eine der gerahmten Fotografien zur Hand genommen – ein Foto von Jane und ihrer Freundin Cassie aus dem Kunststudium. Anscheinend war es noch zu Studienzeiten aufgenommen worden. Ich versuchte erfolglos, nicht zu registrieren, wie traurig ihr Lächeln auf dem Bild war. »Was ist aus Cassie geworden?«, fragte ich, ohne den Blick von meiner Ex auf dem Foto abwenden zu können. Waren wir noch zusammen gewesen, als die Aufnahme gemacht wurde? War das Bild entstanden, bevor oder nachdem sie mich geghostet hatte?

»Willst du mir allen Ernstes weismachen, dass du keine Ahnung hast?«

Ich grinste und stellte das Bild wieder hin. Es gefiel mir, sie nervös zu machen, weil sie keine Ahnung hatte, was ich über ihr Leben wusste und was nicht. »Nein, weiß ich wirklich nicht. Als du sie das letzte Mal erwähntest, war sie mit irgendeinem älteren Typen zusammengezogen.«

»Den älteren Typen hat sie dann geheiratet. Sie sind nach Florida gezogen. Und haben ein Kind.« Ich hörte den Anflug von Melancholie in Janes Stimme.

»Du vermisst sie«, vermutete ich.

Jane verkrampfte sich und zuckte mit den Schultern.

»Wann ist sie weggezogen?«

»Gleich nach dem College.«

Jane hatte also keinen wirklichen Freund außer Asher. Was war aus ihrer kleinen Künstler-Schar geworden? »Und Devin?« Ich wandte den Blick ab und musterte ein Regal mit Requisiten, um vor ihr zu verbergen, wie ich die Lippen verzog. Diesen schlaksigen Mistkerl, der Jane ständig angeglotzt hatte, hatte ich aus ganzem Herzen gehasst.

Jane zögerte kurz, weshalb ich mich an unsere Unterhaltung vor vielen Jahren erinnerte. Irgendetwas war mit diesem Kerl vorgefallen. Damals hatte ich nicht geglaubt, dass etwas zwischen den beiden lief, aber heute wusste ich es besser. Jane hatte mich betrogen.

Ich spürte, wie mein Herz laut in meiner Brust hämmerte.

»Wir sind schon lange nicht mehr befreundet«, sagte sie mit seltsam gleichgültiger Stimme. »Unsere Freundschaft endete, kurz bevor du deutlich gemacht hast, dass du mir nicht mehr vertraust und mich nicht mehr in deinem Leben haben willst, weil er mich auf einer Party sexuell belästigt hatte.«

Ich wirbelte herum, wobei ich die unverhohlene Lüge, dass »du mir nicht mehr vertraust und nicht mehr in deinem Leben haben willst«, ignorierte. »Er hat *was*?«

Entrüstung und etwas wie dunkle Befriedigung vermischten

sich in ihren wütend funkelnden Augen. »Nein, Jamie. Ich habe dich nicht mit Devin betrogen. Er hat sich in betrunkenem Zustand auf der Damentoilette auf mich gestürzt. Glücklicherweise hatten Cassie und ich einen Selbstverteidigungskurs gemacht. Deshalb bin ich ihm entkommen.« Ihre Worte klangen vollkommen ungerührt, während ich beinahe aus der Haut fuhr. »Ich habe dir das verschwiegen, um dir das schlechte Gewissen zu ersparen, weil du mich nicht beschützen konntest.« Sie schnaubte über sich selbst. »Es überrascht mich, dass du nichts davon weißt. Immerhin habe ich damals Anzeige erstattet.«

Ich schüttelte den Kopf, um die Bilder loszuwerden, wie dieser schlaksige gestörte kleine Drecksack Jane bedrängt hatte. »Davon wusste ich nichts.« Ich machte einen Schritt auf sie zu. »Und mit *auf dich gestürzt ...* meinst du was?«

»Er hat mich nicht vergewaltigt. Nur geküsst, ohne aufzuhören. Ich musste mich körperlich gegen ihn zur Wehr setzen.«

Mir drehte sich der Magen. »Was ist passiert?«

»Hab ich dir doch gerade erzählt.«

»Nein, was ist dann mit ihm geschehen?«, fauchte ich ungeduldig.

»Mehr als ein Klaps auf die Hand war nicht drin.«

Dieser verdammte Dreckskerl!

»Aber von unserem Freundeskreis wurde er seither gemieden.« Sie zuckte mit den Schultern. »Irgendwann hat er das College gewechselt. Ich hab ihn nie wiedergesehen.«

Schweigen senkte sich über uns herab, und ich wandte mich ab und spielte im Kopf noch mal ihren letzten Besuch durch, bevor sie sich von mir getrennt hatte. War das der Grund, warum sie mich nie wieder besucht hatte? Weil ich sie des Betrugs bezichtigt hatte, nachdem dieses Stück Scheiße sie belästigt hatte? Die Frage wog schwer auf meiner Brust.

Okay, in diesem Fall hatte sie jedes Recht, sauer auf mich zu sein.

Aber sie hätte mit mir reden müssen.

Wenn sie zu mir gekommen wäre und mir erklärt hätte, warum sie unsere Beziehung beenden wollte, hätte ich mich bei ihr entschuldigt. Ich hätte ihr versprochen, mich zu bessern. *Nun hör sich einer an, wie du in deiner verdammten Fantasie vor ihr im Staube kriechst.*

Jane hatte nicht den Anstand besessen, mir ins Gesicht zu sagen, dass sie Schluss machen wollte. Punkt.

Trotzdem nahm ich mir vor herauszufinden, was mit Devin passiert war. Nach diesem sexuellen Übergriff auf meine Freundin konnte der Kerl sich auf etwas gefasst machen.

Ex-Freundin.

»Du bist sicher nicht hergekommen, um mit mir übers College zu reden«, brach Jane das Schweigen nun. »Warum bist du hier?«

Ich riss mich zusammen und wandte mich wieder zu ihr um.

»Ethan Wright.«

»Der Cop?«

»Der Cop.« Dieser Schandfleck, der mir am Abend meiner Verhaftung ins Ohr geflüstert hatte, dass er für Foster Steadman arbeitete. Was durch meine Recherchen nur noch untermauert wurde. »Ich bin ziemlich sicher, dass er sich jede Menge Schmiergeld einsteckt. Aber ich brauche noch mehr Beweise, um sie zu gegebener Zeit den richtigen Leuten zuzuspielen. Der Kerl ist ein zwielichtiges Arschloch, aber auch ziemlich paranoid. Er würde mich erkennen, und wenn eine so schöne Frau wie du ihn anbaggert, würde er womöglich ebenfalls Verdacht schöpfen.«

Jane hob eine Augenbraue.

»Sein Partner heißt Lincoln Gaines.« Ich zückte erneut mein Handy und rief das Foto auf, um es ihr zu zeigen. Jane betrachtete den gut aussehenden Cop. »Soweit ich weiß, ist der clean.« Ich musterte sie eindringlich. »Außerdem ist er Single.«

Jane sah mich an.

Wir standen einander so nahe, dass ich die goldenen Flecken in ihren Augen erkennen konnte. Und ich sah, dass sie verstand.

»Du willst, dass ich mich an Lincoln Gaines ranmache?«

Ich nickte.

Sie runzelte die Stirn. »Wie intensiv soll diese Bekanntschaft werden?«

Bevor ich dieses Büro betreten hatte, hatte ich keine Skrupel gehabt, Jane zu bitten, sich diesem Kerl an den Hals zu werfen. Es musste ja nicht gleich auf Sex hinauslaufen. Sie sollte nur mit ihm flirten und, wenn es sein musste, ein bisschen herumknutschen. Vor dem Hintergrund ihres Devin-Geständnisses eben kam ich mir jetzt total mies vor. »Du musst es nicht tun«, sagte ich mit viel zu sanfter Stimme.

Jane schnaubte missbilligend. »Machst du gerade einen auf Frauenversteher?«

Zimtzicke.

»Na gut. Du musst es tun.«

»Ich werde mich für diese Sache nicht auf Sex mit einem Fremden einlassen, Jamie. Das geht zu weit.«

Die Vorstellung verursachte mir mehr als nur ein wenig Übelkeit. »Wer sagt denn, dass du gleich mit ihm schlafen sollst? Flirte mit ihm, habe ein paar Dates mit ihm und deichsele die Sache so, dass du auch Zeit mit seinen *Freunden* verbringst.«

»Mit Ethan.«

»Ganz genau. Du kannst dort sein, wo er ist. Beobachte ihn genau. Vielleicht bekommst du ja sogar sein Handy in die Finger.«

Sie dachte darüber nach. Und mein Herz raste wie verrückt. *Sag Nein*, flüsterte eine kleine Stimme in meinem Hinterkopf.

»Okay, ich mach's. Wie gehen wir es an?«

Ich schob mein Handy wieder in die Tasche zurück. »Wright und Gaines sind an ihren freien Abenden Stammgäste in einem Nachtclub in Downtown L.A. Also auch morgen Abend. Du musst nur dafür sorgen, dass Gaines diesen Club nicht ohne deine Nummer verlässt.«

»Und wo wirst du dich aufhalten?«

Im Club, um darauf zu achten, dass niemand sie ohne meine Erlaubnis anrührte. »Ich werde auch da sein, um dafür zu sorgen, dass du es nicht vermasselst.«

Wenn Blicke töten könnten, wäre ich jetzt tot gewesen.

Doch je länger wir einander ansahen, umso stärker wurde mein Drang, sie einfach nur zu küssen, um ihr die Aggressionen auszutreiben. »Und das hier gefällt dir?«, platzte ich heraus und deutete auf das gesamte Zimmer. »Miss Art Director.«

Jane seufzte tief. »Eigentlich hatte ich nicht vor, in diese Richtung zu gehen. Ich arbeite lieber in einem ruhigeren Umfeld. Aber ich kann auch nicht behaupten, dass ich es hasse.«

»Warum hast du dann überhaupt hier angefangen?«

Ungläubig sah sie mich an. »Was glaubst du denn, Jamie?«

Ohne jeden blassen Schimmer runzelte ich nur die Stirn.

»Ich brauchte eine Eintrittskarte. Das hier ist Foster Steadmans Welt, und ich wusste nicht, wie ich sie sonst hätte unterwandern können. Also bat ich Nick, mir einen Job zu vermitteln – und er beschaffte mir einen als Mädchen für alles im Art Department. Seither bin ich halt aufgestiegen.«

Meine Handflächen wurden ganz feucht, als ich mich an ihre Unterhaltung mit Asher im Auto erinnerte. Es stimmte also. Die ganze Zeit über hatte sie versucht, einen Weg zu finden, um diesen Dreckskerl zu Fall zu bringen. Ich war ratlos, wusste nicht, was ich denken oder fühlen sollte.

»Ich habe sie geliebt.« Jetzt schimmerten Tränen in Janes Augen. »Ich wollte, dass er dafür bezahlt.«

In dem Versuch, die Gefühle zurückzudrängen, die sie in mir auslöste, gluckste ich leise vor mich hin. »Meine blutrünstige, kleine Doe.«

Sie warf mir einen harten Blick zu. »Ich bin schon lange nicht mehr *deine* Was-auch-immer.« Dann marschierte sie zur Tür hinüber und riss sie auf. »Schreib mir, wann ich morgen wo auftauchen soll. Ich muss jetzt wieder an die Arbeit.« Sie stapfte davon und ließ mich in ihrem Büro allein.

Ich bin schon lange nicht mehr deine Was-auch-immer.

Wenn sie wollte, konnte sie knallhart sein.

Ich ignorierte den Schmerz in meiner Brust, kehrte zu ihrem Schreibtisch zurück und nahm den zweiten Bilderrahmen zur Hand. Darin befand sich ein Foto von Jane, Skye … und mir.

Meine Finger packten den Rahmen fester, und plötzlich erfasste mich ein Gefühl der Befriedigung.

Vielleicht hatte Jane Doe tief im Innern ja doch noch Gefühle für mich.

Dreiundzwanzig

JANE

Durch das zartgrüne Kleid und die Goldtöne meines Lidschattens schimmerten meine Augen eher hellgrün als braungrün. Das figurbetonte Kleid, das mir bis zur Mitte der Oberschenkel reichte, hatte eine schlichte Silhouette – mit dünnen Trägern und herzförmigem Ausschnitt. Es umschmeichelte meine Kurven, und die lebhafte Farbe bildete einen hübschen Kontrast zu meiner gebräunten Haut. Bei einem Rodeo hatte Asher mich seinerzeit überredet, dieses gewagte Outfit zu erstehen. Es handelte sich um das teuerste Stück in meinem Kleiderschrank, und ich hatte es nie getragen, weil ich es für die Events, die ich an seiner Seite besuchte, immer zu sexy fand.

Heute Abend aber war es genau das Richtige, insbesondere zu meinen sexy goldenen Riemchen-Heels.

»Ich könnte vorbeikommen und mich um dich kümmern, wenn du krank bist«, bot Asher an, während ich mich ein letztes Mal im Spiegel musterte. Mein Handy lag auf dem Bett, und ich hatte die Lautsprecherfunktion eingeschaltet.

Asher anzulügen hasste ich wie die Pest. Deshalb bekam ich eine kleine Gänsehaut, als ich eine goldene Clutch aus dem Schrank holte. »Ach weißt du, ich will einfach nur früh schlafen gehen. Aber trotzdem danke.«

»Kein Problem, Babe. Aber wenn du mein Angebot annähmst und zu mir in dieses für mich allein viel zu große Strandhaus ziehen würdest, müsste ich mir zumindest keine Sorgen um dich machen, wenn du krank bist und ganz allein zu Hause herumliegst.«

Ich lächelte betrübt und ließ mich aufs Bett plumpsen. »Ich dachte, du müsstest dich nicht länger hinter mir verstecken?« Oder war es genau andersherum?

»Muss ich auch nicht. Aber ich habe dich gern in der Nähe.«

Ich lachte. »Hast du nicht gesagt, ich solle mal mit Männern ausgehen?«

»Ja, das will ich auch. Ganz bestimmt sogar. Mir gefällt nur nicht, dass du allein bist, wenn es dir nicht gut geht.«

Wenn ich in Ashers Haus in Malibu zog, würden die Leute erst recht davon ausgehen, dass wir zusammen waren. Doch die Fahrt nach L. A. konnte ich unmöglich jeden Tag zurücklegen. »Der Weg zur Arbeit würde mich umbringen.«

»Na ja, ich könnte auch ein Haus in den Hills kaufen.«

»Um deinem guten, alten Dad näher zu sein?« Mein kürzerer Weg zur Arbeit war wohl kaum der einzige Grund, warum er einen solchen Vorschlag machte.

»Genau.«

»Asher, ich mag meine Wohnung. Mir geht es gut. Ich werde heute früh zu Bett gehen und mich morgen früh hoffentlich wieder besser fühlen.« Ich spürte, dass meine Wangen brannten vor Scham über diese Lüge. »Ich geh jetzt schlafen. Liebe dich.«

»Liebe dich auch.«

Als ich auflegte, gesellte sich zu dem Kaleidoskop aus Schmetterlingen in meinem Bauch auch noch ein schlechtes Gewissen. Ich hatte meinen besten Freund gemieden, weil ich ihm nicht ins Gesicht hatte lügen wollen. Seit Jamie wieder in meiner Nähe war, war ich ziemlich neben der Spur, und mir war klar, dass ich die Wirkung, die seine Anwesenheit auf mich hatte, vor Asher nicht würde verbergen können.

Aber ich konnte meinem Freund auch nicht ewig aus dem Weg gehen. Das wäre ihm gegenüber nicht fair gewesen. Zumal er momentan wegen der Scheidung seiner Eltern eine Krise durchmachte.

Entschlossen, ab dem nächsten Morgen eine bessere Freundin zu sein, schob ich jeden Gedanken an Asher widerstrebend beiseite und versuchte, mich auf den vor mir liegenden Abend zu konzentrieren.

Wie aufs Stichwort klingelte es an der Haustür. Meine Absätze klapperten auf dem Parkettboden, als ich Wohnbereich und Flur durchquerte, um zu öffnen. Meine Handflächen wurden feucht, und ich holte ein paarmal tief Luft, um meinen rasenden Herzschlag zu beruhigen. Scheiterte jedoch kläglich.

Als ich die Tür öffnete, lehnte Jamie lässig und betont gelangweilt am Türrahmen. Er trug sein übliches Outfit – T-Shirt, Jeans und Boots. Warum? Weil er sich für einen Clubbesuch nicht in Schale zu schmeißen brauchte. Er war auch so total sexy und wusste es.

Mistkerl.

»Fertig?«, fragte ich, trat hinaus und drängte ihn beiseite. Widerstrebend wandte ich ihm den Rücken zu, um meine Wohnungstür abzuschließen.

Als ich mich wieder umdrehte, war die Langeweile plötzlich aus seiner Miene verschwunden. Sein Blick heftete sich auf meine Schuhe. Dann wanderten sie langsam aufwärts. Als er mein Gesicht erreichte, war meine Haut ganz heiß, so aufgewühlt war ich.

Gereizt sah Jamie mich an.

Verlegen rauschte ich an ihm vorbei. »Du hast was von Nachtclub gesagt und dass ich mich entsprechend kleiden sollte.«

Sein kaltes Schweigen folgte mir nach unten.

***

Noch nie im Leben war ich so froh gewesen, aus einem Auto wieder aussteigen zu dürfen.

Als Jamie mich in einer Seitenstraße gegenüber des Clubs absetzte, stürzte ich mich praktisch aus dem Porsche. Erst wechselte er auf der Fahrt in die Stadt kein Wort mit mir. Dann begann er, ohne Punkt und Komma auf mich einzureden.

»Achte drauf, dass man nicht merkt, wie du Wright beobachtest.«

Versteht sich ja wohl von selbst.

»Und mach auch Gaines nicht allzu offensichtlich an. Wright könnte es mitkriegen und sich verfolgt fühlen.«

Erstes Augenverdrehen.

»Die Sache wird wohl kaum an einem Abend ausgestanden sein. Es könnte Wochen dauern.«

Ach, tatsächlich? Dabei hatte ich geglaubt, nur mit dem Finger schnippen oder meinen Zauberstab durch die Luft wedeln lassen zu müssen, sodass wir schon in den ersten zehn Minuten Beweise gegen Wright in der Hand hielten.

Es hatte keinen Zweck, auf einen seiner »Ratschläge« einzugehen, schon gar nicht, wenn er dermaßen herablassend mit mir sprach. Jamie war immer schon ein wenig ungeduldig bei Leuten gewesen, die er für Idioten hielt. Bislang hatte er mich nur nicht zu ihnen gezählt.

Die Schlange vor dem Club war lang. Und unglücklicherweise entsprach das echte Leben dem Klischee, und Film und Fernsehen hatten ausnahmsweise recht: Das Nachtleben in L. A. war unglaublich oberflächlich, »gut aussehende Menschen« konnten sich vordrängeln. In L. A. gab es natürlich jede Menge »gut aussehende Menschen«. Doch Asher hatte mir ein paar entscheidende Dinge beigebracht: Es ging nicht nur darum, wie man aussah, sondern vor allem darum, was man ausstrahlte. Als introvertierter Frau fiel mir selbstbewusstes Auftreten nicht leicht. Doch wenn ich Erfolg haben und Lincoln Gaines davon überzeugen wollte, dass ich mit ihm gehen wollte, musste ich die Schauspielerin in meinem Innern zum Leben erwecken.

Ich stolzierte also an der Reihe wartender Clubbesucher vorbei und näherte mich den Türstehern mit einem Lächeln. Sie sahen mich an, ließen den Blick über meinen Körper hinwegwandern. Als sie mir in die Augen sahen, lächelte ich so strahlend, dass mein Grübchen sich zeigte.

Bleib nicht an der Tür stehen, als wüsstest du, dass du zum Eintritt eine Erlaubnis brauchst, hörte ich Ashers Stimme im Kopf. *Lächele, rufe den Türstehern einen Gruß zu, aber setze unbeirrt*

*deinen Weg fort, als wüsstest du, dass du heiß genug bist, um ein-
treten zu dürfen, und du gar nicht damit rechnest, dass jemand
dich aufhält.*

»Hey, Jungs.« Ich schlenderte weiter auf die Tür zu, als hätte
ich dazu alles Recht der Welt.

»Hey, Schönheit«, antwortete einer von ihnen und grinste, als
ich ihn passierte.

Und schon war ich im Club, ohne dass mich jemand aufgehal-
ten hätte.

Wie durch Zauberhand.

Sobald ich drinnen war, verblasste mein Lächeln.

Die Welt und ihre oberflächliche Fixierung auf das Aussehen
machte mich manchmal zutiefst traurig. Aber so war nun mal
das Leben, und ich konnte nichts unternehmen, um es zu ändern.
Jetzt musste ich nur noch diesen Abend hinter mich bringen.

In diesem Club war ich noch nie gewesen, und er war rappelvoll. Purpurne und blaue Lämpchen schufen eine schumm-
rige Atmosphäre, ohne zu dunkel zu wirken. Riesige Kristall-
kronleuchter hingen von der Decke herab, einer von ihnen sogar
über der Tanzfläche, auf der es vor Menschen wimmelte. Als ich
mich an der Bar entlangschlängelte, entdeckte ich einen weiteren Kronleuchter, der mitten über einer Sitzgruppe hing. Sofas
aus Leder mit Knöpfen an den Rückenlehnen, vor denen Tische
standen, säumten die Wände. Inmitten des Sitzbereichs waren
Sitzgruppen im gleichen Stil zu Rechtecken angeordnet – jeweils
zwei u-förmige Ecksofas standen einander gegenüber und wurden durch zwei kleine Tische ergänzt. Auf jeder Seite hatte man
eine Lücke gelassen, sodass die Gäste oder deren Freunde jederzeit Zugang zu dem behaglichen Bereich hatten.

Sämtliche Plätze waren besetzt.

So unauffällig wie möglich musterte ich die Gesichter, die von
Spots oder Wandleuchten erhellt wurden, konnte aber weder
Gaines noch Wright irgendwo entdecken.

Ich spürte genau, in welchem Augenblick Jamie den Club
betrat.

Trotz der Hitze prickelte die Haut in meinem Nacken, und ich wandte ganz leicht den Kopf, um ihn beobachten zu können. Auch er konzentrierte sich voll und ganz auf mich. Unsere Blicke verwoben sich ineinander, und ein warmer Schauer rieselte mir über den Rücken. Dann wandte er den Blick ab, schritt über die überfüllte Tanzfläche und verschwand in der Menge.

Doch ich wusste, dass er mich beobachten würde. Aus irgendeinem albernen Grund war ich jetzt weniger nervös. Jamie war da und würde die Situation im Auge behalten.

Ich wandte mich ab, ließ den Blick durch den Raum schweifen und entdeckte endlich ein bekanntes Profil.

Lincoln Gaines.

Er stand an der Bar und unterhielt sich mit der Bedienung.

Tief Luft holend, schlenderte ich zu ihm hinüber und quetschte mich in eine Lücke zwischen dem Cop zu meiner Linken und einer Frau zu meiner Rechten.

»Ein Sodawasser mit Zitrone!«, schrie ich, um die Musik zu übertönen.

Die Bedienung hinter der Bar, die sich während der Arbeit mit Gaines unterhalten hatte, runzelte ungehalten die Stirn. Sie sah mich an, und ich neigte den Kopf und schenkte ihr ein liebenswürdiges Lächeln. Ihr Stirnrunzeln verschwand, und sie warf mir ein aufreizendes Grinsen zu. »Klar, Süße! Lass mich das hier nur eben fertig machen!«

»Hey.«

Ich wandte den Kopf nach links und bemerkte, dass Lincoln Gaines interessiert auf mich herabsah. Er hatte glitzernde dunkle Augen und eine wunderbare, leicht bronzene Haut.

Ich legte den Kopf schief und lächelte kokett. »Hey.«

Er grinste – ein sexy Blitzen perfekter weißer Zähne. »Warten Sie hier auf jemanden?«

»Ich war mit einer Freundin hier. Aber sie ist abgehauen.«

»Lincoln.« Er streckte mir die Hand entgegen.

Meine Hand fühlte sich in seiner ganz winzig an, und nervös registrierte ich, dass ich ihn anziehend fand. »Jane.«

Jamie und ich hatten vereinbart, dass ich meinen Geburtsnamen nennen sollte, da Margot Higgins in der Klatschpresse ständig als Partnerin von Asher Steadman genannt wurde.

Die Hand des Cops packte meine fester, und seine warmen Augen richteten sich auf mein Gesicht. »Nett, Sie kennenzulernen, Jane.«

»Ganz meinerseits.«

»Sodawasser mit Zitrone«, unterbrach uns die Bardame.

»Ich lade Sie ein.« Lincoln reichte ihr etwas Bargeld.

»Danke.«

»Gern geschehen. Trinken Sie heute Abend nichts?«

»Ich trinke nur selten Alkohol«, antwortete ich wahrheitsgemäß.

»Ich auch nicht.«

Neugierig beugte ich mich zu ihm vor. »Warum sind Sie dann in einem Nachtclub?«

»Warum sind Sie es?«

»Ich habe meiner Freundin versprochen, ihr Gesellschaft zu leisten.«

»Und trotzdem hat sie Sie im Stich gelassen.«

»Ja. Aber so langsam wird der Abend besser.«

Er lachte leise, ein tiefes, volltönendes Lachen. »Sehen Sie? Genau deshalb bin ich hier.«

Fragend zog ich eine Augenbraue in die Höhe.

»Für den unwahrscheinlichen Fall, dass eine schöne Frau mit mir flirtet.«

»Sehr bescheiden«, neckte ich ihn.

Wieder ließ er die perlweißen Zähne blitzen. »Und warum ist Ihre Freundin abgehauen?«

Irritierend, wie leicht mir die Lügen über die Lippen kamen und ich diese Rolle spielte. Das Unbehagen darüber, dass ich einem Cop – und nach dem, was Jamie erfahren hatte, sogar einem guten Cop – etwas vortäuschte, ließ mich innerlich erzittern. Trotzdem war es seltsam aufregend, eine Situation in die Hand zu nehmen, der Jamie und ich sieben Jahre lang ausgeliefert gewesen waren.

Überdies war ich schließlich auch nur ein Mensch und weit davon entfernt, vollkommen zu sein. Ich war wütend. Und zwar auf mehrere Leute. Einer davon war Jamie, weshalb mir eine kleine, hämische Stimme in meinem Kopf zuflüsterte, wie sehr es ihn ärgerte, mich mit einem sexy Cop flirten zu sehen. Zugegeben, das war ein bisschen kleingeistig. Eigentlich war ich sonst nicht so. Schon wieder etwas, worüber ich sauer war.

Lincoln erzählte mir, was ich bereits wusste: dass er Polizeibeamter war. Ich gab vor, als freiberufliche Künstlerin zu arbeiten. Mich zumindest in Teilen an die Wahrheit zu halten schien mir das Klügste, da ich mich dann nicht in irgendwelchen erfundenen Details verheddern konnte. Kurze Zeit später dirigierte uns Lincoln mit frischen Getränken in der Hand zum Sitzbereich hinüber. Das Licht des Kronleuchters an der Decke flackerte über die auf einem Sofa sitzenden Gäste hinweg. Beim Anblick Ethan Wrights regte sich etwas Hässliches tief in meinem Innern.

Ethan war ebenso groß wie Lincoln und streckte sich lässig auf der Ledercouch aus, die Arme über die Rückenlehne gelegt, umrahmt von zwei Frauen. Eine unterhielt sich mit einem anderen Mann, der neben ihr Platz genommen hatte, während die Lippen der anderen Frau beinahe an Ethans Ohr klebten, dem sie etwas zuflüsterte.

Wright war keineswegs im traditionellen Sinne attraktiv. Aber er verfügte über einen durchtrainierten Körper und war muskulös. Selbst wenn ich nicht gewusst hätte, wer er war, hätte ich ihn unsympathisch gefunden.

Lincoln deutete auf die leeren Plätze seinem Partner gegenüber. Als ich mich hinsetzte, fiel Ethans Blick auf mich. Er glotzte mich an, ohne sich darum zu kümmern, dass alle es merkten. Mühsam unterdrückte ich ein Schaudern, lehnte mich entspannt zurück und wandte mich Lincoln zu, der sich neben mich auf die Bank zwängte.

Jamie hatte vermutet, dass Ethan misstrauisch reagieren würde, wenn eine »so schöne Frau« wie ich Interesse an ihm bekundete.

Mir war nicht entgangen, dass seine Worte sich nicht so recht mit den Beleidigungen in Einklang bringen ließen, die er seit unserem Wiedersehen gegen mich ausgestoßen hatte. Genauso wenig entging mir Wrights Arroganz. Er würde mir problemlos abnehmen, dass ich interessiert an ihm war.

Mit Lincoln zu flirten war leicht.

Mit dem Dreckskerl flirten zu müssen, durch dessen Zutun Jamie im Gefängnis gelandet war, würde unmöglich sein. Ich war froh, dass Jamie Gaines als Ziel auserkoren hatte, weil dieser sich erheblich unauffälliger würde aushorchen lassen.

»Das hier ist mein Partner, Ethan!«, rief Lincoln über die laute Musik hinweg.

Ethan grinste. »Hübsche Kleine!« Er warf Lincoln einen beifälligen Blick zu, bevor er seine Aufmerksamkeit wieder der jungen Frau neben sich zuwandte.

Hübsche Kleine?

Ich zuckte überrascht zusammen, als ich Lincolns Atem an meinem Ohr spürte. »Sorry, manchmal kann er ein ziemliches Arschloch sein.«

Mit hochgezogenen Augenbrauen sah ich ihn an.

Er zuckte mit den Schultern und beugte den Kopf wieder zu mir herab. »Der Kerl ist mein Partner«, raunte er mir ins Ohr. »Wir geben einander Rückendeckung.« Seine Stimme ließ keinen Zweifel an dem unausgesprochenen Zusatz: »Mir sind die Hände gebunden.«

Mir wären gleich mehrere Dinge eingefallen, die er trotzdem hätte dagegen tun können, wie zum Beispiel seinen Freund wegen seines widerlichen Verhaltens zur Rede zu stellen.

Einerseits schien Lincolns Reaktion nahezulegen, dass er nicht zu den Männern gehörte, die solchermaßen über Frauen sprachen. Andererseits war er auch nicht der Typ, der seinem Freund wegen frauenfeindlicher Sprüche die Hölle heißmachte. In meinen Augen sprach das schon mal eindeutig gegen ihn.

Mich beschlich das Gefühl, dass Lincoln nicht mehr ganz so nachsichtig sein würde, wenn er herausfand, dass Wright ein mieses Schwein war, das seine Machtposition nutzte, um andere zu bescheißen.

Trotzdem lächelte ich verständnisvoll, und wir versuchten, in dem lauten Club eine Unterhaltung zu führen. Hin und wieder warf ich Ethan über den Tisch hinweg einen Blick zu, behielt ihn heimlich im Auge.

Von Jamie war keine Spur zu entdecken.

Und doch spürte ich seine Anwesenheit.

Er beobachtete uns. Das wusste ich einfach. Er würde mitbekommen, dass Ethan immer wieder auf sein Handy sah und wie er, etwa eine Stunde nachdem ich mit Lincoln auf dem Sofa Platz genommen hatte, plötzlich angespannt aufs Display blickte. Als er die junge Frau neben sich anstieß und darum bat, herausgelassen zu werden, sah Lincoln ihn an. »Machst du die Biege?«

»Ja!« Ethan grinste großspurig. »Lieblingspussy hat grad geschrieben!«

Igitt. Konnte er noch widerlicher werden?

Offenbar unbeeindruckt schüttelte Lincoln den Kopf. *Jetzt rück ihm wegen seiner Sprüche endlich mal den Kopf zurecht,* hätte ich ihn am liebsten angefaucht. Aber er schwieg. Machte nur eine unbestimmte »Ach, egal«-Geste und wandte sich wieder mir zu. In meiner Tasche vibrierte mein Handy.

»Ich muss mir mal kurz die Nase pudern. Bin gleich wieder da.«

Er nickte und erhob sich, um mich rauszulassen, legte mir aber kurz die Hand auf den Rücken, als ich mich an ihm vorbeischob. »Ich warte auf Sie.«

Schuldbewusst machte ich mich auf den Weg zur Damentoilette. Obwohl er diesen widerlichen Ethan nicht zur Rede stellte, schien Lincoln ein netter Kerl zu sein. Bislang hatte er keine Anstalten gemacht, mich zu küssen oder unsittlich zu berühren. Tatsächlich hatte er den heutigen Abend quasi wie ein erstes Date gehandhabt. Ich konnte mich zwar irren, aber meine Instinkte sagten mir, dass er ein anständiger Mensch war.

Und ich scheute davor zurück, anständige Menschen übers Ohr zu hauen.

Im Refugium des Toilettenvorraums holte ich mein Handy heraus.

Folge Wright. Komm zurück, wenn er die Stadt verlässt. Unternimm nichts ohne mich.

Ich schnaubte über Jamies Textnachricht und kehrte zu Lincoln zurück.

Statt mich aber wieder auf das Sofa zu lassen, fragte er, ob ich Lust zum Tanzen hätte.

Also begaben wir uns auf die Tanzfläche.

Zuerst waren wir uns zwar recht nah, tanzten aber getrennt. Außer mit Asher hatte ich noch nie mit einem Mann getanzt. Jamie und ich waren damals nicht in Clubs gegangen. Doch Lincoln war ein guter Tänzer, sodass es mir leichtfiel.

Doch schon bald zog er mich sanft zu sich heran und legte die großen Hände auf meine Hüften. Um den Schein auch weiterhin zu wahren, legte ich ihm die Arme um den Hals, sodass wir einander noch näher waren und unser Tanz sinnlicher wurde. Ich konzentrierte mich auf die Bewegung unserer Hüften. Diese Lügerei war mir verhasst, aber solange ich Lincolns Blick mied, verkrampfte ich mich auch nicht in seinen Armen.

Doch urplötzlich lief mir ein Schauer über den Rücken.

Während Lincolns harter Körper an meinem nichts als Schuldgefühle in mir weckte, ließ Jamies Blick, den ich auf mir spürte, meinen Atem stocken.

Keine Ahnung, woher ich wusste, dass er da war und mich beobachtete. Ich wusste es einfach.

Mein Herz raste, meine Haut war mit einem Mal schweißfeucht, aber mein Körper entspannte sich, und bei der Vorstellung, dass er mich beobachtete, schmolz ich förmlich dahin.

In meiner Fantasie tanzte ich jetzt mit Jamie. Es waren seine Hüften an den meinen, seine Hände auf meiner Haut, sein heißer Atem an meiner Wange, als er den Kopf zu mir herabsenkte.

Aber dann spannte er sich plötzlich an.

»Hey, dein Handy vibriert.« Lincolns tiefe Stimme verursachte mir eine Gänsehaut.

Seine Worte hatten mich aus meinen Tagträumen gerissen, und ich errötete.

Ich bemerkte, dass meine Clutch, die ich noch immer in der Hand hielt, an Lincolns Schulterblatt lag, weshalb er das Vibrieren gespürt haben musste. Ich ließ ihn los.

Widerstrebend löste er die Hände von meinen Hüften, ließ sie zärtlich über meine Taille wandern und dann sinken.

Ich kramte das Gerät hervor, schirmte den Bildschirm vor Lincoln ab und erstarrte, als ich Jamies Textnachricht las.

Wir sind hier fertig. Komm raus zum Auto.

Ich ließ das Mobiltelefon in die Tasche zurückgleiten und schenkte Lincoln ein bedauerndes Lächeln. »War nur mein Wecker«, rief ich über die Musik hinweg. »Den hab ich mir gestellt, damit er mich dran erinnert, wann ich nach Hause muss. Ich habe morgen früh einen Termin.«

Er nickte, trat aber so nah an mich heran, dass ich den Kopf heben musste, um ihm in die Augen zu blicken. »Bekomme ich Ihre Nummer? Ich würde Sie gern mal zum Dinner ausführen.«

Trotz meines schlechten Gewissens brachte ich ein Lächeln zustande und gab ihm meine echte Nummer. »Ich rufe Sie an«, versprach er. »Darf ich Sie nach draußen begleiten?«

»Oh nein, schon gut. Mein Wagen steht gleich um die Ecke.«

»Dann begleite ich Sie eben bis zu Ihrem Auto. Es ist nicht sicher, hier draußen allein unterwegs zu sein.« Lincoln akzeptierte kein Nein als Antwort.

Während er voranging, um uns einen Weg durch die Menge zu bahnen, schickte ich Jamie eine schnelle Textnachricht, um ihn über den Stand der Dinge ins Bild zu setzen.

Als wir den Porsche erreicht hatten, war Jamie nirgends zu sehen, aber ich wusste, dass er in der Nähe war, denn er hatte die Tür für mich offen gelassen.

Ich öffnete die Fahrertür. »Schlüsselloses Zugangssystem«, erklärte ich.

Mit hochgezogener Augenbraue begutachtete Lincoln das Fahrzeug. »Sie verkaufen anscheinend viele Gemälde.«

Ich zuckte bescheiden mit den Schultern.

Er lächelte auf mich herab. »Ich habe den Abend mit Ihnen sehr genossen, Jane.«

»Ich auch.« Und das war die Wahrheit. In einem anderen Leben hätte ich mich vielleicht tatsächlich auf ein Date mit Lincoln Gaines eingelassen. »Sie rufen mich an?«

»Ganz bestimmt.« Lincoln gab mir einen sanften, unschuldigen Kuss auf die Wange. Das schlechte Gewissen versetzte mir einen ordentlichen Tritt in die Magengrube, als er sich auf den Gehsteig zurückzog. »Ich gehe erst, wenn Sie abgefahren sind.«

Ich konnte das nicht.

Er war einfach allzu nett.

Aber vergiss nicht, dass er ein Cop ist.

Ich winkte noch einmal kurz mit den Fingern, stieg ein und brauste wenige Sekunden später davon. Aber ich fuhr nicht weit. Als ich um die Ecke gebogen und außer Sichtweite war, hielt ich an. Dann stieg ich aus, umrundete die Motorhaube und glitt kurz darauf auf den Beifahrersitz.

Wenige Minuten später öffnete sich die Fahrertür, Jamie stieg ein und schlug die Tür hinter sich zu.

Plötzlich schien jemand jeglichen Sauerstoff aus dem Wageninnern gesaugt zu haben.

Meine Haut sirrte, meine Eingeweide zogen sich zu einem glühenden Klumpen zusammen, feuchte Hitze sammelte sich zwischen meinen Beinen.

Einen Augenblick lang saß er nur da und sagte kein Wort.

Eine lodernde Aura der Energie schien von ihm auszugehen. Ich wollte ihn nach Wright fragen. Danach, was er gesehen hatte. Aber stattdessen verkündete ich nur: »Dieser Lincoln ist ein netter Kerl. Wir sollten ihm das nicht antun.«

»Du kannst jederzeit einen Rückzieher machen.« Jamies Stimme klang ausdruckslos. Nichtssagend.

Ich erschauerte und gurtete mich an. »Nein.« So zuwider es mir auch war, Lincoln Gaines in all das hineinzuziehen, die Vorstellung, Jamie mit alldem ganz allein zu lassen, war mir noch verhasster.

Undurchdringliches, unangenehmes Schweigen erfüllte die Luft zwischen uns, während Jamie zu unserem Wohnblock zurückfuhr. Eilig stieg ich aus dem Auto und spürte, wie sehr er sich beeilte, um mir auf den Fersen zu bleiben. Meine Haut brannte, als ich die Stufen vor ihm emporeilte und seinen Blick am ganzen Körper spürte.

Ich zitterte.

»Gute Nacht«, sagte ich und zog die Schlüssel aus meiner Clutch, ohne ihn anzusehen.

Seine Wohnungstür knallte hinter mir zu, noch bevor ich überhaupt den Schlüssel ins Schloss gesteckt hatte. Ich sah mich um. Tränen brannten in meinen Augen.

Trotz allem, was er mir angetan hatte, war er mir wichtig.

Wenn er den ganzen Abend vor meinen Augen mit einer anderen Frau geflirtet und getanzt hätte, hätte ich jede einzelne Minute gelitten.

Als ich mit Lincoln getanzt hatte, wurde es erst dann wirklich schön, als ich mir vorgestellt hatte, mich nicht mit ihm, sondern mit Jamie auf der Tanzfläche zu bewegen.

Kümmerte das Jamie überhaupt?

Ich hasste ihn.

Und ich hasste die Tatsache, dass ein Teil von mir ihn immer begehren würde. Eigentlich wollte ich eine starke, unabhängige Frau sein, die respektvoll und freundlich behandelt werden wollte. Doch seinetwegen drohte ich, mich selbst zu verraten.

Er war eine unverzeihliche Schwäche.

»Mistkerl«, murmelte ich leise und schluckte die Tränen herunter. Er hatte sie nicht verdient.

Ich betrat meine Wohnung. Ein paar Tischlampen hatte ich eingeschaltet gelassen, weil ich nur ungern in die Dunkelheit zurückkehrte. Ich ließ mich aufs Sofa plumpsen, löste die Schnallen meiner Riemchen-Pumps und versuchte, nicht daran zu denken, was ich heute Abend getan hatte. Mit schmerzenden Füßen stand ich auf und begab mich in mein Schlafzimmer, um die Schuhe wegzuräumen.

Gerade als ich sie auf mein Regal im Schrank stellte, glaubte ich, ein Klopfen an der Tür zu hören.

Zögernd und mit wild pochendem Herzen schlich ich mich in den Flur und blieb mit gespitzten Ohren stehen.

Diesmal war das Klopfen lauter. Fordernder.

Mein Magen machte einen Satz, als ich den Wohnbereich durchquerte, um zur Wohnungstür zu gelangen.

Ein Blick durch den Türspion verriet mir, dass Jamie draußen stand und mit wildem Blick meine Tür zu erdolchen versuchte.

Was nun?

Ich öffnete Kette und Türriegel und riss die Tür auf. Bevor ich auch nur Gelegenheit hatte zu fragen, was zum Teufel er hier wollte, griff er nach mir und trat ein.

Und presste seine Lippen auf meine.

Vierundzwanzig

JAMIE

Ich stürmte in meine Wohnung und fühlte mich sogleich wie ein Tiger im Käfig.

Im Gefängnis hatte mir die Klaustrophobie zuweilen beinahe den Verstand geraubt. Ich saß in der Falle. Bekam keine Luft mehr. Etwas zerquetschte meine Lunge. Sogar heute noch, zwei Jahre später, hasste ich es, im Verkehr festzustecken. Meinen Wagen nicht nach Gutdünken lenken zu können, wohin ich wollte, darin festzusitzen ... dann spürte ich wieder diesen Druck auf der Brust, und mir wurde schwindelig.

Genauso war es mir im Flugzeug nach Boston ergangen, als ich nach meiner Entlassung Lorna hatte besuchen wollen. So schlimm war es gewesen, dass ich vor sechs Monaten nicht mit dem Flieger nach L. A. zurückgekehrt war, sondern mir einen Mietwagen genommen und den ganzen Weg nach Kalifornien im Auto zurückgelegt hatte. Damals hatte ich beschlossen, das Beste daraus zu machen und mir Zeit zu lassen. Daher hatte ich für den Weg von Boston nach L. A. ganze vierzehn Tage gebraucht.

Auch jetzt hätte ich alles gegeben, um dieses Gefühl wieder loszuwerden, das Gefühl, dass sich die Ereignisse meiner Kontrolle entzogen.

Es war zum Aus-der-Haut-Fahren.

Ich brauchte Luft.

Blind vor Wut wandte ich mich um und starrte die Tür an.

Es lag an ihr.

Egal, was sie mir angetan hatte, ich empfand noch etwas für sie. Ich hasste es, ihr das alles zuzumuten. Oder mitzuerleben, wie sie mit Gaines flirtete. Dass sie die gleiche Luft atmete wie Ethan Wright.

Doch erst nachdem ich zurückgekehrt war, wurde ich richtig zornig. Wright oder Steadman waren mir plötzlich ebenso egal wie alles andere. Ich sah nur noch Jane, deren Hüften sich an denen von Gaines rieben. Seine Hände auf ihrem Körper.

Sie blickte ihn nicht an. Ihre Augen waren geschlossen, während sie miteinander tanzten, aber ich kannte diesen Gesichtsausdruck. Jane genoss das Ganze ein wenig zu sehr.

Beim Anblick ihrer schweißfeucht schimmernden Haut wurde mein Mund papiertrocken.

Oder lag das an meiner Eifersucht?

Ich konnte den Anblick nicht länger ertragen, also schickte ich ihr eine Nachricht, damit sie die Sache *sofort* beendete.

Während der ganzen Heimfahrt kämpfte ich gegen den Drang an, sie an mich zu ziehen und daran zu erinnern, dass niemand sie so zu befriedigen vermochte wie ich. Aber ich beherrschte mich.

Bis sie fort war.

Bis sie auf der anderen Seite ihrer Wohnungstür war, trotz des geringen Abstands eine Million Kilometer weit entfernt. Und ich konnte es einfach nicht ertragen.

Ich wollte, dass Jane das Gleiche fühlte wie ich.

Ich wollte sie ganz und gar in Besitz nehmen, so wie sie mich in Besitz genommen hatte.

Ich sehnte mich noch stärker nach Erleichterung als in den Nächten, in denen ich in meiner Zelle wach gelegen und sie vermisst hatte und konnte keinen klaren Gedanken mehr fassen. Die Blutzufuhr zu meinem Hirn riss ab, da sich mein gesamtes Blut in meinen Lenden sammelte. In der einen Sekunde war ich noch in meiner Wohnung; in der nächsten klopfte ich schon ungeduldig an ihre Tür.

Sie schwang auf.

Und da war sie. In diesem verdammten Kleid.

So wunderschön und unerreichbar ... und so ... *Jane.*

Ich vergrub meine Hand in ihrem Haar und zog sie grob an mich, während ich sie rücklings in ihre Wohnung schob. Erleichterung und Euphorie durchfluteten meine Lungen wie reiner Sauerstoff, als ich sie küsste. Ihre Lippen fühlten sich weich und vertraut an, und ich stöhnte, musste noch mehr von ihr schmecken.

Mit dem Fuß knallte ich ihre Tür hinter mir zu und zog Jane nun ganz und gar in die Arme. Ihr Wimmern schien in meiner Kehle widerzuhallen. Sie umfing meine Taille mit den Beinen und klammerte sich an mich, während wir einander auf dem Weg zum Schlafzimmer förmlich verschlangen.

Kein Gedanke an Vorspiel. Ich musste in ihr sein. Punkt. Aus. Ende.

Ich bettete sie auf die Matratze, folgte ihr, unterbrach den Kuss, aber nur, um ihr das Kleid bis zur Taille hinaufzuschieben und ihr hautfarbenes Seidenhöschen die Beine herabzuzerren. Sie keuchte unter mir, sah zu mir auf, benommen, mit gerötetem Gesicht.

Sie hielt mich nicht auf.

Ich war unendlich erleichtert und wie im Fieber.

Ich wollte schutzlos in sie eindringen, aber die schwache Erinnerung an Dakota und die paar Frauen, die ich nach meiner Entlassung in Boston gevögelt hatte, ließ mich innehalten. Mit einem leisen Fluch fischte ich meine Brieftasche aus der Jeans und fand ein Kondom. Sobald wie möglich, dachte ich und sah auf Jane herab, die mich mit weit gespreizten Beinen erwartete, schwer atmend, sodass sich ihre Brüste gegen den hauchzarten Stoff ihres Kleides pressten, *lasse ich mich testen, um sie danach ganz und gar ohne Schutz haben zu können.*

Fuck, keine machte mich härter. Keine machte mich so scharf wie sie.

Diese Tatsache machte mich beinahe genauso sauer wie hart.

Ich schälte mich gerade weit genug aus der Jeans, um mich zu befreien, streifte das Kondom über, hielt Janes Handgelenke zu beiden Seiten ihres Kopfes auf dem Bett fest und schwelgte in ihrem vertrauten Keuchen der Erregung.

Ich konnte nur noch an eines denken: in ihr zu sein. Ohne zu zögern, stieß ich in ihre feuchte Hitze.

Hart.

Unbändige Euphorie durchflutete mich. Nie hatte ich etwas Schöneres erlebt als ihre enge heiße Umklammerung. So kam es, dass ich ihr schmerzerfülltes Keuchen nicht sofort bemerkte.

Ich öffnete die Augen, sah ihr ins Gesicht, dessen Ausdruck den Nebel meiner Lust nur zögerlich durchdrang. Sie pochte und pulsierte um mich herum, genauso eng wie damals, als wir noch Teenager gewesen waren.

Und wie beim ersten Mal verzog sie ein wenig schmerzerfüllt die Lippen.

Und hatte sogar Tränen in den Augen.

»Was zum Teufel?«, stieß ich atemlos hervor, sehnte mich fieberhaft danach, mich in ihr zu bewegen, war aber zu besorgt, um weiterzumachen.

Sie war eng.

Eigentlich viel zu eng für eine Frau, die regelmäßig Sex hatte.

Jane blickte zu mir auf, und hinter der lodernden Hitze ihrer Augen entdeckte ich eine Trauer, bei deren Anblick sich mir die Kehle zuschnürte. »Jane?«

»Nicht aufhören«, flüsterte sie. Sie ließ die Hüften unter mir kreisen, sodass ich tiefer in sie eindrang.

Bebende Funken tanzten an meinem Rückgrat hinab, strudelten in meinen Lenden, entlockten mir ein Stöhnen.

Keine Ahnung, ob Jane seit unserer Trennung mit jemand anderem zusammen gewesen war, aber ich konnte mit Gewissheit sagen, dass sie schon seit geraumer Zeit mit niemandem mehr geschlafen hatte. Was bedeutete, dass sie auch mit Asher Steadman keinen Sex hatte.

Diese Erkenntnis warf jede Menge Fragen auf, aber das Fieber in mir brannte zu heiß, um sie jetzt stellen zu können. Einst hatte ich diese Frau bis zur Besinnungslosigkeit geliebt, weshalb mich nun ein urtümlicher Rausch aus Erleichterung und Besitzgier durchflutete.

Wieder drang ich in sie ein und biss die Zähne aufeinander, um nicht zu explodieren. Jane keuchte, drängte mir die Hüften entgegen, während ich in sie hinein- und wieder hinausglitt.

Ich umfasste ihre Handgelenke fester, als ich Tempo und Kraft meiner Stöße intensivierte. Das Bett erzitterte, und immer und immer wieder stieß ich mit rauer Stimme ihren Namen hervor.

»Du brauchst das hier auch«, keuchte ich atemlos. »Du brauchst es genauso sehr wie ich.«

»Ja«, flüsterte Jane mühsam und schloss die Augen.

»Augen auf«, befahl ich.

Sie gehorchte.

»Ich bin's«, hauchte ich an ihren Lippen, bevor ich sie hungrig küsste. Dann löste ich mich wieder von ihr, um noch härter in sie einzudringen. »Du kannst dich nicht davor verstecken, Jane. Versteck dich nicht davor.«

»Jamie!«, schrie sie und kam. Wild pulsierend, beinahe herzzerreißend umkrampfte sie meinen tief in ihr vergrabenen Schwanz.

Mehr war nicht nötig.

»Fuck!« Jeder Muskel meines Körpers spannte sich an, und Sekunden später kam auch ich, pochend, pulsierend, fieberhaft. Glückseligkeit durchzuckte mich, während ich mich über ihr hielt, mich in das Kondom ergoss und mir wünschte, es wäre ihr Innerstes.

Lieber Gott, es wollte gar nicht aufhören.

Mit wachsweichen Muskeln sackte ich über ihr zusammen, presste das Gesicht an ihre Kehle und vergrub den Schwanz tief in ihr in dem Versuch, sie bis zur letzten Sekunde auszukosten.

Jane.

Tiefer Frieden erfüllte mich. Eine Zufriedenheit, die ich schon wer weiß wie lang nicht mehr empfunden hatte, machte sich in mir breit, während ich auf ihr lag und ihren Duft einsog. Shit, ich hätte glatt so einschlafen können.

»Jamie«, flüsterte sie und drückte mir die Hand gegen den Brustkorb. »Jamie, ich kriege keine Luft mehr.«

Widerstrebend hob ich den Kopf, stützte mich langsam auf die Hände, um sie von meinem Gewicht zu befreien, und blickte auf ihr gerötetes Gesicht hinab.

Doch sie sah mich nicht an.

»Jane.«

»Ich muss mich waschen«, murmelte sie, meinem Blick immer noch ausweichend.

»Jane, sieh mich an.«

Sie hob die Lider, und ich sah in diese wunderschönen braungrünen Augen. Mein Herz hämmerte heftig in meiner Brust, genauso heftig wie noch vor Sekunden, als ich mich in ihr bewegt hatte.

»Du schläfst nicht mit Asher.« Es war keine Frage.

Wütende Tränen schimmerten in ihren Augen. »Seit dir habe ich mit niemandem mehr geschlafen.«

Schockiert starrte ich sie an. Und plötzlich begann sich der Raum zu drehen.

Fünfundzwanzig

JANE

»Geh runter von mir«, verlangte ich und kam mir total verletzlich vor.

Zu meiner Überraschung gehorchte Jamie. Er rollte sich auf den Rücken, das Gesicht in beiden Händen verborgen.

Zitternd schob ich das Kleid herunter, das er so gut wie ruiniert hatte, als ich Masochistin ihm erlaubt hatte, mich zu vögeln.

Ich stand auf, doch plötzlich schoss seine Hand hervor und hielt mich am Oberarm fest.

»Bleib. Rede«, forderte er.

Warum zur Hölle war *er* jetzt wütend? Ich war diejenige, die hier wütend sein sollte. Ich war diejenige, die sich wie eine Bescheuerte nach ihm verzehrt hatte, die ihn nicht hinter sich hatte lassen können und die sich doch wieder in seine Hände begeben hatte, obwohl er mich wie eine Feindin behandelt hatte.

Doch sein Kuss war wie eine Heimkehr gewesen.

Egal, was mein Verstand mir sagte, mehr als alles wünschte ich mir, ihn in mir zu spüren. In jenem Augenblick, als der Orgasmus mich förmlich zu zerreißen drohte, hatte ich das Gefühl gehabt, dass es das alles wert war.

Aber kaum hatte die Lust nachgelassen, stürmte die Realität wieder auf mich ein.

»Ich habe eine bessere Idee. Zieh dir die Hose hoch und hau ab.« Ich entzog mich seinem Griff, glitt vom Bett herunter und zog mein Kleid nach unten. Das Pulsieren zwischen meinen Beinen ließ immer noch nicht nach.

Ich marschierte aus dem Schlafzimmer, unsicher, ob ich mich je wieder in diesen Raum hineintrauen würde, und rief ihm über die Schulter hinweg noch zu: »Das war keine Frage, Jamie.«

Ich stürzte ins Bad, knallte die Tür hinter mir zu und lehnte mich an das Waschbecken, wobei ich es kaum über mich brachte, mein Spiegelbild zu betrachten. Ich wollte mir nicht selbst gegenübertreten. Hinter der Badezimmertür hörte ich es rascheln, dann Jamies Schritte im Flur. Mein Herz pochte wie wild, während ich darauf wartete, dass er die Wohnung verließ, und setzte einen Schlag aus, als die Badezimmertür aufgerissen wurde.

Die Tür knallte gegen die gegenüberliegende Wand, und da stand er vor mir, starrte mich mit ungläubiger Miene an. Er hatte die Jeans zwar wieder hochgezogen, den Reißverschluss aber offen gelassen. Er wirkte zerzaust, frisch gevögelt und unerträglich sexy.

»Hast du ein Problem mit den Ohren?«, fragte ich, im Stillen kochend vor Wut.

An seinem Kinn zuckte ein Muskel. »Sag mir die Wahrheit.«

»Ich hasse Erdbeeren.«

»Hör mit dem Scheiß auf, Jane. Du hast gerade gesagt, dass es nie jemand anderen gab als mich. Was zum Teufel läuft zwischen dir und Asher?«

»Geht dich nichts an.« Ich wandte mich zu ihm um und verschränkte die Arme vor der Brust. »Bitte geh jetzt.«

Er rührte sich nicht. Stattdessen wurde seine Miene zum ersten Mal, seit er wieder in mein Leben geplatzt war, weich vor Sorge. Mir stockte der Atem. In diesem Moment erinnerte er mich so sehr an *meinen* Jamie. »Jane, rede mit mir. Sag mir, was ich verdammt noch mal hier verpasst habe.«

Ich wollte nicht.

Was hatte es für einen Zweck?

Das eben war ein Augenblick der Schwäche gewesen. Ja und? Ich würde so tun, als sei es nie passiert, denn es hatte nichts an der Tatsache verändert, dass er sich von mir getrennt und mich dann auch noch zur Zielscheibe seines Zorns gemacht hatte.

Es war Zeit, ihn hinauszuwerfen, denn freundliche Bitten schienen keine Wirkung auf ihn zu haben. »Du hattest durchaus andere Frauen, oder? Die Blondine neulich im Treppenhaus ...« Plötzlich flackerte etwas wie Unbehagen über sein Gesicht. »Nun?«, forschte ich. »Willst du mir etwa weismachen, dass du dich für mich aufgespart hast, Jamie? Oder wie war das nach deiner Entlassung?«

Wieder dieses Zucken am Kinn. Er stieß einen tiefen Seufzer aus. »Es gab andere Frauen«, bekannte er.

Obwohl mir das klar gewesen war, tat es weh, was ich nur wenig erfolgreich verbarg.

»Jane ...« Er machte einen Schritt auf mich zu.

»Nicht.« Ich wich vor ihm zurück. »Warum ist das immer so? Hmm?« Ehe ich es verhindern konnte, entwischte mir eine Träne und rann mir über die Wangen. Ich hasste mich wegen meiner eigenen Schwäche. Wie gebannt folgte Jamies Blick ihrem Pfad. »Warum sind Frauen immer treu, Männer aber nie?«

Zorn zuckte über sein Gesicht. »Wir waren nicht zusammen. Und dafür bist du verantwortlich. Deshalb war es kein Betrug.«

Ich war verantwortlich?

Ah, typisch Mann, verdrehte die Geschichte so lange, bis sie ihm in den Kram passte! Ich schnaubte. »Ja, klar. Du hast unsere Beziehung hinter dir gelassen. Ist doch mein Problem, wenn ich es nicht geschafft habe! Also hast du wahrscheinlich gewonnen.«

Er schüttelte den Kopf und machte wieder einen Schritt auf mich zu. Ich hielt die Hand in die Höhe. Er blieb stehen. Auf seinen Wangen bildeten sich rote Flecken der Frustration. »Ich kapier es nicht. Ich kapier es einfach nicht.« Er deutete zwischen uns hin und her.

Mir ging es genauso.

Aber ich wusste, dass ich kurz vorm Zusammenbruch stand, und er war der Letzte, der das mitbekommen sollte.

»Ich habe dich gebeten, die Wohnung zu verlassen. Wenn du es nicht tust, rufe ich laut um Hilfe.«

Mein entschlossener Gesichtsausdruck schien Jamie nicht zu

entgehen, weshalb er mir einen düsteren Blick zuwarf. »Dieses Gespräch ist noch nicht vorbei.«

Als er das Bad verließ und sich auf den Weg zur Wohnungstür machte, explodierte der Zorn in meinem Innern. Nur deshalb folgte ich ihm in den Flur und rief ihm noch einmal hinterher, als er schon beinahe an der Tür war.

Er sah sich um. »Ja?«

»War es gut?«

Verwirrung, Misstrauen und Begehren standen ihm ins Gesicht geschrieben. Dann wich das alles einer Mischung aus Sehnsucht und Erschöpfung und etwas anderem, das ich nicht ganz verstand. »Mit dir ist es das verdammte Paradies«, antwortete er heiser. »Auch wenn ich wünschte, dass es nicht so wäre. Ich wünschte, es wäre bei jeder anderen so, nur nicht bei dir.«

Meine Lippen zitterten, während ich zu lächeln versuchte, als sei mir das gleichgültig. Als fühlten sich seine Worte nicht an wie ein tödlicher Stich ins Herz. »Ja, nun gut, es passiert sicher nicht wieder. Du brauchst dich also nicht selbst zu geißeln.«

Jamie stieß ein bellendes Lachen aus und öffnete die Wohnungstür. »Versprich nichts, was du nicht halten kannst.«

Als die Tür hinter ihm zuschlug, zuckte ich zusammen.

Auf meinem Rückweg ins Schlafzimmer rannen mir Tränen die Wangen herab. Ich wusste, dass ich unter die Dusche springen und mir seinen Geruch abwaschen sollte.

Doch stattdessen rollte ich mich auf der Bettdecke zusammen und schloss die Augen, erinnerte mich an das überwältigende Gefühl, wie er in mich eingedrungen war. Die brennende Lust, die sich schon bald in einen Rausch verwandelt hatte. Jamies Meeraugen, die vor Verlangen loderten.

Ich trauerte um die Liebe in seinen Augen.

Doch als ich endlich entschlummerte, umspielte ein dunkles Lächeln meine Lippen.

Wenn der heutige Abend eines bewiesen hatte, dann, dass ich ihm genauso unter die Haut ging wie er mir.

Und das gefiel mir.

Die merkwürdige, kleine Jane Doe.

Allerdings hatte nicht nur Jamie sich heillos in seine Gefühle verstrickt.

***

Die Dreharbeiten an Patel Smiths Musical waren erst zur Hälfte beendet, als er beschloss, eines der Filmsets von Grund auf zu verändern. Deshalb hatte ich, nachdem Jamie gegangen war, nur eine knappe Stunde Schlaf gehabt, als Sandy anrief, um mich ins Studio zu zitieren. Wie durch ein Wunder hatten wir es danach geschafft, die Veränderungen noch rechtzeitig für die Dreharbeiten tagsüber fertigzustellen.

Nachdem Patel alles abgesegnet hatte, stieß ich einen erleichterten Seufzer aus. In diesem Moment vibrierte mein Handy in meiner Gesäßtasche. Da Patel sich gerade eingehend mit Sandy unterhielt, entfernte ich mich vom Set, um die Nachricht zu lesen. Wahrscheinlich war sie von Asher. Er hatte heute Morgen schon einmal angerufen, um sich nach meinem Befinden zu erkundigen.

Der Drang, ihm alles zu beichten, wurde immer stärker. Außerdem brauchte mein Freund gerade jetzt meine Unterstützung, die ich ihm aufgrund der ganzen Lügen, die zwischen uns standen, aber nicht gewähren konnte.

Um Jamie zu schützen, hielt ich bei Asher weiterhin den Mund, was mein schlechtes Gewissen ins Unermessliche steigerte.

Aber die Textnachricht war gar nicht von Asher.

Jane, Lincoln hier. Ich habe den gestrigen Abend mit Ihnen sehr genossen. Haben Sie immer noch Lust, sich von mir zum Essen ausführen zu lassen?

Die Arbeit hatte mich weder von dem Nachtclub noch von den anschließenden Ereignissen mit Jamie ablenken können.

Den Ereignissen.

Ich lachte vor mich hin.

Dem Sex.

Dem Sex mit Jamie.

Mir wurde ganz heiß, doch ich verdrängte diese wenig hilfreichen Bilder und schrieb Lincoln, dass es mir eine Freude sei. Wir verabredeten uns für den darauffolgenden Donnerstag – seinem einzigen von zwei freien Abenden – zum Dinner in einem meiner italienischen Lieblingsrestaurants in Downtown. Bei diesem Tempo würde es Monate dauern, bis ich seine Freundschaft mit Ethan Wright unterwandert hatte und sie so gegen ihn wenden konnte, wie wir es brauchten.

Dabei fiel mir ein, dass ich Jamie nicht mal gefragt hatte, was geschehen war, als er Wright nach dem Verlassen des Clubs verfolgt hatte.

Mit zitternden Fingern schrieb ich Jamie eine kurze Nachricht, um ihn im Hinblick auf Gaines ins Bild zu setzen.

Er antwortete nicht mal.

Verärgert versuchte ich, mich wieder in die Arbeit zu stürzen, aber immer wieder kehrten meine Gedanken zu meinem Ex und unserer erbitterten Diskussion zurück. Anscheinend konnten wir weder voneinander lassen noch einander vergeben.

Eine Stunde später musste ich genervt feststellen, dass Jamie sich noch immer nicht zurückgemeldet hatte. Immerhin war der ganze Plan doch auf seinem Mist gewachsen. Er durfte mich jetzt nicht hängen lassen.

Umso mehr überraschte es mich, als ich einen Anruf von der Security bekam, die verkündete, dass ich erneut Besuch von einem »Griffin Stone« habe. Ich gab die Anweisung, ihn hereinzulassen. Mein Herz pochte, die Schmetterlinge in meinem Bauch breiteten die Flügel aus. Wie ätzend, dass ausgerechnet Jamie McKenna ein solches Hochgefühl in mir auslösen konnte.

»Hast du schon Mittagspause?«, fragte Jamie ohne jede Begrüßung, als ich die Halle verließ, um ihn an seinem Wagen zu treffen.

Am liebsten hätte ich ausgeholt und ihm die Faust ins Gesicht gerammt. Dabei war ich nicht mal schockiert über die leidenschaftlichen Gewaltfantasien, die dieser Mann in mir weckte.

Wollte er allen Ernstes hier auftauchen und so tun, als hätten wir keinen Sex gehabt?

»Erde an Jane«, sagte er. »Steig ein, Jane.«

Er tat es tatsächlich!

»Willst du mich veralbern?«

»Irgendwo müssen wir uns ja unterhalten.« Er öffnete die Beifahrertür. »Steigst du jetzt ein? Oder machst du einen Rückzieher und hilfst mir nicht mehr, den Scheißkerl aus L. A. rauszu*montechristen*?«

Ich weigerte mich, zu lachen oder zu lächeln oder mich auch nur im Mindesten belustigt zu zeigen.

Na schön.

Ich würde mich auf sein Spiel einlassen.

Eigentlich war es sogar besser so. So zu tun, als sei es nie geschehen, war sicher am besten. »Warte fünf Minuten.«

Nachdem ich Lea informiert hatte, dass ich meine Mittagspause nicht auf dem Gelände verbringen würde, tauchte ich wenige Minuten später mit meiner Handtasche bewaffnet wieder auf. Zusehends verwandelte ich mich von einer arbeitswütigen Person, die nur für ihren Job lebte, in eine ständig geistesabwesende Mitarbeiterin, die sich sogar Mittagspausen gönnte. Auf diese Weise konnte Jamie mir so ganz nebenbei auch noch die Karriere versauen. Toll für ihn. Schon wieder etwas, was er abhaken konnte.

Mistkerl.

Na ja, du hättest ja nicht einsteigen müssen, Jane, rief ich mir ins Gedächtnis.

Genau. Ein klarer Fall von Selbst-Sabotage.

Beim Einsteigen versuchte ich zu ignorieren, wie sehr der Porsche nach Jamie roch. Mein Blick fiel auf seine Hände, als er den Schalthebel in Fahrstellung brachte, und schnell wandte ich ihn wieder ab. In meiner Vorstellung sah ich diese wunderbaren Hände nur auf mir. Ich konnte immer noch spüren, wie sie meine Handgelenke umfingen, mich aufs Bett pressten, während seine Hüften sich gegen meine drängten.

Puterrot sah ich zum Beifahrerfenster hinaus. »Wo fahren wir hin?«

»Wirst du schon sehen.«

Er überquerte den Fluss, brauste an Universal City vorbei und lenkte den Wagen in südliche Richtung. Seine Geheimniskrämerei machte mich mit jeder Sekunde wütender. Überdies hatte ich Hunger. Man hatte mir eine Mittagspause versprochen. Als habe er meine Gedanken gelesen, bog Jamie vom Barham Boulevard ab und steuerte einen Drive-in-Subway an. »Was willst du?« Er deutete mit dem Finger auf das kleine Lokal.

»Wo fahren wir hin?«

»Im Moment kaufen wir uns was zu essen.« Er fuhr vor der draußen hängenden Speisekarte vor. »Was willst du?« Sehr zu meinem Verdruss las er mir die Karte dann auch noch vor. Jede Einzelheit, jedes Detail, als würde er dafür bezahlt.

»Ich nehme den Veggie Delite«, unterbrach ich ihn. Hauptsache, er hielt endlich die Klappe.

Jamie sah mich irritiert an. »Bist du jetzt etwa Vegetarierin?«

»Nein.«

Er reagierte nicht auf meine kurz angebundene Art, sondern bestellte nur unser Essen, bezahlte und reichte mir die Tüten, um dann wieder auf die Hauptstraße aufzufahren, nach links abzubiegen und den Wagen weiter Richtung Süden zu lenken.

Zehn Minuten vom Studiogelände entfernt parkte er am Seitenstreifen, genau gegenüber vom Krankenhaus.

»Verrätst du mir jetzt endlich mal, was wir hier tun?«

Er deutete die Straße hinab. »Dieses gelbe Gebäude gehört einer Therapeutengruppe, die ebenfalls im Krankenhaus tätig ist. Sie leiten diverse Therapiegruppen, auch eine Selbsthilfegruppe für Krebspatienten.« Im Vergleich zu den anderen Gebäuden auf der Straße war dieses hier nur zwei Stockwerke hoch und in lebhaftem Sonnengelb gestrichen.

Verwirrt sah ich ihn an. »Und aus welchem Grund sind wir hier?«

»Das wirst du schon sehen. Behalte die Tür im Auge.« Er nahm mir sein Sandwich und sein Getränk ab und fing an zu essen. Lässig. Als seien wir bei einer Observierung, wie er sie jeden Tag erlebte.

Obwohl seine Ausflüchte und diese dramatische Art mich sauer machten, war ich hungrig, weshalb ich ebenfalls in mein Sandwich biss. Zehn Minuten später hatten wir alles verspeist. Die Spannung zwischen uns war mittlerweile beinahe unerträglich, und ich wollte mich bereits beklagen, als plötzlich die Türen des Therapiezentrums aufschwangen.

Ein paar Leute traten auf den Gehsteig hinaus, und ich hielt nach bekannten Gesichtern Ausschau.

Endlich tauchte eine Frau mit kurz geschnittenem, silbergrauem Haar auf. Sie blieb stehen, um sich mit einem jüngeren Mann zu unterhalten. Ich erkannte sie von Jamies Überwachungsfotos wieder. Auch im Gerichtssaal hatte ich sie schon einmal gesehen. Mein Herz schlug schneller.

Ich sah Jamie an. »Elena Marshall.«

Mit unergründlicher Miene hatte er sich mir bereits zugewandt. »Ich habe die finanzielle Situation einer jeden Zielperson durchleuchtet. Bei Elena stieß ich auf jede Menge Arztrechnungen. Obwohl Foster Steadman ihr ein hübsches Sümmchen gezahlt haben muss, steckt diese Frau bis zum Hals in Schulden. Anscheinend hatte sie vor ein paar Jahren Brustkrebs. Jetzt leitet sie ehrenamtlich diese Selbsthilfegruppe für krebskranke Menschen oder für Angehörige, die durch diese Krankheit einen geliebten Menschen verloren haben.«

Unbehaglich beobachtete ich die Frau. Sie überquerte die Straße und stieg in ihren kleinen Wagen. Mittlerweile schien sie wieder guter Gesundheit zu sein. Ich war hin- und hergerissen.

Diese Frau hatte dazu beigetragen, Jamie ein Verbrechen anzuhängen, das er nicht begangen hatte.

Ich hasste sie.

Aber ich fragte mich, ob das Schicksal sich nicht bereits um Elena Marshall gekümmert hatte. Krebs war keine Kleinigkeit, genauso wenig wie die horrenden Arztkosten, die damit einhergingen.

Als könne er meine Gedanken lesen, ergriff Jamie das Wort. Seine Stimme klang gleichzeitig sanft und unerbittlich.

»Alle möglichen Leute erkranken an Krebs, Jane. Diese Krankheit macht keine Unterschiede. Sie trifft gute Menschen, schlechte und alles dazwischen. Dieses Schicksal spricht sie nicht von ihrer Schuld mir gegenüber frei. Sie hat mir fünf Jahre meines Lebens gestohlen.«

»Jamie …« Vielleicht war ich für derlei Racheaktionen doch nicht geschaffen.

»Weißt du eigentlich, dass ich nicht mehr ins Kino gehen kann? In der Dunkelheit und in einer Sitzreihe gefangen zu sein macht mich fertig.«

Überrascht über seine Worte wandte ich ihm den Kopf zu.

Sein Blick war voller Bitterkeit. »Ich mag auch keine Aufzüge. Und im Verkehr festzustecken finde ich unerträglich. Flüge sind ein Albtraum für mich. Nachts muss ich die Fenster im Schlafzimmer weit offen lassen, und nachdem ich in dieser Zelle nie Schlaf gefunden habe, brauche ich auch heute noch eine Ewigkeit, um Ruhe zu finden. In der Regel schlafe ich höchstens ein paar Stunden.«

Durch das Gefängnis litt Jamie also unter Klaustrophobie und Schlaflosigkeit.

»Was ist dir da drin sonst noch alles zugestoßen, Jamie?«, fragte ich angsterfüllt.

Ein Gewitter schien sich in seinen Meeraugen zusammenzubrauen. »Nicht *das*. Aber ich konnte auch nichts unternehmen, wenn es anderen Häftlingen zugefügt wurde. Jungs, die viel jünger waren als ich und die niemand beschützte. Irwin sorgte für meine Sicherheit, aber das hatte seinen Preis: Ich musste meine Nase aus den Angelegenheiten der anderen heraushalten. Ich wusste nicht …« Mühsam riss Jamie den Blick von mir los, wahrscheinlich weil sein gequälter Gesichtsausdruck mir Tränen in die Augen getrieben hatte. »Steadman hat mir die Augen darüber geöffnet, dass da draußen ein paar wirklich miese Typen herumlaufen ... aber ein paar meiner Knastbrüder haben mir gezeigt, dass es für Skrupellosigkeit keine Obergrenze gibt. Manche Menschen nehmen sich einfach, was sie wollen, und ihnen ist gleichgültig, wen sie verletzen, solange ihre eigenen Bedürfnisse befriedigt sind. Man verliert beinahe den Verstand, wenn man fünf Jahre damit verbringt, diesen Abschaum zu meiden, sich aber ständig schuldig fühlt, weil man nichts unternimmt, um Männer zu schützen, die erheblich verletzlicher sind als man selbst ...«

Mir brach das Herz. »Warum hast du mir damals nicht davon erzählt?«

Seine Miene wurde ausdruckslos. Er schnaubte. »Ich glaubte, dich damit zu beschützen.«

»Jamie ...«

»Elena Marshall ist ein Grund, warum ich fünf Jahre meines Lebens verloren habe. Warum ich jetzt als vorbestraft gelte. Wenn die Schreiberei nicht gewesen wäre, würde ich mein Dasein jetzt unter dem Existenzminimum fristen, beschissene Jobs bei beschissenen Arbeitgebern annehmen, die bereit wären, über meine Vorstrafe hinwegzusehen, und damit rechtfertigen, dass sie mich beschissen behandeln.« Seine Stimme klang nun wieder kalt und kontrolliert. »Ich will, dass du dich dieser Selbsthilfegruppe anschließt und Kontakt zu Elena aufnimmst. Du wirst die persönlichen Details ihres Lebens auskundschaften, damit wir sie mithilfe dieser Informationen dort treffen können, wo es so richtig wehtut.«

Nach dieser allgemeinen Zusammenfassung dessen, was Jamie durchgemacht hatte, was er gesehen hatte, war mir klar, dass die Details wahrscheinlich erheblich schlimmer gewesen waren. Die Wut, die ich seinetwegen empfand, ließ meine Unsicherheit dahinschmelzen. Aber ausgerechnet bei einer Selbsthilfegruppe für Krebskranke und deren Angehörige anzusetzen? Bei diesem Gedanken drehte sich mir der Magen. »Jamie, du kannst es doch nicht allen Ernstes für gerechtfertigt halten, Menschen, die das hier durchmachen müssen, dafür zu benutzen, um an Elena heranzukommen. Ich weiß, dass du das nicht okay findest.«

»Natürlich nicht«, spie er hervor. »Aber ich bin bereit zu tun, was nötig ist. Ich bin bereit, die Konsequenzen für mein Tun zu tragen, ebenso wie die Bürde, die ich mir dadurch auflade. Bist du das auch? Bist du dabei, oder steigst du aus, Jane?«

»*Man verliert beinahe den Verstand, wenn man fünf Jahre damit verbringt, diesen Abschaum zu meiden, sich aber ständig schuldig fühlt, weil man nichts unternimmt, um Männer zu schützen, die erheblich verletzlicher sind als man selbst ...*«

Plötzlich war ich wieder neunzehn und sah Jamie durch die Plexiglasscheibe hindurch an.

»*Ich muss einfach wissen, dass es dir gut geht.*«

»*Liebst du mich?*«

»*Das weißt du doch. Du bist mein Ein und Alles.*«

»*Dann geht es mir gut. Er hat geglaubt, mir alles genommen zu haben ... aber dich hat er nicht bekommen, und du bist alles, was zählt. Also geht es mir gut.*«

»*Irgendwann wird es leichter werden, Doe.*«

Er *hatte* mich angelogen. Um mich zu schützen.

Ich nickte trotz der Übelkeit, die in mir emporstieg. »Ich bin dabei.«

Jamies Nervosität verebbte, und er startete den Wagen. Auf dem Rückweg ins Studio senkte sich angespanntes Schweigen über uns herab. Jake, der Wachmann, winkte uns durch. Jamie parkte neben der Tür.

Ich löste den Gurt.

»Wenn du mir erzählst, warum du und Asher Steadman der Welt die ganze Zeit vormacht, ein Paar zu sein, könnte ich dir vielleicht wieder vertrauen.«

Ungläubig blieb ich stehen. Es fühlte sich wirklich an, als habe Jamie unsere Vergangenheit komplett neu erfunden. Er verhielt sich, als sei *ich* diejenige, die sich von ihm getrennt hatte. »Es ist nicht mein Geheimnis, also darf ich auch nicht darüber reden. Außerdem bin ich nicht diejenige, die sich von dir getrennt hat. Nicht *ich* muss *dein* Vertrauen zurückgewinnen, sondern umgekehrt, Jamie.«

Seine Augenbrauen schossen bis zum Haaransatz hinauf, und er stieß ein ebenso bellendes wie ungläubiges Lachen aus. »*Ich* habe dein Vertrauen verletzt? Du willst, dass ich dir vertraue, wenn du dem Schutz von Asher Steadman den Vorzug vor mir gibst?«

Über diesen kindischen Seitenhieb konnte ich nur den Kopf schütteln. »So ist es nicht. Ich *darf* es dir nicht sagen. Nicht, weil ich es nicht will, sondern weil ich kein Recht dazu habe.«

Jamie dachte darüber nach. »Bist du seine Alibi-Freundin? Ist er schwul?«

»Nein«, antwortete ich aufrichtig.

»Was ist es dann?«

»Jamie …«

»Du glaubst, dass du diesem Kerl mehr vertrauen kannst als mir?«

Meinte er das ernst? »Du hast mir bislang keinen Grund gegeben, dir zu vertrauen. Immerhin bin ich auf deiner *Monte-Christo*-Liste. Asher war in den letzten drei Jahren meine einzige Familie.«

Er grinste höhnisch. »Asher Steadman verarscht dich, Jane. Er hat dir weisgemacht, dir helfen zu wollen, stimmt's? Dass er etwas gegen seinen Vater finden würde, um ihm das Handwerk zu legen?«

»Woher weißt du das?« Wie hatte er überhaupt erfahren, dass ich selbst hinter Steadman her war?

»Hab ich recht?«

Ich gab keine Antwort.

Jamie beugte sich zu mir vor und senkte die Stimme zu einem tiefen Knurren. »Du steckst all dein Vertrauen in diesen Typen, aber er hat dir nie geholfen. Im Gegenteil, er hat deine Versuche bewusst sabotiert.«

Bei dieser Anklage wurde mir übel, und ich spürte, wie mir alle Farbe aus dem Gesicht wich. *Nein. Das konnte nicht sein.* Das sagte Jamie nur, um mich zu verunsichern. Asher war mein Freund. Er war der einzige Mensch in meinem Leben, auf den ich mich verlassen konnte.

»Das glaube ich dir nicht.«

»Na gut. Wenn du dir da so sicher bist, kannst du ihn ja auch fragen.«

Ich ertrug seine Nähe nicht länger, stieß die Beifahrertür auf, sprang praktisch aus dem Wagen und knallte sie mit aller Macht wieder zu. Ohne Jamie eines weiteren Blickes zu würdigen, rannte ich in die Halle.

Ich liebte Asher.

Er würde mich nie so verletzen, wie Jamie mich verletzt hatte.

✳✳✳

JAMIE

Ich sah Jane hinterher, wie sie im Studio verschwand, und meine Finger umklammerten das Lenkrad.

Beim Wachwerden hatte ich heute an sie gedacht. Sie war das Erste gewesen, das mir in den Sinn gekommen war. Ich konnte ihren Duft an mir sogar noch riechen.

Wahrscheinlich weil ich nicht geduscht hatte, um sie mir noch nicht abzuwaschen.

Jane brachte alles durcheinander.

Meine Konzentration war im Eimer.

Es war wie damals in unserer Jugend, als ich an nichts anderes hatte denken können als an sie. Von dem Augenblick an, da mir klar geworden war, dass ich sie begehrte, war es niemals anders zwischen uns. Sie war ständig in meinem Hinterkopf, und jede Entscheidung kreiste nur um sie. Sobald sie im Raum war, war ich mir jeder noch so kleinen ihrer Bewegungen bewusst.

Ich wollte sie hassen.

Musste sie hassen.

Und doch konnte ich einfach nicht aufhören, jenen Augenblick des Friedens zu durchleben, als ich in ihr dahingeschmolzen war.

Die Welt war ruhig gewesen, ohne Schmerz – und das zum ersten Mal in sieben Jahren.

Skye hatte mich damals gewarnt, dass es letztlich nur Leid und Kummer bringen konnte, jemanden so zu brauchen, wie ich Jane brauchte.

Sie hatte recht gehabt.

Denn ich wollte dieses Gefühl des Friedens wiederhaben. Ich wollte noch eine Kostprobe davon.

Und ich fürchtete, dass ich dafür alles tun würde.

Irgendetwas Dummes. Etwas, das alles versauen konnte.

Wie zum Beispiel, ihr zu verzeihen.

Sechsundzwanzig

JANE

Scheinwerfer leuchteten auf, überholten mich auf der 101 auf meinem Weg zu Ashers Strandhaus in Malibu. Im Studio hatte ich erst spät Feierabend machen können, weshalb ich allerdings jetzt wenigstens nicht im Stau stand. Viel Verkehr herrschte auf dem Highway dennoch.

Ich fragte mich, wohin die Fremden, die mich überholten, alle wollten und ob sie genauso viel Angst vor dem Ziel hatten wie ich. Ich hoffte nicht. Mit feuchten Handflächen umklammerte ich das Lenkrad und konnte mein Herz einfach nicht dazu bringen, wieder langsam zu schlagen. Ich wollte nicht glauben, dass Jamie recht hatte. Es war leichter zu denken, dass er nur wieder versuchte, mir wehzutun, als sich vorzustellen, dass Asher die ganze Zeit über nur sein Spiel mit mir getrieben hatte.

Keine Ahnung, wie ich es verkraften sollte, wenn mich noch einmal ein Mensch betrog, den ich liebte.

Würde ich daran zerbrechen?

Mein Griff um das Lenkrad wurde noch fester.

Oder würde ich mich emotional abschotten?

Beides klang nicht allzu verlockend.

Als ich die Tore erreicht hatte, drückte ich auf die Fernbedienung, die Asher mir überlassen hatte. Langsam öffneten sich die Flügel. Ich fuhr auf das Grundstück und entdeckte eine hochgewachsene Gestalt, die gerade aus der Eingangstür trat. Das Haus war im Stil der Fünfzigerjahre, also in der für die Mitte des vergangenen Jahrhunderts typischen Architektur erbaut. Es stand auf einer Klippe mit Blick auf den Ozean. Den Strand erreichte man über einen Privatweg.

Mit zitternden Knien stieg ich aus dem Wagen und schritt meinem besten Freund entgegen. Er runzelte die Stirn, wahrscheinlich weil ich ihm nicht geschrieben hatte, um mein Kommen anzukündigen.

»Hey, Süße.« Sein Ton war abwartend, als habe er den Grund für meinen Besuch schon aus meiner Körpersprache abgelesen.

»Hast du meine Bemühungen, belastende Beweise gegen Foster zu finden, sabotiert?«

Asher riss ganz leicht die Augen auf.

Bei dem Ausdruck, den ich darin entdeckte, hätte ich mich am liebsten übergeben.

Furcht.

Schuld.

Ich schloss die Augen, die Tränen schnürten mir die Kehle zu.

Nein, bitte nicht.

»Jane, komm rein, damit ich dir alles erklären kann.« Ich spürte, wie er meinen Arm ergriff, und stolperte ins Haus.

Der offene Wohnbereich mit dem tiefer liegenden Wohnzimmer und der dahinterliegenden Küche, die breiten Doppeltüren, die auf eine Veranda hinausführten, von der aus man Ausblick auf den Ozean hatte, das alles fühlte sich mit einem Mal nicht mehr wie jener Rückzugsort an, der das Haus für mich in den letzten paar Jahren immer gewesen war.

Wie gern hatte ich Zeit in Ashers Haus verbracht. Er hatte mir sogar ein eigenes Zimmer zur Verfügung gestellt.

Ich riss mich von ihm los und wirbelte zu ihm herum. »Schieß los.«

»Würdest du dich setzen?« Asher deutete auf das Sofa. »Bitte.«

Das Blut rauschte in meinen Ohren, als ich zum Sitzbereich hinunterging und mich auf das eine Ende der Couch setzte. Asher wählte den Sessel neben mir und stützte die Ellbogen auf die Knie. Sein Gesicht war tiefernst.

Doch wollte er mir nicht gerade erzählen, dass er mich beschissen hatte?

Langsam atmete er aus. »Jane, es gibt ein paar Gründe, warum ich dir weisgemacht habe, dass ich meinen Vater überführen will.«

Da war es.

Meine Hände ballten sich auf meinen Knien zu Fäusten.

»Zum einen habe ich befürchtet, dass er Verdacht schöpfen und Nachforschungen über dich anstellen würde. Zum Zweiten wollte ich meiner Mutter nicht noch weitere Schmerzen zufügen. Der dritte Grund … Darüber kann ich dir heute noch nichts sagen, aber irgendwann werde ich auch das tun.«

»Irgendwann? Was heißt das?«

»Das kann ich dir noch nicht sagen.« Er beugte sich vor und sah mich eindringlich, geradezu verzweifelt an. »Aber du musst mir glauben, dass ich dich nicht angelogen habe, um dich zu verletzen. Ich versuche, dich zu beschützen.«

»Nein.« Ich stand auf, um Abstand zwischen uns zu bringen. »Du hast nicht mich, sondern deine Familie beschützt.« Jamie hatte recht gehabt. *Großer Gott!* Tränen schnürten mir die Kehle zu. Es war tatsächlich so, dass ich niemandem vertrauen konnte.

»Jane, wie hast du es herausgefunden?«

Ich wirbelte zu Asher herum, und als er mein Gesicht sah, zuckte er zusammen. »Spielt keine Rolle.«

»Es spielt durchaus eine Rolle. Hast du Nachforschungen über mich angestellt?«

»Nein.« Sollte er doch denken, was er wollte. Ich würde ihm ganz sicher nicht anvertrauen, dass Jamie wieder in L. A. war und vorhatte, sich an Foster zu rächen. Der Gedanke, dass Asher Foster womöglich sogar von Jamie erzählen würde, machte mich ganz krank. Gott sei Dank hatte ich mich ihm nicht anvertraut. Kaum auszudenken, welche Konsequenzen das gehabt hätte.

»Jane …«

Ich hielt die Hand in die Höhe, um ihn am Weiterreden zu hindern. Was immer er zu sagen hatte, was für erbärmliche Entschuldigungen er auch vorbringen wollte, warum er mich zum Narren gehalten hatte, es interessierte mich nicht. Ich sah in seine dunklen Augen. Dunkle Augen, bei deren Anblick ich mich sonst so sicher gefühlt hatte. »In meinem Leben gab es nur zwei Männer, die ich je geliebt habe: Jamie und dich. *Zwei.* Und beide habt ihr mir das Herz gebrochen.« Ich machte mich auf den Weg zur Tür.

»Jane!« Asher packte mich am Arm, doch ich riss mich los und taumelte rückwärts.

»Rühr mich nicht an!«, fauchte ich.

»Eines Tages werde ich es dir erklären«, versprach er mit düsterer, entschlossener Miene.

Wie gern hätte ich ihm geglaubt, und doch hatte ich Angst davor.

Benommen fuhr ich nach Silver Lake zurück. Wie ich von Ashers Strandhaus wieder zu meiner Wohnanlage gekommen war, wusste ich nicht. Ich war total neben der Spur. Jamies Porsche stand in seiner Parklücke, also ging ich nach oben und klopfte an seine Tür.

Schritte erklangen.

Dann stand er da. Lehnte am Türrahmen und betrachtete mit ausdrucksloser Miene mein tränenüberströmtes Gesicht.

»Du hattest recht«, sagte ich dumpf.

Jamie sah mich nur mitleidig an.

Ironisch verzog ich die Oberlippe. »Keine Sorge. Ich habe ihm nicht verraten, woher ich es weiß. Obwohl mich durchaus interessieren würde, wie *du* es herausgefunden hast.«

Er grinste und schüttelte fast unmerklich den Kopf.

Dieses Grinsen … dieses alberne kleine Grinsen angesichts meines Schmerzes tat weher als alles, was sonst noch seit seiner Rückkehr geschehen war. Ich taumelte rückwärts. »Es ist dir völlig egal. Dir ist total egal, wie sehr mich das alles verletzt.«

Etwas flackerte in Jamies Blick. Er stieß sich vom Türrahmen ab und richtete sich auf. »Liebst du ihn?«

Würde es ihn treffen, wenn es so wäre? »Das dachte ich zumindest.«

Jamie biss die Zähne aufeinander und sah zu Boden, wahrscheinlich, um seine Gefühle vor mir zu verbergen.

Ich schnaubte. »Du hast mich gefragt, ob ich ihn liebe. Aber nicht, ob ich *verliebt* in ihn bin.«

Das ist ein Riesenunterschied, Jamie.

Er sah mir in die Augen. »Bist du verliebt in ihn?«

Hatte er überhaupt eine Antwort verdient?

Eigentlich hatte ich größte Lust, ihn ein wenig auf die Folter zu spannen.

Aber ich war so verdammt fertig. »Nein. Und ich war es auch nie«, antwortete ich mit hängenden Schultern.

In meinem Leben gab es nur einen einzigen Mann, in den ich jemals verliebt war.

Als er mich weiterhin ohne auch nur die kleinste Gefühlsregung anstarrte, all seine Gedanken und Gefühle für sich behielt, hätte ich ihm am liebsten eine geknallt. Ihn angeschrien.

Aber so etwas war nun mal nicht meine Art.

Und ich würde mich auch jetzt nicht zu so etwas provozieren lassen.

Mit einem höhnischen Schnauben wandte ich mich auf dem Absatz um, begab mich zu meiner Wohnung und steckte den Schlüssel ins Schloss. »Schreib mir, was ich über Elena wissen muss.« Bevor er noch Gelegenheit zur Antwort hatte, trat ich ein und schlug die Tür hinter mir zu.

Während ich ruhelos und beklommen durch meine Wohnung tigerte, rauschte das Blut in meinen Adern. Am liebsten hätte ich mich auf dem Bett zusammengerollt und tagelang geweint.

Aber nein, auch das war keine Option.

Ja, vor sechs Jahren hatte ich alles verloren, was mir etwas bedeutet hatte. Doch ich hatte es überlebt.

»Du hast es überlebt«, sagte ich laut und ballte die Fäuste an meinen Seiten.

Ich würde auch den Verlust Ashers überleben.

Ich würde es überleben, wenn Jamie mich wieder verließ, sobald er sein Ziel erreicht hatte.

Und ich würde mich auch nicht emotional abschotten.

Und ich würde mich von niemandem ... von *niemandem* ... kleinkriegen lassen.

***

Asher versuchte mehrfach, mich anzurufen. Jamie ebenfalls. Er klopfte sogar ein paarmal an meine Wohnungstür.

Ich ignorierte beide Männer und konzentrierte mich auf meine Alltagsroutinen, auf die Arbeit am Set und an einem Gemälde, das ich daheim für eine Kunstgalerie in San Francisco fertigstellte. Das Einzige, was ich nicht ignorierte, war Jamies Textnachricht mit den Informationen zu Elena Marshall. Nachdem ich Jamie ein paar Tage lang nicht gesehen und das Wochenende sowie den Großteil der Woche für Patels Film gearbeitet hatte, nahm ich mir den Donnerstag frei. Um die Mittagszeit stieg ich in mein Auto und fuhr zum Krankenhaus in Hollywood.

Nachdem ich einen Parkplatz gefunden hatte, schlenderte ich gemächlich auf den gelben Bau zu. Je näher ich kam, umso langsamer wurden meine Schritte. Drinnen führte mich eine Empfangsdame zu dem Raum, den ich suchte, aber als ich vor den Doppeltüren stand und durch die darin eingelassenen Fenster sah, blieb ich wie angewurzelt stehen.

Sosehr ich Jamie auch dabei helfen wollte, seinen Frieden zu finden, die Vorstellung, eine Selbsthilfegruppe für Krebspatienten und deren Angehörige zu unterwandern, machte mich krank. Ich konnte da nicht einfach so reinspazieren und eine ebenfalls Betroffene mimen. Den Menschen gegenüber, die in dieser Gruppe Verständnis und den Austausch mit Leidensgenossen suchten, wäre mir das wie Verrat vorgekommen.

Mein Blick richtete sich auf Elena. Als sie gegen Jamie ausgesagt hatte, war sie etwa Ende dreißig gewesen, eine ganz gewöhnliche Frau, die seit sechs Jahren in einem vierundzwanzig Stunden geöffneten kleinen Supermarkt gearbeitet hatte, bevor Steadman sie bestochen und zur Lüge angestiftet hatte. Jamie und ich hatten nie herausbekommen, ob ihr klar gewesen war, dass sie an diesem Abend angeschossen werden würde, aber wir vermuteten, dass es von vornherein geplant gewesen war, da sich dadurch eine längere Haftstrafe für Jamie ergab.

In diesem Moment beugte sie sich auf ihrem Stuhl vor und ergriff die Hand einer jungen Frau, die nach ihrem Bericht in Tränen ausgebrochen war. Es war ein Akt der Güte. Des Trosts. Elenas Augen blickten betrübt, aber warmherzig drein, während sie die Hand des Mädchens drückte.

Ich erinnerte mich daran, wie sie vor Gericht gegen Jamie ausgesagt hatte. Sie war mir schon damals nicht wie die Frau vorgekommen, die einen unschuldigen Menschen ins Gefängnis bringen würde. Doch damals war mir das egal gewesen. Mit meinen neunzehn Jahren hatte es für mich in Bezug auf Jamie nur Schwarz und Weiß gegeben. Jeder, der mit der Intrige gegen ihn zu tun hatte, galt in meinen Augen als böse und grausam.

Mein Zorn, als sie im Zeugenstand Jamie als Täter identifiziert hatte, hatte sich seither beträchtlich abgekühlt. Jetzt sehnte ich mich eher nach Antworten. Ich wollte verstehen, warum diese Frau so und nicht anders gehandelt hatte. Ich wollte wissen, ob das, was sie bislang durchgemacht hatte, ausreichte, um Jamies Rachedurst zu befriedigen.

Würde es mich selbst ebenfalls zufriedenstellen?

Jedenfalls konnte ich da nicht reingehen.

Ich wanderte ruhelos vor den Türen auf und ab und versuchte, meinen ganzen Mut zusammenzunehmen. Aber er wollte und wollte sich einfach nicht einstellen. Frustriert ließ ich mich vor dem Raum auf einen Stuhl fallen und vergrub den Kopf in den Händen. Es musste einen anderen Weg geben, Elena näherzukommen, ohne das Leid der Fremden in diesem Raum auszunutzen.

Skye wäre ein solches Vorgehen sicher nicht recht gewesen, was ein weiterer Grund dafür war, dass ich es nicht durchziehen konnte. Ständig hatte ich ihre Stimme im Hinterkopf. Wäre es nur um Gerechtigkeit für Skye und nicht um Jamie gegangen, hätte ich das alles nicht getan, denn Skye hätte es nicht gewollt. Sie hätte sich gewünscht, dass Jamie und ich alles hinter uns ließen und uns ein neues Leben aufbauten.

Das wusste ich mit absoluter Sicherheit.

Aber Jamie war dazu nicht in der Lage, deshalb war ich hier. Und half ihm.

Mehr oder minder erfolglos.

Eine Hand auf meiner Schulter ließ mich aufblicken. Erstaunt sah ich Elena Marshall in die warmen, braunen Augen. Verblüfft registrierte ich, dass die Selbsthilfegruppe sich zerstreute, wobei mir ein paar Mitglieder noch neugierige Blicke zuwarfen.

»Geht es Ihnen gut?« Elena nahm auf dem Stuhl neben mir Platz. »Ich habe Sie vor unserem Versammlungsraum auf und ab gehen sehen.«

Ich war so fassungslos, dass ich kein Wort herausbrachte.

Was mir die Kehle zuschnürte, war vornehmlich Wut. Ich hatte mir also etwas vorgemacht, als ich glaubte, den Zorn auf sie überwunden zu haben.

»Sind Sie selbst krank, oder ist jemand aus Ihrem persönlichen Umfeld an Krebs erkrankt?«, erkundigte sie sich behutsam, wie um mich nicht zu erschrecken.

Sieh ihr in die Augen. Diese anscheinend aufrichtige Sorge in ihrem Blick. War sie real? Wie war das möglich? Wie konnte ein guter Mensch das tun, was sie Jamie angetan hatte? Sprachen sie über den Umgang mit Schmerz in ihrer Selbsthilfegruppe? Darüber hätte ich tagelang referieren können. Jamies Schmerzen waren so stark, dass anscheinend nichts und niemand sie ihm nehmen konnte. »Jemand, den ich liebe«, flüsterte ich.

Elena nickte. »Schwierig, nicht wahr?«

»Sehr.«

Sie streckte mir die Hand entgegen. »Ich bin Elena. Ich leite die Selbsthilfegruppe zur Bewältigung von Krebserkrankungen.«

Ich starrte ihre ausgestreckte Hand an und brachte es nicht fertig, sie zu schütteln.

Ihr Lächeln erstarb, als sie sie sinken ließ. »Warum sind Sie heute nicht zu uns hereingekommen?«

»Es … es kam mir nicht richtig vor«, antwortete ich aufrichtig.

Sie nickte, als verstünde sie das. »Es ist nicht leicht, sich einem Raum voller Fremder zu öffnen, aber wenn man sich überwindet, kann es eine große Erleichterung sein, weil man hier auf Menschen trifft, die verstehen, was man durchmacht. Oder auf Menschen, die selbst an Krebs erkrankt sind und einem Ratschläge für den Umgang mit dem betroffenen Angehörigen geben können.«

»Was trifft denn bei Ihnen zu?«, fragte ich. »Hatten Sie Krebs, oder war es jemand, der Ihnen nahestand?«

»Ich *habe* Krebs.« Ihr Lächeln geriet ein wenig zittrig. »Vor ein paar Jahren habe ich den Brustkrebs bezwungen, aber dann musste ich feststellen, dass er zurück ist.«

Fuck.

Ich senkte den Kopf und sah zu Boden. »Das tut mir leid.«

»Ich habe ihn schon einmal besiegt. Und jetzt bekämpfe ich ihn wieder.« Elena seufzte tief. »Warum sind Sie heute hergekommen?«

Warum haben Sie das damals getan?

Das hatte ich *eigentlich* fragen wollen. Stattdessen sah ich sie nur an und legte all meine Verwirrung und meinen Zorn in meinen Blick. »Irgendetwas hat dafür gesorgt, dass wir keine Kontrolle mehr über unser Leben haben. Wir beide nicht. Weder er noch ich.«

Nicht etwas. Jemand. Das waren Sie. Und Foster. Wright. Kramer. Ihr alle.

»Und er kriegt sie nicht zurück. Ich kann ihm nicht helfen, und ich glaube, dass er mir die Schuld dafür gibt.« *Ich weiß, dass er mir die Schuld gibt.* »Ich glaube, er fühlt sich allein gelassen …«

Sie nickte verstehend. »Keine Ahnung, ob Ihr …«

»Freund«, ergänzte ich.

»… ob Ihr Freund wirklich so empfindet. Aber könnte es sein, dass Sie Ihre eigenen Gefühle auf ihn projizieren? Dass Sie vor lauter Hilflosigkeit das Gefühl haben, nicht genug für ihn zu tun?« Sie rückte näher. »Sie können nur eins tun: ihm Trost spenden und seine Hand halten und ihm zeigen, dass Sie für ihn da sind und ihn nicht im Stich lassen.«

Ich wandte den Blick ab und fragte mich, ob das wirklich genug war. Und war ich eine blöde Kuh, wenn ich hoffte, Jamie tatsächlich darüber hinwegzuhelfen und dann den Mann zurückzubekommen, den ich geliebt hatte?

Ich wusste nicht mehr, was ich denken sollte.

In einer Minute wollte ich nichts mehr mit Jamie zu tun haben, in der nächsten wünschte ich mir verzweifelt, ihm irgendwie wieder inneren Frieden schenken zu können.

»Die anderen Mitglieder unserer Gruppe könnten Ihnen ein paar wertvolle Erkenntnisse bescheren.« Elena stand auf, und ich folgte ihrem Beispiel. »Warum kommen Sie nächste Woche nicht wieder her? Wir werden da sein. Zur gleichen Uhrzeit.«

Ich nickte, murmelte ein leises Dankeschön und wandte mich um, um das Gebäude zu verlassen.

»Hey, ich weiß gar nicht, wie Sie heißen!«, hörte ich sie mir hinterherrufen.

Ich gab keine Antwort, sondern ging nur unbeirrt weiter.

Und erst als ich an meinem Wagen angelangt war, ging mir auf, dass ich Elena keine einzige Frage zu ihrem Leben gestellt hatte, wie ich es eigentlich vorgehabt hatte.

Gerade als ich losfahren wollte, piepte mein Handy. Es war eine Textnachricht von Lincoln.

Kann es gar nicht erwarten, Sie heute Abend zu sehen.

Und wie aus dem Nichts übermannte mich wieder die Wut.

Jamie schickte mich zu einem Date mit einem Cop. Ich hatte gelogen, um an Elena Marshall heranzukommen.

Ich hatte das Gefühl, mich selbst zu verlieren.

War ich wirklich bereit, mich dermaßen für Jamie zu verbiegen, während er keinen Gedanken daran verschwendete, welche Auswirkungen unsere Pläne auf meine Psyche hatten?

»Was willst *du selbst*, Jane?«, zischte ich leise vor mich hin und umklammerte das Lenkrad mit aller Macht.

Ich wollte Gerechtigkeit.

Ich wollte mich vergewissern, dass die Menschen, die meiner Familie irreparablen Schaden zugefügt hatten, ihr Leben nicht unbehelligt weiterlebten, als sei nichts gewesen.

Ich wollte, dass Jamie Frieden fand. Und ich selbst ebenfalls.

Aber für all das wollte ich mich nicht selbst verraten, doch ich hatte keine Ahnung, wie ich das Steuer herumreißen sollte.

Ich war frustriert. Doch es war leichter, auf Jamie wütend zu sein als auf mich selbst, und diese Wut ließ mich auf der ganzen Fahrt nach Silver Lake nicht mehr los.

Siebenundzwanzig

JAMIE

Mit den frei liegenden Rohren und Leitungen, den überdimensional großen Glühbirnen als Lichtquellen sowie Mobiliar aus Holz und Stahl besaß das italienische Restaurant den lässigen Vibe einer Lagerhalle. Ich saß an der Bar inmitten des Raums voller Tische, von wo aus ich Jane und Lincoln Gaines im Blick behalten konnte.

Jane hatte ich jetzt seit Tagen nicht mehr gesehen. Obwohl sie auf meine Textnachrichten geantwortet hatte, war sie nie ans Telefon gegangen, und ich sehnte mich nach ihrem Anblick. Mein Agent wollte, dass ich die Korrekturfahne meines zweiten Manuskripts freigab, was mich kaum ablenkte, denn die Inspirationsquelle für die verschlungene Liebesgeschichte war nun mal Jane gewesen. Jane war wie ein Splitter im Finger. Ich konnte sie zwar in den Hinterkopf verbannen, aber der Schmerz blieb.

Deshalb hatte ich nach ihr Ausschau gehalten, als sie von dem Abstecher bei Elenas Selbsthilfegruppe zurückkehrte. Ich stand in meiner Tür und hörte, wie ihre Schritte die Treppenstufen hinaufhallten. Kaum dass sie um die Ecke bog und in Sicht kam, fing mein ganzer Körper an zu prickeln.

Sie wirkte mitgenommen, war aber so schön wie eh und je. Ohne bei meinem Anblick den Schritt zu verlangsamen, kam sie auf mich zu und blieb vor mir stehen. »Ich bin nicht reingegangen.«

Ich war weder überrascht noch enttäuscht. Jane pflegte den Schmerz anderer Menschen nun mal zu respektieren. »Okay.«

»Aber ich habe mit ihr geredet.«

Die Vorstellung, dass Jane in der Nähe dieser gefährlichen Hexe gewesen war, beunruhigte mich, obwohl ich sie selbst darum gebeten hatte. Sie schien nichts in Erfahrung gebracht zu haben, aber das war egal, wie ich ihr versicherte. Sie hatte den Erstkontakt hergestellt. Das war ein Anfang.

Und nun hatte ich sie zu allem Überfluss auch noch ermutigt, sich mit Gaines zu verabreden. Was war ich doch für ein Mistkerl! Jane fühlte sich wahrscheinlich nicht wohl in ihrer Rolle. Wahrscheinlich hätte sie triumphiert, wenn sie gewusst hätte, wie sehr mir dieses Date zu schaffen machte. Die beiden gaben ein atemberaubendes Paar ab, beide lässig gekleidet für einen entspannten Restaurantbesuch. Sie unterhielten sich angeregt, lächelten einander immer wieder an, und jedes einzelne Lächeln von Jane traf mich wie ein Dolch in meinen verdammten Bauch.

Als Gaines die Hand ausstreckte und die ihre schon zum fünften Mal berührte, hätte ich mein eigenes Messer beinahe in seine Richtung geworfen.

Zu viel Engagement sollte Jane heute Abend eigentlich gar nicht zeigen. Sie sollte Gaines kennenlernen. Sich still und heimlich einschleichen. Nur ein paar Fragen über seinen Job und seinen Partner Ethan Wright stellen. Die Sache sollte sich langsam und gemächlich entwickeln, aber offensichtlich hatte ich den Plan nicht komplett bis zu Ende durchdacht.

In puncto Sex würde Jane sich Gaines wohl kaum vom Hals halten können. Zuerst schon, ja. Aber nach ein paar Wochen?

Sex? Berührungen und Küsse waren schon schlimm genug.

Was hatte ich mir nur dabei gedacht, als ich glaubte, einfach tatenlos zusehen zu können, wie Jane sich mit ihm abgab? Und nicht nur, weil mich die Eifersucht angesichts ihres Dates mit einem anderen Mann förmlich zerfraß, sondern auch, weil ich es war, der sie dorthin geschickt hatte. Jane hasste es, andere zu belügen. Diese Scharade war sicher die reinste Folter für sie.

»Dieser Lincoln ist ein netter Kerl. Wir sollten ihm das nicht antun.«

»*Du kannst jederzeit einen Rückzieher machen.*«
»*Nein.*«
Ich hatte geglaubt, es durchziehen zu können. Sie benutzen zu können.

Aber weit gefehlt.

Geschlagene zwei Stunden brütete ich über meinem Abendessen, während ich Jane und Gaines zwischen den vorüberziehenden Restaurantgästen, die an die Bar traten und sie wieder verließen, beobachtete. *Ach, scheiß drauf!* Ich zog mein Handy aus der Tasche, um Jane eine Textnachricht zu schicken. Sie sollte den Abend beenden. Doch genau in diesem Augenblick bat Gaines um die Rechnung.

Mist.

Eilig folgte ich seinem Beispiel und hatte gerade gezahlt, als Jane und Gaines sich vom Tisch erhoben. Er legte ihr die Hand auf den Rücken, um sie nach draußen zu begleiten, und meine Augen brannten sich förmlich in sie hinein. Am liebsten hätte ich ihm diese Hand abgerissen.

Kochend vor Wut folgte ich ihnen in einigem Abstand aus dem Restaurant hinaus und wies Jane in einer Textnachricht an, sich eine Ausrede einfallen zu lassen, um das Date zu beenden. Es musste irgendeinen anderen Weg geben, um an Wright heranzukommen. Einen, bei dem Jane nicht gezwungen war, wochenlang einen Cop anzulügen.

Um ihre Maskerade aufrechtzuerhalten, hatte Jane meinen Porsche genommen, und ich fuhr ihren Wagen. Was immer sie zu ihm gesagt haben mochte, verleitete ihn dazu, ihn zu ihrem geparkten Sportwagen um die Ecke vom Restaurant zu begleiten. Ich hatte keinen Parkplatz in ihrer Nähe gefunden. Verdammte Innenstadt! Ein Wunder, dass sie selbst eine Lücke in der Nähe des Lokals ergattert hatte.

In angemessenem Abstand beobachtete ich, wie Gaines plötzlich den Arm um Janes Taille legte und sich zu ihr herabbeugte, um sie zu küssen.

Und damit meine ich keineswegs ein unschuldiges Küsschen.

Nein, er kam sofort zur Sache.

Und sie erwiderte seinen Kuss.

Mein Herz geriet ins Stolpern, als ich sah, wie sie Gaines die Hände auf die Brust legte. Warte, erwiderte sie seinen Kuss tatsächlich, oder schob sie ihn von sich? Voller Panik machte ich mich mit großen Schritten auf den Weg zu ihnen, als sie sich plötzlich voneinander lösten und sie dem Arschloch ein scheues Lächeln schenkte. Er strich mit dem Daumen über ihre Wange, gab ihr einen Kuss auf die Nase und trat einen Schritt zurück.

Adrenalin durchflutete mich, und ich hatte kaum Zeit, mich umzudrehen und zu entfernen, bevor der Cop mich noch entdecken konnte. Ich verschwand um die Ecke und spähte von dort aus vorsichtig wieder zu Jane hinüber, um mich zu vergewissern, dass sie im Porsche saß.

Was zum Teufel war das? Warum erwiderte sie seinen verdammten Kuss?

Was hätte sie denn sonst tun sollen?, widersprach ich mir selbst, während ich zu Janes Fahrzeug hinübermarschierte.

Als ich wieder in Silver Lake anlangte, stand mein Porsche bereits in seiner Parkbucht. Ich lenkte Janes in die ihre und hastete ins Gebäude. Keine Ahnung, was ich erwartete, als ich mit der Faust an ihre Wohnungstür hämmerte.

Ich wollte sie küssen. Den Geschmack von Lincoln Gaines zu einer verfickten Erinnerung verblassen lassen, und es war mir egal, was das über mich selbst aussagte.

Sie rief mir zu, dass die Tür offen sei. Also betrat ich mit energischen Schritten ihre Wohnung, knallte die Tür hinter mir zu und blieb abrupt stehen.

Jane stand inmitten ihres Wohnzimmers, und ihr Gesicht wirkte gequält.

Wirklich gequält.

Mir wurde übel.

»Es tut mir leid«, platzte ich heraus, bevor sie überhaupt etwas sagen konnte. »Ich hätte dich nicht darum bitten dürfen.«

»Weil es dich eifersüchtig gemacht hat?«

»Ja, ich war eifersüchtig.« Mein Geständnis überraschte mich wohl selbst am meisten. »Aber das ist nicht der Grund, warum ich dich nicht hätte fragen dürfen. Wenn jemand anders dich in diese Lage brächte, die ich dir aufgezwungen habe, würde ich ihn umbringen.«

»Du hasst mich. Warum kümmert es dich, wie es mir bei alldem geht? Ist das nicht auch ein Teil deines großen Plans, Jamie? Ich meine, für dich bin ich doch nichts weiter als Asher Steadmans kleines Flittchen. Ich hab mit ihm herumgevögelt, während du im Knast warst, stimmt's? Das hast du dir doch immer und immer wieder gesagt. Ich bin eine Verräterschlampe, die du abserviert hast, weil du ihr nicht länger geglaubt ...«

Ich ertrug das nicht länger. »Jane ...«

Sie trat einen Schritt auf mich zu. Zorn und Schmerz standen in ihrem Gesicht. »Wen kümmert es schon, wen ich anlügen muss oder welche persönlichen Werte ich verraten muss ... oder wen ich *ficken* muss, damit du deine Rache bekommst, stimmt's? Vielleicht sollte ich das alles lieber positiv sehen, oder? Der verdammte Gaines wird meinen Horizont erweitern, damit ich mit dir gleichziehen kann.«

Ich umfing ihren Oberarm und zwang sie, zu mir aufzublicken. »Hör auf.«

»Oh, stört dich das, Jamie? Dir vorzustellen, wie ich mit Lincoln zusammen bin? Oder holst du dir bei der Vorstellung einen runter? Fühlt sich das Brennen der Eifersucht gut an? Das Wissen, dass du mich in die Gosse gestoßen hast, wo ich hingehöre? Ich bin schließlich nur Abschaum, stimmt's? Du brauchst dich nicht mehr um mich zu kümmern und musst mich auch nicht mögen. Ich brauche weder dich noch Asher noch Lorna. Ich brauche eure Liebe nicht. Ich muss mich nicht länger hinter einem Namen verstecken, den mir meine Adoptiveltern gegeben haben, weil ich mich nach einem Leben sehne, das mir hätte gehören sollen. Ich sollte aufhören, in einer Fantasiewelt zu leben. Ich bin nichts weiter als Jane Doe. Ich bin ein Nichts. Nicht liebenswert. Ein emotionaler Boxsack. Den du benutzen kannst, um dir einen runterzuholen und hinterher auf die Reste zu spucken.« Sie lachte hysterisch auf.

Plötzlich bekam ich Angst. »Jane, hör auf.«

»Ich hasse dich.« Ihr Lachen ging in Schluchzen über.

»Nein, tust du nicht.« Ich zog sie an mich.

Doch dann erschreckte sie mich zu Tode, weil sie sich von mir losriss und mir ein so schmerzerfülltes »ICH HASSE DICH!« entgegenschleuderte, dass ich fast im Boden versunken wäre.

Tränen brannten mir in den Augen, als ich sie dort vor mir stehen sah. Ihre Brust hob und senkte sich wie im Fieber, und sie sah mich voller Abscheu an. »Jane ...«

»Raus! Ich hasse dich! Raus!«, schrie sie immer und immer wieder.

Fuck! Ich riss sie in meine Arme, hielt sie ganz fest umfangen, presste ihr die Lippen ans Ohr und bat sie aufzuhören. Das war nicht sie. Das war nicht meine Jane.

Hoffentlich brach sie mir jetzt nicht vollends zusammen.

Und während ich Janes tränenüberströmtes Gesicht mit Küssen bedeckte und spürte, wie ihre Fingernägel sich in meinen Rücken gruben und sie sich an mich klammerte, erkannte ich, dass ich ihr nie etwas zuleide hätte tun können.

Unmöglich.

Meine Pläne lösten sich in Nichts auf.

Ihr Kummer brach mir ja jetzt schon das Herz.

Denn trotz der Tatsache, dass sie mich im Stich gelassen hatte, als ich sie am meisten gebraucht hatte, liebte ich sie immer noch.

Ich würde Jane immer lieben.

Es war jene Art von Liebe, die nie verging.

Ich verzieh ihr.

Wenn ich die Wahl hatte, ihr entweder nicht zu vergeben oder ohne sie zu sein, dann vergab ich ihr lieber.

Ich hätte Jane alles verziehen.

***

JANE

Ich zitterte und bebte in Jamies Armen und stand wie unter Schock. Nie hätte ich damit gerechnet, dermaßen auszurasten.

Doch im Grunde hatte es sich schon den ganzen Tag über angebahnt. Eigentlich schon seit Tagen. Das Gespräch mit Elena hatte mich daran erinnert, wie sehr ich gelitten hatte, als Jamie ins Gefängnis kam. Es hatte mich an meinen Schmerz erinnert, wenn ich ihn dort besucht hatte. Zum ersten Mal hatte ich damals erkannt, dass jemanden zu lieben bedeutete, um seinetwillen mehr zu leiden als um sich selbst. Und so empfand ich auch heute noch für ihn.

Er hingegen hatte mich zu einem Date mit einem anderen Typen geschickt.

Und nicht nur irgendeinem Typen.

Mit einem Cop.

Dem Partner eines anderen gefährlichen Cops.

Ich wusste, dass ich mich freiwillig dazu erboten hatte, aber als ich Lincoln Gaines gegenübergesessen hatte, war die Lunte entzündet worden. Wie konnte Jamie es nur wagen, mich in eine solche Lage zu bringen? In welcher Welt war es okay, mich nicht nur dazu zu drängen, sondern mir auch noch die Schlüssel für seinen Porsche zu geben und mich zu allem Überfluss zu ermahnen, mich auf jeden Fall *wie bei einem richtigen Date zu benehmen* und *Gaines wegen Wright keinesfalls unter Druck zu setzen.*

Das nahm ich Jamie übel, und deshalb war ich explodiert. Hinzu kam, dass ich immer noch Gefühle für ihn hatte, während er mir vollkommen gleichgültig gegenüberstand.

Es brachte mich auf die Palme, dass er mich behandelte, als sei ich die Böse – dabei war *er* es doch gewesen, der sich von mir getrennt hatte.

Und auch wenn er meine Beziehung zu Asher falsch eingeschätzt hatte, so kannte er jetzt doch die Wahrheit und benutzte mich trotzdem noch weiter.

Wir hatten miteinander geschlafen, und er tat, als sei es nie passiert.

Und ich ärgerte mich über mich selbst. Eine Frau, die ihren Namen geändert und ganz legal denjenigen angenommen hatte, den ihre Adoptiveltern ihr gegeben hatten, die sich an etwas klammerte, das sie vor langer Zeit hätte loslassen sollen. Dabei hatte ich mich doch schon mal innerlich von meinem alten Leben verabschiedet, nämlich als Jamie und ich uns ineinander verliebt hatten. Damals hatte ich endlich aufgehört, von einer Existenz als Margot Higgins zu träumen.

Doch dann hatte er mich von sich gestoßen.

Und jetzt war ich wieder genauso weit wie zuvor.

Nur dass er jetzt zurückgekehrt war. Und klammerte ich mich jetzt nicht genauso an ihn wie an eine Identität, die es gar nicht gab?

Tagelang hatte ich mir eingeredet, dass es mir gut ging. Dass ich es überleben würde, wenn Jamie in mein Leben zurückkehrte. Dass ich Ashers Lügen überleben würde.

Ich würde überleben.

Aber kann man sich immer wieder selbst vormachen, dass es einem gut geht, ohne dass es tatsächlich so ist? Ich war wie so ein verdammter Schwan auf dem Wasser. Ruhig trieb ich auf der Wasseroberfläche dahin, aber darunter paddelte ich wie ein Weltmeister.

All diese Gefühle brachen nun wie ein Sturzbach aus mir hervor, als ich es am wenigsten erwartet hätte.

»Es tut mir leid.« Jamies Stimme war heiser, so sehr nahm ihn das alles mit. »Es tut mir so leid, Doe.«

Ich erstarrte, als ich das alte Kosewort hörte.

Jamie spürte, wie mein Körper sich versteifte, hielt mich aber nur noch umso fester. »Es tut mir leid. Es tut mir so verdammt leid.«

»Das meinst du nicht ernst«, flüsterte ich.

»Du hast mir Angst eingejagt.« Er küsste eine Tränenspur auf meiner Wange und folgte ihrem Pfad bis zu meinem Mundwinkel herab. Er hielt mein Gesicht zwischen beiden Händen fest und widmete sich dann der anderen Wange, sodass seine Bartstoppeln meine Haut kitzelten. Dann küsste er jeden Millimeter Haut, den die Träne berührt hatte. Ich hatte Angst, mich zu bewegen. Angst, den Zauber seiner Zärtlichkeit zu brechen. Außerdem hatte mein Zusammenbruch mich erschöpft. Und ich hatte keine Ahnung, was überhaupt los war.

Als seine Lippen die meinen streiften, stockte mir der Atem, weil sie sofort zu kribbeln anfingen. Ruckartig zog ich den Kopf zurück, um ihm in die Augen sehen zu können.

Bei dem Anblick blieb mir das Herz stehen.

Jamie, *mein* Jamie, blickte auf mich herab. Wie früher. Als ob er mich liebte. Ich schöpfte etwas Mut. »Nicht«, verlangte ich trotzdem heiser. »Sieh mich nicht so an, wenn du es nicht ernst meinst.«

»Ich meine es ernst.« Er beugte sich vor, um mir erneut einen hauchzarten Kuss zu geben, und vergrub das Gesicht mit einem tiefen Seufzer in meiner Halskuhle. Das Kratzen seiner unrasierten Wangen an meiner Haut ließ mich erschauern. Er umfing mich und presste mich an sich. »Du musst mir verzeihen.«

Starr vor Staunen, vermochte ich nicht einmal die Arme zu heben, um seine Umarmung zu erwidern. Ich konnte es kaum fassen.

Jamie seufzte erneut an meinen Lippen und hob dann den Kopf. Aber er ließ mich nicht los. Besitzergreifend ruhten seine Hände auf meinen Hüften. »Ich liebe dich. Ich habe niemals aufgehört, dich zu lieben.«

Mein Herz setzte mehrere Schläge aus.

»Aber so behandelt man doch niemanden, den man liebt!«

Reue verdunkelte sein Gesicht. »Ich weiß. Ich wünschte, ich wüsste einen Weg, um alles ungeschehen zu machen.«

»Als du im Gefängnis warst, hast du mich von dir gestoßen. Das ist dir doch klar, oder? Damals hat alles angefangen. Ich habe dir immer wieder versichert, wie sehr ich dich liebe, aber du hast aufgehört, es zu mir zu sagen. Ich habe genau mitgezählt, wie oft du geschwiegen hast.« Wieder füllten sich meine Augen mit Tränen, als ich zu ihm aufblickte und an all die Jahre dachte, die wir verloren hatten – und zwar keineswegs, weil er im Gefängnis gewesen war. »Zwölf Mal. Ich habe dich zwölf Wochen lang besucht und dir jedes Mal gesagt, dass ich dich liebe, aber du hast nie geantwortet. Damit hat alles angefangen. Du hast mich damals gehasst, stimmt's? Du hast mir die Schuld für alles gegeben, weil ich dir von den Tagebüchern erzählt habe.«

Fassungslos starrte Jamie mich an, doch sein Griff wurde eisenhart. »Jane, nein. Nein! Ich habe dich damals nicht gehasst und tue es heute ebenso wenig.«

»Warum hast du dich dann so verhalten?«

»Ich hatte …« Zittrig stieß er den Atem aus. »Ich hatte nicht vor, dich von mir zu stoßen. Aber anscheinend habe ich es doch getan. Und als du fort warst, musste ich dich hassen, um zu überleben.«

Das tat so weh, dass ich versuchte, mich aus seiner Umarmung zu lösen, aber vergebens.

»Nein, Jane.« Er beugte den Kopf zu mir herab und starrte mir mit wildem Blick in die Augen. »Ich hatte und habe es nicht verdient, glücklich zu sein. Davon bin ich auch heute noch überzeugt. Nicht nach allem, was vor meinen verdammten Augen mit Skye geschehen ist. Nicht, nachdem ich dich verloren hatte. Nicht nach all den Dingen im Gefängnis, die ich tatenlos mit angesehen habe. Ich wusste, dass es unsere Beziehung endgültig zerstören würde, wenn ich versuchte, Rache an dir zu nehmen, dich zu hassen. Dass ich dich dann niemals zurückgewinnen könnte.«

Wie entsetzlich! Plötzlich wurde mir alles klar, und ich entspannte mich in seinen Armen. *Oh Jamie!* »Du wolltest dich selbst bestrafen.«

Er schauderte und blickte nach unten, wo unsere Körper einander berührten. »Ich habe dich nicht verdient …« Mit Tränen in den Augen sah er mich wieder an. »Aber von dem Augenblick an, als ich dich wiedergesehen habe, habe ich mir nichts sehnlicher gewünscht, als aus dem Albtraum der vergangenen sieben Jahre aufzuwachen.« Er taumelte rückwärts, rieb sich mit der Hand über das Gesicht. »Schick mich fort, Jane! Sag mir, dass ich mich verdammt noch mal von dir fernhalten soll, weil ich nicht darüber hinwegkomme, was sie mir angetan haben. Ich kann das alles nicht einfach hinter mir lassen. Du hast etwas Besseres verdient ... Die Chance, dir ein neues Leben aufzubauen.«

Unmöglich.

Ob es nun richtig war oder falsch, auch ich wünschte mir nach wie vor Gerechtigkeit.

Aber noch mehr als das wollte ich ihn.

Ich liebte ihn.

Warum konnte ich nicht aufhören, ihn zu lieben?

»Jamie.« Ich machte einen Schritt auf ihn zu. »Ich kann dich nicht zum Teufel jagen. Ich will, dass du bleibst. Aber wenn du das tust, dann sind wir ein Team. Du respektierst mich und ich dich. Wenn du mich noch ein einziges Mal beleidigst oder herabsetzt, werde ich dich ein für alle Mal verlassen.«

»Eine zweite Chance?« Seine Brust hob und senkte sich unter flachen, schnellen Atemzügen.

Ich nickte mit wild klopfendem Herzen. »Wenn wir es nicht wenigstens versuchen, haben diese Schweine letztlich doch gewonnen, oder?«

Plötzlich lag ich wieder in Jamies Armen, und er küsste mich, als sei ich seine Luft zum Atmen. Sein vertrauter Geschmack, sein hungriger, leidenschaftlicher Kuss, das alles legte einen Schalter in meinem Innern um. Alle Sorgen waren verflogen. Vergebung war plötzlich leicht und nicht mehr mühsam, keine Aufgabe mehr, die ich Tag für Tag aufs Neue bewältigen musste. Es gab nur noch Jamie und mich. Als seien die vergangenen sieben Jahre nie geschehen.

Sein lustvolles Knurren brachte etwas tief in meinem Innersten zum Erzittern. Wir taumelten gegen die Wand. Mit der einen Hand umfing Jamie meinen Nacken und ließ die andere an meinem Bauch hinabgleiten. Er schob die Finger in den Hosenbund meiner Jeans und presste mich an sich.

Ich küsste ihn härter, klammerte mich an ihn und krallte die Nägel in seinen Rücken, während ich das Bein hob. Mit dem Schenkel an seiner Hüfte wand ich mich an seinem harten, sengend heißen Körper. Er beugte die Knie und ließ die Hüften den meinen entgegenbranden, sodass seine Erektion genau zwischen meinen Beinen landete. Sieben Jahre der Sehnsucht entluden sich in meinem lustvollen Wimmern.

Ja, wir hatten schon einmal Sex gehabt.

Aber heute war es anders.

Beim ersten Mal war es wütende Hingabe an die Leidenschaft gewesen.

Jetzt ... jetzt konnten wir wieder Jamie und Jane sein.

Stöhnend umfing Jamie meinen Nacken noch fester. Ich spürte, wie meine Brüste schwer wurden und meine Nippel sich in harte Kiesel des Verlangens verwandelten. Während ich mich weiter an ihm rieb, wuchs tief in meinem Innern die Begierde. Meine Güte, es war wie damals in unserer Jugend.

Seine Küsse wurden fordernder, inniger, schwindelerregender, als wolle er all die Jahre wieder nachholen, in denen er auf meine Lippen hatte verzichten müssen. Wir keuchten und küssten einander so leidenschaftlich, als könnten wir gar nicht tief genug ineinander eindringen.

Ich ließ die Hände über seinen Rücken und seine Schultern wandern und vergrub die Finger in seinem Haar, bettelte stillschweigend um mehr, um härter, um tiefer, um einfach alles.

Von ihm.

Jamie.

Geschah das hier tatsächlich?

Ich sehnte mich so sehr nach seiner Berührung, dass ich seine Hand vom Bund meiner Jeans löste und sie auf meine Brust presste. Er knetete sie, küsste mich beinahe wild. Ich keuchte in seinen Mund hinein, als sein Daumen über meinen Nippel strich. Wie sehr ich mich danach sehnte, ihn zu spüren, Haut an Haut.

Jamie unterbrach den Kuss, aber nur um mich wieder fest in die Arme zu nehmen. Ich schlang ihm die Beine um die Taille und ließ mich von ihm in mein Schlafzimmer tragen. »Ich liebe dich, Doe.« Seine Miene war tief bewegt.

Ich strich mit dem Daumen über seinen Mund und schmolz an ihm dahin. Mein Herz raste, so surreal kam mir dieser Moment vor. »Ich liebe dich, Jamie. Ich habe nie aufgehört, dich zu lieben.«

Befriedigung blitzte in seinen Augen auf, während er mich, ohne unseren Kuss zu unterbrechen, sanft aufs Bett hinabgleiten ließ. Ich hatte erwartet, dass unser Zusammensein schnell, eilig und explosiv sein würde. Aber er entkleidete mich gemächlich, bis ich nackt vor ihm lag und vor lauter Verlangen erbebte. Dann blieb er vor mir stehen und nahm mit hungrigem Blick jedes Detail meines Körpers in sich auf, während er sich selbst ebenfalls auszog. Er war sogar noch schöner als in meiner Erinnerung. Schlank und dennoch stark, definierte Bauchmuskeln, die weiter unten ein V bildeten, bei dessen Anblick mir ganz schwindelig wurde. Beim Anblick der kleinen weißen Narbe auf der rechten Seite seines Oberbauchs schnürte sich mir die Kehle zu.

Ich streichelte sie und erinnerte mich an die Angst, die ich damals um ihn gehabt hatte.

Dann sah ich in seine traurigen Meeraugen, die voller Liebe auf mich herabblickten, und mein Innerstes zog sich in freudiger Erwartung zusammen.

Als sein Blick dunkler wurde, drängte ich ihm die Hüften entgegen.

Er wusste es.

Jamie wusste, wie sehr es mich antörnte, von ihm geliebt zu werden.

Er stützte ein Knie aufs Bett und setzte sich rittlings über mich, seine Erektion groß, pulsierend und stolz emporragend. Ich flüsterte seinen Namen. Er schwieg. In unserer Jugend pflegte Jamie mir alles zu sagen, was er mit mir machen wollte und was es in ihm auslöste. Aber jetzt fehlten ihm die Worte. Dieser Augenblick war einfach zu bewegend.

Ich verstand.

Er schwebte weiterhin über mir, ließ die Finger über die Oberseite meiner Schenkel gleiten und senkte den Kopf, um die Lippen federleicht über meine hinweggleiten zu lassen. Ich umklammerte seine Taille, genoss das Gefühl seiner seidigen, harten, warmen Kraft und umfing seinen Mund erneut, bevor er sich zurückziehen konnte.

Ich legte all meine Gefühle in diesen Kuss. *Ich liebe dich, ich liebe dich, ich liebe dich.* Jamie berührte meine Wange und versank in meinen Mund. Unsere Zungen tanzten gemeinsam im innigsten Kuss meines Lebens. Ich spürte die Tränen in meiner Kehle brennen und schluckte sie mühsam herunter, als seine Lippen sich widerstrebend von meinen lösten und einen Pfad an meiner Kehle hinab beschrieben.

Ich genoss das Kratzen seiner Bartstoppeln auf meiner Haut.

Es fühlte sich neu an, erinnerte mich daran, dass das, was hier geschah, nicht sieben Jahre her war, sondern sich in der Gegenwart zutrug und umso eindrücklicher war.

Jamie benetzte meinen Oberkörper mit sanften Küssen und widmete sich schier unerträglich langsam meinen Brüsten. Er leckte sie so ausgiebig, saugte so begierig an meinen Nippeln, dass ich beinahe gekommen wäre. Meine Haut stand in Flammen, mein Herz donnerte in meiner Brust, meine Eingeweide zogen sich krampfartig zusammen.

»Jamie«, keuchte ich, während er so intensiv an einer Brustwarze saugte, dass es fast schon unerträglich war. »Ich komme gleich.«

Er hob den Kopf, die Augen lodernd. »Noch nicht.«

Seine Lippen lösten sich von meinen Brüsten und wanderten über meinen Bauch nach unten. Er leckte meinen Bauchnabel, sodass ich ihm meine Hüften ungeduldig entgegenreckte. Wie sehr ich mich danach sehnte, dass er so bald wie möglich sein Ziel erreichte!

Sein leises Lachen, sein heißer Atem auf meiner Haut, das alles machte mich ganz schwindelig vor Glück. Als ich die Finger durch sein dichtes, seidiges Haar gleiten ließ, sah er zu mir auf, sodass wir einander anlächeln konnten.

»Ich liebe dich«, wisperte ich.

Jamies Augen leuchteten. »Ich liebe dich noch mehr.«

»Immer willst du besser sein«, neckte ich ihn.

Er gluckste leise vor sich hin und küsste mich dann, ohne mich aus den Augen zu lassen, oberhalb der Vulva.

Mir stockte der Atem, doch immer noch mieden seine Lippen jenen Ort, an dem ich mich am meisten nach ihm sehnte. Er hob meinen linken Oberschenkel vom Bett und begann an meinem Knie. Seine Küsse waren feucht, genüsslich, hungrig und wanderten an der Innenseite meines Oberschenkels hinauf. Seine Bartstoppeln kratzten und kitzelten meine Haut, was seinen Liebkosungen eine neue, äußerst sinnliche Note verlieh. Als er die Falte zwischen meinem Schenkel und meiner Scham leckte, schnappte ich nach Luft und bäumte mich auf.

»Du bist so wunderschön«, raunte er ehrerbietig, sodass sein heißer Atem meine Haut streifte.

»Bitte.« Wieder vergrub ich die Hände in seinem Haar und sah gequält auf ihn herab. »Bitte.«

Und dann endlich …

Ich wimmerte, warf den Kopf in den Nacken, krallte die Hände in die Decke unter mir und spreizte die Beine für ihn. Er ließ die Zunge über meine Klit schnippen, umkreiste sie, marterte mich. Wie entfesselt packte er sodann meine Schenkel, um mich förmlich zu verschlingen.

Der Höhepunkt war zum Greifen nah; schon taumelte ich haarscharf am Abgrund entlang. Meine Oberschenkelmuskeln bebten.

Doch nun brachte er auch noch seine Finger ins Spiel.

Ich keuchte, stöhnte vor wachsendem Verlangen, während er mich in immer weitere, luftige Höhen emportrieb.

Wenige Sekunden später folgte die Explosion: Ich schrie seinen Namen, während meine inneren Muskeln seine Finger umkrampften.

Doch er hörte immer noch nicht auf, saugte weiter, leckte weiter, stöhnte und knurrte wie ein Verhungernder, bis ich erneut kam. »Jamie!«, schrie ich, als ein weiterer Orgasmus mich durchzuckte.

Dann lag er über mir, sein Mund auf meinem, seine Zunge an meiner, bis ich uns beide schmecken konnte.

Er unterbrach den Kuss, das Gesicht geradezu schmerzverzerrt. »Kondom«, keuchte er.

»Ich nehme die Pille«, rief ich fieberhaft. Ich wollte nicht mehr warten. Ich fühlte seine pulsierende Härte an meiner feuchten Mitte und wollte ihn in mir spüren.

Mühsam schüttelte er den Kopf. »Ich habe mich seit einem halben Jahr nicht mehr testen lassen.«

Die Wirklichkeit traf mich wie ein Schwall aus Eiswasser.

Im letzten halben Jahr hatte Jamie mit einer anderen Frau geschlafen, vielleicht sogar mit mehreren.

Mir wurde kalt.

»Nein, nein.« Jamie legte sich noch schwerer auf mich und sah mir in die Augen. »Denk nicht dran. Zieh dich nicht zurück. Keine von ihnen hat mir je etwas bedeutet – nur du ... Und sosehr ich mir wünsche, ohne Schutz in dir zu sein, ich liebe dich zu sehr, um ein Risiko einzugehen. Ich werde dich erst ohne Kondom lieben, nachdem ich mich habe testen lassen.«

Meine Gefühle fuhren Achterbahn, und doch nickte ich. In meinen Armen lag *mein* Jamie. Jener Jamie, der mich vor allem beschützte, sogar vor sich selbst. Aber: »Ich habe keine Kondome.«

Er senkte die Stirn auf meine Brust und holte tief und zittrig Atem. »Warte eine Sekunde.«

Dann sprang er vom Bett hinunter und eilte zur Schlafzimmertür hinaus.

Ich stützte mich auf die Ellbogen und hörte, wie meine Wohnungstür sich öffnete. Dann vernahm ich das entfernte Geräusch seiner eigenen Wohnungstür, die sich wenige Sekunden darauf öffnete und wieder schloss.

Schließlich wurde meine wieder zugeknallt.

Als Jamie wieder ins Schlafzimmer marschierte und das Kondom über seine harte Erektion rollte, bekam ich allein von dem Anblick einen Miniorgasmus.

»Mein Gott, es ist schon beinahe unfair, wie heiß du bist«, stöhnte ich und ließ mich aufs Bett zurückfallen, wo meine Beine sich wie von selbst für ihn öffneten.

»Das musst du gerade sagen.« Er warf sich auf mich, und ich lachte.

Doch mein Gelächter verwandelte sich sogleich in atemloses Keuchen, als er meinen Körper mit weiteren Küssen für sich in Besitz nahm.

»Schling die Beine um mich«, forderte er barsch an meinen Lippen.

Ich gehorchte und spürte, wie er sich sacht zwischen meine Beine drängte. »Jamie«, seufzte ich voller Verlangen.

Und dann drang er sanft in mich ein.

Unsere Blicke verwoben sich, unsere Atemzüge vermischten sich miteinander, während er tiefer und tiefer in mich eindrang, bis er mich ganz und gar erfüllte.

Mir unter die Haut ging.

Für immer.

»Keine außer dir«, versprach er, und seine Augen leuchteten vor Liebe und Glück. »Ich habe dich jeden Tag vermisst, Doe.«

»Ich dich auch«, gestand ich. Ohne Jamie McKenna war meine Welt leer gewesen. Ich streichelte seinen Rücken, ließ die Fingerspitzen bis zu seinen Bauchmuskeln und dann weiter hinabwandern. Reglos verharrte er über mir und wartete mit angehaltenem Atem darauf, dass meine Finger über seine empfindliche Haut und die knisternden Härchen glitten, bis sie den Ort unserer Vereinigung erreicht hatten. Ich wollte unsere Verbindung fühlen.

»Oh fuck«, stöhnte er genüsslich, während ich spürte, wie er in mich eindrang und wieder herausglitt.

Dann schob er die Hand zwischen uns und presste seine Finger auf meine Klit, ließ sie darüberkreisen, sah mir erneut unverwandt in die Augen und liebte mich hingebungsvoll. Ohne unsere Verbindung zu unterbrechen, kam er auf die Knie, hob meine Hüften an und trieb ihn so tief in mich hinein, dass ich bis zu den Sternen emporschnellte.

»Jamie!«, schrie ich, als er sich langsam und entspannt in mir regte, wobei er mit jedem Stoß noch tiefer hineinglitt und die Spannung in meinem Innern bis ins Unerträgliche steigerte. Ich erbebte in seinen Armen, während er sich Zeit ließ und unsere Vereinigung auskostete.

Sogar noch erotischer wurde es, weil ich mich zwar bewegen wollte, aber es nicht konnte. Ein letzter tiefer Stoß – und es war um mich geschehen.

Einen Herzschlag lang war ich wie erstarrt, doch dann erbebte ich, meine inneren Muskeln erschauerten, pochten und pulsierten.

»Jane.« Sein Griff lockerte sich, und er senkte sich auf mich herab, stützte die Hände zu beiden Seiten meines Kopfes ab, während ich um ihn herum kam. Er brandete in mich hinein, schnelle, harte Stöße, stieß ein kehlig-lustvolles Stöhnen aus, bevor er sich anspannte.

Nun kam auch er.

»Jane«, knurrte er. Ich spürte die pulsierenden Wogen seiner Erleichterung, sein Zucken und Beben … und erneutes Erschauern.

»Fuck«, hauchte Jamie und sackte auf mir zusammen. »Fuck, fuck, fuck.« Er rollte sich auf den Rücken, um mich nicht mit seinem Gewicht zu erdrücken, und seine Brust hob und senkte sich krampfartig. »Was zum Teufel war das?«

Ich versuchte, meinen rasenden Puls zu beruhigen.

Unsere Haut war schweißfeucht. Ich wandte den Kopf und sah ihn an.

Und stellte fest, dass er mich voller Ehrfurcht betrachtete.

Ich lächelte.

»Das hier ist wirklich geschehen, stimmt's?« Seine tiefe Stimme legte sich wie ein wärmender Mantel um mein Herz. »Das war der beste Sex unseres Lebens, oder? Besseren Sex könnte niemand je haben.«

Ich grinste. Mir war schwummrig, und ich war gleichzeitig verstört, euphorisch und besorgt.

Jamie rollte sich auf die Seite und zog mich auf sich, um unsere Beine miteinander zu verweben und meine Brüste an seinem Oberkörper zu spüren. »Ich liebe dich.« Er küsste mich, innig und ein wenig fieberhaft. »Du bist hier. Wir sind hier. Und du wirst mich nie wieder verlassen. Versprich mir, dass du mich nie wieder verlässt.«

Ganz plötzlich stieg Wut in mir auf.

Schnell. Feurig. Und zerstörte die Stimmung wie eine Bombe.

Ich riss mich von ihm los. »Jamie McKenna, wenn das mit uns funktionieren soll, musst du damit aufhören. Hör auf, so zu tun, als hätte *ich dich* verlassen. *Du* hast dich von *mir* getrennt. Weißt du noch? Den verdammten Brief habe ich immer noch.«

Jamie runzelte die Stirn. »Was für einen verdammten Brief?«

Achtundzwanzig

JANE

»Was für ein verdammter Brief, Jane?«, wiederholte Jamie und setzte sich auf.

Mein Herz raste, und angesichts seiner echten Verwirrung wurde mir ganz mulmig. Ich setzte mich neben ihn. »Der Brief, den Lorna mir gegeben hat. Den du geschrieben hast.«

»Wann?«, fragte er.

»Ein paar Tage nach meinem letzten Besuch bei dir. Vor sechs Jahren.« Ich wollte vom Bett aufstehen, doch Jamie packte mein Handgelenk. »Ich hole nur den Brief.«

Er ließ mich wieder los, doch seine Atmung ging schnell und flach.

Genau wie meine.

Ich schnappte mir sein T-Shirt vom Boden und zog es über, bevor ich zu meinem Schrank hinübereilte. Dann zerrte ich den Schuhkarton mit meinen Andenken hervor. Ich ging damit zum Bett hinüber und öffnete den Deckel. Die Schachtel war voller alter Fotos von mir und den McKennas und sogar ein paar Bildern von Willa, Nick, Tarin und Flo, obwohl ich die kaum noch zu Gesicht bekam.

Obenauf lag er. Der Brief. Mit zitternden Fingern faltete ich ihn auseinander. Unverwandt sah ich Jamie an, der das Papier mit einer steilen Falte zwischen den Augenbrauen musterte.

Ich streckte es ihm entgegen.

Er nahm es an sich.

Bis heute hatte ich noch jedes Wort im Kopf.

Ich gebe dir die Schuld für alles. Ich weiß, dass du nicht für alles verantwortlich warst, aber für einiges durchaus. Ich werde dich immer lieben, aber ich glaube auch, dass alles besser gelaufen wäre, wenn du nie zu unserem Leben gehört hättest. Dann würde ich jetzt nicht vermissen, was ich mit dir hatte, und dich für das hassen, was daraus geworden ist. Deine Anwesenheit hat alles nur noch komplizierter gemacht. Ich kann dich nicht mehr in meinem Leben brauchen. Zwischen uns beiden steht viel zu viel Mist. Ich will dich nicht mehr sehen, und ich will auch nicht, dass du mich noch mal besuchst. Versuch auch nicht, mich anzurufen. Lass es einfach.

Jamie überflog die Worte, wobei er das Papier beinahe zerknüllte. Er atmete schwer, als schnüre ihm irgendetwas die Luft ab. Er sprang vom Bett auf, fuhr sich mit zitternder Hand durchs Haar und sah mich an. »Wo und wann hast du diesen Brief erhalten?«

Mir kam es vor, als sei es gestern gewesen. »Du hattest etwa ein Jahr abgesessen. Mit jedem Besuch bei dir wurde es zwischen uns schwieriger. Bei meinem letzten Besuch – und damit meine ich nicht denjenigen, der deiner Bewährung vorausging – hattest du dich über Devin geärgert. Weißt du noch?«

»Und ob ich das noch weiß. Ich erinnere mich an jede Sekunde, denn an diesem Tag sah ich dich zum letzten Mal, bis du mich vor zwei Jahren noch mal besucht hast.«

»Und das hier war der Grund.« Ich deutete auf den Brief. »Nur wenige Tage nach diesem Zusammentreffen suchte Lorna mich auf. Sie war in L. A., um dich zu besuchen und sich mit alten Freunden zu treffen.«

Er nickte. »Auch das weiß ich noch.«

»Sie überreichte mir diesen Brief und sagte, du hättest ihn ihr für mich mitgegeben und dass du mich nie wiedersehen wolltest. Sie sagte, dass ich an allem schuld sei und mich von dir fernhalten solle.« Tränen strömten meine Wangen hinab, und seine Reaktion weckte einen düsteren Verdacht in mir. »Es ist deine Handschrift, Jamie.«

»Es *war* meine Handschrift, als ich fünfzehn war!«, brüllte er, wirbelte herum und rammte die Faust in meinen bodentiefen Spiegel.

Ich schrie Jamies Namen, als der Spiegel zerbarst und die Scherben zu Boden fielen.

»Oh mein Gott, Jamie!« Ich stürzte zu ihm hin, wobei ich versuchte, nicht auf die am Boden liegenden Scherben zu treten.

Seine Knöchel bluteten. Ich umfing sein Handgelenk und führte ihn mit wild pochendem Herzen fort von den Glassplittern ins Bad. Er kochte vor Wut, schwieg aber, und meine Gedanken überschlugen sich, während ich meinen Verbandskasten herausholte und versuchte, mich auf das Säubern und Verbinden seiner Knöchel zu konzentrieren.

»Genäht muss es wohl nicht werden«, flüsterte ich und schluckte die Tränen herunter, die in mir aufstiegen.

Als ich ihm in die Augen sah, bemerkte ich, dass auch er mit den Tränen kämpfte. »Wie konnte sie uns das nur antun?«

Als könne er sein eigenes Gewicht nicht mehr tragen, sackte er zusammen, lehnte sich an mich, fiel auf die Knie und schlang mir die Arme um die Taille. Er krallte die Finger in sein T-Shirt, das ich mir eben noch übergestreift hatte, und vergrub das Gesicht in meinem Schoß, verzweifelt, als könne er mir gar nicht nah genug sein. Ich spürte, wie er zitterte.

Ich musste jetzt stark bleiben. Doch die Erkenntnis, was für ein böses, doppeltes Spiel Lorna getrieben hatte, traf mich genauso hart wie ihn. Tränen schossen mir in die Augen, ich konnte sie nicht zurückhalten.

Ich wusste noch nicht, wie genau sie es angestellt hatte, aber was sie damit bezweckt – und erreicht – hatte, war offensichtlich.

Und es war auf herzzerreißende Weise tragisch.

Bald saß auch ich neben ihm auf dem Badezimmerboden, mit dem Rücken an die Wanne gelehnt, mein Kopf auf seiner Schulter, während wir einander fest an den Händen hielten. Keine Ahnung, wie lang wir dort saßen, bis Jamie schließlich das Wort ergriff.

»Diesen Brief habe ich im Alter von fünfzehn Jahren meinem Dad geschrieben, ihn aber nie abgeschickt. Nach Moms Tod fing er wieder an, bei uns aufzukreuzen. Ein Teil von mir hätte ihn gern um sich gehabt, denn zu mir war er immer nett. Aber Lorna hat er immer beschissen behandelt, dieser Mistkerl. Er war dermaßen mies zu ihr, dass selbst ich darunter gelitten habe. Deshalb vermutete ich irgendwann, dass Lorna gar nicht von ihm war. Wir alle hatten Moms Augen, aber Skye und ich ähnelten äußerlich ansonsten unserem Vater, was bei Lor nicht der Fall war. In meiner Jugend hätte ich nie gedacht, dass Lorna etwas von meinem Verdacht ahnte, aber nach meiner Entlassung aus dem Gefängnis ging ich eine Weile nach Boston, um in ihrer Nähe zu sein. Sie arbeitet mittlerweile dort in einer Rechtsanwaltskanzlei. Und sie hat mir verraten, dass sie im Alter von zehn Jahren einen Streit zwischen unseren Eltern belauschte. Sie war tatsächlich nicht Dads Kind. Mom hatte ihn betrogen. Als Lorna aufs College ging, hatte sie Kontakt mit ihm aufgenommen und ihn gebeten, einen DNA-Test zu machen, um ein für alle Mal Gewissheit zu haben. Das war dann der ultimative Beweis.«

»Oh mein Gott.«

»Plötzlich konnte ich ihre Unsicherheit verstehen und wünschte, ich hätte all das vorher gewusst. Dann hätte ich erheblich verständnisvoller reagieren können. Ich wäre ihr ein besserer Bruder gewesen. Das habe ich ihr gesagt. Und als ich Boston verließ, um herzuziehen, war unser Verhältnis zueinander besser denn je.«

Ich hob den Kopf und sah ihm in die Augen. Der Verrat machte ihn fertig. »Diesen Brief schrieb ich mit fünfzehn Jahren an Dad, und sie hat ihn an sich genommen.« Er schüttelte den Kopf. »Ich hab ihn weggeworfen, aber anscheinend hat sie ihn gefunden und aufbewahrt. Sie nahm oft, hm, auch Kurzgeschichten von mir oder Kleinigkeiten, die ich weggeworfen hatte, an sich ... Ich weiß, dass sie auch die aufbewahrt hat.« Scharf stieß Jamie den Atem aus. »Anscheinend hatte sie das schon geplant, als sie von New York herkam, denn sie hatte den Brief schließlich bei sich. Ich war so dumm gewesen, ihr zu erzählen, dass es immer schwerer wurde, dich jede Woche zu sehen, weil ich befürchtete, dich am Weiterleben zu hindern. Aber meine Gefühle waren ihr gleichgültig. Sie wollte uns einfach nur auseinanderbringen. Der Brief kam ihr da gerade recht. Sie hat das alles genau geplant.«

So tief enttäuscht ich meinetwegen von Lorna war, viel entsetzter war ich darüber, dass sie ihrem eigenen Bruder so etwas angetan hatte.

»Sie wusste es.« Ich hörte, wie Zorn in ihm aufstieg. »Sie wusste, wie viel du mir bedeutest. Und sie hat dich mir genommen, als ich dich am meisten brauchte.«

Ich hielt ihn ganz fest. »Jamie, ich wusste doch, wie sie war. Ich hätte zu dir kommen und dich zur Rede stellen müssen. Stattdessen habe ich mich durch die unbehagliche Atmosphäre bei meinen Besuchen verunsichern lassen, obwohl ich doch eigentlich hätte wissen können, wie es in Wahrheit um dich stand. Ja, sie hat uns beiden übel mitgespielt, aber ich habe es zugelassen.«

»Nein«, stieß er hervor und schüttelte den Kopf. »Du wirst dir nicht die Schuld für diesen ganzen Mist geben. Ich habe diese ganzen Selbstvorwürfe satt. Das hier …« Er sprang auf die Füße, und eilig folgte ich ihm aus dem Bad, wo er sich den Brief schnappte, der zwischen den Spiegelscherben lag, und ihn zerriss. »… das hier liegt jetzt hinter uns. Es ist Vergangenheit. Wir kennen die Wahrheit.« Sein Blick wirkte unendlich traurig und gequält, doch er riss sich zusammen. »Keiner von uns wollte den anderen im Stich lassen. Wir lieben einander.«

»Wir lieben einander«, echote ich.

»Aber mit meiner Schwester bin ich fertig, und sie muss erfahren, dass wir die Wahrheit kennen.« Mit wütenden Bewegungen zog er die Jeans an.

»Jamie …«

»Nein, Jane. Sie ist meine Schwester, deshalb werde ich mich nicht an ihr rächen, obwohl sie beinahe genauso schlimm ist wie diese Mistkerle auf meiner Abschussliste. Aber ich bin *fertig* mit ihr. Ich werde ihr niemals verzeihen, dass sie uns bewusst voneinander getrennt hat.«

»Ruf sie jetzt noch nicht an.« Ich ergriff seine Hand. »Bleib hier bei mir. Bleib die ganze Nacht bei mir. Scheiß doch auf alle anderen. Damit können wir uns morgen früh immer noch befassen.« Angespannt wartete ich auf seine Reaktion.

Und war erleichtert, als er langsam ausatmete, nickte und sich zu mir ins Bett gesellte.

Die Spiegelscherben würde ich morgen wegräumen.

»Ich habe uns gerade noch mal sieben Jahre Pech beschert«, stöhnte er, als ich mich an ihn schmiegte.

Ich lachte leise und befreiend. »Ich glaube, noch mehr Pech als bisher können wir gar nicht haben.«

»Beschrei es nicht, Doe!«

Ich gab ihm einen Kuss auf die Brust. Trotz der traurigen Enthüllungen spürte ich bei diesem Kosenamen ein glückseliges Flattern im Magen.

Jamie strich mir über den Arm, während wir uns aneinanderkuschelten und versuchten, sämtliche hässlichen, widerwärtigen Gefühle bis morgen zu verdrängen. »Du musst Gaines schreiben und ihm mitteilen, dass du dich nicht mehr mit ihm treffen wirst.«

»Was ist mit Wright?«

Er holte tief Luft. »Ich werde ihn überwachen. Seine Wohnung verwanzen. Das war ohnehin mein Plan B.«

Bei der Vorstellung, dass ihm nun, da ich ihn endlich wiederhatte, irgendetwas zustoßen könnte, lief es mir eiskalt den Rücken herunter. »Jamie …«

»Wird schon gut gehen.«

Wie gern hätte ich das geglaubt. Doch plötzlich wurde mir klar, was er da gesagt hatte. »Verwanzen?« Ich stieß mich von ihm ab, und er musterte mich besorgt. »Hast du Asher auch eine Wanze untergejubelt? Wusstest du daher, dass er meine Versuche sabotierte?«

Er nickte widerstrebend. »In seinem Auto.«

»Wie?«

»Ich habe einen seiner sogenannten Freunde bestochen. Der hat es für mich übernommen.«

»Jamie, diese Wanze muss wieder verschwinden.«

Er verengte die Augen. »Warum kümmert dich das so?«

»Asher hat mich verletzt, und ich will momentan nichts mit ihm zu tun haben. Aber in den letzten paar Jahren war er für mich wie eine Familie. Solche Gefühle verschwinden nicht so einfach. Die Wanze wieder zu entfernen wäre nur anständig und korrekt.«

Jamies Lippen zuckten. »Ich bin weder anständig noch korrekt, Jane.«

Mein Herz machte einen Satz. Ich beugte mich zu ihm herab und gab ihm einen sanften, süßen Kuss auf den Mund. »Doch, bist du wohl. Ich muss dich nur dran erinnern.«

***

Stunden später, nachdem wir uns wieder geliebt hatten und meine Lider bereits schwer wurden, fiel mir ein, dass Jamie unter Schlaflosigkeit litt und dass das Fenster geöffnet sein musste, damit er überhaupt ein wenig Ruhe fand. Ich hob den Kopf, um ihm zu sagen, dass ich das kurz erledigen würde. Doch dann hielt ich inne.

Seine Augen waren geschlossen, seine Brust hob und senkte sich gleichmäßig. »Jamie?«, flüsterte ich.

Keine Antwort.

»Baby?«

Nicht mal ein Zucken.

Jamie schlief.

Ein winziges, dankbares Lächeln umspielte meine Lippen, als ich den Kopf vorsichtig wieder auf seine Brust legte und die Augen schloss.

Neunundzwanzig

JAMIE

Irgendwann war ich an einem Punkt angelangt, an dem ich mir vorgenommen hatte, so zu tun, als sei Jane tot. Ich hatte nicht gelogen, als ich ihr gesagt hatte, dass ich sie unbedingt hatte hassen *müssen*. Anders hätte ich niemals Distanz wahren und unsere Trennung nicht aushalten können. Ich hatte zwar auch heute noch das Gefühl, sie nicht verdient zu haben, aber ich musste sie nicht mehr hassen, sondern konnte mich meiner Liebe wieder voll und ganz hingeben.

Wie wunderbar und erleichternd es war zu erfahren, dass auch sie nie aufgehört hatte, mich zu lieben!

So fühlte es sich wahrscheinlich an, wenn man geglaubt hatte, dass ein geliebter Mensch gestorben war, und plötzlich erfuhr, dass er noch lebte.

Allerdings stellte sich meine Erleichterung nur ganz allmählich ein. Zuerst verwandelte sich meine jahrelange Trauer und Verbitterung in Schmerz und das Gefühl, verraten worden zu sein. Die Erkenntnis, dass meine eigene Schwester es gewesen war, die mein Leben so aus der Bahn geworfen hatte, war mehr, als ich ertragen konnte.

Doch als der Schock verebbte und die Erleichterung darüber, Jane wiederzuhaben, überwog, beruhigte ich mich langsam. Wie dankbar ich war, dass sie nun wieder neben mir im Bett lag.

Deshalb verzichtete ich auch darauf, trotz meiner Flugangst ins nächstbeste Flugzeug zu steigen und Lorna zur Rede zu stellen. Ich wollte sie ein für alle Mal aus meinem Leben streichen.

Ich war nicht vollkommen. Und im Verzeihen nicht gerade ein Meister. *Untertreibung des Jahres.*

Ich konnte Lorna nicht vergeben, dass sie mir Jane genommen hatte, musste aber den Grund dafür erfahren.

An diesem Morgen schlüpfte ich aus Janes Bett und betrachtete beim Anziehen meine schlafende Frau, und ein süßer Schmerz legte sich um mein Herz, den ich so schon lange nicht mehr gespürt hatte. Keine Ahnung, warum wir so magisch voneinander angezogen wurden. Warum ausgerechnet Jane Doe die einzige Frau war, die sowohl mein Herz als auch meinen Körper und meine Seele zu befriedigen vermochte. Aber es war auch egal, warum.

Ich durfte sie nur nie wieder verlieren.

Und wenn das bedeutete, sämtliche Verbindungen zu Lorna zu kappen, um zu verhindern, dass sie uns noch einmal derartig übel mitspielte, dann würde ich das tun.

Ich hinterließ Jane einen Zettel auf dem Kissen, schlich mich aus ihrer Wohnung und duschte in meiner eigenen. Nachdem ich mich wieder angekleidet hatte, setzte ich mich mit dem Handy in der Hand auf das Sofa. Mein Herz raste wie wild.

Ich wählte Lornas Nummer.

Und landete direkt auf der Mailbox.

Verdammt!

Ich legte auf, und meine Knie wippten vor Erregung auf und ab.

»Scheiß drauf.« Erneut wählte ich ihre Nummer und blieb dran, als sich wieder die Mailbox meldete. »Lorna, ich bin's. Ich … ich kenne die Wahrheit über den Brief, den du Jane gegeben hast. Ich weiß, was du getan hast. Wenn du noch einen Funken Liebe für mich empfindest, dann sagst du mir, warum du das getan hast. Denn …« – ich schluckte mühsam – »… ich kapiere einfach nicht, wie meine eigene Schwester mir so etwas antun konnte. Ich …«

Ich legte auf, denn ich wusste, dass ich gleich die Beherrschung verlieren würde. Ich wollte nur noch eines: Antworten. Die würde sie mir nie geben, wenn ich sie anschrie.

Stinksauer darüber, dass ich warten musste, bis ich persönlich mit ihr reden konnte, rief ich meinen Privatdetektiv an und vereinbarte ein Treffen mit ihm in seinem Büro in einer halben Stunde. Burt Wethers war ein ehemaliger Cop und mit Irwin Alderidge befreundet. Irwin hatte den Kontakt zu Burt hergestellt, als ich nach L. A. gekommen war, damit er mich bei meinen ... *Bemühungen* unterstützen konnte. Er war derjenige, der mir von der Abhöranlage erzählt und dem ich sie abgekauft hatte.

Als ich aus der Wohnung kam, warf ich Janes Tür noch einen Blick zu und widerstand der Versuchung, wieder zu ihr hineinzugehen und mich neben sie ins Bett zu legen. Sosehr ich sie auch liebte, ich hatte immer noch was zu erledigen und durfte nicht zulassen, dass ich mich in ihr verlor. Noch nicht.

Dreißig Minuten später betrat ich Wethers' trostloses kleines Büro in der Stadt. Anscheinend war seine Klimaanlage hinüber; hier drin war es heiß und stickig. Schweißperlen traten mir auf die Stirn, als Wethers auf mich zukam, um mich zu begrüßen.

Er war klein, hatte schütteres Haar und ging mutmaßlich auf die fünfzig zu, aber seine Figur war kompakt und muskulös, sodass sein Bizeps beim Händedruck arbeitete.

»Was kann ich für Sie tun?«

»Ich brauche weiteres Überwachungsequipment. Für Wright.«

Da Irwin Wethers für verlässlich hielt, hatte auch ich ihm ein wenig Vertrauen geschenkt. Er wusste über mein Vorhaben Bescheid, weshalb seine Einsatzfreude allerdings begrenzt war. Als Ex-Cop wusste er nun mal, wann man sich auf gesetzeswidriges Terrain begab. Trotzdem war er auf meiner Seite. Er hatte die Polizei verlassen, weil er dort allzu viel Ungerechtigkeit erlebt hatte. Und er hasste korrupte Polizisten, die andere in die Scheiße ritten.

Wethers stieß einen tiefen Seufzer aus. »Witziger Zufall, dass Sie sich ausgerechnet heute Morgen gemeldet haben. Ich wollte Sie nämlich ebenfalls anrufen, und zwar wegen Wright.«

»Was ist los?«

»Ich hab mich in Bezug auf die Leute, die Ihnen das angetan haben, mal umgehört, und irgendwann fiel Wrights Name … und zwar ausgerechnet bei meinem Kontakt zur Innenrevision.«

Ich ließ mich auf dem Plastikstuhl, den er mir angeboten hatte, zurückplumpsen, und mein Herz schlug plötzlich schneller. »Was genau hat das zu bedeuten?«

»Sie sind hinter ihm her, Jamie. Wright hat Bestechungsgelder von allen möglichen Kriminellen in Los Angeles angenommen. Außerdem hat er Prostituierte erpresst. Sie mussten ihm einen Teil ihrer Einkünfte geben, damit er ihnen die Cops vom Hals hielt.«

Dieser Mistkerl! Angewidert verzog ich den Mund.

Wethers wirkte gleichermaßen angeekelt. »Vor zwei Jahren bekam er einen neuen Partner. Der Kerl hat ihn enttarnt. Und seither ist die Innenrevision ihm auf den Fersen.«

Seit Lincoln Gaines Jane geküsst hatte, hatte ich eigentlich nichts mehr für den Kerl übrig. Aber nun fand ich ihn unwillkürlich doch sympathisch. Jane hatte recht behalten. Gaines war einer von den Guten.

»Halten Sie sich unbedingt von Wright fern! Wenn Sie jetzt weitermachen, geraten Sie nur unnötig auch in die Schusslinie der Behörden.«

»Sind Sie sich da ganz sicher?«

»Absolut. Sie werden den Kerl erwischen, und zwar bald.«

Meine Vernunft sagte mir, dass Wethers recht hatte, auch wenn es mir nicht passte, zur Untätigkeit verdammt zu sein. Keinesfalls durfte ich mich bei illegalen Machenschaften wie dem Verwanzen einer Polizistenwohnung erwischen lassen. Ich hatte die Sache nicht mehr in der Hand, sondern konnte nur noch auf das Eingreifen der Innenrevision warten.

Mit gemischten Gefühlen bedankte ich mich bei Wethers und verließ sein Büro. Wenn man Wright hochgehen ließ, dann hatte ich meine Gerechtigkeit. Allerdings konnte ich nur darauf hoffen, dass sie es nicht vermasselten.

Jetzt gab es nur noch einen Menschen, den ich sehen und dem ich alles erzählen wollte, weshalb ich mich auf den Rückweg zu meiner Wohnung machte. Auf der Fahrt dorthin meldete sich mein Handy, und auf dem Display poppte eine New Yorker Nummer auf. Meine Agentin.

»Ignorierst du meine E-Mails?«, fragte Susan, ohne sich mit Höflichkeitsfloskeln aufzuhalten.

»Nein.« Das stimmte. Ich war einfach nur ziemlich beschäftigt gewesen. »Hab momentan nur einfach tierisch viel Stress.«

»Mag sein, aber ich brauche eine Antwort, Jamie.«

Ich wusste, dass Susan damit ihren Anruf von vor drei Wochen und die darauffolgenden Mails meinte, und seufzte. Ein bekannter Streaming-Dienst wollte die Filmrechte an *Brent 29* kaufen. Sie hatten vor, eine Miniserie daraus zu machen. Aufgrund meiner komplizierten Gefühle der Film- und Fernsehbranche gegenüber hatte ich die Entscheidung hinausgezögert.

Aber jetzt gab es jemanden, mit dem ich dieses Thema besprechen konnte.

»Ich rufe dich morgen zurück und gebe dir dann definitiv eine Antwort. Versprochen.«

»Nur noch ein einziger Tag, Jamie.«

Wir beendeten das Gespräch, und schon hatte ich meine Parkbucht vor unserem Wohnblock erreicht. Ich öffnete gerade den Gurt, als das verdammte Telefon schon wieder klingelte. Diesmal war es die Nummer meiner Schwester. Mit wild pochendem Herzen stieg ich aus dem Wagen und nahm das Gespräch entgegen.

»Jamie …« Die Leitung knisterte, und sie atmete schwer.

Eilig rannte ich ins Gebäude. Mir wurde ganz übel. »Ja?«

Immer zwei Stufen gleichzeitig nehmend, eilte ich die Treppe hinauf zu Jane. Am anderen Ende der Leitung hörte ich meine Schwester weinen. Mein erster Impuls bestand darin, sie zu trösten, aber mein Zorn behielt die Oberhand. Jane saß an der Küchentheke und verzehrte eine Scheibe Toast. Als ich eintrat, hielt ich den Finger an die Lippen, um sie am Reden zu hindern. Dann schaltete ich den Lautsprecher meines Handys ein.

»Lorna, ich werde dir nicht beim Heulen zuhören. Das zieht nicht mehr.«

Jane riss erstaunt die Augen auf, legte die Toastscheibe auf den Teller und glitt von ihrem Hocker herunter. Auch sie hatte inzwischen geduscht, denn ihr Haar war noch feucht und am Hinterkopf zu einem lockeren Knoten zusammengebunden. In Jeansshorts und Tanktop war sie so schön, dass es mir einen Stich in die Brust versetzte.

Trotz meiner komplizierten Gefühlslage entspannte sich etwas in meinem Innern, als sie auf dem Sofa Platz nahm und nach meiner freien Hand griff, um mich neben sich zu ziehen.

Schließlich hörte Lorna auf zu schniefen. »Ich hab nur … ich hab einfach Angst, dass sie dir Lügen über mich erzählt hat.«

Jane kniff wütend die Augen zusammen, und ich drückte beruhigend ihre Hand.

»Keine Lügen, Lorna. Du hast ihr einen Brief gegeben, den ich mit fünfzehn Jahren an unseren Dad geschrieben habe, und hast so getan, als sei er für sie bestimmt gewesen. Warum zur Hölle …« Ich verstummte, als Jane den Händedruck erwiderte. Ich sah sie an, und sie schüttelte den Kopf. *Bleib ruhig*, formte sie mit den Lippen. Also holte ich tief Luft. Sie hatte recht. Wenn ich Lorna jetzt in die Enge trieb, würde sie nur auflegen. »Warum hast du das getan? Du wusstest doch genau, wie sehr ich sie damals brauchte.«

Lorna schwieg so lange, dass ich schon glaubte, sie sei tatsächlich nicht mehr in der Leitung. Doch dann antwortete sie doch: »Du hast es damals nicht erkannt, ich aber schon. Jane hat alles versaut. Sie hat Skyes Tagebücher gelesen und sie dir gegeben, obwohl sie doch genau wusste, wie du reagieren würdest. Sie hätte sie verbrennen sollen.«

Zorn kochte in mir hoch. »Glaubst du das wirklich? Und was ist mit Gerechtigkeit für Skye?«

»Was hätten wir denn noch für sie tun können? Sie war tot.« Lornas Stimme brach. »Wir konnten mit dem, was man ihr angetan hatte, nicht an die Öffentlichkeit gehen, es war schließlich nicht unsere Geschichte, sondern ihre, und sie konnte uns keine Erlaubnis mehr geben. Am besten hätte man die ganze Sache auf sich beruhen lassen. Aber nein, Jane musste es dir ja unbedingt auf die Nase binden, obwohl sie genau wusste, was du tun würdest.«

»Und deshalb hast du uns derartig verarscht?«

»Ich hab's nicht getan, um euch zu verarschen. Ich bin immer noch fest davon überzeugt, dass du ohne sie besser dran wärst. Ich … Deshalb hab ich es getan, und ja, auch um Jane so richtig eins auszuwischen.«

Jane verkrampfte sich neben mir. Sie sah zu Boden, die Wangen flammend rot vor Erregung. Lorna war früher einmal ihre beste Freundin gewesen, ihre Familie.

»Warum?«

»Weil … weil ich mich ihretwegen von Skye abgewandt habe.« Lorna weinte, und diesmal klang es echt. »Ich war so wütend auf Skye, weil sie mich einfach nicht verstehen wollte, als du und Jane plötzlich zusammen wart. Jane hatte sich zwischen uns gedrängt, und jetzt war sie die kleine Schwester, die Skye sich immer gewünscht hatte. Und Jane selbst … Ich habe Jane geliebt, aber sie hat dir vor mir den Vorzug gegeben, Jamie. Weißt du eigentlich, wie weh so was tut?«

Jane zuckte zusammen und versuchte, mir ihre Hand zu entziehen, aber ich hielt sie fest.

»Lorna, du weißt doch, dass du nur wegen Dad so empfindest! Skye hat dich geliebt. Jane hat dich ebenfalls geliebt. Du hättest sie gar nicht vor die Wahl stellen dürfen. Du selbst hast sie erst dazu gezwungen.«

»Ich habe Skye nie dazu gezwungen, irgendwelche Lieblinge zu haben oder sich auf irgendeine Seite zu schlagen. Aber sie hat's getan. Und ich war so stinksauer auf sie, Jamie, dass ich sie von mir gestoßen habe, und dann … dann ist sie gestorben in dem Wissen, dass ich wütend auf sie war. Und ich hasse mich dafür! Aber was hätte ich tun können? Also hab ich es an Jane ausgelassen. Ich habe Jane wehgetan, weil ich meine Wut nicht an mir selbst abarbeiten konnte.«

Jane entzog sich mir und durchquerte das Zimmer. Sie wandte

mir den Rücken zu, aber ich sah, wie sie versuchte, ihre Atmung in den Griff zu kriegen und sich zu beruhigen.

Ich verstand. Ich hatte ebenfalls zu kämpfen. »Und was ist mit mir? Gerade hatte man mir mein Leben gestohlen, und Jane war das Einzige auf der Welt, das es noch lebenswert machte. Wie zum Teufel konntest du *mir* so etwas antun?«

»Ich dachte, ich tue dir einen Gefallen.«

Einen Gefallen.

Sechs Jahre, die ich um Jane getrauert hatte. Sie gehasst hatte. Sie geliebt hatte und mich selbst deswegen verabscheut hatte.

Ganz zu schweigen von dem, was ich ihr in den letzten paar Tagen angetan und zu ihr gesagt hatte.

Ich würde mein ganzes Leben brauchen, um das alles wiedergutzumachen.

Und alles nur, weil meine kleine Schwester egoistisch bis ins verdammte Mark war.

»Wir sind miteinander fertig, Lorna.«

Jane wirbelte herum und ließ mich nicht aus den Augen.

Ich nickte ihr beruhigend zu und biss die Zähne zusammen, damit ich meiner Schwester nicht noch ein paar Gemeinheiten an den Kopf werfen konnte, die ich nie würde zurücknehmen können.

»Was meinst du damit?«

»Ich kann dir das nicht verzeihen«, bekannte ich. »Ich musste sechs Jahre meines Lebens ohne den einen Menschen zubringen, der es erst lebenswert gemacht hätte. Diese Jahre sind für immer verloren – sowohl für mich selbst als auch für Jane. Sie haben uns für immer verändert. Und das hast du uns angetan. Ich werde dich niemals wieder so ansehen können wie früher. Dir niemals mehr genug Vertrauen schenken können, um dich wieder an meinem Leben teilhaben zu lassen.«

»Jamie«, schluchzte Lorna. »Sag doch so was nicht.«

Ich schluckte schwer. Wie ätzend, dass es immer noch schmerzte, ihr wehzutun. »Leb wohl, Lorna.« Ich legte auf und warf mühsam beherrscht das Handy auf den Tisch.

»Immer passiert etwas Neues«, sagte ich mit heiserer Stimme. »Das Gute schickt einen Sonnenstrahl in mein Leben.« Ich sah zu Jane auf. »Und der ist so verdammt hell, dass ich mein Glück kaum fassen kann … Doch dann schiebt sich eine Wolke vor die Sonne, und wieder stehe ich im Schatten.«

Jane kehrte zu mir zurück, und ich zog sie zwischen meine Beine, lehnte die Stirn an ihren Bauch, schlang die Arme fest um ihre Taille. Sie strich mir mit den Fingern durchs Haar und über meinen Nacken. Sanft kratzten ihre Nägel über meine Haut, was mir einen Schauer über den Rücken jagte.

Ich hielt sie noch fester in den Armen, atmete ihren Duft ein.

»Eines Tages«, flüsterte sie, »werden wir die Zukunft haben, die wir uns immer ausgemalt haben. Ein kleines Haus auf dem Land … ein Fleckchen Erde, das so wunderschön ist, dass auch die Schatten ihm nichts anhaben können.«

Dreißig

JANE

Das gelbe Gebäude leuchtete in der Morgensonne. Ich vermutete, dass die Besitzer es gelb gestrichen hatten, um den Menschen ein wenig Optimismus zu vermitteln und sie zu motivieren, über den Mist zu sprechen, der sie unglücklich machte.

Mir war bei seinem Anblick trotzdem noch übel. Und meine Handflächen waren feucht.

Nicht, weil ich Konfrontationen scheute, sondern weil ich Jamies Plan durchkreuzen wollte.

Da ich ihn gerade erst wieder zurückhatte, war das sicher ein Risiko, aber in den letzten paar Tagen hatte ich jede Menge Zeit zum Nachdenken gehabt und war letztlich zu dem Schluss gekommen, dass das, was Jamie am meisten brauchte, innerer Frieden war. Er musste die Vergangenheit hinter sich lassen.

Am Tag von Lornas Anruf hatte ich mich krankgemeldet, aber das konnte ich natürlich nicht ewig tun. Danach war ich wie immer zur Arbeit gegangen, abends aber in Jamie McKennas Arme zurückgekehrt. Alles kam mir vor wie ein Wunder. Manchmal saß er dann am Computer und schrieb … oder dachte sich vielleicht auch einen neuen Plot aus. Zu meiner Erleichterung hatte Jamie mir berichtet, dass die Innenrevision Ethan Wright bereits auf dem Radar hatte. Hoffentlich würden wir bald hören, dass er unter Anklage gestellt worden war.

Wright und Kramer konnten wir also abhaken.

Trotzdem hatte ich zuweilen immer noch das Gefühl, dass Jamie mit den Gedanken weit weg war, auch wenn er eigentlich neben mir saß. Ich wusste, dass er immer noch vorhatte, Foster Steadman zu überführen, und mir war auch klar, dass er sich immer noch von mir wünschte, mehr über Elena Marshalls Privatleben zu erfahren. Sein Bedürfnis, die ganze Sache zu beenden, wollte ich keineswegs ignorieren. Auch ich wünschte mir seinetwegen Gerechtigkeit. Doch ich fürchtete, dass wir das, was uns wichtig war, würden opfern müssen, um dieses Ziel zu erreichen.

Also verlegte ich mich darauf, ihn abzulenken.

Mit Sex. Stundenlangem Sex, der unsere Sehnsucht hätte stillen sollen, letztlich unseren Hunger aber nur noch verschärfte. Immerhin mussten wir viele Jahre nachholen.

Außerdem lenkte ich ihn durch Unterhaltung ab.

Ich wollte wissen, was mir in den vergangenen sechs Jahren entgangen war, und ihm alles erzählen, was er selbst verpasst hatte.

Während unserer Gespräche bat er mich um Rat hinsichtlich der Verarbeitungsrechte von *Brent 29*. Meiner Ansicht nach sollte Jamie das tun, wobei er sich am wohlsten fühlte, aber ich verschwieg trotzdem nicht, dass dieser Roman sich bei der Lektüre wie ein Film angefühlt hatte und für eine entsprechende Adaptation wie geschaffen war. Eine Miniserie konnte ich mir durchaus vorstellen, und obwohl ich ständig mit dem Filmgeschäft in Berührung stand, hätte ich es immer noch cool gefunden zu erleben, wie Jamies Geschichte zum Leben erwachte.

Daraufhin hatte er seiner Agentin Susan grünes Licht gegeben, um alles für die Vertragsunterzeichnung in die Wege zu leiten.

Das Einzige, worüber wir uns im Laufe der letzten Woche gestritten hatten, war Jamies Weigerung, die Wanze aus Ashers Wagen zu entfernen. Als ich das Thema anschnitt, war er mürrisch und blaffte mich unfreundlich an.

Ich stürmte aus seiner Wohnung in meine und ließ ihn nicht herein.

»Mach die Tür auf, Jane«, sagte er mit dieser gefährlich leisen Stimme.

»Nicht, ehe du dieses Thema mit mir wie ein Erwachsener erörterst.«

»Mit einer Tür zwischen uns ist das wohl kaum möglich. Wenn das nicht kindisch ist!«

Er hatte recht. Ich stieß ein ärgerliches Schnauben aus und riss die Tür auf. Jamie drängte mich in die Wohnung zurück und schloss die Tür hinter sich. Dann presste er sich an mich und zwang mich rücklings gegen die Wand, um rechts und links meines Kopfes die Arme aufzustützen.

Meine Haut kribbelte vor freudiger Erregung, und das, obwohl ich so sauer auf ihn war.

»Eigentlich sollte es dich gar nicht interessieren, was ich mit Asher mache«, sagte Jamie, dessen Atem mir hauchzart über die Lippen wehte. »Er hat dich hintergangen.«

»Und ich habe dir gesagt, dass ich meine Gefühle für ihn nicht so einfach abschalten kann. Er liegt mir halt immer noch am Herzen.«

Seine Miene verfinsterte sich. »Ich will nicht, dass er dir noch etwas bedeutet.«

»Ich darf neben dir auch andere Menschen mögen, Jamie.«

»Keine anderen Männer!«

»Schrei mich nicht an!«, schrie ich zurück.

Seine Augen blitzten. »Treib du mich nicht in den Wahnsinn!«

»Asher übt keine erotische Anziehungskraft auf mich aus. Er ist wie ein Bruder. Entferne diese verdammte Wanze aus seinem Auto, oder – bei Gott, Jamie – ich suche selbst danach und zertrample das vermutlich doch ziemlich teure elektronische Teil.«

Jamie brachte mich mit einem harten Kuss entschlossen zum Schweigen. Ich ließ ihn gewähren, ganz und gar hinweggerissen von der Aufregung und Begeisterung darüber, wieder mit ihm zusammen zu sein. Wir liebten uns fieberhaft und hungrig. Er zerrte mir das Höschen die Beine hinab, ich nestelte an den Knöpfen seiner Jeans herum.

Nur wenige Minuten nach dem Streit lag ich in seinen Armen, die Beine um seine Taille geschlungen, und er war in mir, stieß an der Wohnzimmerwand stehend in mich hinein. Mein Keuchen und sein Stöhnen erfüllten den Raum, während er mich hart und erbarmungslos nahm.

Ein Wahnsinns-Orgasmus explodierte in meinem Innern. Als die letzten Schauer meines Höhepunkts schließlich verebbten und unsere Atmung wieder langsamer wurde, vergrub ich die Finger in seinem Haar. Sein Gesicht ruhte immer noch an meinem Hals, wo er sich vergraben hatte, als er selbst gekommen war.

»Hübscher Versuch.« Meine Stimme klang immer noch atemlos. »Aber du wirst diese Wanze trotzdem aus Ashers Wagen entfernen.«

Stöhnend hob Jamie den Kopf. Er sah mich mit sattem, loderndem Blick und voller Zuneigung an.

Dann küsste er mich und flüsterte: »Wenn es dir so viel bedeutet, dann schaffe ich das Ding halt weg.«

Der Anblick von Elena, die das gelbe Gebäude verließ, riss mich aus meinen erotischen Erinnerungen. Meine Haut wurde heiß. Nicht nur, weil mein Körper ständig bereit für Jamie McKenna zu sein schien, sondern auch, weil ich gleich etwas tun würde, das einen weiteren Streit zwischen uns zur Folge haben würde.

Oder Schlimmeres.

Eilig sprang ich aus dem Wagen und lief auf die andere Straßenseite, wo Elena gerade in ihr eigenes Auto stieg. »Elena!«, rief ich, und sie hielt inne.

Sie wandte sich zu mir um, verengte die Augen, als müsse sie mich erst einordnen, und riss sie wieder auf, als sie mich erkannte. »Hi.«

Ich blieb vor ihr stehen, und vor Nervosität schlug mein Herz immer schneller. »Hey.«

»Sie sind doch nicht gekommen.« Sie schloss ihre Autotür und lehnte sich dagegen, wobei sie mir ein geduldiges Lächeln schenkte.

»Nein, aber ich habe mich gefragt, ob Sie Zeit für eine kurze Unterhaltung haben. Ich bin Jane.«

Elenas Augenbrauen wölbten sich ein wenig. »Aha, Jane, okay. Ich wollte mir nur gerade ein Buch aus dem Auto holen, weil ich gleich noch einen Termin habe …« Sie deutete auf das Krankenhaus auf der gegenüberliegenden Straßenseite.

»Ein anderes Mal vielleicht?«

»Nein, ein paar Minuten habe ich noch, also schießen Sie los.« Ich deutete auf ihr Auto.

»Na gut.« Sie öffnete die Fahrertür und stieg ein, während ich um die Motorhaube herum auf die Beifahrertür zusteuerte. Mein Herz hämmerte wie wild.

Als ich einstieg, kühlte die Klimaanlage das kleine Gefährt bereits etwas herunter, dennoch war die Luft noch stickig. Ich bekam einen Schweißausbruch, wenn auch nicht wegen der Hitze.

Meine ungewöhnliche Begleiterin wartete geduldig darauf, dass ich anfing.

Ich wandte mich zu ihr um und sah in ihre warmherzigen, braunen Augen. »Was ist das Schlimmste, das Ihnen je zugestoßen ist? Ist es der Krebs?«

Sie stieß die Luft aus und dachte über meine Frage nach. »Darf ich nur eine einzige Sache nennen?«

»Autsch«, flüsterte ich. »Ist das Leben so hart zu Ihnen gewesen?«

Sie lächelte schief und gequält. »Das Schlimmste, was mir je passiert ist, war der Verlust meiner Tochter. Sie ist noch am Leben, hat aber ein Drogenproblem, und egal wie sehr ich mich bemüht habe, ihr zu helfen, irgendwie habe ich sie damit nur noch weiter fortgetrieben. Was ist mit Ihnen, Jane? Ihr Freund, sein Krebs?«

Ich zuckte zusammen, als sie diese Lüge nochmals ansprach, und sah aus der Windschutzscheibe auf die dunstige Straße hinaus. »Ich hatte mehrere Erlebnisse dieser Art. Aber die schlimmsten sind wahrscheinlich die, von denen ich heute noch träume. Eines klingt albern, denn das passiert schließlich jedem …, aber damals hat mir ein Typ zum ersten Mal das Herz gebrochen.« Bei der

Erinnerung an die dunklen Tage, nachdem ich geglaubt hatte, von Jamie verstoßen worden zu sein, lächelte ich betrübt. »Das zweite Erlebnis … na ja, auch deshalb habe ich heute noch Albträume.« Ich wandte mich wieder zu Elena um. »Kennen Sie das, dass Erinnerungen im Laufe der Zeit verblassen … wie Bilder, die unschärfer werden, obwohl die Gefühle, die damit verbunden sind, noch genauso intensiv sind wie früher?«

»Ich weiß, was Sie meinen, ja.«

»Diese spezielle Erinnerung ist niemals verblasst. Ich habe immer noch glasklar vor Augen, wie Skye dort vor mir auf dem Bett lag. Ich spüre immer noch die Angst, die in mir hochkroch, als ich ihr Schlafzimmer betrat, weil ich, noch bevor ich ihren Puls fühlte, wusste, dass sie tot war.«

»Oh, Jane.« Elena ergriff meine Hand und drückte sie. »Das tut mir so leid.«

»Überdosis«, erklärte ich. »Ein Unfall.«

Mitfühlende Tränen schimmerten in ihren Augen. »So habe ich meine Kleine ebenfalls mal gefunden. Hatte nur etwas mehr Glück. Sie hat überlebt. Es tut mir so leid, meine Liebe. War Skye Ihre Schwester?«

»Eine Freundin. Aber für mich eher wie eine große Schwester, ja. Sie war die Schwester meines Freundes. Er ist nie drüber hinweggekommen.«

»Kann ich mir vorstellen.«

»Was ist das Schlimmste, das Sie je getan haben?« Ich entzog ihr meine Hand.

Was immer sie in meinem Gesicht nun las, ließ sie zusammenfahren. »Was meinen Sie damit?«

»Ich habe meinen Freund unbeabsichtigt im Stich gelassen, als er mich brauchte. Das ist einer meiner größten Fehler. Außerdem habe ich die Tagebücher seiner großen Schwester gefunden und sie ihm gezeigt. Darin hatte sie all ihre Geheimnisse aufgeschrieben. Unter anderem auch die Tatsache, dass dieser megaerfolgreiche Produzent sie vergewaltigt hatte. Sein Name ist Foster Steadman. Ein Mann namens Frank Kramer arbeitet für ihn.«

Elena stockte der Atem, und sämtliche Farbe wich aus ihrem Gesicht. »Warum erzählen Sie mir das?«

»Was ist das Schlimmste, das Sie je getan haben, Elena?«

»Vielleicht sollten wir dieses Gespräch ein anderes Mal fortsetzen.« Nervös deutete sie auf die Tür. »Ich muss jetzt wirklich zu meinem Termin.«

Fest und unerbittlich packte ich sie am Handgelenk. »Jamie ging zu ihm. Stellte ihn zur Rede. Er hatte keine Ahnung, wozu Steadman und Kramer fähig waren. Dass sie beispielsweise eine Kassiererin bestechen würden, auf sich schießen zu lassen und einem Unschuldigen ein Verbrechen anzuhängen, das er nicht begangen hatte.«

Sie versuchte, mir ihre Hand zu entziehen. In ihren Augen schwammen Tränen. »Nein … ich …«

»Was ist das Schlimmste, das Sie je getan haben, Elena?«, stieß ich noch einmal wütend hervor und vergrub die Fingernägel in ihrer Haut.

Sie schrie auf. Dann fiel ihr Gesicht förmlich in sich zusammen, und sie brach in Tränen aus.

Schwer atmend vor Erregung ließ ich sie los. »Warum? Warum haben Sie Jamie das angetan?«

Elena verbarg das Gesicht in den Händen und schüttelte nur den Kopf. Ihre Schultern bebten.

Ich wartete.

Mit mehr Geduld, als ich empfand.

Nach einer gefühlten Ewigkeit hob Elena den Kopf, das Gesicht fleckig, die Augen rot und gequält. »Es … es tut mir so leid«, rief sie, und wieder rannen ihr Tränen über die Wangen. »Ich wollte damals glauben, dass er tatsächlich etwas verbrochen hatte. Dass er seine Strafe verdient hatte. Es tut mir ja so leid!«

»Warum?«, schrie ich.

Sie zuckte zusammen, wischte sich die Tränen ab. Ihr Atem ging so stoßweise, dass ich mir kurzzeitig Sorgen machte. »Meine Tochter war in Schwierigkeiten. Sie hatte sich mit ein paar ziemlich üblen Typen eingelassen, mit der Mafia. Sie schuldete ihnen

Unsummen an Geld. Als Kramer mich besuchte, konnte ich es kaum fassen. Es kam mir vor wie ein Wink des Schicksals. Ich war verzweifelt. Aber der Schuss war nicht geplant, zumindest hatten wir das so nicht vereinbart. Doch hinterher hat Kramer mich bedroht. Er meinte, er würde meiner Tochter etwas antun, wenn ich die Sache nicht bis zum Ende durchziehen würde.«

Elena tastete nach meiner Hand, aber ich wich vor ihr zurück. Sie hob die Hände, wie um ein wildes Tier zu besänftigen. »Ich habe nur versucht, meine Tochter zu beschützen.«

Das verstand ich.

Wirklich.

Aber ich musste ihr klarmachen, welche Konsequenzen ihr Handeln gehabt hatte. »Jamie war unschuldig. Steadman hatte seine Schwester vergewaltigt, und er wollte nur Gerechtigkeit. Sie haben dazu beigetragen, dass einem Unschuldigen sein Leben gestohlen wurde. Sie haben mir den Mann genommen, den ich liebe. Diese Aktion hat ihn für immer verändert. Sie haben ihn ins Verderben gestürzt.« Jetzt liefen auch mir die Tränen übers Gesicht. »Das wollte ich Ihnen nur mitteilen.«

Ich hielt Elena Marshall nicht für einen schlechten Menschen. Tatsächlich glaubte ich sogar, dass sie ein guter Mensch war, der einmal etwas Furchtbares getan hatte.

Der Druck auf meiner Brust ließ nach, als ich sie schluchzend im Wagen sitzen ließ.

Sie hatte *tatsächlich* dazu beigetragen, Jamie kaputt zu machen.

Das hatten sie alle.

Aber ich war diejenige, die ihn wieder ins Leben zurückführen musste.

***

Jamie sah mich nicht an.

Wütend funkelte er meine Bücherregale an.

»Jamie, sag doch was!«

Er schnaubte empört. »Was willst du denn hören?«

»Dass du verstehst, warum ich so handeln musste.«

Endlich wandte Jamie mir die sturmumwölkten Meeraugen zu. »Na ja, ich versteh's eben nicht.«

Ich hatte ihm von meinem Treffen mit Elena erzählt. Allzu gut hatte er es nicht aufgenommen. »Es kann doch nicht befriedigend sein, das Leben einer Frau zu ruinieren, die nichts mehr zu verlieren hat.«

»Du kannst nicht wissen, ob sie tatsächlich nichts mehr zu verlieren hat«, blaffte Jamie und stand auf. Dann stemmte er die Hände in die Hüften und blickte wütend auf mich herab. »Du hast es nicht mal versucht.«

»Sie hat den einzigen Menschen verloren, der ihr etwas bedeutet. Sie hat das Geld von Steadman und Kramer genommen, um ihrer Tochter aus der Klemme zu helfen. Sie wurde sogar angeschossen, obwohl das gar nicht so vereinbart gewesen war. Dann bedrohte er sie. Sie hat Krebs. Steckt bis zum Hals in Schulden. Und als ich ihr erzählte, für wessen Verhaftung sie verantwortlich ist und warum man dich unschädlich machen wollte, brach diese Frau zusammen, Jamie. Ich habe es mit eigenen Augen gesehen. Die Wahrheit hat sie so tief getroffen, wie es einen Menschen nur treffen kann.« Ich erhob mich und sah ihn beschwörend an. »Sie wird sich das selbst niemals verzeihen, und damit kennen wir beide uns doch ein wenig aus. Findest du nicht, dass das reicht?«

»Nein.«

»Jamie.« Ich streckte die Hand nach ihm aus, aber er entzog sich mir. Ich ignorierte die Zurückweisung und zuckte hilflos mit den Schultern. »Sieh dir doch nur an, was Lornas Rache mit uns beiden gemacht hat. Wollen wir wirklich und wahrhaftig auch zu den Menschen gehören, die so viel Schmerz in die Welt bringen.«

»Das hier ist keine Rache, sondern Gerechtigkeit.«

»Nein, Jamie, es ist Rache. Gerechtigkeit bestünde darin, dass Foster ins Gefängnis käme, weil er Skye vergewaltigt und dir ein Verbrechen angehängt hat. Letzteres kriegen wir vielleicht nie hin, aber Ersteres ist gänzlich unmöglich. Niemand wird für das Verbrechen an Skye bezahlen, weil sie nicht mehr lebt und dafür sorgen kann. Damit musst du endlich deinen Frieden schließen, Jamie. Wir beide müssen es. Diesen Menschen auf andere Weise Schaden zuzufügen wird niemals die Art von Gerechtigkeit sein, die wir brauchen.«

Argwöhnisch beobachtete ich, wie er sich ungestüm von mir abwandte, quer durchs Zimmer marschierte und zum Fenster hinaussah. Er fuhr sich mit den Händen durchs Haar, die Knöchel weiß vor Anspannung.

Ich wartete.

Schließlich wandte er sich um und sah mir forschend ins Gesicht. »Glaubst du wirklich, dass Elena das alles bereut?«

Ich nickte. Hoffnung keimte in mir auf. »Ja.«

Doch dann fiel die Hoffnung wieder zu einem Aschehäufchen zusammen, als er leise fluchte und erneut durchs Zimmer marschierte, an mir vorüber und zur Tür. Ohne ein weiteres Wort verließ er meine Wohnung.

Fuck.

Wenn ich aufgewühlt war, tat ich, was ich immer tat – ich widmete mich meiner Kunst. Also stellte ich eine frische Leinwand auf meine Staffelei, setzte mich auf meinen Schemel und überließ mich der Malerei. Zu meinem Entsetzen war das, was dabei herauskam, eine Tänzerin. Eine springende Tänzerin. In meiner Vorstellung bewegte sie sich mit einem Tuch aus durchsichtiger Seide, das in schwungvollem Bogen durch die Luft segelte und wunderschöne Formen schuf. Ich hatte sie mitten in der Luft eingefangen, die Seide hüllte sie ein, sodass sie sich heillos in der Schönheit des Stoffes verheddert hatte.

Stunden später lehnte ich mich von meinem Gemälde zurück, erschöpft, ausgelaugt.

Die Tänzerin war ich selbst.

Sie erinnerte mich an das kleine Mädchen, das sich nach dem Leben gesehnt hatte, das ihr vor dem Tod ihrer Adoptiveltern versprochen worden war. Daran, dass diese Sehnsucht sie in die offenen Arme der McKennas geführt und wie sie sich in deren Schönheit verstrickt hatte.

Ich durfte meine Entscheidungen nicht davon abhängig machen, was sie meiner Auffassung nach brauchten oder sich wünschten.

Sie mussten aus mir selbst herauskommen.

Und zwar unabhängig davon, wie sehr ich Jamie liebte oder Skye vermisste.

Ja, ich wollte immer noch, dass Foster Steadman für das bezahlte, was er getan hatte, aber ich konnte mich nicht daran beteiligen, anderen Menschen ein Leid zuzufügen, nur um diese Gerechtigkeit zu erlangen. Ich durfte mich nicht zum Teil eines Rachefeldzuges machen.

Und ich hatte Angst.

Fürchterliche Angst.

Denn wenn Jamie sich nicht für das Richtige entschied, würde ich ihn höchstwahrscheinlich wieder verlieren.

Einunddreißig

JAMIE

Vor Janes Wohnung blieb ich stehen. Wie gern hätte ich mich jetzt weiter meiner Wut hingegeben!

Nach meiner ersten Reaktion auf ihren Bericht über ihr Zusammentreffen mit Elena Marshall war ich davongestürmt. Doch nun wollte mir Janes Stimme einfach nicht mehr aus dem Kopf gehen. Ich wollte sauer sein, weil ich nicht sauer auf sie sein konnte.

Sie veränderte die Spielregeln.

Täglich erinnerte sie mich daran, wer ich früher einmal gewesen war.

Sie hat den einzigen Menschen verloren, der ihr etwas bedeutet. Sie hat das Geld von Steadman und Kramer angenommen, um ihrer Tochter aus der Klemme zu helfen. Sie wurde sogar angeschossen, obwohl das gar nicht so vereinbart gewesen war. Dann bedrohte er sie. Sie hat Krebs. Steckt bis zum Hals in Schulden. Und als ich ihr erzählte, für wessen Verhaftung sie verantwortlich ist und warum man dich unschädlich machen wollte, brach diese Frau zusammen, Jamie … Diesen Menschen auf andere Weise Schaden zuzufügen, wird niemals die Art von Gerechtigkeit sein, die wir brauchen.

»Zum Teufel mit dir, Jane«, murmelte ich erschöpft und betrat ihre Wohnung mit dem Schlüssel, den sie mir erst heute Morgen gegeben hatte. Noch an der Tür schleuderte ich meine Schuhe von mir und schloss ab, bevor ich durch das dunkle Wohnzimmer in den Flur schlich.

Ich hatte ja versucht, in meinem eigenen Bett zu schlafen, weil ich glaubte, dass ein wenig Abstand uns nur guttun würde. Dass ich dadurch einen neuen Blickwinkel erlangen und mich wieder würde konzentrieren können.

In diesem Moment wurde mir klar, dass ich in der letzten Woche in jeder Nacht geschlafen hatte. Die ganze Nacht. Mit Jane.

Ohne geöffnete Fenster.

Der Gedanke, dass ausgerechnet Jane Doe mir diese Art von innerer Ruhe schenken konnte, machte mir eine Heidenangst. Ich hatte mir sehnlichst Frieden gewünscht, aber ich musste ihn auch ohne sie finden. Irgendwie musste ich ein glückliches Gleichmaß erlangen, eine Möglichkeit, nach vorn zu blicken und mein Leben auch unabhängig von Janes Anwesenheit zu meistern.

Ich kam zu dem Schluss, dass ich ihr geben konnte, worum sie bat, denn tief im Innern wusste ich, dass sie recht hatte. Trotzdem konnte ich ihretwegen nicht alles aufgeben. Jane hatte schließlich gewusst, wer ich war, als sie sich wieder auf mich eingelassen hatte.

Das Objekt meiner Gedanken und meiner Zuneigung hatte sich im Bett zusammengerollt und lag mit dem Gesicht zur Wand. Durch die geöffneten Vorhänge strömte Mondlicht herein. Die Decke war ihr bis auf die Taille herabgerutscht. Mein Blick huschte über sie, über ihr langes dunkles Haar, das sich über das Kissen ergoss, und über ihre nackten Schultern.

Oh, ich konnte es kaum abwarten, sie zu berühren.

Ich zog die Jeans aus, sah, wie sie sich anspannte, und erkannte, dass sie wach war.

Nachdem ich mein T-Shirt ausgezogen und auf den Stuhl vor ihrer Frisierkommode gelegt hatte, stieg ich neben ihr ins Bett. Ich schmiegte mich an sie, legte ihr den Arm über die Taille und rückte so dicht wie möglich an ihren Rücken heran.

Bei meiner ersten Berührung hatte sie sich verkrampft, und mein Herz pochte ein wenig heftiger.

Ich schob ihr seidiges Haar beiseite und gab ihr einen Kuss auf die warme Haut. »Ich lasse Elena Marshall in Ruhe«, versprach ich in die Dunkelheit.

Jane schmolz dahin, entzog sich meinem Griff ganz leicht, um sich dann in meinen Armen umzudrehen. Entspannt lagen wir nun dicht beieinander, und Erleichterung durchströmte mich. Sie umarmte mich innig, kuschelte sich an mich.

Ich küsste sie sanft auf den Scheitel. »Aber ich bringe es nicht fertig, Foster Steadman mit alldem davonkommen zu lassen, Jane«, gab ich zu, denn ich wollte ehrlich zu ihr sein. »Ich kann nicht einfach abwarten, bis er endlich hinter Gittern sitzt. Mir ist egal, wofür man ihn einbuchtet. Ich will ihn einfach nur im Gefängnis wissen.«

Mit angehaltenem Atem wartete ich auf ihre Antwort.

Schließlich spürte ich ihr bedächtiges Nicken an meiner Brust und wie sie die Arme noch fester um mich schlang.

Eine erneute Woge der Erleichterung durchflutete mich, und meine Lider waren plötzlich ganz schwer vor lauter Erschöpfung.

Ich wollte sie nicht so sehr brauchen, wie ich es tat. Vielleicht war es gefährlich. Vielleicht dumm und letztlich selbstzerstörerisch. Aber es ließ sich nun mal nicht ändern.

Meine Seele war mit der ihren verwoben.

Wahrscheinlich würde ich ohne Jane an meiner Seite niemals wirklich inneren Frieden finden.

***

Am nächsten Morgen wachte ich nicht auf jene Weise auf, die mir mittlerweile am liebsten war: schläfrig und in dem Bewusstsein, Jane in den Armen zu halten und bereits hart für sie zu sein.

Mit ihr gemeinsam zu kommen war ein verdammt guter Start in den Tag.

Deshalb war es auch alles andere als ideal, heute von lauten Stimmen geweckt zu werden. Nachdem ich den Schlaf abgeschüttelt hatte, wurde mir klar, dass Jane sich mit einem Mann stritt.

Mein Herz machte einen Satz. Ich stieß die Decke von mir, stieg aus dem Bett und streifte hastig die Jeans über. Für ein Shirt nahm ich mir keine Zeit mehr, sondern marschierte geradewegs ins Wohnzimmer.

Jane und Asher Steadman verstummten und sahen mich an.

Was zur Hölle?

Meine Hände ballten sich neben mir zu Fäusten, und ich machte einen Schritt auf sie zu. »Was ist verdammt noch mal hier los?«

Asher schien nicht ganz so schockiert über meinen Anblick zu sein, wie ich erwartet hatte. Stirnrunzelnd sah er Jane an. »Warum hast du mir nicht gesagt, dass du nicht allein bist?«

»Die Fragen stelle ich.«

Das war meine Frau. Mit wenigen großen Schritten trat ich neben sie, um ihr zur Seite zu stehen. »Was hat er hier zu suchen?«

»Er wollte sich persönlich entschuldigen. Ich habe alle seine Anrufe ignoriert.«

»Könntet ihr euch vielleicht durchringen, nicht so zu reden, als wäre ich gar nicht anwesend?« Asher sah zwischen uns hin und her. »Du bist also wieder mit Jamie zusammen?«

Shit. Er kannte mich.

Entsetzt starrte Jane ihn an, während ich mich innerlich auf die Katastrophe einstellte, dass Foster Steadman über meine Anwesenheit Bescheid wusste.

»Woher weißt du, wer er ist?«, fragte Jane und trat wie ein Schutzschild vor mich hin.

Das entging Asher nicht. »Jane, mein Vater hat keine Ahnung.« Er sah mich mit seinen großen unschuldigen Augen an. Doch das zog bei mir nicht. »Er weiß nicht, dass Sie hier sind, und er wird es auch nicht erfahren. Aber Sie müssen ihn in Ruhe lassen.«

Oh nein, ganz sicher nicht.

Ich machte einen Schritt auf diesen verwöhnten, kleinen Mistkerl zu, doch Jane hielt mich fest.

»Ihn in Ruhe lassen?«, schnaubte sie und schob sich erneut zwischen uns.

Als sie weitersprach, legte ich ihr die Hände auf die Schultern. »Deshalb hast du ja sicher auch meine Versuche, deinen Dad zu überführen, vereitelt, stimmt's?«

Nervös befeuchtete Asher seine Lippen. »Wie kannst du nur annehmen, dass ich dir bewusst Schaden zufügen würde? Du musst mir glauben, Jane, und darauf vertrauen, dass du zu gegebener Zeit alles verstehen wirst.«

»Du hast mich angelogen.«

»Stimmt.« Mit beschwörendem Blick trat er auf sie zu. »Aber ich liebe dich.«

Unwillkürlich entfuhr mir ein leises Knurren. »Noch einen Schritt näher, und ich breche Ihnen Ihr verdammtes Genick.«

Jane spannte sich unter meinen Händen an, und Asher musterte mich.

Und dann zuckte ein Ausdruck über sein Gesicht, den ich nicht ganz verstand. Er sah erst Jane an, dann mich und dann wieder Jane. »Du glaubst, dass du mir nichts bedeutest ... aber das stimmt nicht. Ich würde alles für dich tun.« Er richtete den Blick wieder auf mich. »Jane und ich waren nie zusammen. Ich weiß, dass Sie ihr ein paar furchtbare Dinge an den Kopf geworfen haben, als sie Sie vor zwei Jahren besucht hat, weil Sie glaubten, dass wir miteinander schlafen. Aber das war nie der Fall. Und wird auch nie der Fall sein.« Er holte tief Luft. »Ich bin asexuell. Ich liebe Jane sehr, aber ich finde sie nicht erotisch, weil ich überhaupt kein Verlangen nach Sexualität mit anderen Menschen habe.«

Verblüfft ließ ich die Schultern hängen. »Warum wurde dann in der Klatschpresse verbreitet, dass Sie ein Paar sind?«

Kummervoll verzog er die Lippen und warf Jane einen Blick zu. »Als ich versuchte, meiner Mom meine Veranlagung zu erklären, antwortete sie nur, dass ich ein Spätzünder sei. Und als ich mich meinem Dad anvertraute, glaubte der, dass ich nur Aufmerksamkeit brauche und mich endlich ›normal‹ verhalten solle. Danach wollte ich beide dazu bringen, mich so zu akzeptieren. Die Folge war, dass Foster mich zusammenschlug, um – wie er es formulierte – mir ›die Heterosexualität einzubläuen‹«. Asher schnaubte. »Nicht nur Homosexuelle werden beschissen behandelt, Jamie. Sondern jeder, der sich außerhalb der ›heteronormativen Grenzen‹ bewegt. Danach musste ich mir von Foster ziemlich viel Scheiße gefallen lassen. Jede Menge Beschimpfungen, emotionalen Missbrauch. Schon bevor ich Jane kennenlernte, hatte ich herausgefunden, was er Frauen antat. Ich wusste Bescheid, und ich weiß auch, dass man meinen Vater aufhalten muss. Aber als die Klatschpresse Jane und mich als Paar vermarktete, hatte ich Foster endlich vom Hals. Das war eine Riesenerleichterung. Genau wie die Tatsache, dass mein Freundeskreis aufhörte, mich wegen Sex oder Partnersuche zu löchern. Ob es ihnen nun klar war oder nicht, sie gaben mir das Gefühl, als ob irgendetwas mit mir nicht stimmte. Angstzustände waren mein ständiger Begleiter.«

Er warf Jane einen liebevollen Blick zu. »Jane hat mich gerettet. Ihr machte es nichts aus, die Lüge, dass wir zusammen waren, aufrechtzuerhalten.«

Sofort dachte ich voller Sorge darüber nach, wie ich es jemals wiedergutmachen konnte, Jane so wenig vertraut zu haben.

Ich würde mein Leben lang dafür brauchen, was aber eigentlich keine Strafe war.

»Warum erzählen Sie mir das alles?«

»Wegen Jane. Jetzt können Sie sich sicher sein, dass sie Sie niemals vergessen hat.« Erneut sah er sie an. »Dir ist klar, wie schwer mir dieses Geständnis ihm gegenüber gefallen ist. Das beweist, dass ich dir niemals schaden wollte.«

»Okay«, antwortete sie mit sanfter Stimme. »Danke, Asher. Ich weiß das zu schätzen, und so verletzt ich auch sein mag, ich liebe dich. Bitte enttäusch mich nicht. Du darfst Foster nichts von Jamie verraten.«

»Das würde ich niemals tun, versprochen.« Ashers Blick wanderte zwischen uns hin und her. »Aber ihr müsst nun eurerseits ebenfalls versprechen, meinem Rat zu folgen. Ihr müsst versprechen, ihn in Ruhe zu lassen und mir die Sache zu überlassen.«

Auf. Gar. Keinen. Verdammten. Fall.

»Das geht nicht.«

Wieder verkrampfte sich Jane in meinem Griff.

Asher seufzte tief. »Jane, bring deinen Freund zur Vernunft.«

Dann war er fort, und die Schwingungen, die von Jane ausgingen, waren alles andere als gut.

Großer Gott, hatten wir das diese Nacht denn nicht geklärt?

Sie trat einen Schritt vor, wandte sich um und sah mich an. »Du hast ihn gehört.«

»Und ich dachte, wir hätten uns diese Nacht darauf geeinigt, nur Elena außen vor zu lassen. Kompromiss: Ich überlasse Wright ganz und gar der Innenrevision, und auch wenn sie nichts finden, lasse ich den Mistkerl laufen. Ich verfolge ihn nicht weiter. Aber Foster Steadman kann ich einfach nicht so in Ruhe lassen, und das weißt du.«

»Jamie, wenn er herausfindet, dass du hier bist und es auf ihn abgesehen hast ...« Ihre Pupillen waren dunkel vor Furcht. »Ich habe Angst, dass er dich diesmal ein für alle Mal zum Schweigen bringt.«

»Mit Mord kommt er nicht so leicht davon, Jane.«

Ungläubig kniff sie die Augen zusammen. »Jamie, glaubst du wirklich, Skye sei die Einzige gewesen, die er vergewaltigt hat? Asher und ich haben herausgefunden, dass er Frauen seit beinahe drei Jahrzehnten sexualisierte Gewalt antut. Was glaubst du, von wie vielen Opfern wir hier reden? Aber er wird nie erwischt. Kramer und er würden schon irgendeine Möglichkeit finden, dich endgültig mundtot zu machen. Sie müssten dich ja nicht gleich umbringen, aber sie könnten dir durchaus einen Mord anhängen.«

Ich grinste, was offenbar genau die falsche Reaktion war. Das wurde mir klar, als sie mir mit dem Sofakissen ins Gesicht schlug.

»Jane!«, versuchte ich, sie zu beschwichtigen. »Ich werde schon nicht erwischt.«

»Ich bitte dich ja nicht darum aufzugeben. Sondern nur darum, deine Aktivitäten vorläufig auf Eis zu legen. Tu es für mich. Bitte.«

Es ist die richtige Entscheidung. Bis sich die Wogen geglättet haben.«

»Welche Wogen? Dein bester Freund platzt heute Morgen einfach so herein, und obwohl er mit keinem Wort erklärt, warum er dich hintergangen hat, willst du, dass ich meine Pläne auf Eis lege? Du wusstest, warum ich in L.A. bin. Du wusstest genau, wer ich war, als du dich wieder auf mich eingelassen hast. Ich werde das durchziehen, und ich lasse mich nicht aus der Sache hinausmanipulieren. Fuck!« Ich war stinkwütend auf sie, weil sie mir das Gefühl gab, plötzlich der Bösewicht zu sein. Wenn ich jetzt nicht sofort verschwand, würde ich etwas sagen, das ich noch bereuen würde.

Ich verließ die Wohnung und ließ meine Wut eine Weile an dem Punchingball aus, den ich an der Decke in Sheilas Schlafzimmer aufgehängt hatte.

Zweiunddreißig

JANE

Nichts war mir verhasster, als eine Diskussion ergebnislos zu unterbrechen. Dass Jamie mittendrin hinausgestürmt war, war mehr als frustrierend. Ich wartete auf seine Rückkehr, doch dann hörte ich, wie seine Wohnungstür sich öffnete und schloss und seine Schritte im Treppenhaus verhallten. Ich eilte zum Fenster hinüber und sah, wie er mit der ihm eigenen lässigen Grazie auf seinen Porsche zuging. Seufzend sah ich ihm hinterher, wie er aus seiner Parklücke zurücksetzte und die Straße hinabfuhr, bis er außer Sichtweite war.

Drängte ich Jamie zu sehr?

Manipulierte ich ihn?

Hoffentlich nicht, aber Ashers Auftauchen hatte mich beunruhigt. Er wollte nicht erklären, woher er wusste, wer Jamie war, und er verriet mir auch nicht, warum er mich von seinem Vater fernhielt. Sosehr ich Asher liebte, sosehr ich glauben wollte, dass er uns nicht schaden wollte … erkannte Jamie denn nicht, warum ich mir trotzdem Sorgen machte? Das Letzte, was wir jetzt brauchen konnten, war, dass Foster Steadman herausfand, dass Jamie in L. A. und auf Rache aus war.

Um mich abzulenken, checkte ich meine E-Mails. Cassie hatte geschrieben. Eine ganze Weile war sie ein wichtiger Teil meines Lebens gewesen, aber wir hatten beide nichts für die sozialen Medien oder Telefonate übrig. Also schickten wir uns gelegentlich Mails. Asher, der zwar einen großen Bekanntenkreis, aber weniger als eine Handvoll enger Freunde besaß, hatte mich einmal gefragt, ob ich mich nicht manchmal einsam fühlte. Zuweilen war das der Fall. Allerdings sehnte ich mich nie nach einem Haufen Freunde. Eigentlich fühlte ich mich nur dann wirklich einsam, wenn ich Jamie vermisste oder das, was uns beide verbunden hatte. Oder wenn ich an Skye und unsere ruhigen Nachmittage dachte.

Oder wenn ich mich plötzlich daran erinnerte, wie mein Leben vor dem Tod meiner Adoptiveltern gewesen war.

Vielleicht entsprach diese Selbstzufriedenheit ja meinem Wesen, vielleicht war ich aber auch nur einfach dran gewöhnt.

Als ich gerade dabei war, auf Cassies Mail zu antworten, hörte ich, wie ein Schlüssel ins Schloss meiner Wohnungstür gesteckt und dann gedreht wurde. In der Annahme, dass Jamie zurückkehrt war, schob ich meinen Laptop beiseite, um mich ganz und gar auf ihn zu konzentrieren. Ich war fest entschlossen, ihm meinen Standpunkt deutlich zu machen, aber diesmal würde ich behutsamer dabei vorgehen.

Aber nicht Jamie betrat meine Wohnung.

Nicht Jamie schloss die Tür hinter sich ab.

Es war Frank Kramer.

Vor Entsetzen saß ich wie erstarrt auf meiner Couch.

Er war mittelgroß, hatte breite Schultern, einen Speckbauch und grauschwarz meliertes schütteres Haar. Damit war sein Äußeres keineswegs besonders einschüchternd, aber der Ausdruck in seinen Augen reichte, um mir einen Schauer über den Rücken zu jagen.

Seine Augen waren von dem kältesten Schwarz, das ich je gesehen hatte.

»Die Schlösser in diesem Gebäude lassen sich beschämend leicht knacken«, sagte er und machte einen Schritt auf mich zu. Seine schweren Stiefel stampften auf meinem Holzboden, und plötzlich löste sich meine Erstarrung, und ich stand auf.

»Oh-oh.« Lächelnd trat Frank auf mich zu. »Bleib, wo du bist. Keine plötzlichen Bewegungen.«

Mir drehte sich der Magen, und nervös befeuchtete ich meine

trockenen Lippen. Ich spürte kalten Schweiß in meinem Nacken, und das Adrenalin, das bei seinem Erscheinen meinen ganzen Körper geflutet hatte, ließ mich zittern. »Was haben Sie hier zu suchen?«

Er betrachtete mich nachdenklich. »Es überrascht mich nicht, dass du mich erkennst. Und wieso kennst du mich, Jane?«

Ich versuchte, mir nichts anmerken zu lassen. Er kannte meinen richtigen Namen!

»Weil ich nicht blöd bin … und Mr. Steadman ebenso wenig.« Ich wich einen Schritt zurück.

»Was habe ich eben gesagt?« Seine Stimme wurde ausdruckslos. »Bleib, wo du bist!«

»Raus aus meiner Wohnung!«

Frank gluckste. »Spiel hier nicht die Mutige, Schätzchen! Das nützt dir jetzt auch nichts mehr.« Er sah sich in der Wohnung um. »Hübsches Plätzchen für eine alleinstehende Frau in L.A. Du hast es weit gebracht.« Er zuckte mit den Schultern und blinzelte mich ein wenig verwirrt an. »Warum willst du dir das vermasseln?«

Mein Herz raste wie verrückt. Ich hatte Angst. Angst vor einem Mann, der die eigene Ehefrau krankenhausreif geschlagen hatte. Der Jamie eine Straftat untergeschoben hatte. Aber noch mehr Angst hatte ich, dass Jamie nach Hause kommen würde, sodass Frank und Foster ihn mir wieder wegnehmen konnten. »Was wollen Sie?«

»Du denkst, Foster wüsste nicht, wer du bist? Hältst du ihn für so naiv? Sobald sein einziger Sohn anfing, viel Zeit mit dir zu verbringen, hat er Nachforschungen über dich angestellt. Hat von der Namensänderung und den Pflegeeltern erfahren … und alles in Erfahrung gebracht, was eine kleine Google-Suche über Jane Doe aus Glendale in Kalifornien sonst noch so ausspuckt, zum Beispiel Fotos von Skye McKennas Beerdigung. Und da warst du, an vorderster Front, in trauter Zweisamkeit mit Jamie McKenna.«

Oh mein Gott.

Frank schnalzte mit der Zunge. »Du hättest dich einfach nur raushalten müssen. Foster war durchaus bereit zu glauben, dass du alles hinter dir gelassen hast und deine Freundschaft mit Asher bloßer Zufall war. Aber wir haben dich überwacht, nur hin und wieder.« Er machte einen Schritt auf mich zu, sodass die Luft plötzlich eiskalt wurde. »Ich hab dich mit Elena Marshall erwischt. Reiner Zufall! Ich habe gerade mal wieder nach dir gesehen, und da warst du bei Elena. Also bin ich dir auch den restlichen Tag über gefolgt, und mit wem hattest du an jenem Abend ein Date? Mit Lincoln Gaines, Ethan Wrights Partner. Eine Woche später sehe ich dich schon wieder bei Elena. Das war kein Zufall mehr. Foster sieht das genauso. Steckt Jamie McKenna dahinter?«

»Ich habe Jamie seit zwei Jahren nicht mehr gesehen. Seit meinem letzten Besuch im Gefängnis.«

Er nickte, als habe er das erwartet. »Er war klug genug, den Staat zu verlassen. Sich ein neues Leben aufzubauen. Auf jeden Fall war er klüger als du.«

Auf der Suche nach irgendeiner Waffe sah ich mich verstohlen um, konnte jedoch nichts Nützliches in der Nähe entdecken. Das Tödlichste befand sich hinter mir im Messerblock auf der Küchentheke.

»Mit diesem kleinen Besuch will ich dich warnen, Jane.« Kramer entledigte sich seiner Lederjacke und breitete sie über der Lehne meines Sessels aus, als sei er nur auf eine Tasse Tee vorbeigekommen. Dann begann er, seine Manschetten aufzuknöpfen und die Ärmel hochzurollen.

Vor Entsetzen bekam ich weiche Knie.

Als er mein Gesicht sah, grinste er nur. »Ich werde dich nicht vergewaltigen, Jane.« Er deutete auf den Goldring an seinem linken Ringfinger, bevor er ihn auszog und in die Tasche steckte. »Ich bin ein treuer Ehemann.«

Am liebsten hätte ich laut losgelacht.

»Aber ich werde dir wehtun.« Er machte einen weiteren Schritt auf mich zu, wobei er überaus leise auf mich einsprach, beinahe, als wolle er ein verängstigtes Kind beruhigen. »Ich werde dir so wehtun, dass du noch mal über das nachdenkst, was du vorhast. Du wirst Elena nicht zum Reden bringen, denn ich werde auch ihr wehtun. An Wright kommst du nicht ran, er ist ein Psychopath und schert sich einen Scheißdreck um dich oder deine Freundin Skye McKenna. Sie ist nichts weiter als eine tote Pussy, und wenn ich hier noch mal vorbeikommen muss, bist du das auch.«

Ich stürzte in die Küche, aber ich war nicht schnell genug. Ich spürte einen harten Kloß im Hals, und trotzdem stieß ich einen erstickten Schrei aus, als ich einen scharfen Schmerz an der Kopfhaut spürte. Am Pferdeschwanz riss Frank mich gegen seine Brust und hielt mir mit der anderen Hand den Mund zu, um mich anschließend mit seinem ganzen Gewicht zu Boden zu drücken. Mein Zorn verlieh mir Kraft, weshalb ich mit aller Gewalt gegen ihn ankämpfte, um mich schlug, mit meinen Fäusten auf ihn einhämmerte und ihm zu entkommen versuchte. Ich rammte ihm den Ellbogen ins Gesicht und hörte sein schmerzerfülltes Grunzen. Sein Griff lockerte sich, woraufhin ich versuchte, über die Bodendielen in Richtung Küche zu robben.

Er umfasste meine Waden und zerrte mich über den Boden wieder zu sich hin. Ich schrie auf, doch mein Hilfeschrei erstarb, als er mich packte und umdrehte, als sei ich leicht wie eine Feder. Dann schlug er mich so hart zu Boden, dass sämtliche Luft aus meinen Lungen entwich. Ich geriet in Panik.

Kramer holte mit der Faust aus und ließ sie in mein Gesicht krachen. Mein Jochbein schien in Flammen aufzugehen, und weiß glühende Funken tanzten vor meinen Augen.

Dann schlug er wieder zu, diesmal auf meinen Mund, und ich spürte, wie meine Lippe aufplatzte.

Vollkommen desorientiert konnte ich nicht schnell genug zurückweichen, als er mich wieder an den Haaren packte, mich hochzog und in den Bauch boxte, wodurch mir erneut die Luft wegblieb.

Keuchend fiel ich auf die Seite. Meine Rippen explodierten, als er so fest er konnte dagegentrat. Noch ein Tritt. Noch einer. Und noch einer.

Schmerz hüllte mich ein, aber ich kämpfte dagegen an, versuchte, wieder in meinen Körper zurückzufinden.

»Hast du jetzt genug?«, fragte er, und seine Stimme klang ganz weit entfernt. »Ich will aber auch nicht zu weit gehen, Kleines. Vielleicht sollte ich dir nur noch deine süße kleine Nase brechen, und dann machen wir Feierabend, hmm?«

Verschwommen versuchte ich, mit dem zuschwellenden Auge abzuschätzen, wie nah er mir war. Dann zog ich die Knie an die Brust, bezwang den Schmerz und rammte ihm mit einem lauten Schrei beide Füße mit aller Macht gegen die Schienbeine. Er taumelte und knallte auf meinen Couchtisch, der unter seinem Gewicht zusammenbrach. Mühsam kam ich auf die Füße und stürmte zur Tür, wobei ich auf den Zeitschriften ausrutschte, die vom Tisch gefallen waren.

Ich hatte sie beinahe erreicht und schluchzte vor Erleichterung auf, als ich plötzlich aufs Parkett stürzte, weil mich jemand am Knöchel gepackt hatte. Brüllend vor Zorn, um Hilfe schreiend, drehte ich mich auf den Rücken und trat wild um mich. Er kniete auf dem Boden, kroch auf mich zu und warf sich auf mich, wobei er mir erneut die Faust ins Gesicht rammte.

Ich kam mir vor wie ein Ball aus geschwollenem, brennendem, pochendem Schmerz. Roh umfasste er mein Kinn, das Feuer der Hölle in den Augen. »Brauchst du noch mehr, du miese kleine Schlampe?« Spucke flog aus seinem schäumenden Mund.

War ich schon in der Hölle?

Und er ein Höllenhund?

Ja. Ich dachte an seine Frau Juanita, von der er besessen war, und dass ihm nicht halb so viel an mir lag wie an ihr. Sie hatte er keinesfalls töten wollen. Aber meinen Tod würde er in Kauf nehmen.

Wo waren meine Nachbarn? Hörte man uns denn nicht?

Ich erkannte, dass mir niemand zu Hilfe eilen würde.

Nein.

Ich hatte doch nicht sechsundzwanzig Jahre lang all diese beschissenen Schicksalsschläge überlebt, nur um mich jetzt von diesem schwanzlosen Schwein umbringen zu lassen!

Ich packte Kramers Kehle, versuchte, ihn zu würgen, vergrub die Nägel in seiner Halsschlagader. Kramer schlug erneut zu, und diesmal traf er meine Schläfe.

Ich verlor das Bewusstsein. Keine Ahnung, wie lange ich ohnmächtig war, aber allzu lang konnte es nicht gewesen sein, denn als ich wieder zu mir kam, war er noch da.

Heftig keuchend saß er rittlings auf mir. Ich sah nur noch Schemen, und das ganze Zimmer drehte sich. Kramer wischte sich die Nase ab und bespuckte mich. Die Flüssigkeit landete auf meiner Wange, genau unter meinem Auge.

Dieses Dreckschwein.

Angewidert wandte ich mich ab. Und in diesem Moment entdeckte ich meine Schlüssel auf dem Boden.

Mein Arm schnellte hervor, ich umklammerte sie, und kaum dass ich spürte, wie er mich aufhalten wollte, schwang ich die Hand mit den Schlüsseln nach oben und fuhr diesem Mistkerl mit ihrer scharfen Kante mit aller Macht durchs Gesicht.

Er schrie auf, presste die Hand auf die Wunde. Ich hievte den Oberkörper hoch, packte brüllend vor Zorn die Schlüssel mit beiden Händen, um sie ihm – mit einer Kraft, von der ich selbst nichts geahnt hatte – seitlich in den Hals zu rammen. Es gab ein seltsames, misstönendes Ploppen, und Kramer rutschte von mir herunter, wobei er die provisorische Waffe umklammerte, die in ihm steckte. Entsetzt und fassungslos starrte er mich an.

Raus, Jane. Steh auf und hau ab! Es war Jamies verzweifelte Stimme, die in meinem Kopf widerhallte.

Ich wollte davontaumeln. Und setzte mich in Bewegung.

Doch ich sah nur noch schwarze Punkte.

Immer mehr und mehr, bis das sternenlose Universum mich in seine dunkle Tiefe herabzog.

Dreiunddreißig

JAMIE

Ich saß im Coffeeshop auf dem Sunset Boulevard in der Nähe meiner Wohnung und brachte beim besten Willen nichts zu Papier. Ich hatte geglaubt, wenn ich mir ein wenig Zeit nähme, meine ganze Frustration in einen neuen Roman steckte, könnte mich das beruhigen.

Doch meine Erregung wollte einfach nicht nachlassen.

In unserer Jugend war ich während einer Auseinandersetzung nie einfach so verschwunden, denn so etwas war mir verhasst, und ich brauchte nur eine geschlagene halbe Stunde, um zu erkennen, dass ich mich auch jetzt nicht einfach so abwenden konnte. Ich würde mich nie konzentrieren können, solange wir unseren Streit nicht beigelegt hatten.

Sie musste erkennen, dass ich nicht von Foster Steadman ablassen konnte, und *ich* musste wissen, was das für unsere Beziehung zukünftig bedeutete.

Auch wenn das bedeutete, dass Jane mich diesmal endgültig verlassen würde.

Ich klappte mein Notebook zu, räumte meine Sachen weg und verließ den Coffeeshop. Mein Wagen stand gleich um die Ecke, trotzdem joggte ich, um hinzugelangen. Die Fahrt zu unserer Wohnanlage dauerte glücklicherweise nur fünf Minuten.

Ich war mehr als nur ein bisschen nervös, als ich das Gebäude betrat. Unsere Beziehung war noch so zerbrechlich. Keine Ahnung, wann ich endlich aufhören würde zu befürchten, dass alles wieder in die Brüche ging. Hoffentlich würde es mit der Zeit leichter zwischen uns werden.

Als ich mich unserem Stockwerk näherte, hörte ich Stimmen. Eilig lief ich die Stufen hinauf. Beunruhigt stellte ich fest, dass Janes Tür einen Spalt offen stand, stürmte hinein und blieb wie angewurzelt stehen.

Die Wohnung war ein einziges Chaos.

Die Gebäudemanagerin, Ivy Martin, kniete neben der auf dem Boden liegenden Jane.

Furcht explodierte in meinem Innern, als ich Janes blutüberströmtes geschwollenes Gesicht und ihre bewusstlose Gestalt sah. Ich taumelte auf sie zu.

Was zum Teufel war hier geschehen?

Ein Stöhnen ließ mich zum Sofa hinüberblicken. Dort lehnte Frank fucking Kramer, der mit blutverschmierten Händen seinen Hals umklammerte.

Plötzlich fühlte sich mein ganzer Körper an, als habe man ihn in einen Topf mit flüssiger Lava getaucht.

Ich ließ mich neben Jane auf die Knie sinken. Was hatte er getan? Ich bekam kaum noch Luft. Streckte die zitternden Hände nach ihr aus. »Jane?«

»Jane?«, fragte Ivy.

Ich ignorierte sie. »Jane, Baby, wach auf!«

Keine Reaktion.

»Margot lebt. Sie ist nur bewusstlos«, setzte Ivy mich ins Bild.

Ich hielt ihr die Finger an den Puls. Ihr Herz schlug stark und gleichmäßig. »Großer Gott.«

Dann sah ich Ivy wieder an und blinzelte überrascht, als ich merkte, dass sie Kramer mit einer Waffe in Schach hielt.

»Der Krankenwagen ist auf dem Weg. Ich habe oben gearbeitet, als ich plötzlich einen Knall und Margot um Hilfe rufen hörte.«

Bei der Vorstellung, dass sie allein mit diesem verfluchten Irren gewesen war, gefror mir das Blut in den Adern. Kramer. Vermutlich war er dahintergekommen, was wir vorhatten, und hatte Jane bedroht.

FUCK!

»Hab mir schnell meine Waffe geholt, weil ich dachte, dass ich die vielleicht brauchen könnte. Bekam fast einen Herzinfarkt, als ich sie wieder schreien hörte. Musste die Tür eintreten, weil die Kette vorgelegt war. Margot lag bewusstlos da, und dieses Dreckschwein ...« – mit einem Kopfnicken deutete sie auf Kramer – »... kroch über den Boden und versuchte zu entkommen, obwohl sie ihm ein paar Schlüssel in den Hals gerammt hatte.«

»Schlüssel«, murmelte ich und beobachtete, wie Janes Brust sich langsam hob und senkte.

»Ja. Sie hat gekämpft wie eine Löwin. Mannomann, hat die sich gewehrt. Wissen Sie, wie viel Kraft erforderlich ist, um einem Kerl ein paar Schlüssel in den Hals zu rammen? Aber er hat sie trotzdem zusammengeschlagen.«

Und plötzlich rastete ich aus.

Ich stürzte mich auf Kramer, fest entschlossen, dem Arschloch den Rest zu geben. Aber mit überraschender Kraft packte mich die Managerin mit einer Hand am Kragen und zerrte mich so gewaltsam zurück, dass ich auf dem Hintern landete.

Ungläubig und wütend starrte ich sie an, hätte mich beinahe auch auf sie gestürzt, ob sie nun eine Waffe in der Hand hatte oder nicht. Sie aber legte nur den Kopf schief und sagte: »Die Polizei ist auf dem Weg. Klingt, als kämen sie gerade die verdammte Treppe rauf.«

Und kaum hatte sie das gesagt, stürmten die Cops auch schon in die Wohnung.

✳✳✳

Jane würde sich wieder erholen.

Das hatte der Arzt in der Notaufnahme Asher und mir versichert. Anscheinend war Asher ihr Notfallkontakt, weshalb man ihn alarmiert hatte, als man sie ins Krankenhaus gebracht hatte.

Noch nie war ich so erleichtert gewesen, jemanden aufwachen

zu sehen, wie in dem Moment, als die Sanitäter in ihre Wohnung eilten und Janes Lider sich flatternd öffneten.

Nachdem der Arzt uns ihre Verletzungen geschildert hatte, erlaubte er uns, Jane zu besuchen. Wegen einer Gehirnerschütterung wollte man sie über Nacht zur Beobachtung im Krankenhaus behalten.

»Gehirnerschütterung«, murmelte ich, während Asher und ich uns dem Krankenzimmer näherten.

»Was?« Asher blieb stehen. Er wirkte erschüttert. Bleich. Anscheinend empfand der Kerl ja tatsächlich etwas für Jane.

»Gehirnerschütterung«, wiederholte ich. »Durch einen Schlag gegen die Schläfe. Rippenfrakturen durch die Tritte dieses Mistkerls. Diverse Platzwunden und Schwellungen im Gesicht durch seine Schläge.«

»Jamie …«

»Ich habe sie dieser Gefahr ausgesetzt.« Es fühlte sich an, als hätte ich Glasscherben in der Kehle. »Das alles ist meine Schuld.«

»Ich bin zwar nicht glücklich darüber, dass Sie sie da hineingezogen haben, trotzdem ist niemand anderes Schuld als mein Vater und Kramer.« Sein Handy meldete sich mit einem Piepton. Asher runzelte die Stirn, kramte es aus der Tasche, und plötzlich wirkte seine Miene angespannt. »Da muss ich drangehen. Dauert nur ein paar Minuten.«

Er ließ mich vor der Tür zu Janes Zimmer stehen. Doch ich zögerte, den Raum zu betreten.

Immer wieder rutschte mir ihr richtiger Name heraus, und ich erzählte jedem, der fragte, dass sie Jane hieß.

Egal.

Ich sollte ihre Wohnung aufräumen und putzen, damit es dort nicht so schrecklich aussah, wenn sie morgen früh wieder nach Hause kam.

Moment mal, nein. Ivy hatte mir versichert, dass sie sich darum kümmert.

Die Polizei hatte sich wegen der Waffe nicht gerade begeistert gezeigt, aber Ivy hatte ihnen ihren Waffenschein vorgelegt, wonach sie sie in Ruhe gelassen hatten. Kramer würde nach der Entlassung aus dem Krankenhaus verhaftet werden. Diese Ratte hatte trotz Janes Bemühungen überlebt. Die Cops wollten Jane erst später verhören, brauchten aber bald eine Aussage.

Was zum Teufel sollte sie sagen?

Na ja, wissen Sie, dieser Wichser mit den Schlüsseln im Hals hat mir ein Verbrechen angehängt, das ich nicht begangen hatte. Jahre später bin ich zurückgekehrt, um mich zu rächen; er ist dahintergekommen und hat es an meiner Freundin ausgelassen.

Ja, genau. Klang überhaupt nicht weit hergeholt.

Zittrig holte ich Luft, stieß die Tür auf und trat auf Zehenspitzen ein. Sie hatte das Zimmer ganz für sich. Ich hatte dafür bezahlt, damit sie sich den Platz nicht mit mehreren Fremden teilen musste. Das wäre Jane verhasst gewesen.

Ich stockte, als ich sie dort mit geschlossenen Lidern auf dem Bett liegen sah. Ein Auge war auf die doppelte Größe angeschwollen. In wütendem Dunkellila und Rot leuchtete es mir entgegen.

Die Platzwunde an ihrer Unterlippe hatte man gesäubert.

Ihr Jochbein wies eine massive Prellung auf, außerdem hatte man ihre Haut an einigen Stellen nähen müssen.

Bei der Vorstellung, was sie durchgemacht hatte, bekam ich weiche Knie. Ich ging zum Fußende des Bettes und umfing das Bettende. Dann senkte ich den Kopf und versuchte, mich zusammenzureißen. Sie war am Leben. Das war alles, was zählte.

Wirklich?

Denn die Frau, die ich liebte, war meinetwegen krankenhausreif geschlagen worden.

»Jamie?«, krächzte es, und ich hob den Kopf.

Jane konnte nur ein Auge öffnen. Ich richtete mich auf, schlug mir mit der Hand vor den Mund und blickte zur Decke in dem Versuch, mich zusammenzureißen.

»Jamie, komm her.«

Ich hatte es nicht mal verdient, überhaupt in ihrer Nähe zu sein, aber ich ging trotzdem zu ihr. Dann ergriff ich ihre ausgestreckte Hand, zog den Stuhl neben dem Bett näher heran und küsste ihren Handrücken, während ich Platz nahm. Ihre Finger kitzelten meine Wange, streichelten meine Bartstoppeln.

Ich bekam keinen Ton heraus.

Es gab zu viel zu sagen.

»Das wird schon wieder.« Ihre Stimme klang heiser, als hätte sie ziemlich lange herumgeschrien. *Bekam fast einen Herzinfarkt, als ich sie wieder schreien hörte.*

Großer Gott. Ich schloss die Augen.

»Jamie, ich werde wieder gesund.«

Ich zwang mich, sie anzusehen.

»Die Prellungen und Schwellungen werden abheilen. Und wundersamerweise hat er mir ja nicht die Nase gebrochen. Juchu.« Sie versuchte zu lächeln, zuckte dann aber wegen der Platzwunde an der Lippe zusammen.

»Dafür wird er bezahlen, Jane.«

»Das will ich gar nicht.« Sie drückte meine Hand.

»Nun ja«, erklang nun laut und deutlich Ashers Stimme. »Er wird es trotzdem tun.«

Ich wandte den Kopf und beobachtete, wie er vor dem Bett stehen blieb. Beim Anblick von Janes Gesicht verdüsterte sich seine Miene vor Zorn.

»Jamie hat recht, Jane. Kramer wird dafür bezahlen.«

»Nicht du auch noch, Asher.«

»Nicht wie du denkst.« Er umrundete das Bett und setzte sich auf den Stuhl auf der anderen Seite. »Ich habe gerade mit meiner Kontaktperson beim FBI gesprochen.« Asher sah von mir zu Jane. Ich straffte die Schultern und umklammerte Janes Hand bei der Erwähnung dieser Behörde wahrscheinlich zu fest. »Sie haben meinen Vater am Abend verhaftet, und Kramer wird gleich nach seiner Entlassung aus dem Krankenhaus in Gewahrsam genommen.«

»Wie bitte?«, hauchte Jane.

Ja, wie bitte?

Das Blut rauschte in meinen Ohren.

Asher warf Jane einen bedauernden Blick zu. »Ich habe schon mit dem FBI zusammengearbeitet, bevor wir uns kennengelernt haben, schon ein paar Wochen vorher sogar. Sie ermitteln in zwei Fällen gegen Foster, und ich habe ihnen in beiden geholfen. Das Kapital für Steadman Productions stammt von einer kriminellen Vereinigung, einer Organisation, in der Foster eine aktive Rolle spielt. Er schwimmt schon seit Jahren in der Scheiße. Außerdem haben sie mit einigen der Opfer meines Vaters zusammengearbeitet, um ihn wegen sexueller Gewalt anklagen zu können.«

Fuck.

Jane krallte die Nägel in meinen Arm und sah mich erstaunt an. »Jamie.«

»Was bedeutet das?«, fragte ich und versuchte, äußerlich cooler zu wirken, als ich mich fühlte.

»Es bedeutet, dass Sie mit dem FBI reden müssen.« Er lächelte entschuldigend. »Ich weiß, dass Sie nicht allzu viel Vertrauen in das Justizwesen unseres Staates haben, aber ich habe ihnen alles gesagt, was ich über Ihren Fall wusste. Nachdem Kramer nun Jane angegriffen hat, wollen sie Skyes Geschichte hören und erfahren, was Foster Ihnen angetan hat. Aber machen Sie sich nicht zu viele Hoffnungen auf Rehabilitation, denn man wird die Kassiererin, die damals angeschossen wurde, ebenfalls zur Aussage bewegen müssen, um Ihre Vorstrafe wegen bewaffneten Raubüberfalls löschen zu können.

Aber was auch geschieht, Foster hat eine lange Gefängnisstrafe vor sich. Egal, wie der Prozess letztlich endet, mein Vater wird alles verlieren.« Seine Augen funkelten befriedigt. »Seine Firma, seinen Ruf. Die Welt wird erfahren, was für ein gefährliches Raubtier er ist, Jamie. Es tut mir leid, dass Skye das nicht auch noch erleben kann, aber trotzdem wird sie Gerechtigkeit bekommen.«

Ein Schluchzen aus dem Bett ließ mich zu Jane hinüberschauen.

»Das war es, was ich dir nicht erzählen konnte, Jane.« Asher griff nach ihrer anderen Hand. »Deshalb musste ich dich durch ein paar Lügen aus der ganzen Sache heraushalten. Wir konnten nicht riskieren, dass du uns dazwischengrätschst. Ich hoffe, du verstehst das.«

Sie nickte unter Tränen und sah mich an.

Ich war wie betäubt.

Eigentlich hatte ich erwartet, in einem solchen Moment etwas wie Euphorie oder Hoffnung zu empfinden ... oder sonst irgendetwas.

Aber ich fühlte nichts.

Alles, worauf ich mich seit meiner Entlassung aus dem Gefängnis konzentriert hatte, war mir plötzlich aus den Händen gerissen worden.

Und Jane ...

Tief im Innern wusste ich, dass sie etwas Besseres verdient hatte als mich. Sie hatte jemanden verdient, der sie nicht wegen seiner eigenen verdammten Vendetta in Gefahr brachte.

Diese Erkenntnis tat so weh, dass ich mich innerlich abkapselte. Um nichts zu fühlen.

Und deshalb war ich letztlich nur eins.

Taub.

Vierunddreißig

JANE

Mir war klar, dass irgendetwas faul war, als Jamie am darauffolgenden Tag nicht im Krankenhaus auftauchte, um mich abzuholen. Anscheinend hatte er Asher darum gebeten, das zu übernehmen.

Mir graute vor Angst.

Der Schmerz in meinem Gesicht hatte nachgelassen, dafür taten meine Rippen umso mehr weh. Jedes Mal, wenn Asher um eine Ecke bog, musste ich mir ein frustriertes Stöhnen verkneifen. Asher hatte mir eine Sonnenbrille mitgebracht, sodass ich nicht herumlaufen musste wie jemand, der zehn Runden mit Tyson Fury hinter sich hatte. Trotzdem war ich offen gestanden froh, wieder aus dem Krankenhaus raus zu sein. Besonders nachdem auch noch die Polizei aufgekreuzt war, um mich zu Kramers Angriff zu verhören.

Den Überfall im Geiste noch einmal zu durchleben war kein Spaß, und obwohl Asher bei mir war, nahm ich es Jamie übel, dass er mir nicht ebenfalls zur Seite stand.

»Vermutlich wird dieser Fall ab sofort in den Zuständigkeitsbereich des FBI fallen, denn er steht im Zusammenhang mit einem von Foster begangenen Kapitalverbrechen. Stell dich also auf weitere Verhöre ein«, warnte Asher mich im Auto auf dem Weg zu meiner Wohnung vor.

»Warum ist Jamie nicht gekommen?«, fragte ich.

»Hat er nicht gesagt.«

Eine Viertelstunde später betraten wir meine Wohnung, und

ich holte tief Luft, denn sofort stürmten die Bilder des gestrigen Überfalls auf mich ein.

Nein. Ich würde jetzt keine Angst vor dieser Wohnung bekommen. Das würde ich nicht zulassen. Ich durfte es nicht.

Es war leicht, mir das vorzunehmen.

Es auch so zu empfinden war erheblich schwieriger.

Ich sah mich um und bemerkte, dass sowohl die Tür als auch der Tisch repariert worden waren.

»Ivy.« Asher hatte meinen Blick bemerkt. »Sie hat ganz schön Mumm.«

»Ich muss mich bei ihr bedanken.« Gestern Abend hatte mir Jamie erzählt, wie Ivy mir zu Hilfe geeilt war und Kramer an der Flucht gehindert hatte.

»Dafür ist später noch Zeit. Warum machst du es dir nicht erst einmal gemütlich?«

Mein Blick fiel auf einen riesigen Blumenstrauß – wunderschöne, teure weiße Rosen und blassrosa Pfingstrosen. »Von wem?« Ich ging zu dem Couchtisch hinüber und zog die Karte aus dem Bouquet. Wahrscheinlich hatte Ivy ihn dort für mich hingestellt.

Margot, es tut uns so leid, was passiert ist. Wir denken an dich und hoffen, dass du bald wieder gesund wirst. Sandy, Joe, Vale und das Team bei Chimera

»Das Produktionsteam.« Ich sah mich zu Asher um und fragte mich, wie sie von dem Überfall erfahren hatten.

»Ah. Ich habe dort für dich angerufen und dich entschuldigt. Du hast hoffentlich nichts dagegen.«

Die Vorstellung, mich bei meiner Rückkehr an den Arbeitsplatz Fragen zu dem Überfall stellen zu müssen, verursachte mir leichte Übelkeit. Andererseits hatte Asher mir vermutlich den Job gerettet. »Nein. Danke.« Ich streichelte die rosa Blütenblätter. »War nett von ihnen, mir die zu schicken.«

»Du liegst mehr Menschen am Herzen, als du glaubst, Jane.«

Keine Ahnung, wieso. Schließlich fiel es mir schwer, andere an mich heranzulassen. »Asher?«

»Ja.«

»Verzeihst du mir?«

Er machte einen behutsamen Schritt auf mich zu. »Was denn, Süße?«

»Weil ich vorläufig nichts mehr mit dir zu tun haben wollte, nachdem ich entdeckt hatte, dass du mich bewusst daran gehindert hattest, Beweise gegen Foster zu sammeln.«

Asher seufzte. »Du bist ziemlich häufig verletzt worden. Und ich habe gelogen. Aber das liegt jetzt hinter uns, ja?«

»Du hast Gefahren auf dich genommen und niemanden gehabt, mit dem du über deine belastende Situation hättest reden können. Ich bewundere dich. Danke, Asher. Du bist einer der mutigsten Menschen, die ich kenne.«

Seine Augen schimmerten verdächtig, als er das Zimmer durchquerte, um mich in den Arm zu nehmen. Behutsam.

»Wenn du darüber reden musst«, flüsterte ich, »bin ich für dich da.«

»Eines Tages nehme ich dich vielleicht beim Wort. Aber jetzt brauchst du erst einmal Schlaf.«

Ich schüttelte den Kopf, als wir uns voneinander lösten. »Ich will Jamie sehen.«

Seine Anwesenheit auf der gegenüberliegenden Seite des Treppenhauses ging mir nicht aus dem Sinn. Ich war so auf ihn fixiert, so darauf versessen, ihn zu sehen, dass ich meine Kopfschmerzen ebenso wie mein Schlafbedürfnis noch eine Weile länger ignorieren konnte.

Doch als ich an Jamies Tür klopfte, reagierte niemand. Ich klopfte lauter. Rief seinen Namen. Keine Antwort. Also kehrte ich zu mir zurück und kramte meinen Ersatzschlüssel zu seiner Wohnung aus der Küchenschublade.

»Jane, was machst du denn da?«, fragte Asher und folgte mir durchs Treppenhaus.

»Er hat mir den Schlüssel schließlich aus einem bestimmten

Grund gegeben.« Ich schloss auf und blieb sofort wie angewurzelt stehen.

Neben der Tür stapelten sich seine Umzugskartons, allesamt ordentlich zugeklebt.

Neben einem Koffer und dem Punchingball, den er ohne Sheilas Erlaubnis in ihrem Schlafzimmer aufgehängt hatte.

Mir sank das Herz.

»Das muss nichts zu bedeuten haben.« Asher stand dicht hinter mir.

Jeder Schritt verursachte mir höllische Schmerzen in den Rippen, und ich war erschöpft. Eigentlich wollte ich mich nur noch ins Bett legen und zehn Jahre lang schlafen. Aber das ließ mein Adrenalinspiegel nicht zu. Aufgewühlt sah ich mich um. Auf seinem Schreibtisch entdeckte ich seinen Laptop, weshalb ich das Zimmer durchquerte und die Papiere fixierte, die zusammengefaltet danebenlagen.

Ohne darauf zu achten, dass ich seine Privatsphäre verletzte, faltete ich die Blätter auseinander. Zuoberst lag der Mietvertrag für den Porsche, und darunter …

Der Brief fiel mir aus der Hand, und ich taumelte fassungslos zurück.

»Jane?«, drang Ashers Stimme wie aus der Ferne an mein Ohr.

»Jane, was ist los?«

Ich blinzelte, sah blicklos aus dem Fenster.

Die Quittung für ein Flugticket.

Nach Boston.

»Jane?« Hände legten sich fest auf meine Schultern, und ich zuckte vor Schmerz zusammen.

»Shit, sorry.« Erschrocken hielt Asher die Hände in die Höhe. »Ich wollte dir nicht wehtun.«

Ich bemühte mich um eine gleichmäßige Atmung. »Nein, schon gut. Mir tut es leid.«

»Was tut dir leid?«

»Ich bin nicht …« Ich legte die Hand an die Stirn. Mein Kopf pochte. Und mir war übel.

Lag das an der Gehirnerschütterung oder der Erkenntnis, dass Jamie McKenna mich verlassen wollte?

»Wir sollten dich ins Bett bringen.«

Ich schüttelte den Kopf. »Erst eine Paracetamol … und dann musst du mich noch wohin fahren.«

***

Zuerst vermutete ich Jamie beim Autoverleih, um den Porsche zurückzugeben, aber Fehlanzeige. Auch in seinem Lieblingscoffeeshop war er nicht zu finden. Eine Weile saß ich in Ashers Auto und überlegte panisch, dass ich vielleicht besser in der Wohnung hätte bleiben und auf Jamies Heimkehr hätte warten sollen. Dass ich ihn durch mein stümperhaftes Detektivspiel nur verpasst hatte.

Doch plötzlich kam mir eine Idee, die sich nicht abschütteln ließ, und schon bald dirigierte ich Asher zu einem Haus in einer ruhigen Vorstadtstraße in Glendale. Ein Haus mit einer rückwärtigen Veranda, von der aus man die Verdugo Mountains sehen konnte und das meine besten und schlimmsten Erinnerungen beherbergte.

Irgendwie war ich nicht mal überrascht, als ich Jamies Porsche davor entdeckte. Er selbst saß auf dem Fahrersitz und starrte das Haus an.

Schließlich hatte ich es schon vor langer Zeit aufgegeben, das kosmische Band zwischen uns ergründen zu wollen.

»Kannst du auf mich warten?«, fragte ich meinen Freund.

»Natürlich.«

Tief Luft holend, stieg ich aus dem Wagen und überquerte in erbärmlich langsamem Tempo die Straße.

Jamie schrak zusammen, als ich die Beifahrertür öffnete und mich mühsam wie eine Achtzigjährige auf den Sitz gleiten ließ. Mit ausdrucksloser Miene sah er mich an. Mir wurde beklommen zumute.

»Woher wusstest du, wo du mich findest?«

»Keine Ahnung«, antwortete ich. »Nachdem ich die Quittung für das Flugzeugticket gefunden hatte, habe ich vermutet, dass du herkommen würdest, um dich ein letztes Mal zu verabschieden.«

Als er keine Antwort gab, siegte mein Zorn über meine Angst.

»Wolltest du dich noch von mir verabschieden?«

Jamie warf mir einen dumpfen Blick zu. »Was hätte das für einen Zweck gehabt?«

Mein Herz brach mittendurch entzwei, was schmerzhafter war als alles, was Frank Kramer mir angetan hatte. »Du liebst mich gar nicht.«

Wie aus dem Nichts schien sein Kummer jede Leere zu vertreiben. »Dich lieben«, zischte er. »Meine Liebe zu dir ist so verdammt groß, dass ich den Gedanken an das, was dir zugestoßen ist, einfach nicht ertrage. Oder die Tatsache, dass ich dich erst in diese Lage gebracht habe. Du bist meinetwegen windelweich geprügelt worden, Jane, nicht nur körperlich. Ich habe dir so wahnsinnig wehgetan. Ich habe dich beinahe kaputt gemacht.« Ungläubig schüttelte er den Kopf. »Warum solltest du überhaupt noch mit mir zusammen sein wollen?«

»Jamie.« Ich streckte die Hand nach ihm aus, aber er zuckte zurück. »Jamie.« Mein Ton wurde schärfer. »Dich trifft keine Schuld an dem, was gestern passiert ist, und du schreibst dir die Ursache fälschlich zu. Kramer und Steadman waren mir auf den Fersen, seit ich mich mit Asher angefreundet hatte. Wir hatten einfach nur Glück, dass sie mich nie mit dir gesehen haben, sonst hätte es für uns viel schlimmer enden können. Insbesondere, da wir nun wissen, dass Foster Verbindungen zur Mafia unterhält. Und die Verbitterung zwischen uns geht ausschließlich auf Lornas Konto. Ich dachte, das hätten wir geklärt. Wenn du also nur wegen eines schlechten Gewissens davonläufst, dann lass es. Das ist völlig unangebracht.«

»Das ist es nicht allein.« Jamie fuhr sich mit der Hand durchs Haar und stützte den Ellbogen auf dem Lenkrad ab, während er zum Haus hinübersah. »Ich komme mir so verdammt verloren vor, Jane. So verloren … Mir war überhaupt nicht klar gewesen, wie sehr ich mich in diese ganze Sache verrannt hatte, bis Asher uns mitgeteilt hat, dass man sich um Steadman kümmern würde. Ich weiß jetzt, dass das, was mich seit meiner Entlassung aus dem Gefängnis angetrieben hat, meine Entschlossenheit war, es allen heimzuzahlen. Aber diese Möglichkeit habe ich nicht mehr. Es entzieht sich meiner Kontrolle.« Wütend funkelte er mich an. »Was bleibt jetzt noch von mir? Wer bin ich überhaupt?«

»Du bist Jamie«, antwortete ich, doch plötzlich hatte ich keine Angst mehr um ihn. Ich wusste, dass er wieder zu sich selbst zurückfinden würde. Sein Beruf als Schriftsteller gab ihm jetzt schon einen Lebenssinn. »Künstlername Griffin Stone. Der Mann, den ich liebe, und ein talentierter Autor.« Ich wandte mich ihm zu, und die Bewegung ließ mich abermals zusammen-zucken. »Damit will ich nicht behaupten, dass es leicht wird oder wir nicht noch jede Menge Arbeit vor uns haben. Aber ich glaube fest daran, dass wir alles schaffen können, solange wir nur zusammen sind.«

Er schwieg einen Moment lang und schien über meine Worte nachzudenken.

Törichte Hoffnung stieg in mir empor.

Eine Hoffnung, die Jamie zerstörte, als er mich ansah und ant-wortete: »Ich werde dir das Leben nicht noch mehr vermasseln, als ich es bereits getan habe.«

Einen Moment lang wusste ich nicht, ob ich mich wütend, un-tröstlich, verständnisvoll oder völlig geschlagen fühlen sollte.

Doch dann erkannte ich, dass ich all das gleichzeitig sein würde.

Aber ich würde es überleben.

»Ich liebe dich«, sagte ich zu ihm. »Ich habe dich mein halbes Leben lang geliebt. Und ich werde niemals aufhören, dich zu lie-ben.« Unsere Blicke trafen sich und hielten einander fest, seiner dunkel vor Schmerz, meiner akzeptierend. »Aber ich kann nicht so weitermachen. Ich weiß, wie es ist, ohne dich zu leben. Es ist, wie Tag für Tag mit einem Loch im Herzen durch die Gegend zu laufen.« Tränen rannen mir die Wangen hinab, doch ich hielt an meinem Entschluss fest. »Aber ich habe dich überlebt, Jamie. Ich habe dich damals überlebt und werde es jetzt wieder tun. Und weißt du auch, warum? Weil ich daran glaube, dass eines Tages jemand meinen Weg kreuzen wird, der mich so sehr liebt, dass er sich niemals vorstellen könnte, mich zu verlassen.«

Jamie biss die Zähne aufeinander und wandte hastig den Blick ab.

»Ich muss nur meinen Frieden mit der Tatsache schließen, dass du dieser Mann nicht sein wirst.«

Ich wischte mir die Tränen ab, fasste nach dem Türgriff und zog daran. »Ich hoffe, dass du dich irgendwann selbst findest. Wirklich.« Ich unterdrückte ein Schluchzen. »Leb wohl.«

Auf dem Rückweg sah ich Ashers besorgte Miene und verzog schmerzerfüllt das Gesicht.

Ich hatte das Gefühl, nicht mehr atmen zu können.

Taumelnd blieb ich stehen und schnappte nach Luft, schlang die Arme um meinen Oberkörper und vergoss stumme, schmerzhafte Tränen. Gerade erst hatte ich Jamie zurückbekommen, und nun hatte ich ihn schon wieder verloren. So mutig ich im Auto vielleicht noch geklungen hatte, ich wollte niemand anderen kennenlernen, der mich liebte. Ich wollte nur ihn. Warum konnte er das nicht zulassen?

Starke Arme umfingen mich, und ich lehnte mich an Asher.

Dann nahm ich den Duft wahr.

Es war gar nicht Asher.

»Nicht weinen, Doe«, raunte mir Jamie beschwörend ins Ohr. »Es tut mir leid, Baby, nicht weinen. Verzeih mir, weil ich dir das alles immer so verdammt schwer mache.«

Zorn, Erleichterung und Furcht durchfluteten mich gleichermaßen, und ich klammerte mich an ihn, krallte die Finger in sein Shirt und atmete seinen Duft ein.

»Ich bin dermaßen verkorkst.« Er drückte mich fester, und meine geschundenen Rippen protestierten, aber ich wollte ihn trotzdem nicht loslassen. »Mich zu lieben wird nicht im Entferntesten so leicht sein, wie es für mich ist, dich zu lieben. Das hast du doch verstanden, oder?«

Ich hob den Kopf, und zärtlich wischte er mir über die Wangen, wobei er versuchte, die geschwollenen, geprellten oder genähten Stellen zu meiden. »Es mag nicht besonders leicht sein, aber wir machen das schon irgendwie.«

»Ich bin ein egoistischer Mistkerl, der es einfach nicht fertigbringt, dich zu verlassen. In der Sekunde, in der du Lebwohl gesagt hast, wusste ich, dass ich es nicht schaffen würde. Ich will nicht ohne dich überleben, Jane.« Er beugte den Kopf zu mir herab, und seine Augen loderten vor Liebe. »Bist du es nicht auch leid, immer nur bloß zu überleben?«

Ich nickte und umfasste seine Handgelenke. »Ich wäre dafür, dass wir so langsam mal zu leben anfangen.«

Seine Antwort war ein behutsamer, liebevoller Kuss. Dann hob er den Kopf, legte mir den Arm um die Schultern und zog mich neben sich.

Asher winkte uns zu und schenkte mir ein erleichtertes Lächeln. Dann ließ er den Motor an und fädelte sich in den Verkehr ein. Jamie führte mich zum Porsche zurück, und wir blieben beide stehen, um noch einmal am Haus emporzublicken.

»Lass uns stattdessen anfangen zu leben«, wiederholte er und sah mich an. »Aber nicht in Los Angeles.«

Ich schenkte ihm ein verhaltenes Lächeln und erinnerte mich an die Pläne aus unserer Jugend. Damals hatten wir uns ein ruhiges Plätzchen suchen wollen, wo er schreiben und ich malen konnte. Trotz der Hölle, die wir in den letzten vierundzwanzig Stunden durchlebt hatten, spürte ich, wie Glückseligkeit mich durchrieselte und meine Haut kribbelnd zum Leben erwachte, als sei sie von der Sonne geküsst worden. So hatte ich mich schon sehr lange nicht mehr gefühlt.

»Ich gehe überall mit dir hin, Jamie McKenna.«

Epilog

JANE

Colorado
Fünf Jahre später

Von der Veranda aus drang Musik der Achtzigerjahre in das Haus am See. Jamie schrieb die Anmerkungen zu den einzelnen Kapiteln gern mit der Hand, während er draußen Radio hörte.

Während die markante Stimme von Phil Collins im Hintergrund erklang, trank ich einen Schluck meines Eistees und blätterte eine Seite in dem Science-Fiction-Roman um, den Asher mir empfohlen hatte. Momentan wurde ich sehr schnell müde, und das zweite Schlafzimmer, das bislang mein Künstleratelier gewesen war, würde bald ausgeräumt sein.

Jamie hatte einen Bauunternehmer damit beauftragt, mir ein separates Studio zu errichten, aber heute war Sonntag, sodass keinerlei Baulärm den Frieden unserer Behausung störte. Wann immer wir konnten, genossen wir unseren Aufenthalt hier, denn in einem Monat würden wir nach Portland zurückkehren. Wir teilten unsere Zeit auf zwischen der entspannten, kreativen, genau zu uns passenden Stadt und diesem kleinen Stück Himmel in der Nähe des Rio Grande River in Colorado.

Normalerweise verbrachten wir den ganzen Sommer in Colorado, aber da ich im sechsten Monat schwanger mit unserem ersten Kind war, wollten wir der Stadt etwas näher sein.

Ich streichelte meinen Bauch, und meine Gedanken schweiften ab, wie sie das in letzter Zeit häufig taten. Dabei sah ich zu den Glasschiebetüren hinaus, die auf die Veranda führten, sodass man auch von hier aus einen spektakulären Ausblick auf den See hatte. Bäume säumten unser Stück Land, und der See funkelte wie Glas in der Nachmittagssonne. Ich konnte Jamies Hinterkopf erkennen, der draußen auf seinem Stuhl saß und sich den Figuren überließ, die momentan seine Fantasie bevölkerten.

Manchmal konnte ich es kaum fassen, wie weit wir gekommen waren. Dass die sieben Jahre, die uns so stark geformt hatten, uns jetzt häufig vorkamen, als gehörten sie zu einem anderen Leben. Ich wusste, dass es Jamie nicht ganz so ging wie mir. Seine Jahre im Gefängnis waren voller Erinnerungen, die ihm für immer erhalten bleiben würden. Und auch ich hatte ein paar Erinnerungen, die mich so leicht nicht loslassen würden.

Doch wenn mir vor fünf Jahren jemand erzählt hätte, dass Jamie und ich irgendwann das Leben haben würden, nach dem wir uns gesehnt hatten, hätte ich ihm nie geglaubt. Hin und wieder hatte ich einen schlechten Tag, an dem ich nur auf die nächste Hiobsbotschaft wartete, aber Jamie pflegte meine Sorgen durch seine Küsse zu verscheuchen. Er erinnerte mich stets daran, dass wir etwas besaßen, nach dem sich Menschen auf der ganzen Welt sehnten, ohne es jemals zu finden. Dass all das Schlimme, das uns widerfahren war, durch unsere Liebe ausgeglichen wurde.

Die Therapie hatte uns beiden weitergeholfen, und obwohl wir beide diesen Schritt nur widerstrebend gegangen waren, gehörte dies zu den besten Entscheidungen, die wir je getroffen hatten. Bislang hatten wir uns immer nur einander geöffnet – niemandem sonst. Es war nicht leicht, sich einem Fremden anzuvertrauen, aber um unserer Beziehung willen wussten wir, dass wir uns – jeder für sich – unseren Problemen stellen mussten, um als Paar stärker zu werden.

Damals hatte es durchaus ein paar schlimme Tage gegeben. Insbesondere, da noch vieles andere auf uns einstürmte.

Den Entschluss, einen Therapeuten aufzusuchen, fassten wir nicht lang nach Kramers Überfall, denn in dieser Zeit konnten wir Los Angeles noch nicht verlassen. Immerhin waren wir wichtige Zeugen in diversen Prozessen gegen Foster Steadman und Frank Kramer.

Erst etwa acht Monate später hatten wir aus L. A. wegziehen können. Ich hatte Portland vorgeschlagen, nachdem ich dort an einem Film mitgewirkt hatte. Die Atmosphäre der Stadt gefiel mir. Die Menschen waren freundlich, das Essen fantastisch, und man wusste Individualität und Kreativität zu schätzen. Hier lebten jede Menge Hipster, Veganer und Leute, die Hühner im eigenen Garten hielten, weshalb sich die Stadt genau richtig anfühlte. Überdies stammte ich zwar aus Kalifornien, hatte aber dennoch etwas für Regen übrig.

Nur einen Monat nachdem wir in ein Haus im Northwest District gezogen waren, machte Jamie mir einen Heiratsantrag. Wir heirateten in einer kleinen Zeremonie, nur mit Asher und Irwin Alderidge als Trauzeugen. Alderidge war ein interessanter Typ. Ich wusste nicht so genau, ob es mir gefiel, dass ein rücksichtsloser CEO so eng mit meinem Mann befreundet war, aber immerhin hatte dieser Mann Jamie das Leben gerettet, weshalb ich diese Freundschaft wohl kaum missbilligen konnte. Außerdem lag ihm mein Mann offensichtlich am Herzen.

Mein Mann.

Ich liebkoste den Platinring und den mit Citrin und Diamanten besetzten Verlobungsring an meinem Finger.

Ich hatte eine Weile gebraucht, um mich daran zu gewöhnen. Als ich nach der Hochzeit Jamies Nachnamen annahm, kehrte ich auch wieder zu Jane zurück.

Jetzt war ich also Jane McKenna.

Das Leben in Portland war genau das, was wir brauchten. Während Jamies Erfolg als Autor nach seinem zweiten Megabestseller *Doe* durch die Decke ging (es handelte sich um eine Liebesgeschichte und keineswegs um eine persönliche Abrechnung) und *Brent 29* verfilmt wurde, arbeitete ich an meiner Karriere als Künstlerin. Auch das war ein steiniger Weg. Aber es war das Leben, das wir uns immer vorgestellt hatten.

Die einzigen Momente absoluter Düsternis waren die, in denen wir wegen der Prozesse gegen Kramer und Steadman nach L. A. zurückkehren mussten.

Es dauerte volle zwei Jahre lange, aber danach hatte Foster alles verloren. Seine Produktionsgesellschaft ging pleite, und er wurde wegen seiner Beteiligung am organisierten Verbrechen sowie wegen Drogen- und Menschenhandels zu einer Gefängnisstrafe von insgesamt dreiunddreißig Jahren verurteilt.

Nicht einmal ich hätte ihn für dermaßen mies gehalten.

Zusätzlich existierte eine Sammelklage von Frauen, denen Foster Steadman sexuelle Gewalt angetan oder die er im Hinblick auf ihre Karriere – er konnte sie in ihrem Beruf entweder fördern oder zerstören – zu sexuellen Handlungen genötigt hatte. Dafür wurde er zu weiteren fünfundzwanzig Jahren Haft verurteilt.

Den Rest seines Lebens würde er also hinter Gittern verbringen.

Für den Überfall auf mich bekam Kramer zwei Jahre. Hinzu kamen ähnliche Anklagepunkte wie die gegen Foster. Auch er würde so bald nicht wieder herauskommen.

Unser Glanzstück bestand darin, dass Elena Marshall aussagte und zugab, zu der Aussage gegen Jamie bestochen worden zu sein. Allerdings musste sie sich anschließend wegen Falschaussage vor Gericht verantworten.

Jamie wurde rehabilitiert, und da er sich damals nicht schuldig bekannt hatte, konnte er wegen des falschen Schuldspruchs Entschädigung vom Staat einfordern. Der Bundesstaat Kalifornien zahlte etwas mehr als fünfzigtausend Dollar pro Jahr wegen einer fälschlich angetretenen Gefängnisstrafe. Dieses Geld steckte er in unser Haus am See. Es war ein Privatsee; die Entschädigungssumme war also gerade mal die Anzahlung, und Jamie investierte zusätzlich den Großteil seiner Tantiemen.

Aber das war es wert, so zufrieden und glücklich, wie wir hier waren.

Der Weg hierher war weit gewesen, aber das Ziel war alles, was wir uns erhofft hatten.

Auf dem Tisch neben dem Sofa vibrierte mein Handy. Ich nahm es zur Hand und entdeckte eine Textnachricht von Asher. Es war ein Foto von ihm im Smoking, elegant gekleidet für eine Gala in New York, der er in wenigen Stunden beiwohnen würde. Eine Wohltätigkeitsveranstaltung zur Förderung der Lese- und Schreibfähigkeit von Kindern. Rita Steadman hatte ihr eigenes Geld mit in die Ehe gebracht. Es waren vielleicht nicht die Milliarden ihres Ehemannes, aber dennoch genug, um sich ein neues Leben in New York aufzubauen. Nach den Verhandlungen war Asher ihr dorthin gefolgt.

Zu erleben, wie er gegen seinen Vater aussagte, brach mir förmlich das Herz. Er war wirklich einer der stärksten Menschen, die ich je getroffen hatte. Nun arbeitete er für besagte Wohltätigkeitsorganisation zur Alphabetisierung, für die er den ganzen Tag entsprechende Fundraising-Events plante. Trotz der räumlichen Distanz blieben wir eng miteinander befreundet, ohne dass die Kommunikation nur noch sporadisch erfolgte wie bei Cassie. Dafür waren wir einander viel zu innig verbunden. Asher und ich telefonierten beinahe täglich, und Jamie und ich hatten bereits vereinbart, den kleinen Jungen, der in meinem Bauch heranwuchs, nach seinem zukünftigen Paten zu benennen.

So gut aussehend. Viel Spaß! xx

Asher schickte mir noch ein Luftkuss-Emoji, das mich zum Lächeln brachte.

Mir stockte der Atem, als ich eine wellenähnliche Bewegung in meinem Bauch wahrnahm. Ich fragte mich, ob ich mich jemals daran gewöhnen würde, dass der kleine Kerl da drin herumtobte. Es war immer wieder ein Wunder. Als der kleine Asher zum ersten Mal getreten hatte, hatte es sich wie Luftbläschen angefühlt. Im Laufe der Wochen spürte ich seine Tritte stärker, aber es war nicht schmerzhaft, sondern nur auf wunderbare Weise seltsam.

Und wenn er sich bewegte oder verlagerte, fühlte es sich an wie eine Meereswoge.

Ich fragte mich, ob er auch Jamies Meeraugen haben würde. Ich hoffte es.

Jamie hingegen drückte die Daumen, dass er meine grünbraunen Augen erben würde.

Ich schwang die Füße von der Couch und wollte zu Jamie hinübergehen, damit er die Kindsbewegungen auch spüren konnte. Immer noch scheute ich mich, ihn bei der Arbeit zu unterbrechen, aber er hatte mir versichert, dass er das Baby fühlen wollte. Jeden Tritt, jede Drehung.

Auf dem Weg zu den Schiebetüren durchquerte ich das Zimmer, doch die Musik aus dem Radio ließ mich innehalten.

Ich lauschte den vertrauten Klängen von *The Whole of the Moon* von The Waterboys und spürte einen schmerzhaften Stich in der Brust, der sich bei der Erinnerung wahrscheinlich mein Leben lang einstellen würde.

Die Beziehung zwischen Jamie und Lorna war nie gekittet worden.

Manchmal überlegte ich, ob ich ihn ermutigen konnte, sich bei ihr zu melden, aber auch ich war nicht vollkommen, und der Schaden, den sie damals angerichtet hatte, machte mir auch heute noch zu schaffen. Jamie und ich hatten im Laufe der Jahre häufig über Lorna gesprochen. Wir hatten eingesehen, dass uns eine Mitschuld an dem zerrütteten Verhältnis zu ihr traf, dass unser Verhalten sie quasi dazu getrieben hatte, uns Schaden zufügen zu wollen. Jamie glaubte, dass er als großer Bruder in unserer Jugend geduldiger und verständnisvoller hätte sein sollen.

Und ich wusste, dass ich sie niemals so einfach wegen Jamie im Stich hätte lassen dürfen. Ich war so bis über beide Ohren verliebt gewesen, dass ich über Lornas Gefühle kaum nachgedacht hatte. Als sie mir dieses Ultimatum gestellt hatte, hätte ich mich bemühen müssen, sie davon zu überzeugen, dass meine Entscheidung für Jamie nichts mit mangelnder Zuneigung ihr gegenüber zu tun hatte.

Aber ich hatte mich nicht genug bemüht. Keiner von uns hatte das getan.

Trotz allem entschuldigte das nicht, was Lorna uns angetan hatte. Ich war nicht sicher, ob ich sie wieder um mich haben konnte, auch wenn wir endlich alles gefunden hatten, wonach wir gesucht hatten. Und Jamie empfand genauso.

In diesem Augenblick fiel mein Blick auf meinen Ehemann, der auf den See hinaussah und ganz angespannt dasaß, während der Song gespielt wurde, und ich musste an Skye denken. Der Schmerz, den die Erinnerung an sie wachrief, verblasste, als ich mir ins Gedächtnis rief, wo wir waren, dass wir zusammen waren und unsere Familie wuchs.

Ich trat nach draußen, stellte mich hinter Jamie und beugte mich herab, um ihm die Arme um die Brust zu schlingen. Als mein Kinn auf seiner Schulter lag und meine Wange seine berührte, spürte ich, wie er sich entspannte.

Zärtlich fuhren seine Fingerspitzen über meinen Arm. Gemeinsam blickten wir auf den See hinaus und lauschten dem Lied, das uns an Skye erinnerte.

Statt Trauer erfüllte mich Zufriedenheit.

Ich hatte das Gefühl, dass sie bei uns war und uns sagte, dass auch sie nun Frieden gefunden hatte.

»Ich liebe dich, Doe«, flüsterte Jamie.

Ich schmiegte mein Gesicht an seine Kehle. »Ich liebe dich auch.«

Danksagungen

Während ich Janes und Jamies Geschichte niederschrieb, verbreitete sich das Corona-Virus auf der ganzen Welt. Wie fasziniert ich von meinen Figuren war, mag sich daran zeigen, dass ich erst nach Beendigung des Buches begann, die emotionalen Auswirkungen der Pandemie so richtig zu erfassen. Ich werde dieser Geschichte für immer dankbar für diese kleine Flucht aus dem Alltag sein. Viele wichtige Themen kommen in diesem Roman zur Sprache, und da ich ihnen unbedingt mit Fingerspitzengefühl begegnen wollte, war dieses Buch womöglich das bislang schwierigste Projekt für mich. Ich habe es mit Herzblut geschrieben. Und ich hoffe, dass auch die Leser spüren, wie sehr ich in die Welt von *With All My Heart* eingetaucht bin und wie tief mich das ungewöhnliche Band zwischen Jane und Jamie berührt hat.

An erster Stelle gilt mein Dank den Goldbrickers, die mich vor dem Wahnsinn bewahrten, als ich mich beim Schreiben mehrfach »auf mein Bauchgefühl verließ«, Kapitel zusammenstrich, den Erzählfaden in eine neue Richtung lenkte und die Geschichte immer wieder umschrieb, bis sie so war, wie ich sie erzählen musste. Goldbrickers, eure Unterstützung war Gold wert. Danke!

Das Schreiben ist meist eine einsame Angelegenheit, ganz im Gegensatz zum Publizieren. Deshalb danke ich meiner wunderbaren Lektorin Jennifer Sommersby Young. Danke, dass auch du an diese Geschichte geglaubt hast!

Und danke an meine beste Freundin und unvergleichliche persönliche Assistentin Ashleen Walker, weil du unzählige Kleinigkeiten für mich geregelt und mich in allem unterstützt hast. Ich bin so froh, dass ich dich habe. Und ich liebe dich sehr!

Das Leben einer Autorin endet nicht mit dem Buch. Unser Job geht weit über das geschriebene Wort hinaus und betrifft

Marketing, Werbemaßnahmen, Graphikdesign, Social-Media-Management und vieles mehr. Dabei ist die Hilfe von Experten von unschätzbarem Wert. Ein Riesendankeschön gilt daher Nina Grinstead bei Valentine PR für dein Brainstorming mit mir, für deine Unterstützung, dein Fachwissen und deinen unermüdlichen Einsatz. Du bist einfach toll, und ich bin dir unendlich dankbar.

Danke auch an jeden einzelnen Blogger, Instagramer und Buchliebhaber, der dafür sorgt, dass mein Buch sich herumspricht. Ich weiß euren Einsatz wirklich zu schätzen! In diesem Sinne auch ein ganz großes Dankeschön an all die fantastischen Leser in meiner privaten Facebook-Gruppe *Sam's Clan McBookish*. Ihr entlockt mir jeden Tag aufs Neue ein Lächeln!

Lieben Dank, Regina Wamba, für das fantastische Cover.

Und ein Riesendankeschön an Hang Le. Mit deiner Kunst hast du dich diesmal selbst übertroffen. Das E-Cover ist megaheiß, das Taschenbuch-Cover atemberaubend! Beide sind so gefühlvoll, dass sie perfekt zu Janes und Jamies Geschichte passen. Einfach wunderbar!

Wie immer danke ich auch meiner Agentin Lauren Abramo, die es Lesern auf der ganzen Welt ermöglicht, meine Werke zu lesen. Ich fühle mich geehrt, dich als Agentin und Freundin an meiner Seite zu wissen.

Mein Dank gilt natürlich auch meiner Familie und meinen Freunden, die während meiner Arbeit an diesem Buch ganz besonders geduldig waren und mich jederzeit unterstützt haben. Danke, dass ihr mich liebt und versteht, wie wichtig mir das alles ist.

Und last, but not least gilt mein größter Dank vor allem euch, meinen Lesern. Ich hoffe, ihr seid wohlauf und gesund. Und ich hoffe, dass euch diese kleine Flucht aus dem Alltag gutgetan hat.